厦门市留学人员科研项目（项目
厦门理工学院高层次人

THE ART OF_NARRATIVE

叙事的艺术

基于类型电影的剧作模式研究

丁鹏 著

江苏凤凰美术出版社

序

沈义贞

不见丁鹏博士已有十多年了，幸赖有发达的通讯技术，我们不知于何时加了微信，也因此得知，他硕士毕业后去了厦门，后又于2016年考取台湾铭传大学博士研究生。最近，他将书稿《叙事的艺术：基于类型电影的剧作模式研究》付梓，嘱我作序，匆促之下答应下来，我却转而犯难了。

说实话，虽然涉猎电影20多年，但近年来内地电影的概念化、游戏化现象严重，我久已不看当代电影，也不怎么看当代电影理论研究的文章，因为，在我看来，当代电影研究陷入了诸多误区。比如，绝大多数研究都缺乏对前人研究的综述或回溯。曾经有一次，在一个比较高端的学术研讨会上，一位著名的学者大谈电影的奇观性，并声明是他的发现，而我就坐在他的下面，坐在第一排，我真想站起来告诉他，早在10年前，我就写过有关电影特性的文章，其中特别谈到了电影的奇观性，而我谈奇观性，又是受萨杜尔多年前在《世界电影史》中有关奇观性论述的启发。我不知道这位学者怎么敢断言是他第一次提出奇观性观点。不看前人的文章，不写综述也就罢了，最可憎的是，有些人看了，接受了前人的观点，但在行文时却有意不点明，而是含含糊糊转为自己的论述，久而久之就将前人的观点变成自己的了。严格地说，这也是一种剽窃吧。再如，缺乏对电影文本内在美学价值的领悟与阐释。打开时下的电影杂志，铺天盖地的是有关电影的产业、商业、工业、媒介、技术、数字化等文本的外围研究，唯独很少有人真正进入作品的内部，分析其美学上的成就与局限，给文本的美学品级以客观而准确的界定。于是，我们看到，理论界不少人既没有思想，缺乏独立的价值探索，又缺乏真正的艺术感知力和审美判断力，只能热衷于炮制各种时髦的、大而空甚至逻辑不通的概念，制造了一堆又一堆的学术话语泡沫。也正因此，在《论"好电影"》一文中，我曾提出三个呼吁，即：我们呼吁那些思想苍白、艺术素养薄弱的导演，请不要再以艺术片的名义为自己的垃圾之作文过饰非，即不要再把"艺术片"这一称号作为遮羞布，掩盖自我的艺术无能与作品的低劣平庸；我们呼吁那些烂片连天的导演，请不要再以"商业性"作为自己的遮羞布，似乎拍出了一部糟糕之作，说一句"我拍的是商业片"就能蒙混过关了。因为，那些真正在商业上成功的类型片，无不有着极富创造性的美学追求；我们呼吁所有的影视理论研究者或影评人，请不要在缺乏艺术感知、审美判断的情况下，要么谈自己其实并不真正擅长的电影艺术之外的东西，要么将研究观点建立在对好电影、差电影、坏电影、假电影等无辨别的、不分青红皂白的肯定性分析之上。

所以，阅读丁鹏的《叙事的艺术：基于类型电影的剧作模式研究》，我首先肯定的是他没有选择那些电影文本之外的选题，而是老老实实地研究电影的编剧尤其是叙事问题。犯罪是一个古老的话题，自有人类以来就一直伴随着犯罪现象，犯罪的起源、动因、形式，中外古今大同小异，大到族际战争、宫廷内斗，小到家庭矛盾、个人欲望，其中根植的无不是人类的内心的贪婪：权欲、名欲、情欲、物欲、私欲等。也正因此，犯罪一直是电影青睐的题材，围绕着犯罪，除了现实主义的表现之外，电影还衍生出许多类型，如犯罪片、强盗片、警匪片、黑帮片、侦探片等等，中外电影史上也诞生了一大批经典的影片。丁鹏的研究，就是基于对这类影片的概念辨析与文本分析，提出犯罪电影在既往的实践中形成的诸种模式问题，有较突出的认识作用与借鉴意义。当然，模式的研究，是对既往的总结，而我更感兴趣的则是对模式的突破和创新。原因是，多年的观影经验告诉我，除了那些情节构思十分精湛、悬念设计体现了创作主体的高智慧、既紧张曲折又能得到合理解决的影片，大部分犯罪片往往不合情理、逻辑混乱、虎头蛇尾、漏洞百出，比如为很多人肯定的《白日焰火》，其最大的败笔就是主人公的探案过程完全不符合我国公安的破案方式。很多情况下，我宁愿收看央视12套的《天网》《一线》《忏悔录》等栏目，那里记述的各种各样的真实案件，不仅生动展示了形形色色的犯罪动机、手段，以及罪犯在其后逃亡生涯中的狡猾多端与胆战心惊，而且朴实还原了我公安干警借助指纹、DNA、电子监控、大数据等新技术十数年甚至几十年矢志不渝、持之以恒地无悔追踪。看了丁鹏博士的论文，我有一个强烈的感受，就是，如果我们的导演在熟谙了前人所创造的这些模式之后，秉承现实主义的创作原则处理犯罪题材，则一定可以拍摄出精彩纷呈的犯罪电影。

是为序。

2022 年 10 月

自 序

类型电影指的是按照观众熟知的既有形态和一整套较为固定的模式来摄制和欣赏的影片，其在创作和观赏上已经形成了一整套明显的，较为固定的特征。尽管近些年来华语类型电影的发展取得了一定的进步，但却依然存在着巨大的发展空间。当前除了香港有较为成熟的警匪片、武侠片、喜剧片等有限的类型片外，其他地区华语类型片的发展尚处于起步阶段，在爱情片、战争片、科幻片、恐怖片、青春片、体育片、传记片、歌舞片等各种类型方面都十分欠缺。基于此，本书从电影创作的源头出发，通过详尽剖析已获得市场认可，且类型化程度较高的犯罪电影剧作模式，力图总结出商业犯罪类型片的经典剧作模式，以期为华语犯罪电影的类型化创作提供相应的参考和借鉴。

在创作者与观众的共同认知中，通常所说的犯罪电影，一般指的是以犯罪为表现题材，展现犯罪行为和罪案始末为内容的一种电影类型。从严格的类型界定来看，犯罪电影或曰犯罪片，指的是以犯罪者为主要人物，以其犯罪行为和犯罪过程为主要表现题材和叙事线索，通过揭示犯罪者的犯罪动机和犯罪心理，来表达特定主题的类型电影。作为一种极具类型特征的商业电影，犯罪片在各种类型片中是少有的敢于"冒犯"主流价值观的片种，主人公在影片中实施的犯罪活动对传统的法律秩序以及道德准则有着强烈的破坏和冲击。相对于传统意义的强盗片、警匪片和黑帮片等类型片种，犯罪片具有更强的现代主义审美特征，它融合了多种人文、社科成果，对类型电影文化价值的提升起到了很大的作用。

纵观世界范围来看，可以说犯罪片起源于美国好莱坞，成熟于欧美各国，流行于亚洲各国，尤其在新世纪之后的韩国得到了长足的发展。韩国犯罪片在关照本土现实的同时兼具类型特征与作者风格，出现了众多优秀的经典之作，无论是国内票房还是国际口碑，其所取得的成就都有目共睹。而新世纪之后的华语地区，犯罪片在商业市场上也有了极大的进步和发展。无论是香港犯罪片在原有类型基础上的创新与突破；还是台湾犯罪片在选材上的大胆与开拓；抑或是大陆犯罪片在数量上的井喷之势；都展现出华语犯罪电影的迅猛发展之态。

  当前对犯罪电影的研究主要集中在发展历史、叙事技巧、拍摄手法、类型特征和文化内涵等方面的研究。本研究则引入模式研究的理论与方法，从电影剧作的角度出发，对犯罪电影的剧作模式进行系统的分析与研究，总结其剧作模式规律。此外，本书还将个案分析纳入其中，侧重于对华语犯罪电影的具体作品进行分析和研究，验证其对剧作模式的遵循与突破之处。具体而言，本书主要聚焦于以下三个方面：一是对精心筛选的二十部国外犯罪电影的剧作模式进行分类整理，总结出经典犯罪电影在情节模式、结构模式、人物模式和主题模式等剧作模式上的共通之处，找到犯罪电影故事和剧本创作的基本规律；二是通过对精心筛选的二十部华语犯罪电影进行深入分析和研究，梳理并总结出华语犯罪电影在情节模式、结构模式、人物模式和主题模式四个方面的特征，进而全面构建出华语犯罪电影的剧作模式；三是对精心挑选的四部华语犯罪电影的剧作特征，进行详细的分析与深入研究，验证其遵循模式的规律和突破模式的创新之处。希望本书对类型电影的剧作模式研究能起到抛砖引玉的作用，期待后续有更多的研究者加入对类型电影本源的研究和探讨。

丁鹏 序于厦门
2022 年 10 月

目 录

001	绪 论
001	一、研究的目的
003	二、研究的现状
007	三、研究的范围
017	第一章 电影剧作模式
017	第一节 情节模式
039	第二节 结构模式
049	第三节 人物模式
060	第四节 主题模式
065	第二章 犯罪电影的情节模式
066	第一节 国外犯罪电影的经典情节模式
082	第二节 华语犯罪电影的情节模式
096	第三节 案例分析：电影《误杀》的剧作与情节
114	第三章 犯罪电影的结构模式
114	第一节 国外犯罪电影的经典结构模式
134	第二节 华语犯罪电影的结构模式
148	第三节 案例分析：电影《全民目击》的剧作与结构

165	**第四章　犯罪电影的人物模式**
166	第一节　国外犯罪电影的经典人物模式
184	第二节　华语犯罪电影的人物模式
195	第三节　案例分析：电影《我不是药神》的剧作与人物
213	**第五章　犯罪电影的主题模式**
213	第一节　国外犯罪电影的经典主题模式
230	第二节　华语犯罪电影的主题模式
245	第三节　案例分析：电影《烈日灼心》的剧作与主题
259	**结　语**
261	**参考影片**
261	一、国外电影
266	二、华语电影
269	**参考文献**
269	一、古籍
269	二、专书
271	三、单篇论文
276	参考网站
277	**后　记**

绪　论

一、研究的目的

（一）研究动机

近年来，华语电影市场尤其是中国电影市场迎来了井喷式的发展，与电影市场相辅相成，共同发展的还有这一时期的华语类型电影。作为类型之一的华语犯罪电影在商业和艺术上都获得了令人瞩目的成绩，成为当前华语电影研究的一个新的热点。

进入新世纪之后，大陆、香港和台湾的犯罪电影在商业上都有了巨大的发展，其中大陆的犯罪电影发展尤为迅猛。2004 年，冯小刚导演的《天下无贼》凭借其自身票房号召力和全明星的演员阵容，成为大陆第一部票房过亿的犯罪电影[1]。2006 年，甯浩导演的《疯狂的石头》横空出世，作为一部小成本的犯罪电影，在国内产生了巨大影响[2]，取得了不俗的票房。2010 年后，单纯的大牌导演，明星阵容已经不能满足市场需求，国内观众的审美趣味逐步提升，观众对犯罪电影的认同度也越来越高。2014 年刁亦男导演的《白日焰火》先是在柏林电影节斩获金熊奖和银熊奖，上映后再借着获奖的光环取得了良好的票房成绩。2015 年，曹保平导演的《烈日灼心》与丁晟导演的《解救吾先生》上映，这两部犯罪电影都在口碑和票房上获得了巨大成功，犯罪电影作为一种电影类型渐渐被华语电影市场尤其是大陆电影市场所接受，并且越来越受到观众欢迎。

华语犯罪电影所取得的这些成绩足以说明其在商业和艺术上都迈上了一个新的台阶。香港的犯罪类型电影历经长期发展，在原有的类型基础上出现新的创新和突破；台湾犯罪类型电影数量也在逐渐增多，并且在选材上更为大胆的触及政

---

[1] 参见南方网：《〈天下无贼〉票房狂收，冯小刚开始掘金》，2014 年 12 月 10 日报道。
[2] 姜隆：简评《疯狂的石头》给中国电影带来的影响，《辽宁行政学院学报》，2007 年第 1 期，页 173-175。

治领域的黑暗之处；而大陆的犯罪电影进步则尤为明显，相较于欧美和韩国等地区的同类型电影，大陆犯罪电影虽然发展时间不长，却呈现出一些不同的艺术特征。一方面，大陆犯罪电影在题材上不再一味表现正义的公安形象，而开始着重表现犯罪分子的形象，并且从犯罪分子、警察和受害者等多重角度来表现影片特定的主题。无论是《天下无贼》还是《烈日灼心》，都极力刻画了犯罪分子内心的挣扎和矛盾，使大陆犯罪电影跳出了简单的案件侦破过程，呈现出完全崭新的面貌。

另外一方面，进入新世纪之后大陆的犯罪电影更加着眼于现实，更加关注当下中国社会的各种问题，很多电影改编自真实案件，从现实主义角度出发，反映中国社会的现状，如《解救吾先生》《追凶者也》《人山人海》《我不是药神》等影片都是根据真实案件改编。从以上两个方面来看，大陆犯罪电影所呈现出的新的艺术特征，值得进行深入研究。

与此同时，与香港和台湾有所不同，在大陆当前的国情下，犯罪电影在发展过程中也受到了诸多限制，面临着一个不小的难题，亦即如何在现有恶电影审查体制之下最大限度地进行艺术创新。受制于电影审查机制的影响，大陆犯罪电影不得不在题材上小心翼翼地进行选择。而恰恰由于犯罪电影题材的特殊性，这种选题上的掣肘就更加被放大。正因如此，相比于其他类型，大陆犯罪电影就更加迫切地渴望新的电影政策的放开，甚至是电影分级制度的出现。然而，就目前的情况，大陆犯罪电影想要和港台、欧美及韩国的犯罪电影一样放开手脚，显然不太现实。基于当前这一现状，系统地研究犯罪电影的创作规律并总结其创作特征则显得尤为必要。

（二）研究目的

近些年有众多研究者着力于对欧美和韩国等成熟的犯罪类型电影进行系统的研究，并取得了一定的研究成果。而对华语犯罪电影的研究才刚刚开始，目前还没有一部理论著作将华语犯罪电影作为一个整体进行系统的理论研究。因此笔者认为，国内外犯罪电影从各个维度来看仍有着有极大的研究空间。本书以犯罪电影为研究对象，通过对电影文本的解读以及理论的阐述，试图从剧作模式角度入手对犯罪电影进行深入的研究和分析，力图达到以下两个目的：

一、引入模式研究的概念和理论，对精心筛选的 20 部欧美和韩国犯罪电影的剧作模式进行分类整理，总结出经典犯罪电影在情节模式、结构模式、人物模式和主题模式等剧作模式上的共通之处，并通过个案研究探讨在共性之外的个性和创新之处，找到犯罪电影故事和剧本创作的规律。

二、通过对精心筛选的 20 部华语犯罪电影进行深入分析，梳理并总结出华语犯罪电影在情节模式、结构模式、人物模式和主题模式四个方面的特征，进而全面构建出华语犯罪电影的剧作模式；还通过对华语犯罪电影具体作品的剧作分析来验证其剧作模式的应用。

本书希冀通过对犯罪电影的剧作模式研究，建立起从剧作模式角度入手，来对类型电影进行分析和研究的方法，从而找到犯罪电影故事创作和剧本创作方面的共通规律，为当前犯罪电影的创意策划、剧本写作和影片拍摄实践提供有力的指引方向。与此同时，还希望经过此次研究由单一类型延展至各个成熟的电影类型，为类型电影的剧本创作和研究提供后续研究更系统、全面的参考与建议。

二、研究的现状

犯罪电影有较长的发展历史，它讲述着真实生活里最残酷、丑恶的阴暗面，也满足着观众的好奇心。随着犯罪电影的发展，众多学者也将这一吸引大众的电影类型作为自己的研究对象。相较而言，欧美和韩国的犯罪电影发展较为成熟，学术界对欧美和韩国犯罪电影的研究颇为丰富。然而在华语电影中，除了香港的犯罪电影发展较为成熟以外，台湾和大陆的犯罪电影发展相对迟缓，并且在最近几年才呈现上升趋势，其类型模式并不成熟。因此学术界对台湾和大陆犯罪电影的研究也相对较少，对香港犯罪电影的研究相对更为丰富。但多数研究者往往将香港的犯罪片与警匪片混为一谈,没有界定二者之间的区别和差异性。目前也并没有出现对犯罪电影研究较为类型化、全面化的专著,大多数研究都只是对经典犯罪影片及近年出现的典型犯罪影片进行个案分析。就目前而言,对犯罪电影的研究主要是以学位论文和学术期刊论文为主。

（一）学术专著

目前国内还没有专门单独研究犯罪电影的专著,但有很多研究类型电影的著作涉及到了犯罪电影的相关内容,其中大部分著作都将犯罪电影作为类型电影的一种进行研究。如《中国电影的类型研究》[①]将犯罪电影划分为反特片的延伸进行研究,主要强调中国犯罪电影对好莱坞的复制和模仿。《中国类型电影的知识结构及其跨文化比较》[②]把犯罪电影作为枪战片的子类型,从哲学、道德、历史、政治、宗教、艺术等方面分析了其文化内涵。《电影类型与类型电影》[③]则在黑色电影这一章中讨论了犯罪电影的特点,其论述主要从黑色电影的艺术风格出发。《电影艺术观念》[④]没有单独分析犯罪电影或者相似类型的电影,而是从观念、内涵、体制等方面分析类型电影,强调了类型电影的共性而没有体现出不同类型之间的差异性。

因此,相较以上著作,本书有两点创新之处。第一,上述著作大多以类型电影的研究方法,从整体上对犯罪电影进行研究,而本文则跳出类型电影的框架,专门从剧作角度入手来进行分析。第二,上述著作大多将犯罪电影作为其他相似类型的子类型或者延伸来研究,而本文缩小了研究范围,专注于对犯罪电影的研究。

[①] 吴琼:《中国电影的类型研究》,北京:中国电影出版社,2005年12月。
[②] 陈林侠:《中国类型电影的知识结构及其跨文化比较》,广州:暨南大学出版社,2010年2月。
[③] 郑树森:《电影类型与类型电影》,南京:江苏教育出版社,2006年6月。
[④] 游飞、蔡卫:《电影艺术观念》,北京:北京大学出版社,2009年7月。

（二）学术论文

涉及犯罪电影的论文大致可以分为两类。第一类是从类型电影出发，进行研究的论文。如崔辰《模式融合、作者风格与文化变迁》[1]认为，1994年的《低俗小说》开启了美国新犯罪电影的时代，这些新犯罪电影通过跨类型的创作，完成了对黑色电影等传统犯罪类型的历史沿袭，在反类型的多元化中呈现新老作者的不同风格；并进一步探究了美国新犯罪电影类型特征变化背后的本质原因，在于美国社会的文化变迁。夏清泉《后9·11时代的好莱坞犯罪片：意识形态与类型电影》[2]，探讨了9·11恐怖袭击事件之后，美国犯罪片中出现的各种新趋势，以及这些趋势和社会政治之间的互动关系。他认为9·11事件之后，美国政治上的保守主义和自由主义交替盛行，美国社会这些因素对犯罪片的题材、形式、类型融合等方面产生了深刻的影响。《类型经验、空间隐喻与"去明星"的明星策略——新世纪以来韩国犯罪片研究》[3]，文章认为韩国犯罪片在汲取世界各个国家、地区同类电影发展经验的基础上不断超越，积极融入作者意识和本土文化内涵，扩充了犯罪电影的类型经验。同时，它通过封闭的空间景观呈现和"去明星"的明星策略运用，隐喻地实现了影片宏大命题的完美表达，呈现出极具本土特色的类型写作规则。王婧雅《形式与策略：当代中国电影类型化发展研究》[4]，文章将犯罪电影比作谍战电影的当代版本，犯罪电影从昔日谍战电影的除奸反特转化为关注当代生活的犯罪活动。但是这类论文过分强调类型电影的整体性特征，在研究犯罪电影时忽视了犯罪电影与其他类型的差异性。相比而言，本文则强调犯罪电影与其他类型电影的不同之处。再如姚睿《类型神话中的警匪元素——论新世纪内地警匪片的创作》[5]，较为系统全面地阐述了内地警匪电影的特征，并与香港好

---

[1] 崔辰，〈模式融合、作者风格与文化变迁〉，《当代电影》，2017年08期，页33-37。
[2] 夏清泉，〈后9·11时代的好莱坞犯罪片：意识形态与类型电影〉，《当代电影》，2017年08期，页37-41。
[3] 齐伟、杨超，〈类型经验、空间隐喻与"去明星"的明星策略——新世纪以来韩国犯罪片研究〉，《当代电影》，2017年06期，页57-60。
[4] 王婧雅，〈形式与策略：当代中国电影类型化发展研究〉，《当代电影》，2015年06期，页104-110。
[5] 姚睿，〈类型神话中的警匪元素——论新世纪内地警匪片的创作〉，《当代电影》，2012年03期，页112-116。

莱坞同类型电影进行了比较。这类论文基本上将犯罪电影等同于警匪电影。此外，黑色电影与犯罪电影在内容上有所交叉，因此一些研究黑色电影的论文也对犯罪电影有所研究，如《消费荒诞：晚近中国黑色喜剧的模式与辨析》[1]，这篇文章对《疯狂的石头》《夜店》等犯罪电影中的黑色幽默和荒诞进行了分析。从划分类型的标准上来看，黑色电影是从艺术风格上划分，而犯罪电影更强调题材和内容上的划分。

  第二类是对于犯罪片这一类型电影的具体案例研究，研究也分别从各自的角度展开了解析。李少伟在其《从"美国黑帮"看犯罪电影的类型化叙事》[2]一文，先对美国犯罪电影的类型化叙事方式进行了阐述，随后从二元对立基本范式下的犯罪，因果线性叙事与行动模式，道德困境与价值观三个方面，全面分析了电影《美国黑帮》的类型化叙事。赵博雅在《基于文化视域下的韩国犯罪电影及其现实表达》[3]中，通过对《杀人回忆》《老男孩》《追击者》《黄海》和《熔炉》等优质韩国犯罪电影的梳理与分析，认为韩国犯罪电影以其基于现实反思的批判性和蕴含历史叙事的主题思想，将基于人性的考量，置于残酷的暴力美学与特定的戏剧性情境中，潜移默化地引发受众在共识性层面的体验共鸣，从而体现其时代审美的精神维度。付晓红在《迷宫：中国近年犯罪片的叙事空间研究》[4]中，从身体与死亡空间、内在空间、迷宫叙事三个方面入手，探究了中国近年犯罪片以空间为主导的迷宫叙事。在胥婷婷《桎梏中的舞步——从〈守望者：罪恶迷途〉看内地犯罪片的出路》[5]中，对于这部被冠以"中国第一部犯罪大片"头衔的电影，从影片导演对好莱坞类型片模式的借鉴，到自己的创新来进行分析，并剖析了中

---

[1] 沙丹，〈消费荒诞：晚近中国黑色喜剧的模式与辨析〉，《电影艺术》，2009年06期，页67-71。
[2] 李少伟，〈从"美国黑帮"看犯罪电影的类型化叙事〉，《电影文学》，2018年05期，页138-140。
[3] 赵博雅，〈基于文化视域下的韩国犯罪电影及其现实表达〉，《当代电影》，2017年06期，页48-52。
[4] 付晓红，〈迷宫：中国近年犯罪片的叙事空间研究电影艺术〉，《当代电影》，2016年11期刊，页144-147。
[5] 胥婷婷，〈2009桎梏中的舞步——从"守望者：罪恶迷途"看内地犯罪片的出路〉，《电影评介》，2011年11期，页48-49。

国内地犯罪片的发展前景。蔡梦婷在《从〈烈日灼心〉看当代国产犯罪电影的发展》[①]中，详细分析了《烈日灼心》这部犯罪电影的特别之处，以及对我国当代犯罪电影产生的影响和借鉴意义。张娟在《商业片外壳文艺片灵魂——〈白日焰火〉的艺术解析》[②]中，将《白日焰火》这部"既叫好又叫座"的影片，从其故事情节、人物塑造及视听语言等三个层面所包含的暴力、冲突和意蕴，分析了其雅俗共赏之美，以及其成功对于我国总体电影创作的意义。洪帆在《故事、结构与情绪——从〈心迷宫〉谈国产小成本电影创作策略》[③]中，通过对其"小成本"属性分析了电影《心迷宫》人物与故事的长短之处，并提出了相对于国产片来说其可以借鉴的地方。张开宏在《对抗·皈依·救赎———电影〈无人区〉中的人性反思》[④]中，通过对《无人区》中现代文明与原始欲望的对抗、契约精神与信仰沦陷、自我与群像等方面进行分析，细致解读了电影中对于人性的呈现和反思。这些个案的研究与评述，都对犯罪片的当下的发展有很好的总结与解析，同时也抱有殷切的展望。

这些学者的论著与论文，留下了诸多未尽的研究空间，也令人看到犯罪电影的研究还存在很多空白之处，这些论著与论文对本书研究视角与方法的确立有着重要的启发意义。

三、研究的范围

（一）犯罪电影的范围

在非学术系统中，媒体和大众往往给予犯罪电影一个宽泛的、望文生义的界定，如百度百科给予的定义："犯罪片一般就是电视电影里有警匪活动的影片。

[①] 蔡梦婷，〈从"烈日灼心"看当代国产犯罪电影的发展〉，《文教资料》，2015年34期，页153-154。
[②] 张娟，〈商业片外壳文艺片灵魂——〈白日焰火〉的艺术解析〉，《艺苑》，2014年05期，页44-47。
[③] 洪帆，〈故事、结构与情绪——从"心迷宫"谈国产小成本电影创作策略〉，《北京电影学院学报》，2015年05期，页21-25。
[④] 张开宏，〈对抗·皈依·救赎———电影〈无人区〉中的人性反思〉，《电影评介》，2014年19期，页19-20。

犯罪片又可称为警匪电影,所有剧情电影里,犯罪片必定有犯罪,也有警探侦办。"①即使百度百科并非是一个规范的学术平台,但这样的定义也显得过于粗率。犯罪电影作为众多电影类型中的一个类别,显然是从内容的角度来进行划分的一类电影。具体而言,在创作者与观众的共同认知中,通常所说的犯罪电影,一般指的是以犯罪为表现题材,展现犯罪行为和罪案始末为内容的一种电影类型。广而言之,只要是影片的题材和内容主要围绕着犯罪活动来展开,我们都可以将其称为犯罪电影。若依据题材和内容来划分,可以将黑帮片、强盗片、警匪片、悬疑片、侦探片、推理片等概念全部囊括其中。据此我们基本上也可以将电影史上出现过的,一切以犯罪为表现题材的类型片,都囊括在犯罪电影类型之中,甚至也可以将以犯罪为题材的艺术电影,如电影史上著名的法国新浪潮电影代表作《四百下》《筋疲力尽》,意大利新现实主义的代表作《偷自行车的人》等等,都包含在犯罪电影之列。由此可见,这样来界定犯罪电影是十分不恰当的,因此也非常有必要对众多电影类型之中的犯罪类型来做一个界定,我们可以将其称为犯罪类型片,或简称为犯罪片。

相对于传统意义的强盗片、警匪片、黑帮片,犯罪片具有更强的现代主义审美特征,它融合了多种人文、社科成果,对类型电影文化价值的提升起到了很大的作用。同时,与侦探片、推理片、悬疑片相比,犯罪片作为商业电影,在各种类型片中,是少有的敢于"冒犯"主流价值观的片种,毕竟,主人公在影片中实施着犯罪活动:谋杀、盗窃、偷窥,甚至是食人肉,对传统的法律秩序以及道德准则都是强烈的冲击。然而,犯罪片用整部影片的篇幅解释"主人公为什么这么做?"从观众心理学的角度而言,电影观看活动结束时,如果作者的表达成功,观众会将自我投射到主人公身上,换言之,观众将在很大程度上体会到主人公的情感,从而一定程度上理解、同情对方的遭遇和行为,这也正是犯罪片之于观众的真正商业价值所在。而类型电影"语法"特征主要由人物、情节和环境等叙事

---

① 参见百度百科中"犯罪片"词条。

三要素来构成,通过寻找犯罪类型电影的共同"语法"特征,可以对犯罪类型片进行界定,因此本书所指的犯罪电影应该具备如下几个类型元素:

1. 从人物设置来看,犯罪者是犯罪片的主要人物,影片的视点主要集中在犯罪者身上。犯罪者并非一定是职业罪犯,他或许只是个普通人,甚至可以是世俗所说的"好人"。其犯罪动机也不一定是传统意义上对金钱和权力的争夺,而是有着多种可能性,没有严格的限定。如复仇、变态心理、宗教原因、守护亲情或爱情、生存需求等。

2. 从叙事内容来看,作为犯罪者是影片戏剧行动的主要推动者,其犯罪心理是影片重要的表现内容,对犯罪者心理的剖析应该是影片的重头戏,而与其对立的人物,如警察、侦探等角色行为的表现并非一定要出现在影片中。

3. 从空间场景来看,犯罪片的场景和空间设置不一定在城市,也可以是乡村或者荒野等,只要是有法律维护秩序的地方,都可能发生犯罪。作为主人公的犯罪者应该意识到自己在犯罪,应当明白秩序是什么,秩序与犯罪之间的张力,是犯罪片重要的类型要素。若影片设定的空间场景并无法律来维护秩序,则显然不属于犯罪类型片。

4. 从视听风格来看,犯罪片的视听核心,并非以极致的动作场面和暴力美学来满足观众的感官刺激,绝大多数犯罪片的视听风格相对倾向于贴近真实的现实主义风格。

5. 从主题思想来看,犯罪片叙事的核心是"犯罪是如何产生的"这一命题,犯罪片的创作者多倾向于特定主题的表达。虽然生活中的犯罪者大多是因为钱和性而进行犯罪,但是犯罪片往往将主人公犯罪的动因归于情感和特定的非功利心理要素,从而达到对人性的认识和对社会的批判,这可以说是犯罪片主题表达的核心内容,也是犯罪片最重要的类型要素。

通过以上对犯罪片类型元素的总结,可以明晰本研究所指的犯罪电影是以犯罪者为主要人物,以其犯罪行为和犯罪过程为主要表现题材和叙事线索,通过揭示犯罪者的犯罪动机和犯罪心理,来表达特定主题的类型电影。

（二）研究对象

本书的研究对象包括两个部分：一是覆盖不同年代和不同国家的 20 部经典国外犯罪电影；二是近十年以来获得市场和业内人士认可的 20 部华语犯罪电影。具体而言，20 部经典国外犯罪电影主要以美国权威电影网站 IMBD 和大陆豆瓣电影网站的评分为参考依据，从美国、韩国、欧洲和亚洲等国家拍摄制作的电影中，筛选出两个网站的评分，至少有一个达 8.0 分及以上的影片作为研究对象。这 20 部影片包含美国影片 7 部，韩国影片 7 部，欧洲和亚洲影片共 6 部，影片详细资料见下表1：

表1　国外 20 部犯罪电影剧情和评分表

序号	中英文片名及年份	制片国家	剧情概要	IMBD评分	豆瓣评分
1	骗中骗/刺激（1973）The Sting	美国	诈骗集团小弟胡克和好友康多尔夫以骗局为老大鲁萨报仇。	8.3	8.7
2	出租车司机/出租车司机（1976）Taxi Driver	美国	从军队退伍的出租车司机，为证明自己存在的意义，密谋刺杀总统，却阴差阳错成为英雄。	8.3	8.5
3	末路狂花/塞尔玛与路易丝（1991）Thelma and Louise	美国	遭受通缉的两个闺蜜，驾车逃亡又连续犯案，最后被警察围堵在大峡谷边缘。	7.5	8.8
4	完美的世界/强盗保镖（1993）A Perfect World	美国	囚犯越狱后劫持小男孩作人质，在逃亡过程中与小男孩产生近似父子的不寻常感情。	7.6	9.1
5	猫鼠游戏/神鬼交锋（2002）Catch Me If You Can	美国	FBI 调查员卡尔与天才少年犯斗智斗勇，最终找到证据，令其落入法网。	8.1	9.1
6	守法公民/重案对决（2009）Law Abiding Citizen	美国	高科技研发人员克莱德，在妻女被杀害的十年后，向凶手及涉案的司法人员复仇。	8.0	7.4

序号	中英文片名及年份	制片国家	剧情概要	IMBD评分	豆瓣评分
7	小丑（2019） Joker	美国	患有精神疾病的小丑演员，在现实生活的各种压力之下，亲手杀害母亲并大开杀戒。	8.5	8.7
8	杀人回忆（2003） Memories Of Murder	韩国	两名警察追查连续强奸杀人案的凶手，历经艰难，最终却一无所获。	8.1	8.9
9	老男孩\\原罪犯（2003） Old Boy	韩国	被囚禁十五年的中年男子吴大秀，释放后查出幕后黑手并复仇。	8.4	8.2
10	追击者（2008） The Chaser	韩国	退役警察追查失踪的女员工，发现连环绑架案的凶手，却无法找到有力的证据。	7.9	8.4
11	黄海/ 黄海追缉（2010） The Yellow Sea	韩国	出租车司机被黑帮老大陷害成为警方通缉的嫌疑犯，不得不展开逃亡。	7.3	8.5
12	孤胆特工/ 大叔（2010） The Man from Nowhere	韩国	隐退特工为了找出绑架邻居小女孩的黑社会头目，展开调查和追击，成功救出小女孩。	7.8	8.2
13	恐怖攻击直播/ 恐怖直播（2013） The Terror Live	韩国	神秘听众通过直播节目要求总统道歉，为遭受不公平待遇死去的父亲报仇，发动恐怖袭击。	7.1	8.7

序号	中英文片名及年份	制片国家	剧情概要	IMBD评分	豆瓣评分
14	蒙太奇/模范母亲（2013）Montage	韩国	痛失独生女的西珍制造与十五年前一模一样的绑架，成功引起警方注意，查出当年案件的真相。	7.4	8.2
15	这个杀手不太冷/终极追杀令（1994）The Professional	法国	小女孩玛蒂尔达全家因贩毒，遭到警方杀害。杀手里昂教她杀手的技能，最后帮她复仇，和恶警史丹菲尔同归于尽。	9.4	8.5
16	香水（2006）Perfume:The Story Of a Murderer	德国	心理变态的香水师为了制造出全世界最好的香水，杀害多名未成年少女，以提取制造香水的体液。	8.4	7.5
17	告白（2010）Confessions	日本	痛失独生女的森口老师向班上两个杀害女儿的学生，展开复仇。	7.8	8.7
18	看不见的客人/布局（2016）Contratiempo	西班牙	痛失独子的维吉尼亚假扮律师，接近凶手，引诱其说出抛尸真相，并找出证据，将他绳之以法。	8.1	8.8
19	天才枪手/模范生（2017）Chalard games goeng	泰国	两名天才高中生为了帮助富家公子作弊来获取暴利，联手策划了一场跨时区的完美作弊案。	7.6	8.2
20	看不见的旋律/调音师（2018）Andhadhun	印度	假装盲人的钢琴师意外闯入凶杀现场，侥幸逃离后，不断遭到警察局长及其情人的调查与追杀。	8.3	8.3

由于大陆豆瓣电影网站网友评分偏爱文艺片，对华语商业类型片的评分更为苛刻，因此本研究以豆瓣电影网站评分为参考依据时，降低对评分的要求；从具备类型片特征的华语犯罪电影中，筛选出 2010 年以来评分达 6.8 以上的 20 部影片作为研究对象。这 20 部影片的详细信息见下表 2：

表 2　华语 20 部犯罪电影剧情与评分表

序号	片名	年份	导演	剧情概要	豆瓣评分
1	守望者：罪恶迷途	2011	非行	刑满释放的陈志辉回归社会后，被人误导，重新萌发了犯罪念头，踏上复仇的迷途。	6.9
2	全民目击	2013	非行	富豪林泰在女儿成为杀人嫌疑犯后，故意制造自己才是杀人凶手的假犯罪现场，替女儿顶罪。	7.8
3	解救吾先生	2015	丁晟	电影明星吾先生被绑架以后，与绑匪斗智斗勇，最终争取了一线生机，并救了被绑架的同伴。	7.7
4	烈日灼心	2015	曹保平	三个犯下陈年大案的结拜兄弟，为了赎罪，共同抚养犯罪现场遗留的孤女，最终被警察发现并自首。	8.2
5	心迷宫	2015	忻钰坤	偏远山村的村长肖卫国，为了掩盖儿子失手杀人的真相，将尸体烧焦伪造现场，导致尸体被村民误认。	8.7

序号	片名	年份	导演	剧情概要	豆瓣评分
6	喊山	2015	杨子	哑女红霞向诱拐并困住自己的男人复仇成功,终于获得自由;并与村民韩冲冲破阻碍,相爱相守。	8.1
7	惊天大逆转	2016	李骏	神秘面具人绑架了足球队长的未婚妻,并在中韩比赛现场安装了炸弹。特工组长姜承俊解除了危机。	7.0
8	追凶者也	2016	曹保平	憨包汽修工宋老二被怀疑杀害了有过节的同村村民猫哥,宋老二亲自追查真正的幕后凶手。	7.8
9	火锅英雄	2016	杨庆	三个自小厮混的好友,为了救出因打劫银行而被绑架的女同学,与银行劫匪斗智斗勇,最终获胜。	7.2
10	树大招风	2016	许学文 欧文杰 黄伟杰	香港三大贼王之一的卓子强,努力寻找另外两位贼王,计划三人联手做惊天大案,最后却分别落网。	8.0
11	暴雪将至	2017	董越	工厂保卫科干事余伟国为了破获连环杀人案,私自调查并误将无辜者当嫌疑犯,刑讯逼供;最终自己因故意伤人被捕。	7.0

序号	片名	年份	导演	剧情概要	豆瓣评分
12	目击者之追凶	2017	程伟豪	期刊记者小齐发现了九年前一宗肇事逃逸命案的蹊跷，说服女主管Maggie联手调查当年的真相。	8.2
13	我不是药神	2018	文牧野	印度神油店老板程勇，为了拯救更多的白血病人，铤而走险，走私印度仿制药，最终被警方抓获。	9.0
14	无名之辈	2018	饶晓志	笨贼眼镜和大头打劫手机店后，躲进了一个瘫痪的单身女子家中，三人困于屋内，发生各种啼笑皆非的冲突。	8.1
15	暴裂无声	2018	忻钰坤	哑巴矿工张保民为了追查失踪儿子的下落，却追查到矿业集团老总昌万年绑架了律师的女儿。	8.3
16	无双	2018	庄文强	犯罪天才伪钞制造专家"画家"，与造假天才李问，双剑合璧，联手制造出超级伪钞，最终被警察抓获。	8.0
17	风中有朵雨做的云	2018	娄烨	年轻警官杨家栋追查建委主任，拆迁现场坠楼的案件，发现"坠楼案"与几年前连阿云失踪案密切相关，最终查出连环案的幕后真相。	7.2

序号	片名	年份	导演	剧情概要	豆瓣评分
18	少年的你	2019	曾国祥	高中女孩陈念失手杀害了经常霸凌自己的魏莱，社会青年小北为了让陈念能顺利参加高考，决定帮她顶罪，最终警官郑易查明了真相。	8.2
19	误杀	2019	柯汶利	犯罪片资深影迷李维杰，为了掩藏妻女误杀官二代的真相，制造全家人不在场的证据，与警察局长拉韫斗智斗勇，最终令其夫妇二人身败名裂。	7.6
20	南方车站的聚会	2019	刁亦男	盗窃团伙小头目周泽农，意外杀害警察，成为警方悬赏的重要通缉犯。他设法与妻子联系，让妻子举报自己从而获得赏金。	7.4

第一章　电影剧作模式

从艺术发展史的角度来考察模式的概念，我们会发现，一部艺术的发展史，就是一部艺术的模式复兴史；任何门类艺术的发展，都可以看作是一个以新模式代替旧模式的不间断过程。艺术家必须充分了解并掌握模式之后，才有可能突破模式；而其突破模式创造出新的艺术形式之后，这一新的形式又会成为众人竞相模仿的对象，由此又形成了新的模式。可以说，艺术创作离不开固有的模式和对模式的研究。

电影的剧作，同样具有模式可循。尽管在1927年有声电影诞生之后，电影剧作才得以确立其在电影创作中的基础性地位。但在不到一百年的时间里，众多电影创作者将其他叙事艺术的创作经验和规律吸收进电影的剧作之中，依据电影的特性总结出相应的规律，从而形成了电影的剧作模式。正因为有了这些模式，其后的创作者才可以少走很多不必要的弯路，在熟悉已有模式的基础上进行再创作。大体而言，我们可以从情节模式、结构模式、人物模式和主题模式这四个方面来探讨电影的剧作模式。

第一节　情节模式

最早给情节下定义的人，可以追溯到古希腊著名的哲学家和美学理论家亚里斯多德，他在《诗学》一书中用了大量的篇幅来谈论情节。他认为："情节，即事件的安排。"而且情节必须"完整"。依据亚里斯多德对情节的定义，情节指的是"有头、有身、有尾"的完整的事件[1]。人们时常会把故事和情节混为一谈，英国著名作家爱德华·摩根·福斯特在其所著《小说面面观》一书中，对故事和

---

[1] 马新国：《西方文论选讲》（辽宁：辽宁大学出版社，1987年），页29-30。

情节进行了区分，他认为故事是按照时间顺序来叙述事件的，情节同样要叙述事件，但更强调事件之间的因果关系[①]。

从电影剧作的角度来看，故事是剧本最原始的形态，但仅有这原始的形态是无法构成剧本的，故事必须要有一个形成情节的结构，才能够成为剧本创作的基础。由此可见，电影剧作中所说的情节是介于故事与结构之间的东西，它比故事更为具体，可以成为剧本构成的直接基础。情节的任务在于，将多个事件按同一方向进行编排和组织，以此来解释剧本中所传达的主题。因此，如果剧本在情节编排上产生了混乱，就容易造成结构方面的不合理，进而影响人们对故事内容和主题的理解。

一、三种情节形式

一般来说，在情节编排上，普遍采用的形式主要有以下三种：

1. 直线式情节。即第一事件成为第二事件的原因，第二事件成为第三事件的原因，相继发展为第四、第五事件这样一种形式，也就是用直接贯穿的方法，采取最简单的逻辑推理形式。好莱坞大量的超级英雄片和迪斯尼的很多动画片的情节都采取了这一形式。直线式情节是最基本的情节样式，其他形形色色的情节样式，都由此变化而来。其缺点在于情节发展的形态呈直线状，过于单调乏味，缺少变化，对错综复杂的现实生活表现的过于简单，很难通过这一样式来展现现实世界真正的风貌。

2. 间断式情节。这种情节样式不像直线式情节那样，采取第一、第二、第三这样有规则的顺序，而是在一个插曲进行途中插入另一个插曲，给人一种前一个插曲到此中断的感觉，这种形式经过适当的反复，便形成几个插曲混杂在一起。乍一看似乎前一个插曲由于下一个插曲的进入而告中断，其实它们之间都保持着有机的联系，都朝着对保持一定秩序的主题进行解释的方向前进。这种联系随着

[①] 福斯特、苏炳文译：《小说面面观》（广州：花城出版社，1984年），页22。

情节的进展逐渐增加了紧密程度，待到几个插曲合而为一时便达到了最高顶点。换言之，就是把几个很小的直线式情节断断续续地衔接起来，最终形成一个大的情节。间断式情节能够更好地呈现错综复杂的现实世界风貌，因此，很多有思想和艺术追求的电影，如好莱坞所谓的情节剧电影和很多文艺电影的情节都采取了这一形式。

3. 念珠式情节。亦即把几个完全可以独自成为故事的情节综合起来，使其成为一个全新的情节。这种把几个情节拢在一起，使其成为一个综合体的情节样式，如同佛珠的那根线将许多珠子串在一起。相较于直线式情节和间断式情节，念珠式情节在编排上则更为复杂，对于贯穿全域的情节和局部的情节，究竟应该将重点放在哪个部分，往往成为创作者最难于把握的地方。在欧洲和亚洲电影领域，很多极具艺术价值的电影，都采取了这一情节样式。

二、普罗第36种情节模式

剧作家在对情节进行创造和编排时，往往都要历经提炼和典型化的过程，通过对生活中选取的素材进行提炼、加工和改造，从而形成具有典型意义的情节。当这些具备典型意义的情节不断被后人所重复和借鉴，便形成了情节模式。历史上众多学者和剧作家，都对情节模式的分类进行过研究。亚里斯多德曾将戏剧分为简单悲剧、简单喜剧、复杂悲剧和复杂喜剧四种基本类型，对于将情节看作悲剧第一要素的亚里斯多德来说，这无疑是人类对情节模式的第一次分类[1]。18世纪末，意大利戏剧家卡洛·柯齐查阅了大量古代戏剧作品后认为，世界上的一切戏剧剧情，都可以归纳为36种情节模式[2]。然而，他并没有总结出究竟是哪36种模式。直到20世纪初期，法国戏剧家乔治·普罗第再次做了有益的尝试，他在研究了1200余部古今戏剧作品之后，总结出戏剧的36种情节模式；他自信地

---

[1] 马新国：《西方文论选讲》（辽宁：辽宁大学出版社，1987年），页28。
[2] 陈咏：〈试论36种剧情模式〉，《北京电影学院学报》，2005年第2期，页68。

认为，古今所有的戏剧剧情，都不会超出这36种情节模式[1]。

近一个世纪之后，普罗第由戏剧作品归纳出来的36种情节模式，依旧在西方广为流传。尤其是在美国电影界，熟练掌握36种情节模式被认为是电影编剧必备的技能之一。电影与戏剧虽然是两种不同的艺术形式，但作为叙事艺术而言，电影和戏剧应该是最为接近的姊妹艺术，在剧情模式上差别并不大。由于戏剧的悠久历史，戏剧的剧情模式远比早期电影的剧情模式更为丰富；可以说，在20世纪50、60年代以前，世界上几乎所有的电影剧情都可以涵盖在普罗第的36种情节模式之内。由此可见，普罗第36种情节模式是对古典主义以及浪漫主义戏剧剧情模式一次很好的归纳和总结。它对电影剧作的贡献，则更为集中地体现在旧好莱坞电影的"黄金时代"。这一时期好莱坞拍摄的7000多部爱情片、喜剧片、西部片、强盗片和歌舞片等各种商业类型片，基本都是在36种情节模式指导下生产的，这些类型片的剧情都跳脱不开普罗第所归纳的36种情节模式。对于当代电影而言，当今全球市场上绝大多数的商业类型电影的剧情，依然参考和借鉴了这36种情节模式。

陈咏从北京电影学院要求在校学生必看的世界经典电影中，筛选出1916至2002年120部经典影片作为研究物件，其中美国影片35部，欧洲影片49部，中国影片21部，日本影片8部，其他国家影片7部。他将这些影片的剧情与普罗第36种情节模式进行了比对，发现有约占75%的影片剧情完全遵循了36种情节模式，具体结果见下表3：

---

[1] 陈咏：〈试论36种剧情模式〉，《北京电影学院学报》，2005年第2期，页68。

表3 完全遵循36种情节模式的影片[①]

模式类别	主要人物	其他人物	情节细目	对应影片及年份
1.求告	求告者	逼迫者	A：(1)帮助他去对付敌人 (2)准许他去举行一件他应做而被禁止做的事 (3)给予他一个可以终其天年的地方 B：(1)舟行遇灾的人，请求收留帮助 (2)行事不端，被自己人斥逐而祈求别人的慈悲 (3)祈求恕罪 (4)请求收取葬骨和取回遗物 C：(1)替自己亲爱的人求情 (2)在亲戚面前替另一亲戚求情 (3)在母亲的情人面前替母亲求情	《淘金记》（1925）《关山飞渡》（1937）《星球大战》（1977）
2.援救	不幸的人	威胁者、天外飞来的救星	A：(1)救援一个被认为有罪的人 B：(1)子女援助父母 (2)受过恩惠的人报恩失救	《党同伐异》之"母与法"（1916）
3.复仇	复仇者	作恶的人	A：(1)为被害的祖宗或父母复仇 (2)为被害的子女或后人复仇 (3)为被害的妻子或丈夫复仇 (4)为被侮辱的子女复仇 (5)为妻子受侮辱（或几乎受侮辱）而复仇 (6)为被害者的情夫复仇 (7)为朋友被杀或者受损害而复仇 (8)为姐妹被奸污而复仇 B：(1)为了存心作对，故意为难而复仇 (2)为了趁人不在，暗加攘夺而复仇	《伊万的童年》（1964）

① 陈咏：〈试论36种剧情模式〉，《北京电影学院学报》，2005年第2期，页70。

模式类别	主要人物	其他人物	情节细目	对应影片及年份
3.复仇	复仇者	作恶的人	(3)为了蓄意谋害而复仇 (4)为了故入人罪而复仇 (5)为了逼奸强暴而复仇 (6)为了夺取所有而复仇 (7)为了一两个人的奸诈，对整个团体的复仇 C：(1)职业的追捕有罪的人	《伊万的童年》（1964）
4.骨肉间的报复	报复者	作恶者、已死的受害人	A：(1)父亲的死，报复在母亲身上 (2)母亲的死，报复在父亲身上 B：(1)弟兄的死，报复在儿子身上 C：(1)父亲的死，报复在丈夫身上 D：(1)丈夫的死，报复在父亲身上	《狮子王》（1994）
5.捕逃	捕逃者	追捕或惩罚的势力	A：(1)违反法律（有时为不得已）的或因其他政治行为而逃 B：(1)为因恋爱的过失而逃 C：(1)好汉对这位大势力的抗争 D：(1)半疯狂的人对着阴谋的整治的抗争	《筋疲力尽》(1959)《邦尼和克莱德》(1967)《天生杀手》(1994)
6.灾祸	受祸者	胜利的人	A：(1)战败 (2)亡国 (3)人类的灭亡 (4)天灾 B：(1)君位被夺 C：(1)旁人的忘恩负义 (2)不公道的被惩罚或受敌视 (3)遭遇横逆和暴行 D：(1)被情人或丈夫遗弃 (2)丧失子女	《鸟》(1963)《幼儿园》(1983)《圣诞快乐，劳伦斯先生》(1983)

模式类别	主要人物	其他人物	情节细目	对应影片及年份
7.不幸	不幸的人	制约他的人	A：(1)无辜的人，为野心者的阴谋所牺牲 B：(1)无辜的人，为了那应该保护他的人而受伤害 C：(1)能人，有力的人在困苦贫乏中 (2)一向被宠爱的人，或一向备受亲昵的人，发现此刻他是被遗忘了 D：(1)失去了唯一的希望	《西鹤一代女》(1952)《活下去》(1952)、《雁南飞》(1957)、《早春二月》(1963)《稻草人》(1983)、《末代皇帝》(1987)《芙蓉镇》(1987)、《活着》(1994)《钢琴师》(2002)
8.革命	革命者	暴行者	A：(1)一个人的反抗 (2)很多人的反抗 B：(1)一个人的革命，影响了很多人 (2)许多人的革命	《战舰波将金号》(1925)《母亲》(1926)《农奴》(1963)《黄土地》(1984)

模式类别	主要人物	其他人物	情节细目	对应影片及年份
9.壮举	勇敢的领袖	敌人（对象）	A：(1)备战 B：(1)战事 (2)争斗 C：(1)劫夺一个所欲的物件和人物 (2)夺回那所欲的物件和人物 D：(1)冒险的远征 (2)为夺回所爱的人而冒险	《阿拉伯的劳伦斯》(1962) 《巴顿将军》(1970) 《出租车司机》(1976) 《红高粱》(1987)
10.绑劫	绑劫者	被绑劫者，被绑架者保护人	A：(1)绑架一个不愿顺从的女子 B：(1)绑架那愿意顺从的女子 C：(1)夺回那被绑的女子，但没有杀死绑架者 (2)夺回那被绑的女子，但同时杀死暴行者 D：(1)救出那被绑的朋友 (2)救出一被绑的小孩 (3)救出一个信仰错误的人	《完美世界》(1993)
11.释迷	解释的人	迷	A：(1)必须寻得谋人，否则处死 B：(1)必须解释谜语，否则遇祸 (2)同前，但迷为所爱的女子所作 C：(1)悬赏以寻出人的名字 (2)悬赏以寻出人的性别 (3)试验一个人是否疯狂	《公民凯恩》(1941) 《鸟人》(1984) 《谁陷害了兔子罗杰》(1988) 《后窗》(1954)、《放大》(1967)、《对话》(1974)、《现代启示录》(1979)

模式类别	主要人物	其他人物	情节细目	对应影片及年份
12.取求	取求的人	拒绝的人，判断的人	A：(1)用武力或诈术，获取目标 B：(1)用巧妙的言辞，获取目标 C：(1)用言语打动判断的人	《林家铺子》(1959) 《去年在马里安巴德》(1961) 《星探》(1995)
13.骨肉间的仇视	仇恨者	被恨者，互恨者	A：(1)兄弟间一人被诸人所嫉视 (2)兄弟间互相仇视 (3)为了自利，亲戚间互相仇视 B：(1)子仇视父 (2)父与子互相仇视 (3)女恨父 C：(1)祖仇视孙 D：(1)岳父仇视女婿 E：(1)婆婆仇视儿媳 F：(1)婴儿的杀戮	《呼喊与细雨》(1972) 《乱》(1985) 《野战排》(1986)
14.骨肉间的竞争	得胜者	被拒者	A：(1)恶意的竞争者为自己的手足 (2)两兄弟间，彼此恶意的竞争 (3)两兄弟间的竞争，其中一人犯了奸淫 (4)两姐妹间的竞争 B：(1)为了一个未嫁的女子，父与子的竞争 (2)为了一个已嫁的女子，父与子的竞争 (3)同前，但此女已为前父之妻 (4)母与女间的竞争 C：(1)庶堂手足或者姑表间的竞争 D：(1)朋友间的竞争	《高跟鞋》(1991)

模式类别	主要人物	其他人物	情节细目	对应影片及年份
15.奸杀	有奸情的人	被害者	A：(1)请人杀害丈夫，或为了情人杀害丈夫 (2)杀害一个"推心置腹"的情人 B：(1)为了情妇或者私利，杀害妻子	《天国车站》(1984)
16.疯狂	疯狂者	受害者	A：(1)因为疯狂而杀害了骨肉 (2)因为疯狂而杀害了恋人 (3)因为疯狂而杀害了无辜的人 B：(1)因为疯狂而受耻辱 C：(1)因为疯狂而失去了亲人 D：(1)因怕有遗传的疯狂，而导致疯狂	《幻觉》(1979)
17.鲁莽	鲁莽者	受害者或失去的物件	A：(1)因鲁莽而自致不幸 (2)因鲁莽而自致耻辱 B：(1)因好奇而自致不幸 (2)因好奇而丧失所爱的人 C：(1)因好奇而至别人死亡或不幸 (2)因鲁莽而致亲族死亡 (3)因鲁莽而致爱人死亡 (4)因轻信而致骨肉死亡	《飞越疯人院》(1975)
18.无意中的恋爱的罪恶	恋爱者	被恋者，说明者	A：(1)误娶自己的母亲 (2)误以自己的姊妹为情妇 B：(1)误娶自己的姊妹为妻；(2)同上，唯系受人陷害；(3)几乎以自己的姊妹为情人 C：(1)几乎奸淫自己的女儿 D：(1)几乎在无意中犯了奸淫的罪 (2)无意中犯了奸淫的罪（如误以为丈夫已死而改嫁，其实未必等）	《小城之春》(1948) 《玛丽亚·布劳恩的婚姻》(1979)

模式类别	主要人物	其他人物	情节细目	对应影片及年份
19.无意中伤残骨肉	杀人者	被害者	A：(1)受神命，几乎在无意中杀了自己的女儿 (2)同前，但因政治的必要 (3)同前，但因与人作恋爱上的争宠 (4)同前，但因怨恨他那所不认得的女儿 B：(1)无意中杀害了或几乎杀害了自己的儿子 (2)同前，但系受奸人的拨弄 (3)同前，同时并有对其他骨肉的仇视 C：(1)无意中杀害了或几乎杀害了自己的手足 (2)为了职务的关系，无意中杀害了自己的姊妹 D：(1)无意中杀害了自己的母亲 (2)受奸人拨弄，无意中杀害了自己的父亲 E：(1)为了报仇或者受拨弄，无意中杀了自己的祖父或其他长辈 (2)迫于不得已的杀害 F：(1)无意中杀害了一个所爱的女子 (2)几乎杀害了一个不认识的情人 (3)没有去救一个不认识的儿子的性命	《楢山节考》(1983)
20.为了主义而牺牲自己	牺牲者	主义	A：(1)为了诺言而牺牲自己的生命 (2)为了种族的成功或者幸福而牺牲性命 (3)为了孝道而牺牲生命 (4)为了自己的信仰而牺牲生命 B：(1)为了信仰而牺牲恋爱与生命 (2)为了事业而牺牲恋爱与生命 (3)为了国家的利益而牺牲 C：(1)为了义务而牺牲自己的幸福 D：(1)为了信仰而牺牲了自己的荣誉	《勇敢的心》(1995年)

模式类别	主要人物	其他人物	情节细目	对应影片及年份
21. 为了骨肉而牺牲自己	牺牲者	骨肉	A：(1)为了亲戚或所爱之人的生命而牺牲自己的生命 (2)为了亲戚或所爱之人的幸福而牺牲自己的生命 B：(1)为了父母的幸福而牺牲自己的前途 (2)为了父母的生命而牺牲自己的前途 C：(1)为了父母的生命而牺牲自己的恋爱 (2)为了子女的幸福而牺牲自己的恋爱 D：(1)为了父母或所爱之人的生命而牺牲自己的生命与荣誉 (2)为了亲戚或所爱之人的生命不顾自己的贞操	《神女》(1934) 《一江春水向东流》(1947) 《克莱默夫妇》(1979) 《楢山节考》(1983)
22. 为了情欲的冲动而不顾一切	恋爱者	对象，被牺牲者	A：(1)为了爱欲而破坏了宗教上的贞操与誓言 (2)破坏了普通的贞操的自誓 (3)为了热欲而毁坏了自己的前程 (4)为了热欲而毁坏了自己所有的权利 (5)热欲毁坏了脑力，健康，甚至生命 (6)热欲毁坏了富贵，荣誉，若干人的性命 B：(1)因遇诱惑而忘了义务 C：(1)因为情欲的罪恶而丧失了生命、地位、荣誉 (2)为了别种的罪恶，得到同前的结果	《魂断威尼斯》(1971) 《卡门》(1983) 《危险的交往》(1988)
23. 必须牺牲所爱的人	牺牲者	被牺牲的所爱的人	A：(1)为了公众的利益，必须牺牲一个女儿 (2)因为遵守对神所立的誓言，有牺牲她的义务 (3)为了个人信仰，有牺牲恩人或所爱人的义务	《要热爱人》(1973)

模式类别	主要人物	其他人物	情节细目	对应影片及年份
23.必须牺牲所爱的人	牺牲者	被牺牲的所爱的人	B：(1)在必要的情形下，牺牲人家所不知道而实际是他的儿女 (2)在同样的环境下，牺牲他的父亲 (3)在同样的环境下，牺牲自己的丈夫 (4)为了公众的利益，而牺牲自己的女婿 (5)为了公众的利益，对付自己的亲戚 (6)为了公众的利益，对付自己的朋友	《要热爱人》(1973)
24.两个不同势力的竞争（为了恋爱）	两个不同势力的人	对象	A：(1)神与人 (2)有妖术者与平常人 (3)得胜者与被征服者、主与奴，上司与下属 (4)上国的君王与属国的君王 (5)君王与贵族 (6)有权威者与新兴之人 (7)父人与穷人 (8)有荣誉的人与犯嫌疑的人 (9)两个差不多势均力敌的人 ⑽同前，而起中一个人以前犯过奸淫 ⑾一个被爱的人与一个"没有权利去爱"的人 ⑿离过婚的妇人的前后两个丈夫 （以上是两个男人之间） B：(1)一个妖妇和一个平常女人 (2)得胜者与囚徒 (3)皇后与臣民 (4)皇后与奴隶	《野山》(1985)

模式类别	主要人物	其他人物	情节细目	对应影片及年份
24. 两个不同势力的竞争（为了恋爱）	两个不同势力的人	对象	(5)女主和仆人 (6)高贵的女子和低微的女子 (7)两个差不多地位相等的人，一个纵行恣情 (8)对于高贵女子的理想或记忆，一个不如她的真的人 (9)神与人 （以上是两女之间） C: 重复的竞争——（甲爱乙，乙爱丙，丙爱甲） D: (1)神与神 (2)人与人 (3)法律上的两个妻子 （以上是东方式的）	《野山》(1985)
25. 奸淫	两个有淫行的人	被欺骗的丈夫或妻子	A: (1)为了另一少妇、欺骗了情妇 (2)为了自己妻子，欺骗了情妇 (3)为了一个少女，欺骗了情妇 B: (1)为了那个他所爱但并不爱他的女仆，欺骗了妻子 (2)为了纵欲，欺骗了妻子 (3)为了已婚的少妇，欺骗了妻子 (4)意欲重婚，欺骗了妻子 (5)为了那个他所爱但并不爱他的少女，欺骗了妻子 (6)妻子为那个爱她的丈夫的少女所嫉妒 (7)妻子为一个娼妓所嫉妒 (8)一个冷淡的妻子和一个热情的情夫间的竞争 C: (1)为了一个"相投"的情人，牺牲了那"不合"的丈夫	《玛丽亚·布劳恩的婚姻》(1979)

模式类别	主要人物	其他人物	情节细目	对应影片及年份
25.奸淫	两个有淫行的人	被欺骗的丈夫或妻子	(2)忘记了自己的丈夫（以为他是死了）去和他的情敌要好 (3)为了一个能够同情她的情人，牺牲了他平凡的丈夫 (4)欺骗了好的丈夫，为了一个不如他的情敌 (5)同前，为了一个怪癖的情敌 (6)同前，为了一个讨厌的情敌 (7)热恋的妻子，欺骗一个好的丈夫，为了一个平凡的情人 (8)欺骗丈夫，为了一个虽不如他那样好，但更加有用的情人 D：(1)被欺骗的丈夫的复仇 (2)为了主义，打消了嫉妒的念头 (3)丈夫被那失败的情敌陷害	《玛丽亚·布劳恩的婚姻》(1979)
26.恋爱的罪恶	恋爱者	被恋爱者	A：(1)母恋子 (2)女恋父 (3)父对女施暴行 B：(1)少妇恋其丈夫的前妻之子 (2)少妇与前妻之子彼此爱恋 (3)一个女子同时为父与子的情夫 C：(1)为嫂或姈的恋人 (2)兄妹恋爱 D：(1)同性恋	《月亮》(1979) 《蜘蛛女之吻》(1985) 《霸王别姬》(1993)
27.发现所爱之人的不荣誉	发现者	有过失者	A：(1)发现了父有可羞耻之事 (2)发现了母有可羞耻之事 (3)发现了女儿有可羞耻之事 B：(1)发现了未婚夫或妻的家庭中有不荣誉的事	《远山的呼唤》(1980)

模式类别	主要人物	其他人物	情节细目	对应影片及年份
27.发现所爱之人的不荣誉	发现者	有过失者	(2)发现了自己的妻子在未婚前被人侮辱过 (3)发现他从前有过"失足" (4)发现自己的妻子从前是娼妓 (5)发现了自己的情人有不荣誉的事 (6)发现自己的情妇以前本来是作娼妓的，又恢复了旧生涯 (7)发现自己的情人是个无赖，或者情妇是个坏女人 (8)发现自己的妻子是一个坏女人 C：(1)发现了自己的儿子是一个杀人犯 D：(1)儿子是一个卖国贼 (2)儿子违反了他自己定的法律 (3)儿子是被认为有罪的 (4)立誓欲除暴君此时才知道暴君就是他 (5)发现了自己的手足是一个杀人犯 (6)发现了自己的母亲是害死父亲的人	《远山的呼唤》(1980)
28.恋爱被阻碍	两个恋爱的人	阻碍	A：(1)因为门第或地位不和而不能结为婚姻 (2)因为财富不和而不能结为婚姻 B：(1)因有仇人从中阻挠而不能成为婚姻 C：(1)因该女子先许为他室 (2)同前，并误会所爱的对象已和别人结婚 (3)为了一个能够同情她的情人，牺牲了他平凡的丈夫 D：(1)亲戚们的反对 (2)亲戚间不合 F：(1)男女间性情不合	《瑞典女王》(1933) 《马路天使》(1937) 《音乐之声》(1965) 《毕业生》(1967) 《花边女工》(1976)

模式类别	主要人物	其他人物	情节细目	对应影片及年份
28.恋爱被阻碍	两个恋爱的人	阻碍	A：(1)因为门第或地位不和而不能结为婚姻 (2)因为财富不和而不能结为婚姻 B：(1)因有仇人从中阻挠而不能成为婚姻 C：(1)因该女子先许为他室 (2)同前，并误会所爱的对象已和别人结婚 (3)为了一个能够同情她的情人，牺牲了他平凡的丈夫 D：(1)亲戚们的反对 (2)亲戚间不合 F：(1)男女间性情不合	《愿望树》(1976)、《奇怪的女人》(1978)《莫斯科不相信眼泪》(1980)《法国中尉的女人》(1981)
29.爱恋一个仇敌	被爱恋的仇敌	爱他的人，恨他的人	A：(1)被爱者为爱人的亲族所憎恨 (2)爱人为被爱者的亲族所憎恨 (3)被爱者（男）是爱她的女子伙伴的仇人 B：(1)爱人（男）是杀死被爱者父亲的人 (2)被爱者（男）是杀死她的另一爱人的父亲的人； (3)被爱者（男）是杀死她的另一爱人的兄弟的人； (4)被爱者(男)是杀死那爱她的女子的丈夫； (5)被爱者（男）是杀死那爱她的女子的原来爱人的人； (6)被爱者（男）是杀死妻子为那个爱她的女子的一个亲族的； (7)被爱者（女）是杀死爱人的父亲的人的女儿	《罗密欧与茱丽叶》(1996)

模式类别	主要人物	其他人物	情节细目	对应影片及年份
30.野心	野心者	阻挡他的人	A：(1)野心为自己的亲族——兄弟所阻止 (2)野心为自己的亲戚或受恩的人所阻止 (3)为自己的党羽所阻止 B：(1)反叛的野心 C：(1)野心与贪婪连续地造成罪恶 (2)枭獍似的野心	《美国往事》(1984)
31.人和神的斗争	人	神	A：(1)和神斗争 (2)和信仰某一种神的人斗争 (3)为自己的党羽所阻止 B：(1)和神争论 (2)因为侮辱神道而受罚 (3)因为在神前傲慢而受罚 (4)狂妄的和神竞争 (5)鲁莽的和神竞争	《裸岛》(1960) 《罗丝玛丽的婴儿》(1968)
32.因为错误而生的嫉妒	嫉妒者	被嫉妒者	A：(1)错误因为嫉妒者的疑心而生出来； (2)错误的嫉妒，因为凑巧而生出来；(3)误以为友谊的爱是男女的爱；(4)嫉妒为恶意的造谣所引起 B：(1)嫉妒为怀恨的叛徒所引起 (2)同前，但是叛徒是为了自己的利益 (3)同前，叛徒同时为了自己的嫉妒 C：(1)夫妻间的相互嫉妒，为情敌所挑起 (2)丈夫的嫉妒，为失败的情敌所挑起 (3)丈夫的嫉妒，被一个爱他的女人所挑起 (4)妻子的嫉妒，被一个受过斥逐的情敌所挑起 (5)得意的情人的嫉妒，被那一向受欺的丈夫所挑起	《似水流年》(1985)

模式类别	主要人物	其他人物	情节细目	对应影片及年份
33.错误的判断	错误者	受害人，错误的原因	A：(1)需要信托的地方，发生了错误的疑嫉 (2)误疑自己的情妇 (3)误会爱人的态度而生疑忌 (4)因对方冷淡而生错误的疑忌 B：(1)为救一个友人，故意使人怀疑自己 (2)打击一个冤枉无辜的人 (3)同前，但冤枉的人因曾生过邪念，而自觉有罪恶感 (4)一个目击罪恶的人，为了救一个另外的人，而听任别人责备那冤枉的人 C：(1)听任旁人责备一个敌人 (2)错误是由一个仇敌故意引起的 (3)错误是由他的兄弟故意引起的 D：(1)犯罪者嫁祸于他的仇人 (2)犯罪者早就布置好的，嫁祸于他的第二个被害的人 (3)嫁祸于一个情敌 (4)嫁祸于一个无辜的人，因为此人不肯和他共同作恶 (5)一个被遗弃的情妇，嫁祸于她从前的情人，因为她不肯去欺骗她的丈夫 (6)受了人家的故意陷害(错误的判罪之后)，努力恢复地位并设法报复	《黑炮事件》(1985)
34.悔恨	悔恨者	受害人或罪恶	A：(1)为了一件人家所不知道的罪恶而悔恨 (2)为了弑父而悔恨 (3)为了谋杀而悔恨 (4)为了谋杀丈夫或妻子而悔恨 B：(1)为了恋爱的过失而悔恨 (2)为了犯了奸淫而悔恨	《得克萨斯州的巴黎》(1984)

模式类别	主要人物	其他人物	情节细目	对应影片及年份
35.骨肉重逢	寻觅者	寻得的人	无细目	《金色池塘》(1981)
36.丧失所爱的人	眼见者	死亡者	A：(1)眼看骨肉被残而不能救 (2)为了职务的需要，以不幸加到自己人身上 B：预见一个所爱之人的死亡 C：(1)得知了亲族或挚友的死亡 D：(1)得知所爱之人的死，因失望而蛮性发作	《城南旧事》(1982) 《走出非洲》(1985)

在这 120 部影片中，共有 15 部影片，占比达 13% 的影片剧情看似和 36 种情节模式无关，实际上却是 36 种情节模式的演变。具体结果见下表 4：

表 4：36 种情节模式演变的影片[①]

影片及年份	模式类别	情节细目及演变
《罗生门》(1950)	15.奸杀	"情人杀害丈夫或为了情人杀害丈夫"的演变
《野草莓》(1957)	34.悔恨	"情人杀害丈夫或为了情人杀害丈夫"的演变
《四百下》(1959)	1.求告	"情人杀害丈夫或为了情人杀害丈夫"的演变
《广岛之恋》(1959)	26.恋爱的罪恶	爱上一个不该爱的人
《铁皮鼓》(1979)	22.为了情欲的冲突而不顾一切	"热欲毁灭了富贵、荣誉、若干人的性命"的演变
《两个人的车站》(1982)	28.恋爱被阻碍	"恋爱被阻碍"的演变

① 陈咏：〈试论 36 种剧情模式〉，《北京电影学院学报》，2005 年第 2 期，页 71。

影片及年份	情节模式	演变
《阿基米德后宫的茶》（1985）	7. 不幸	"失去了唯一的希望"的演变
《盗马贼》(1986)	21. 为了骨肉而牺牲自己	"为了父母或一个所爱的人的生命而牺牲自己的生命与荣誉"的演变
《小信差》(1986)	24. 两个不同势力的竞争	"有权威者与新兴之人"的演变
《被遗忘的长笛曲》(1987)	28. 恋爱被阻碍	"因为门第或地位不同而不能结为婚姻"的演变
《爱情万岁》(1994)	7. 不幸	"失去了唯一的希望"的演变
《离开拉斯维加斯》(1995)	26. 恋爱的罪恶	爱上一个不该爱的人
《地下》(1995)	14. 骨肉间的竞争	"朋友间的竞争"的演变
《樱桃的滋味》(1997)	7. 不幸	"失去了唯一的希望"的演变
《罗拉快跑》(1998)	2. 救援	三种不同的"最后一分钟营救"过程和结果拼接为一部电影

而在这120部影片中，仅有13部影片，约12%的影片剧情完全突破了36种情节模式，具体分析见下表5：

表5：突破36种情节模式演变的影片[1]

影片及年份	突破36种情节模式的原因分析
《八部半》(1963)	片中片的结构方式，梦境与现实杂乱无章的组合。
《红色沙漠》（1964）	淡化情节的纯视觉叙事，色彩成为叙事的第一要素。
《安德烈·鲁勃廖夫》（1966）	双重视点的叙事方式，主人公既是事件的参与者，又是事件的目击者。纪实、象征、隐喻融入叙事。
《穿越欧洲的特快列车》（1966）	戏中戏的套层结构方式，在叙事和故事两个层面之间自由往返。

---

[1] 陈咏：〈试论36种剧情模式〉，《北京电影学院学报》，2005年第2期，页72。

《资产阶级的审慎魅力》（1972）	梦幻、想象、象征、隐喻构成影片叙事的主体。
《名誉》（1980）	群像人物，散点式的叙事方式。
《风柜来的人》（1983）	平淡无奇的故事讲述平淡无奇的人物。
《人生交叉点》（1993）	完全放弃完整的情节线索，平行穿插结构七八组彼此不相关人物的日常生活片段。
《低俗小说》（1994）	三个互相交叉又各自独立的故事构成影片的叙事段落。无中心情节线，影片的结尾回到影片的开头。
《暴雨将至》（1994）	看似古典的三段式结构，却无视常规的时间顺序，影片的开头即是结尾。时空看似环形，却无法缝合。叙事无时间先后顺序，却有因果必然联系。
《烟》（1994）	看似毫不相干的普通人的生活，构筑成一幅奇特的人生画卷。
《重庆森林》（1994）	两个毫不相关的男人，三个毫不相干的女人，四段新奇的爱情故事。
《三轮车夫》（1995）	混合了东西方的电影表现元素，用极端化的情景和风格化的视听语言随意讲述了一个非理性的故事。

总体来看，在陈咏筛选的120部经典影片中，有高达88%的影片剧情在普罗第36种情节模式之内或模式边缘。由此可见，普罗第36种情节模式对于当代电影的剧本创作，依然具有十分重要的指导作用。

三、赫尔曼9大情节模式

随着电影艺术的高度发展，20世纪70年代，美国电影剧作家L·赫尔曼结合美国的主流商业电影，概括归纳出电影剧情的9大情节模式，即1、爱情；2、飞黄腾达；3、灰姑娘式；4、三角恋爱；5、归来；6、复仇；7、转变；8、牺牲；

9、家庭①。赫尔曼根据当时美国市场的主流电影，简化了普罗第的36种情节模式，增添了"转变"和"归来"这两种情节模式。他认为这9种情节模式完全可以"包罗人类的全部感情和戏剧动作"②。然而，实际上从叙事研究的角度来看，赫尔曼并没有超越普罗第对戏剧情节模式分类的高度。

正如郝建《影视类型学》所言："模型之为模型是因为它具有很强的衍生力，给一个模型添枝加叶就可以得到千变万化的故事。"③情节模式如同一个有机的剧本构架，剧作家可以依据这个构架的特质，不断地置换新的内容。无论是在戏剧还是在电影中，乔治·普罗第的36种情节模式强大的衍生能力和观众基础，使得依据这些模式所创作的作品，千百年来在观众中久映不衰。它是商业类型片剧作的基础，只要观众乐于接受的商业类型片不消亡，它就有存在的价值和研究的意义。当然，对于剧作家而言，了解、熟悉和掌握这些情节模式不是最终目的，灵活的运用这些情节模式，并最终突破这些模式才是电影剧作的根本。

第二节　结构模式

中国古代著名戏曲理论家李渔在《闲情偶寄》中曾谈到结构的重要性曾言："如造物之赋形，当其精血初凝，胞胎未就，先为制定全形，使点血而具五官百骸之势。"④电影剧作教学领域颇负盛名的美国编剧悉德·菲尔德，也在其《电影编剧创作指南》一书中谈道："电影剧本就是结构，除了结构还是结构……结构是基本的基础。"⑤由此可见，千百年来的创作经验让剧作家和研究者都认识到结构对于剧作而言是非常重要的。依据罗伯特·麦基在其《故事——材质、结构、

---

① 陈咏：〈试论36种剧情模式〉，《北京电影学院学报》，2005年第2期，页70。
② 陈咏：〈试论36种剧情模式〉，《北京电影学院学报》，2005年第2期，页70。
③ 郝建：《影视类型学》(北京：北京大学出版社，2002年)，页94。
④ 转引自李明泉：〈点血而具五官百骸之势——试论传记文学的艺术结构〉，《云南社会科学》，1985年第3期，页104-105。
⑤ 悉德·菲尔德、魏枫译：《电影编剧创作指南》(北京：世界图书出版公司，2012年)，页19。

风格和银幕剧作的原理》一书中的定义："结构是对人物生活故事中一系列事件的选择，这种选择将事件组合成一个具有战略意义的序列，以激发特定而具体的情感，并表达一种特定而具体的人生观。"[1] 我们认为，电影的剧作结构主要是指电影剧作家根据对生活的认识，按照塑造形象和表达主题的需要，运用电影思维把一系列生活素材、人物事件等元素按照轻重先后，合理而匀称地加以组织和安排，使其符合生活规律，从而达到艺术上的完整和统一。简言之，电影的剧作结构就是电影剧作的构成方式和编排组织方式。作为一个完整的结构系统，它由外部的整体规则系统和内部的元素构成系统两部分组成。也就是说，电影的剧作结构至少应包含两个层面：一是剧作的内部结构，亦即剧作整体的情节布局规则；二是剧作的外部结构，亦即情节的组织和叙述方式。近百年来，电影剧作家和研究者将电影剧作结构上的处理技巧和规律进行总结，便形成了电影剧作的结构模式，先来谈谈电影剧作的内部结构模式。

一、剧作内部结构模式

（一）三幕剧结构

电影剧作的内部结构最经典的模式莫过于"三幕剧结构"。这一结构模式的形成，最早可以追溯到亚里斯多德在《诗学》中，提出一部戏"由起始、中段和结尾组成"[2] 的论断。其后，19 世纪 20 年代，法京剧作家尤金·史克莱伯发展出一种"结构精良的戏剧"，其结构特点是有明确的开端、中段和结尾三个部分，结尾有一个清楚且合逻辑的收场，一切纷纷扰扰的事件又回归平静，社会重拾秩序。因此被命名为"复原型三幕剧结构"，简称"三幕剧结构"。这一结构模式后来被大量的运用在世界各国主流电影的创作之中，美国剧作家悉德·菲尔德在其《电影剧本写作基础》一书中，依据电影的剧作特征，对这一结构模式进行了

---

[1] 罗伯特·麦基、周铁东译：《故事——材质、结构、风格和银幕剧作的原理》（北京：中国电影出版社，2001 年），页 39。
[2] 亚里士多德、陈中梅译：《诗学》（北京：商务印书馆，2014 年），页 74。

详细的分析，其基本规则如下：

（1）电影剧作从整体布局上明确划分为三幕，第一幕为故事的开端部，第二幕为故事的中段部，第三幕为故事的结尾部；

（2）从时长分配来说，第一幕约占总时长的1/4，第二幕约占总时长的1/2，第三幕约占总时长的1/4；

（3）第一幕的结尾处和第二幕的结尾处，分别有一个重要的情节转折点，负责将剧情推进至下一幕，这两个转折点是将剧作划分为三幕的分界点；

（4）从剧作功能来说，第一幕主要是建置冲突，第二幕主要是展现冲突对抗的过程，第三幕主要是解决冲突。

各幕的具体任务和功能如下：

第一幕：开端部。主要的任务是建置故事背景、戏剧性前提、主要人物关系和导入性事件。简言之，即故事发生在什么背景下；是一个关于什么的故事；是一个关于什么人的故事；故事是如何引出核心问题的。在第一幕的结尾处要出现一个重要的转折事件，将故事引入第二幕。

第二幕：中段部。这是故事的主体部分，围绕之前引出的核心问题来展现冲突对抗的过程。这个部分人物要发展变化；事件障碍要不断升级；故事思想的正负价值要在对抗中不断交替，直到迎来解决问题最大的障碍。在第二幕的结尾处也要出现一个重要的转折事件，将故事引入第三幕。另外，由于第二幕占据的时长太久，往往会在其中间点设置一个重要的事件，将其划分为上、下两个部分。习惯上我们将这一事件称为"中点事件"，中点事件往往是剧作中的一个小高潮。

第三幕：结尾部。这部分包含了高潮和结局两个部分。高潮是对核心问题进行集中的解决，对故事作一个最终的交待，同时彰显剧作表达的主题；结局则往往是高潮的延续性交待。也就是说，结尾要交代事情是如何结束的？主要人物怎么样了？成功还是失败？活着还是死去？等等一系列问题。

由此可见，"三幕剧结构"由三幕四个部分组成，这四个部分严格遵循戏剧以"冲突律"为核心的结构原则，其各自的功能分别为建置、进展、转折和解决。

三幕的四个部分与中国传统文学所提倡的"起、承、转、合"恰好吻合,"三幕剧结构"完整的布局结构,用图表的方式呈现如下图1:

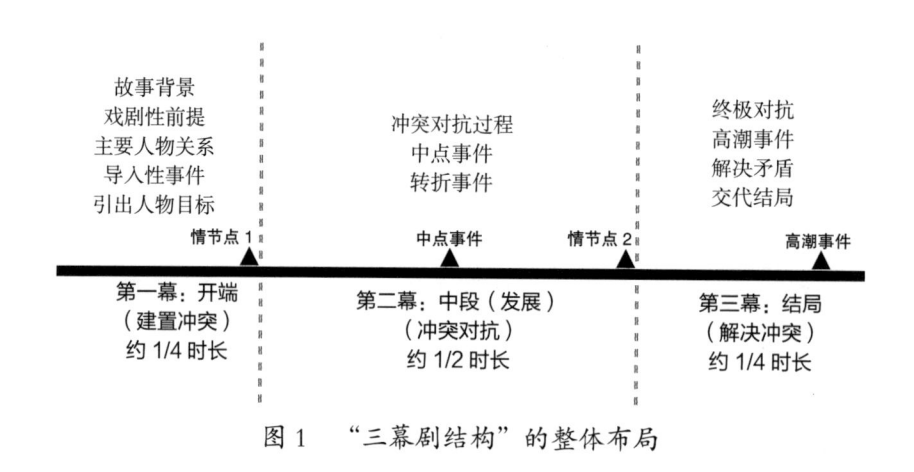

```
故事背景              冲突对抗过程           终极对抗
戏剧性前提            中点事件             高潮事件
主要人物关系          转折事件             解决矛盾
导入性事件                                交代结局
引出人物目标
        情节点1       中点事件    情节点2    高潮事件
   ▲              ▲          ▲          ▲
━━━━━━━━━━━━━━━━━━━━━━━━━━━━━━━━━━━━━━━━━━━━━━
   第一幕:开端      第二幕:中段(发展)    第三幕:结局
    (建置冲突)       (冲突对抗)        (解决冲突)
    约1/4时长         约1/2时长          约1/4时长
```

图1 "三幕剧结构"的整体布局

在悉德·菲尔德将"三幕剧结构"引入电影剧作教学和研究之后,美国的众多剧作家依据自身的创作经验,对其进行了进一步开拓和延展,并由此发展出更为具体而实用的电影剧作结构模式,其中在电影编剧界久负盛名并广为流传的,则为沃格勒的"英雄之旅剧作模式"和斯奈德的"救猫咪的十五个节拍"。

(二)英雄之旅剧作模式

"英雄之旅剧作模式"是美国剧作家克里斯多佛·沃格勒概括总结出来的一套主流商业电影的剧作结构模式。他凭借自身的创作经验和多年担任好莱坞各大公司编剧顾问的经验,吸收了美国神话学家约瑟夫·坎贝尔的神话研究成果,在"三幕剧结构"的基础上,将坎贝尔总结的神话故事模型加以调整,引入到电影剧作领域,从而开创了这一模式。具体而言,沃格勒把每一部电影的故事都看作是主人公(英雄)的一段旅程,这段旅程共分为十二个阶段[①]:

(1)日常世界;(2)冒险召唤;(3)拒斥冒险;(4)拜见导师;(5)跨越第一道门槛;(6)考验、盟友和敌人;(7)深入虎穴;(8)严峻考验;(9)

[①] 参见沃格勒、王翀译:《作家之旅:源自神话的写作要义》(北京:电子工业出版社,2011年)。

获得奖赏；（10）踏上归途；（11）浴火重生；（12）凯旋而归。

从剧作结构来看，这十二个阶段与"三幕剧结构"的对应关系如下：

第一幕：开端部，对应前五个阶段，即：日常世界；冒险召唤；拒斥冒险；拜见导师；跨越第一道门槛；

第二幕：中段部，对应中间四个阶段，即：考验、盟友和敌人；深入虎穴；严峻考验；获得奖赏；

第三幕：结尾部，对应后三个阶段，即：踏上归途；浴火重生；凯旋而归。

"英雄之旅剧作模式"的每一个阶段都有其明确的任务和功能，具体说明见下表6：

表6："英雄之旅剧作模式"结构表

幕序	对应阶段	任务及功能
第一幕	1. 日常世界	交代故事背景，介绍主角的日常世界，展现主角的困境等；
	2. 冒险召唤	出现催化剂般的事件，召唤主角离开日常世界去进行冒险；
	3. 拒斥冒险	展现主角拒绝和排斥的冒险，但坚持拒绝会导致悲剧发生；
	4. 拜见导师	展现主角获得更有经验和智慧的长者帮助；
	5. 跨越第一道门槛	出现重要的转折事件，展现主角正式踏入冒险之旅；
第二幕	6. 考验、盟友和敌人	展现主角进入新世界，历经考验，遇见盟友和敌人
	7. 深入虎穴	展现主角即将面临更大的挑战和障碍；
	8. 严峻考验	展现主角历经更大的挑战和障碍，出现中点事件；
	9. 获得奖赏	再次出现重要的转折事件，展现主人公历经考验后的收获；

第三幕	10. 踏上归途	展现主角从新世界回归日常世界，出现高潮导入事件；
	11. 浴火重生	展现主角与敌人巅峰对决，重获新生，出现故事高潮；
	12. 凯旋而归	展现主角带着收获回归到正常世界。

"英雄之旅剧作模式"只是剧作内部结构中的一种模式，提供了剧作外部的一种框架，它可以为剧作提供一种搭建外部框架的思路和方法，却并非万能的公式。这一结构模式并不能涵盖电影剧作实践的全部，它主要广泛地分布在全球市场各种商业类型片之中。在剧作实践中，它本身包含着无数的可能性和变体，它既适用于美国的各类"超级英雄片"，也适用于各类复杂的剧情片；它源自坎贝尔对古老的神话故事的总结，却依然可以运用在当代电影剧作中探寻故事魅力的核心，并挖掘故事背后所蕴含的普世性价值。

(三) 救猫咪的 15 个节拍

美国当代剧作家布莱克·斯奈德在"三幕剧结构"的基础上将剧作结构划分为 15 个节拍，之所以将其称为"救猫咪的 15 个节拍"，实际上源自斯奈德所编著的"救猫咪"系列编剧丛书的名称。他依据自身在好莱坞多年的创作经验概括总结出这一剧作结构模式。这 15 个节拍具体划分如下[1]：

（1）开场画面；（2）主题呈现；（3）铺垫；（4）催化剂；（5）争执；（6）第二幕衔接点；（7）B 故事；（8）游戏环节；（9）中点；（10）坏蛋逼近；（11）一无所有；（12）灵魂暗夜；（13）第三幕衔接点；（14）结局；（15）终场画面。

从剧作结构来看，这十五个节拍与"三幕剧结构"的对应关系如下：

第一幕：开端部，对应前 6 个节拍，即：开场画面；主题呈现；铺垫；催化剂；争执；第二幕衔接点；

第二幕：中段部，对应中间 7 个节拍，即：B 故事；游戏环节；中点；坏蛋逼近；

---

[1] 参见布莱克·斯奈德、王旭锋译：《救猫咪：电影编剧宝典》（杭州：浙江大学出版社，2011 年）。

一无所有；灵魂暗夜；第三幕衔接点；

第三幕：结尾部，对应后两个节拍，即：结局；终场画面。

"救猫咪的十五个节拍"详细的说明见下表7：

表7："救猫咪的十五个节拍"结构表

幕序	各个阶段	对应时间（分）	任务及功能
第一幕	1. 开场画面	0—1	设定影片基调和风格，介绍主要人物，展现人物前史等；
	2. 主题呈现	5	围绕主题作出陈述或提出问题；
	3. 铺垫	1—10	设定好主角及其他主要人物登场，明确人物目标；
	4. 催化剂	12	出现促使主角发生改变的激励事件；
	5. 争执	12—25	展现主角面临改变的内心挣扎和抗拒；
	6. 第二幕衔接点	25	出现重要的转折事件，推进剧情进入第二幕；
第二幕	7. B故事	30	开始出现与主题相关的情感故事线；
	8. 游戏环节	30—55	展现主角与对手交锋，历经挑战的过程；
	9. 中点	55	故事的小高潮，主角面临严峻的考验；
	10. 坏蛋逼近	55—75	内部和外部的邪恶力量合力对付主角逐渐加紧步伐；
	11. 一无所有	75	展现主角各方面的失败，陷入困境；
	12. 灵魂暗夜	75—85	黎明前的黑暗，主角走出困境前的绝望处境；
	13. 第三幕衔接点	85	再次出现重要的转折事件，主角获得新的希望；
第三幕	14. 结局	85—110	展现故事高潮及结局；
	15.	终场画面	110

"救猫咪的15个节拍"将"三幕剧结构"进行了极致化的延伸和发展，对

于剧作的初学者而言，或许能够帮助其快速了解和掌握电影剧作的内部结构。但从创作角度来看，其整体布局未免过于僵化和死板，创作者并不用过于拘泥于这一结构模式，要学会参考其结构布局的同时灵活的变通处理。

无论是悉德菲尔德引入到电影剧作中的"三幕剧结构"，还是由此基础上发展出来的"英雄之旅剧作模式"和"救猫咪的15个节拍"，都严格遵循戏剧以"冲突律"为核心的结构原则，其核心源头都来自西方以古希腊悲剧为代表的戏剧体结构模式，它对商业类型电影的剧作有着深远的影响和指导意义。此外，以小说为代表的文学作品叙事结构同样也对电影的剧作产生了重要的影响，它并不过于强调戏剧的冲突性，而是以事物发展的客观节奏来组织结构，遵从事物客观发展的过程，形成了"起、承、转、合"或曰"开端、发展、高潮、结局"四段式的结构模式，也称为叙事体结构，这一结构模式主要出现在文艺类剧情电影之中。从内部结构布局来看，戏剧体结构的三幕四部分与叙事体结构的四段式，并无太大差别。

二、剧作外部结构模式

当情节确定之后，依据何种方式来组织这些情节，并且从何种角度来叙述这些情节，往往成为剧作家首先要思考的问题。不同的剧作家选择不同的情节组织方式和叙述方式，便形成了纷繁复杂的剧作外部结构，其中一些经典的结构模式往往会被后人不断地借鉴和使用。

先来看看情节组织方式上一些经典的结构模式：

（一）依据时空划分的结构模式

1. 时空顺序式结构：通常是以剧情发展的时间顺序为主导，以事件的因果关系为叙述动力，将一系列互为关联的事变、情节或事件按照线性方式进行安排，最后导致一个戏剧性的结局。这是电影剧作中最传统和最基本的结构模式，它有清晰的叙事脉络和线索，严密的因果逻辑关系，叙事明了易懂，好莱坞大量的商业娱乐电影都采用了这种结构模式，如《乱世佳人》《宾虚》《虎口脱险》等。

2. 时空交错式结构：打破时空的自然顺序，将不同时空发生的事变、情节或事件，按照非线性的方式进行安排，依据特定的逻辑关系来组织情节，推动剧情的发展。这种结构模式，不仅能灵活运用顺叙、倒叙和插叙等方式来表现多层次时空，而且可以表现人物的内心思想、心理活动和下意识活动等，能够更好地展现纷繁复杂的现实世界。无论是现代的商业类型电影，还是反映社会现实的电影都倾向于采用这种结构模式，如：《教父2》《廊桥遗梦》《泰坦尼克号》等。

3. 套层结构：也称为"戏中戏"结构，它是时空交错式结构中更为独特和高级的一种结构模式。往往采用两条或多条情节线索来讲述同样的主角在不同时空中展开的故事，且不同时空中的人物行为和情节发展会相互影响，从而形成一环套一环的复杂结构形态。这一结构模式具有相互交织的多个时空，不但拓宽了影片的表现空间，而且也使电影本身生成多种意象和内涵。电影史上众多具有思想价值的电影都采用了这一结构模式，如：《法国中尉的女人》《阮玲玉》《盗梦空间》等。

(二) 依据结构形态划分的结构模式

1. 块状结构：打破时空自然顺序的一种非常规结构，往往由两个及以上具有相对自足独立叙事单元拼合成一个完整的结构。如同将不同的多个板块围绕着同一主题拼合起来，这些板块自身的内容是相对封闭和独立的，无须承担上下衔接的作用，且具有更加灵活自由的特点，各个板块之间有时甚至可以互换位置而并不影响主题的表达。

电影史上一些极具开拓性的电影都采用了这一结构模式，如：《公民凯恩》《罗生门》《英雄》等。

2. 环形结构：也是一种打破时空自然顺序的非常规结构，它最明显的形态特征为"开头即结尾"，在形态上构成首尾叙事相连、故事结束时间或空间重回起点的结构。这一结构兼具非线性叙事多层级叙事视角，多重人物关系、时空交错、碎片化拼贴等特征。这一结构往往运用在一些独特的艺术电影和个性化的商业电影之中，如：《暴雨将至》《低俗小说》《时间》等。

3.重复式结构：同样是打破时空自然顺序的一种非常规结构，在整个叙事过程中会有一个重复的时间点，情节的推进会从这个时间点开始重复，在重复的过程中人物行为和情节发展会产生一定的变化，直到推动剧情发展到最后的结局。这一结构看似重复叙事的段落，存在着内部的必然联系，在逻辑上呈现一种螺旋式递进上升的效果。电影史上采用这一结构的电影往往都具有一定的实验性质，如：《土拨鼠之日》《明日边缘》《忌日快乐》等。

在情节叙述方式上，经典的叙述视角主要包括以下几类：

（1）全知视角：故事的叙述者如同全知全能的上帝，带领观众任意出入任何时间地点，甚至是人物的脑海和内心世界，叙述者以"隐形"的身份存在，向观众讲述故事，操纵观众的情绪。通常这一视角会采用类似第三人称的方式来进行讲述，但它不受剧作中人物视角的限制，能最大程度的表达叙述者所欲倾诉之事。好莱坞主流的商业电影大多采用这一视角，如：《魂断蓝桥》《一夜风流》《星球大战》等。

（2）固定视角：将视角限定在某一个固定人物的身上，着重展现此人物的所见、所闻、所想，视角只呈现这个人物可知范围内的事情，这一视角最大的特点就是它的"限定性"，且是固定限知在一个人物的感知范围内。这一视角通常会有一位元清晰明确的叙述者，采用类似第一人称的方式来进行讲述，因其视角有一定的限制，往往在剧作中会和全知视角相结合来使用。采用这一视角的电影如：《泰坦尼克号》《阿甘正传》《阿凡达》等。

（3）非固定视角：故事的叙述者不是单一的某一个人物，叙事视角在剧作中的两个甚至多个角色身上切换，形成多个叙述者的多个视角。这一视角中多个叙述者从自身出发尽情倾诉，叙述出一个更为丰富立体的客观世界，能让剧作结构变得更复杂，调动观众参与思考而非被动的接受故事。采用这一视角的电影如：《天云山传奇》《疯狂的石头》《心花路放》等。

（4）多重视角：故事中的多个叙述者围绕同一件事情进行叙述，每一位叙述者都从自己的主观视角出发，从而形成对同一事情众说纷纭的现象。这一视角会带来结构的复杂化和多样化，每一位叙述者都为提供一个自己的观点和态度，调动观众参与思考和判断。多重视角同样会受到叙述者视角的限制，采用这一视角的电影如：《公民凯恩》《罗生门》《英雄》等。

总之，电影剧作的结构由内部结构和外部结构两个方面组成，一方面要考虑剧作整体的情节布局规则，另一方面则又要考虑情节的组织方式和叙述方式。如果说剧作的内部结构解决了电影的故事是什么样子的话，剧作的外部结构则解决了如何描述出电影故事的内容和样子。这些剧作结构上总结出来的经验、规律，和已经成熟的结构模式，对后来的创作者来说，有着重要的借鉴意义和参考价值。

第三节　人物模式

19世纪世界西方文学的大发展，开始使人们认识到人物在文学作品中的重要性。苏联著名作家高尔基曾说过，文学即人学。俄国著名思想家、评论家别林斯基也曾说道："人是戏剧的主人公，在戏剧中，不是事件支配人，而是人支配事件。"[1] 显然这一说法同样适用于电影剧作。和其他叙事艺术一样，电影也是以"写人"为核心任务的，人物可以说是电影剧作的核心要素。电影剧作中的人物，并非单纯指"人"，实际上它包含一切戏剧冲突的参与者，它可以是人，也可以是一切非人类的其他角色。在进行剧本创作时，依据我们选定的故事，究竟该设置哪些人物？这些人物的性格特征如何？这些人物之间有着什么样的关系？这三个问题往往会成为剧作家首先要考虑的问题。围绕这些问题，电影剧作家们吸收了文学和戏剧大量的创作经验和创作规律，由此总结出电影剧作中人物创造的三大模式，即人物设置模式、人物性格模式和人物关系模式。

---

[1] [俄]别林斯基、满涛译：《别林斯基选集（第3卷）》（上海：上海译文出版社，1982年），页14。

一、人物设置模式

（一）人格四合体模式

"人格四合体模式"是解决如何在剧作中设置主要人物的一种模式，它源自瑞士心理学家卡尔·荣格"人格四合体"的心理学理论[1]。荣格从分析心理学的视角，揭示了"人格四合体"是世界存在的一种最基本原型，即四个元素组成为一体，从而形成一个"圆满"的原型。依据这一理论，我们可以将剧作中的主人公看作是一个"圆满"的人物原型，这一人物原型实际上是由四类不同的人物组合而成。电影的故事讲述的正是这四类不同的人物，彼此遭遇之后相互冲突，并在冲突中整合在一起，完成彼此之间的互补，从而最终形成一个完整的人物原型的过程。

在荣格的原型理论中曾经描述过几十种不同的原型，根据性别的不同，我们将人格四合体划分为男性人格四合体和女性人格四合体两大类，由此，人格四合体一共包含了六种人物原型：

（1）人格面具：指的是个体向世人公开展示的外在面目，其让他人看见的部分自我，其目的在于给世人一个很好的形象以便得到社会认可。在剧作中通常由此来设计主人的职业身份和家庭身份等。

（2）阴影：指的是个体内心深处隐藏的或无意识的心理层面，是不为人知的被压抑的部分自我，它是人性中的阴暗面，是个体隐藏起来的令人厌恶的特质。在剧作中通常由此来设计主人的私人身份，或内心不为人知的一面。

（3）女神：指的是母亲形象的象征，是神话中多个女神的集合体，是集体的、共通的母亲，能够安慰人、孕育人的神圣母亲形象，她可以给女性自我提供智慧、指引和母性之爱。在剧作中通常依据这一原型来设计具有母性光辉的女性形象。

（4）智慧者老：指的是父亲形象的象征，是父亲形象的集合体，他可以给男性自我提供智慧、忠告和指引，代表了主人公必须整合父亲或智者的需求。在

---

[1] 参见卡尔·容格、冯川译：《精神分析与灵魂治疗》（南京：译林出版社，2012年）。

剧作中通常依据这一原型来设计具有智慧的长者形象。

（5）阿尼玛：象征着男性无意识中的女性特质，它始终存在于男性个体内心深处，是男性心灵中所有女性心理趋势的化身，亦即男性心目中的一个集体的女性形象。在剧作中通常依据这一原型来设计一位浪漫或性幻想的物件，是男性主人公必须拯救的女性形象。

（6）阿尼姆斯：象征着女性无意识中的男性特质，它始终存在于女性个体内心深处，是女性心灵中所有男性心理趋势的化身，亦即女性心目中的一个集体的男性形象。在剧作中通常依据这一原型来设计一位浪漫或性幻想的物件，是女性主人公希望依赖或亲近的男性形象。

人格四合体的构成见下图2：

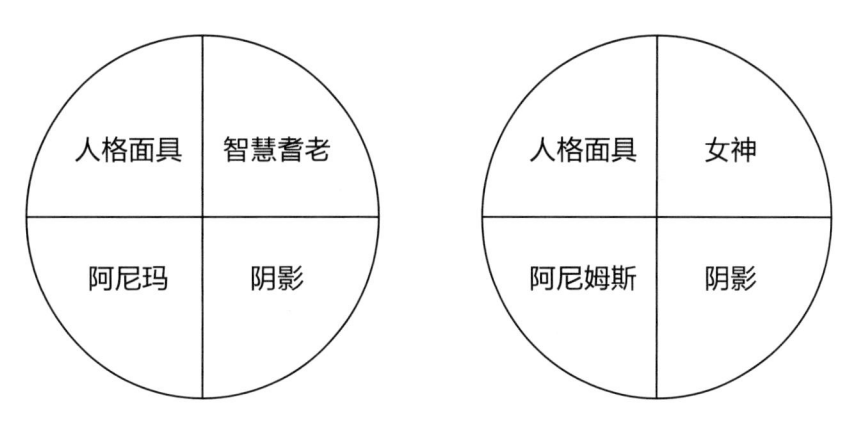

人格面具	智慧耆老		人格面具	女神
阿尼玛	阴影		阿尼姆斯	阴影

图 2　"人格四合体"示意图

在男性人格四合体中，男性个体需要整合人格面具、阴影、阿尼玛和智慧耆老这四个原型，从而形成一个圆满完整的自我；在女性人格四合体中，女性个体需要整合人格面具、阴影、阿尼姆斯和女神这四个原型，从而形成一个圆满完整的自我。

由此，我们可以把所有电影剧作中的故事看作是关于"一个自我改变"的故事，主人公在遭遇了其他三个角色之后，历经改变，从而找到真正的自我。因此在为剧作设置主要人物时，我们至少可以设置四类人物原型，我们将其分别命名为：

英雄、对手、智者和所爱之人。

(1) 英雄：指的是故事的主人公，有明确的行动目标，为了目标历经磨难最终有所收获并发生改变。

(2) 对手：指的是故事中主人公的敌人，一般是最大的反派，与主人公争夺同一目标或阻止主人公实现目标的人物；

(3) 智者：指的是比主人公更有经验，更有智慧，能够指引主人公追求目标的人物。

(4) 所爱之人：指的是主人公爱慕的物件，通常是与主人公发生情感关系的人物。

电影剧作中主要人物设置的人格四合体模式示意图如下图3：

图3　电影剧作"人格四合体模式"示意图

在这四个主要人物中，作为主人公的英雄，必须打败自己的对手（主人公自身的问题、弱点或危机等），从拥有智慧和经验的智者（精神上或实质上）那儿学到一些东西，并且赢得所爱之人的芳心，才能在故事结束时获得心理上的圆满和完整。

(二) 英雄之旅人物模式

美国剧作家克里斯多佛·沃格勒概括总结出来的"英雄之旅剧作模式"，不仅详细地将剧作结构划分为十二个阶段，而且围绕剧作各个阶段的结构功能，设置了八类功能性的人物原型，即英雄、导师、盟友、信使、守卫者、反派、变形者和恶作剧者。每个人物原型有其固定的定位和在剧作中需要承担的功能，我们可以将这八类固定的人物原型称为"英雄之旅人物模式"，具体见下表8：

表8　英雄之旅人物模式原型表

人物名称	人物说明	人物功能
英雄	故事的主人公，一个肯为他人牺牲的人物角色。	引起观众认同感；历经磨难获得成长；作出牺牲得到升华；面对死亡获得重生等。
导师	之前的英雄，将智慧和经验传授给英雄的人物。	帮助英雄；训练英雄；保护英雄；给英雄礼物；激发英雄斗志；引导英雄开启英雄之旅。
盟友	与主人公有同样目标但不具备同样能力的人物，多为英雄的伙伴或搭档。	说明英雄实现目标；将英雄人性化，添加英雄的人格厚度。
信使	给英雄传达信息的人物。	给英雄带来冒险召唤，打破英雄的日常生活，让英雄进入冒险的旅程。
守卫者	反派的随从或者受雇于反派的打手。	阻碍英雄实现目标；检验英雄的决心和技能；有时可能是英雄的秘密帮助者。
反派	英雄的对手，与英雄势均力敌的人物，多为邪恶力量的代表。	增加英雄的挑战；制造冲突；威胁英雄的生命；激发英雄的潜力。
变形者	变换性格和立场的人物，异性角色居多。	误导英雄，迷惑或背叛英雄；增强故事悬念。
恶作剧者	故事里的丑角或者喜剧人物。	为英雄之旅提供轻松时刻，增强故事的喜剧性效果。

二、人物性格模式

传统的文学作品依据人物的性格将人物分为两大类，即性格人物和类型人物，这一划分方式同样适用于电影剧作。性格人物指的是具有复杂性格特征的人物，这类人物往往有一个比较稳定的性格轴心，同时又呈现出不同的性格侧面和性格层次，这些不同的性格侧面和性格层次相互交错融合使得人物的性格比较丰满、复杂，更具有立体感。而类型人物指的是具有单一性格特征的人物，这类人物的某一种性格特征被突出地强调出来，人物的一言一行都突出地表现其主导性格，且呈封闭静止状态，人物性格具有脸谱化和概念化的特征。一般说来，性格人物通常充当主要人物，类型人物通常充当次要人物或者辅助人物。在剧作中，无论是设置性格人物还是类型人物，首先都需要提炼出人物性格中最突出、最典型的性格特征。因此，心理学中历史久远的"九型人格"成为了剧作家们设置人物性格的一个重要依据和参考模式。

"九型人格"是一个有着悠久历史的人格理论，对于这一人格理论的起源和发展，学者们众说纷纭，有学者认为其出现最早可以追溯到2500年前的古巴比伦。大多数学者都坚信九型人格来自天主教七宗罪的观念，即"愤怒、傲慢、妒忌、贪婪、饕餮、淫欲和懒惰"，人性中的这七种恶行，加上"欺骗"和"恐惧"这两大恶行，共同构成人性的"九宗罪"，这九宗罪分别代表了一种主导人格，由此而衍生出后来的"九型人格"。真正将这套学说发扬光大的则是智利心理学家奥斯卡·伊察索，他将九型性格的教导与图形互相结合，阐明了每种性格的主要特质，开启了对人类自我性格特征的探索。

九型人格将人类的性格划分为九种基本类型，即完美主义者、给予者、实干主义者、浪漫主义者、观察者、怀疑论者、享乐主义者、领导者和协调者。每种人格类型的具体特征见下表9：

表9 九型人格各类型特征表

型号	人格类型	基本性格特征	性格正面	性格负面
1	完美主义者	追求完美，严格要求自己和他人，有强烈优越感，为成功可付出巨大牺牲	勤奋踏实，极强的自我约束力，坚持原则，充满正义感，有很高的理想追求	教条主义，独断专行，狭隘自私，缺乏容忍力
2	给予者	乐于帮助他人，有很强的自我控制能力，重视感情，期待他人认同	善解人意，乐于付出不求回报，善于沟通，喜欢取悦他人	好面子，寻求他人认同，在意他人看法，压抑自我而缺乏自信
3	实干主义者	喜欢接受挑战、富有激情、目标感强烈，追求成就感，行动能力很强	勤奋努力，埋头苦干，喜欢竞争和挑战，行动积极，注重外表	重视名利、喜欢出风头、有野心、投机取巧、自私自利、不择手段和爱说谎
4	浪漫主义者	内向、忧伤、敏感且具有艺术家气质，抑郁和悲伤是常见的情绪	感性多情，充满幻想，善于创新，富于幽默感，不虚伪	喜欢标新立异，自由散漫，不守规则，极度自我，容易悲观
5	观察者	注重自我隐私，封闭自我，拉开与他人距离	善于分析和思考，有强烈的求知欲，专业能力有过人之处	不擅长人际关系，感情迟钝，不善言辞，缺乏对他人的信任
6	怀疑论者	生性多疑，谨小慎微，依赖集体认同	注重承诺，待人忠诚，愿意牺牲自我，追求稳定	容易迟疑和犹豫，缺乏主见和创新，不愿冒险，防卫心理强
7	享乐主义者	积极乐观，好奇心强，喜欢冒险，追求生活享受，物质主义者	擅长人际关系，善于创新，有想象力，有丰富的幽默细胞	缺乏责任感，容易半途而废，以自我为中心，十分自恋

型号	人格类型	基本性格特征	性格正面	性格负面
8	领导者	有很强的保护能力，主动积极，好胜心强，有号召力	喜欢充当保护者，隐藏自身缺点和弱点，喜欢冒险和挑战	喜欢掌控和控制他人，任性不服输，目中无人，不尊重他人
9	协调者	个性不鲜明，容易知足，有耐心，喜欢充当和事佬	态度温和，追求稳定，墨守成规，按原则办事，在乎他人感受	害怕困难，缺乏创新，易受他人影响，无自己主见，办事拖拉

从上表可以看到，九型人格的每种类型都具备最基本的性格特征，同时又都包含正面和负面的性格特征。当我们在剧作中依据这一模式来设置人物性格特征时，依据九型人格的正面特征可以设置出具有典型性格特征的正面人物；依据负面特征则可以设置出具有典型性格特征的负面人物；当我们将九型人格的正面特征和负面特征相结合，或者将不同类型的性格特征相结合，就可以创造出一个复杂而具备多重性格特征的人物。

三、人物关系模式

在剧本设置的众多人物之间，必然会存在着各种不同的人物关系，我们通常将其称为剧作的人物关系。相对于生活中的人物关系而言，剧作的人物关系要求更为集中，更为典型，也更有"戏剧性"。大体而言，剧作中的人物关系模式主要包括两种，即力学关系模式和情感关系模式。

(一) 力学关系模式

所谓"力学关系模式"，指的是依据人物对剧作故事的作用力来划分人物之间的关系，并由此构建起来的人物关系模式。在力学关系模式中，主要包含两类人物关系，亦即"处事人物关系"和"相互人物关系"。

"处事人物关系"指的是围绕主人公要实现的目标或故事要解决的问题，形成动力与阻力的人物关系。所有故事的戏剧冲突都源自于人与人之间的冲突，一部分人要达成目标或解决某个问题，另一部分人则阻碍目标实现或阻止问题的解决。由此，我们可以将剧作中的人物分拨为对抗的两组人物：驱动目标达成或问题解决的人物称为动力人物；阻碍目标达成或问题解决的人物称为阻力人物。

在设置处事人物关系时，其核心目标在于围绕故事冲突的需求，设置出合适的人物间的对抗力。对抗力的层次、平衡和变化三个方面会影响动力与阻力的大小。

从力的层次来看，不同人物在达成目标的欲望和手段上是有差异的，其基本原则是：人物的欲望强、能力强则对抗力大；人物的欲望小、能力弱则对抗力小。把握力的层次重点体现在对人物欲望和能力的设置方面。

从力的平衡来看，最基本的设置原则就是让对抗的双方能够旗鼓相当。设计一个对抗力基本平衡的处事人物关系，可以增加人物的冲突力度，不仅可以让故事更精彩，还能让剧情更好地向前推进。

从力的变化来看，既可以让人物的力向发生变化，如动力人物变成阻力人物，或相反；也可以让人物的力向具备多重功能，如让人物具备动力和阻力双重功能等。这种力的变化可以让故事更加扑朔迷离，引人入胜，也可以让人物更加复杂多变，从而使得故事更加精彩。

"相互人物关系"指的是围绕主人公的利益、情感和价值，形成相向或相背的人物关系。具体而言，相互人物关系包含了以主人公为核心的利益关系、情感关系和价值关系这三种关系，它基本上涵盖了人与人之间的所有关系。

利益关系是基于人欲望的一种得失关系，是最接近于动物性的人物关系，它具有超强的动力性，是形成戏剧冲突的重要人物关系；情感关系是基于人的心理与生理体验的评价与反应，是最为细致和复杂的人物关系；价值关系是人在精神层面，基于思维和取向所表现出来的相互关系，是最为稳定和持久的人物关系。简言之，利益关系讲得失；情感关系谈爱恨；价值关系论对错。因此，相互人物关系也可以理解为得失关系、爱恨关系和对错关系。人物所有关系本质上都是围绕得失、爱恨、对错来运行，依据这一标准来构建人物关系，再复杂的人物关系都可以变得一目了然。在设置相互人物关系时，其核心目标在于，为动力人物和阻力人物之间的对抗力，在层次、平衡和变化方面，提供强有力的逻辑支援。换言之，利益、情感和价值这三种相互人物关系，会直接影响到处事人物关系中对抗力的层次、平衡和变化。

(二) 情感关系模式

依据传统的戏剧观念："戏无情不感人"。从某种程度来说，电影的本质属性就是一种表现情感的艺术形式，是人类情感本质的具象化，可以说绝大多数电影都侧重于情感的渲染和表现。因此电影剧作究其本质无非就是情感传递，要达到这一效果，其内容表现离不开对人与人之间情感关系的呈现。亲情、友情和爱情，是贯穿全人类的三种最基本的情感，由此建立起人与人之间最基本的三种情感关系，即亲情关系、友情关系和爱情关系。此外，无论是在现实中，还是在电影中，我们都能够看到超越亲情、友情和爱情这三种情感范畴，建立起来的人与人之间复杂的情感关系，我们不妨将其命名为"混合情感关系"。在电影剧作中，围绕着亲情、友情、爱情和混合情感这四类人物情感关系的变化发展来进行创作，便形成了剧作中的情感关系模式。

情感关系模式是以剧作中主要人物心路历程变化为主线的心理历程模式，其内在主线是人物之间的情感关系变化过程。观众通过自己对剧中人物情感的认同，达到共情和移情效果，从而达成心理能量的宣泄和情感欲望的满足。在电影史上，沿用这一模式创作的电影不胜枚举，如以亲情关系变化过程为叙事核心的《雨人》《为戴茜小姐开车》等；以友情关系变化过程为叙事核心的《闻香识女人》《阳光姐妹淘》等，以爱情关系变化过程为叙事核心的《罗马假日》《风月俏佳人》等；以超越友情和亲情的混合情感关系为叙事核心的《天堂电影院》《菊次郎的夏天》等等。这一模式成熟于 20 世纪 50 年代，随着世界政治格局的确定，社会的外部环境趋向于稳定，电影剧作从关注"事"向关注"人"进行转变，亦即剧作从关注人与人之间的外部冲突，转向关注人与人之间复杂而微妙的情感关系。进入 70 年代后，情感关系模式成为电影剧作的主流模式，在人物设置上往往以两个人物为故事的主人公，人物的配对模式按照自然生理属性来划分，主要包含：长幼模式、异性模式和同性模式。

  长幼模式一般是由一老一少两个人物组成，主要展现的是代际之间的亲情关系，如父子关系、父女关系、母女关系、母子关系等，并由此表现"救赎"或"成长"的主题；异性模式一般是由一男一女两个人物组成，主要展现的是异性之间的爱情关系，由此来表现"爱情"或"慰藉"的主题；同性模式一般由年纪相仿，同性别的两个人物组成，主要展现的是同性之间的友情关系或亲情关系，如战友关系、同学关系、兄弟关系、姐妹关系等，由此表现"认同"或"平等"的主题；无论是长幼模式、异性模式还是同性模式的配对，都出现过展现超越亲情、友情和爱情的混合情感关系，进而来表达更为复杂的主题。

  从叙事的角度来看，围绕着人物之间的情感关系变化过程，剧作中的情感关系模式形成了两种最经典的叙事范式，第一种叙事范式是呈现两个人物从"相知——相爱——相斥——分离——重合"这一情感关系的变化过程，常用于表现爱情关系，如之前列举的《罗马假日》《风月俏佳人》都采用了这一范式；第二种叙事范式是呈现两个人物从"相斥——相知——相爱——分离——重合"这一情感关系的变化过程，常用于表现亲情关系，如之前列举的《雨人》《为戴茜小姐开车》都采用了这一范式；这两种叙事范式都有运用在表现友情关系和混合情感关系的电影之中，如同样表现友情关系的电影，《七月与安生》采用了第一种叙事范式，而《闻香识女人》则采用了第二种叙事范式。当然，这两种叙事范式只是对情感关系模式基础叙事方式的概括，在具体的影片中依然有差异形态和开放空间。在好莱坞商业电影中，往往会以"重合"这样的大团圆结局来呈现人物之间的关系，而在非好莱坞电影中，"重合"这一阶段常常会被去掉，人物关系的最终走向要么是"分离"，要么是"幻灭"等非大团圆的结局。

第四节　主题模式

对于一部电影作品而言，是否有明确的主题，且主题是否有一定的深度和广度，这是人们判断其艺术价值的重要因素。美国电影理论家李·R·波布克认为：

> 任何一部影片首先要考虑的是主题。如果观众抓不住影片讲的是什么，那就很难指望他们去评论、分析和研究它。如果影片制作者不知道他要说的是什么，他就不可能制作出一部能起交流作用的艺术作品。[1]

日本电影剧作家山田洋次也曾说过："写剧作当然需要技巧，但只要主题明确，技巧所占的地位就是微乎其微了。有无主题乃是首要的，技巧的问题既不是第二，也不是第三，不妨列为第四吧。"[2]可见众多研究者和剧作家都认识到主题对于电影剧作的重要性。那么，究竟什么是主题？电影剧作的主题有何特征？电影剧作如何形成主题模式？这些问题有待我们来进一步进行探讨。

苏联著名文学巨匠高尔基对主题的定义："主题是从作者的经验中产生、由生活暗示给他的一种思想，可是它聚集在他的印象里还未形成，当它要求用形象来体现时，它会在作者心中唤起一种欲望——赋予它一个形式。"[3]从这一定义可知，高尔基认为主题是作家历经生活体验之后产生的思想，它并非来自抽象的概念或意图，而是与生活中具体的人和事紧密相连。由此，我们可以认为，电影剧作的主题指的是剧作家的一种思想，它是剧作家通过电影剧作所表达出对生活、对现实或对历史的认识和态度，体现了剧作家的人生观和价值观。与文学中的主题有所不同，如法国著名电影导演雷内·克雷尔所言，电影的主题是"视觉的主题"。电影的主题是由视觉来呈现的，画面是电影最主要的叙述手段，这是电影主题最

---

[1] 李·R·波布克、伍菡卿译：《电影的元素》（北京：中国电影出版社，1994），页22。
[2] 山田洋次、陈笃忱：〈素材与剧本〉，《世界电影》，1982年第2期，页43。
[3] 高尔基：《高尔基文学论文选》（北京：人民文学出版社，1959年），页296。

明显的特征。也就是说，电影剧作的主题是由细节所构成的剧情，或由人物和动作所构成的剧情去体现，而无论是细节还是人物及动作，都必须依赖视觉的方式来进行呈现，剧情的每一个基本要素都必须有明确的、造型的特征。

尽管主题是否具有独特性和创新性是我们评判剧作主题的一个重要标准，但不可否认的是，如果梳理电影史上出现的无数作品，我们可以发现，有相当多的作品尽管讲述的是发生在不同年代、不同人物的故事，但其所呈现出来的主题依然会高度一致。由此可见，不同的电影作品表达相同或相似的主题，在电影创作中是非常常见的现象，也就是说电影剧作的主题同样会出现模式化的现象，形成所谓主题模式。一般而言，电影剧作的主题模式，主要包含以下三种情况：

首先，相同题材的电影表现相同的主题，形成同题材电影的主题模式。在电影剧作中，题材和主题往往是相辅相成的，二者常常被文化和社会捆绑，形成相互捆绑的特征。如20世纪30年代，美国经济危机爆发背景下的电影，就反对资本主义机械化给人们带来的痛苦成为主流的表达思想，这股批评社会的电影潮流一直延伸，成为一种这类题材电影的惯性或程序。由此，其后出现的大机器时代题材的电影，主题形成了一个固定的模式，亦即清一色都是反对现代技术给人类带来的机械和僵化。从这个意义上看，剧作题材的选择在某种程度上可以说决定了剧作的主题。以爱情和战争这两类被视为文艺作品永恒表现的题材为例，电影史上出现的爱情题材电影，往往都有一个共通的主题模式，即真爱至上。无论是上映于1940年的《魂断蓝桥》，还是1997年的《泰坦尼克号》，亦或是2013年的《北京遇上西雅图》，尽管创作时间相隔几十年或十几年，但都表达了"真爱至上"，这一爱情题材永恒表达的主题。

此外，爱情题材的电影历经时间发展，也形成了其他一些共通的主题模式：如爱的坚守、爱的慰藉、爱情与欲望之争、爱情可以超越一切等等。同样，电影史上出现的战争题材电影，也大多都有一个共通的主题模式，即反战主题。无论是上映于1930年的《西线无战事》，还是1979年的《现代启示录》，亦或是2016年的《血战钢锯岭》，尽管创作时间相隔几十年，但都表达了"反思战争的非人道性"这一相同的主题。而战争题材电影同样也形成了其他一些共通的主题模式：如批判战争对生命的践踏、揭露战争对人性的异化，鞭挞战争对美好生活的毁灭等等。当然，题材和主题这种相互捆绑的关系，让观众找到一种约定俗成的认知感和轻松的观影心理满足，但相同题材重复主题的表达，也不可避免地将电影的创作带入困境，最终导致观众审美的疲劳。

其次，相同类型的电影表现相同的主题，形成同类型电影的主题模式。类型电影是艺术和工业重合发展而形成的产物，是在对观众欣赏口味的迎合、重复的创造中，逐渐确立的相对稳定的电影元素的集合。类型电影的主要经验就是对那些能够引起大众反应、得到大众认同或引起大众讨论的影片的模仿，其创作必须在遵从和熟悉类型模式的基础上进行再创造。由此可见类型电影天然具备了模式化的特征，这一特征也必然会体现在类型电影的主题方面。如20世纪80年代中后期，数位技术的飞速进步，工业化信息化社会的到来，掀起了好莱坞科幻类型片的又一次高潮。《科学怪人》《异形》《透明人》《逃出克隆岛》《千钧一发》等大量的科幻片从科技进步带来巨大改变和人类自身处境出发，探讨科技发展对人类的影响，由此在主题表达上衍生出一个固定的模式，即科技进步带来的人性异化。

同一类型的电影易形成常见的主题，是不言而喻的。我们同样也可以找到类型片在主题设置上一些共通的模式。以经典好莱坞时期一些有代表性的类型片为例，作为最能代表美国精神的类型电影西部片，无论是约翰·福特导演的《关山飞渡》，还是弗雷德·齐纳曼导演的《正午》，亦或是霍华德·霍克斯导演的《红河》，经典好莱坞时期的西部片在主题表达上都形成一个固定的模式，即文明与野蛮的冲突。此后，西部片历经时间发展，也形成了其他一些共通的主题模式：法律与暴力的对抗、原始自然与工业文明抗争等等。同样，这一时期由西部片衍生发展出来的强盗片，无论是茂文·勒鲁瓦导演的《小恺撒》，还是威廉·A·韦尔曼的《人民公敌》，亦或是霍华德·霍克斯导演的《疤脸大盗》，这些强盗片在主题表达上，也都形成一个固定的模式，即正义终将战胜邪恶。强盗片历经发展同样也形成了其他一些共通的主题模式：如法律与道德的矛盾、追求个体价值与维护秩序的冲突、法制下个体的困境等等。由此可见，一旦选择了某种类型的电影，则在主题表达上往往会呈现一些常见的主题模式，而每一部类型片的创新与突破，都力图在同一类型中寻找到新的主题表达。

最后，同一导演的电影表现相同的主题，形成同导演电影的主题模式。诚如法国著名电影理论家安德烈·巴赞所言，电影的价值主要来自于导演。尽管我们都知晓一部电影的创作是集合编剧、导演、摄影、录音、美工、后期制作人员等多个艺术家集体劳动的成果，但我们不得不承认的是，导演在电影创作中居于中心地位。可以说，导演实际上是一部影片的艺术意图能否实现的灵魂或核心人物。没有导演，电影的创作将陷入一盘散沙的状态，最终也无法创造出风格协调统一的电影作品。

纵观整个电影史可以发现，每一个有所建树形成自己独特风格的导演，恰恰是其找到了适合自己表达的主题，从而建立起属于自己独特的主题模式。以香港著名导演吴宇森为例，其在20世纪80年代初期已经拍摄了大量的影片，然而这些影片无论从艺术角度来看，还是从商业角度来衡量，都并不理想，尚没有建立起他个人的风格体系。直到1986年他拍摄出《英雄本色》后，才找到了他自己创作的独特主题，其后他所导演的《义胆群英》《喋血双雄》《喋血街头》《纵横四海》《辣手神探》等"英雄片"系列，进一步确立并丰富了这一主题，构建起吴宇森电影独特的主题模式：情义与利益的冲突。当然，和作家一样，一个导演在其创作的不同作品中反复表达相同或相似的主题，往往和其在过往的社会生活实践中所形成的世界观和人生观有着密切的联系。

以台湾著名导演李安为例，台湾出生的背景和美国求学的经历，使得李安导演深谙东西方文化之间的差异，因此在其早期创作的电影《推手》《喜宴》等作品中一直在表达相同的主题：中西方文化的冲突。而在其30多年的创作生涯中，一共创作了14部电影，除了早期导演的"父亲三部曲"在题材和内容上有相似之处外，其他的11部作品无论是在题材选择，还是在故事发生的年代和地域上，都完全不同。然而我们依然可以在其中的很多部作品中，找到李安导演构建起来的主题模式：理智与情感的抉择。这一主题在电影《理智与情感》（1995）中，是埃莉诺面对爱德华吐露的爱意却以理智控制了感情；在电影《卧虎藏龙》（2000）中，是李慕白理智地控制与俞秀莲的感情，却在面对玉娇龙时陷入情感的漩涡；在电影《断背山》（2005）中，是两个男主在理智地回归家庭还是坦然地面对同性之情间作出抉择；在电影《色·戒》（2007）中，是王佳芝面对易先生，理智地完成刺杀任务还是为了爱情舍命相救。

此外，还可找到很多导演在不同的电影作品中表现相同的主题，如徐克导演的《黄飞鸿》系列共通的主题模式：中国传统文化面对西方工业文明的困惑与挣扎；王家卫导演众多电影共通的主题模式：现代都市中的意乱情迷和情感的漂浮；陈凯歌导演众多电影共通的主题模式：反思中国传统文化等等。由此可见，凡是在电影创作中取得一定成就，能够载入史册的导演，都能够构建起自己的主题模式，并赢得观众的认可和共鸣。

第二章　犯罪电影的情节模式

　　研究犯罪电影剧作的经典情节模式，必然会涉及到对"情节"的定义。依据《辞海》的定义，"情节"指的是"叙事性文艺作品中具有内在因果联系的人物活动及其形成的事件的进展过程。"[①] 由此可以得知，情节是一系列事件的组合。而从叙事学的角度来看，"事件"指的是"一件所发生或将要发生的事，一个可以用动词来加以概括和说明的事。"[②] 由一系列事件组合而成的情节，在叙事学中常被界定为"叙事文学中动态的、具有序列的成分。"[③] 这种包含序列的情节，是叙事学中"故事"的重要构成要素，它由"功能"和"序列"两个基本单位构成。"其中功能处于最底层，序列处于中间层，情节处于最高层。"[④] 叙事功能作为最小的叙事单位，"被聚集在序列中，序列本身又可以构成更大的单位。"[⑤] 由此，可以得出一个关于故事的结构层次：叙事功能构成叙事序列，叙事序列构成情节，情节构成叙述框架或处于叙事框架内的小故事，并最终构成完整的故事。

　　从电影剧作的角度来看，电影剧作的情节同样是由一系列的事件组合而成。这些由事件构成的情节相互组合，形成剧作中的小故事，或曰情节段落；这些情节段落按照一定的逻辑关系排列组合，最终形成电影剧作完整的故事。犯罪电影中的经典情节模式，实际上指的就是那些在犯罪电影中反复出现的，具有稳定的叙事功能，并由相似的时序原则和逻辑原则，排列组合的叙事序列所构成的情节。

　　因此，本章先引述与采用叙事学中的叙事功能理论，对犯罪电影的经典情节模式进行分析，力图探究出犯罪电影中稳定不变的情节因素，进而深入地探究出犯罪电影情节模式的普遍规律。最后，以电影《误杀》为例，探讨影片中的情节模式。

---

① 《辞海》（上海：上海辞书出版社，2002年），页1361。
② 谭君强：《叙事学导论：从经典叙事学到后经典叙事学》（北京：高等教育出版社，2008年），页26。
③ 申丹、王丽亚：《西方叙事学：经典与后经典》，（北京：北京大学出版社，2013年），页39。
④ 胡亚敏：《叙事学》，（武汉：华中师范大学出版社，2004年），页119-120。
⑤ 华莱士·马丁：《当代叙事学》，伍晓明译，（北京：北京大学出版社，2005），页123。

第一节　国外犯罪电影的经典情节模式

在探讨 20 部国外犯罪电影经典情节模式之前，兹先引介普罗普和罗兰·巴特的叙事功能理论，作为探讨情节模式的基础。

一、叙事功能理论

（一）普罗普的叙事功能理论

1928 年，俄罗斯民俗学家弗拉基米尔·雅科夫列维奇·普罗普 (Vladimir Propp，1895—1970) 出版了《故事形态学》一书，对阿尼阿法纳西耶夫故事集中的数百个俄罗斯民间故事进行分析，发现了 31 个稳定因素[1]，这些因素有：主人公反抗、被指派、外出、离家、遭受追捕、难题、获救、归来……等等。若以民间故事〈女皇和伊万〉为例，故事中有以下五个"被指派、出发"的结构因素：

（1）国王派伊万去寻找公主，伊万出发。

（2）国王派伊万去寻找奇异之物，伊万出发。

（3）姐姐派弟弟去找药，弟弟出发。

（4）后母派继女去找火种，继女出发。

（5）铁匠派长工去找母牛，长工出发。

示例中的派遣、出发、寻找等是稳定不变因素，而派遣者、被派遣者、派遣原因等，均为可变因素。普罗普将这些稳定不变的因素称为"功能"，也就是"故事中主要人物对情节发展有意义的行动"[2]。普罗普认为，不同的故事，尽管出现不一样的人物，却具有相同的行动，使得叙事可以根据角色的功能来进行探讨。角色是故事的最小结构，是构成故事的基本成分；角色功能的数量有限，按一定的方式组合成故事，且其组合顺序是恒定不变的。[3]

---

[1] 普罗普、贾放译：《故事形态学》（北京：中华书局，2006 年），页 153。
[2] 谭君强：《叙事学导论：从经典叙事学到后经典叙事学》（北京：高等教育出版社，2008 年），页 22。
[3] 谭君强：《叙事学导论：从经典叙事学到后经典叙事学》（北京：高等教育出版社，2008 年），页 23。

普罗普为了强化民间故事中那些稳定的结构因素，有意忽略叙事功能灵活多变的组合方式，以固定的时序来组合叙事功能。实际上，叙事功能可以通过不同的组合方式，构成不同的情节。普罗普的叙事功能理论可从繁杂多变的叙事作品中，寻找相对稳定的情节模式和故事原型；它为探讨犯罪电影剧作情节的叙事功能，提供了方法论和奠定基础。

(二) 罗兰·巴尔特的叙事功能理论

法国文学批评家罗兰·巴尔特(Roland Barthes，1915 — 1980)在1966年发表的《叙事作品解构分析导论》，同样将叙事功能作为最基本的叙事单位。他认为叙事功能作为内容单位，能够衍生、拓展出更多的故事情节；并进一步将叙事功能划分为分布与归并两类，其中分布类功能和普罗普所说的叙事功能相似。在分布类下，又细分为核心和催化两类，探讨在叙事结构中的不同意义和作用。

巴尔特认为核心功能在叙事中有铰链作用；它为情节发展提供了打开、维持或关闭的逻辑选择，从而打开新的故事或结束正在叙述的故事。而那些用以填充核心功能间隙的补充性功能是催化；催化的功能性是削弱的、单面的和寄生的，主要是连接作用。尽管"催化是纯粹多余的，相对其核心而言，它仍然是信息经济的组成部分。"[1] 巴尔特为情节发展打开逻辑选择时的不同作用，来强调核心和催化功能在叙事结构的意义和作用；但他并未明确指出核心功能、催化功能在故事发展的作用。但从情节"事出有因"[2]的角度来看，核心功能打开逻辑选择或维持未定局面时，为情节的生发创造了条件和依据。也就是说，巴尔特分布类功能中的"核心"概念，不但具有故事衍生与发展的能力，还具备了建立情节结构框架的重要作用。

因此，笔者为便于分析犯罪电影中不同叙事功能在情节衍生与发展的能力与作用，拟依据巴尔特叙事功能理论中，关于核心功能具有情节生发、框架结构能

---

[1] 罗兰·巴尔特：《叙事作品结构分析导论》，载张寅德编选《叙事学研究》(北京：中国社会科学出版社，1989年)，页15。
[2] 华莱士·马丁、伍晓明译：《当代叙事学》(北京：北京大学出版社，2005年)，页55。

力的理论,称为"核心叙事功能"。将那些几乎不具备情节发展能力,处于附属、寄生的催化功能,称为"附属叙事功能"。核心叙事功能是"故事中最基本的单位,是情节结构的既定部分,具有抉择作用,引导情节向规定的方向发展。"[1]在核心叙事下,由叙事功能构成的故事,均朝其所指定的方向发展,从而保证了故事的统一性和完整性。而附属叙事则是"它们围绕着这个或者那个核心,并不改变核心的选择性质。"[2]其主要的作用在于连接核心叙事,保证故事的通畅性和合理性。另外,附属叙事功能只有连接故事的作用;而核心叙事功能既有时序,又有逻辑双重功能性,因此既可充当核心叙事功能,同时又可兼具附属叙事功能的作用。

对应到电影剧作来看,由核心叙事功能构成的叙事序列,按照一定的时序和逻辑原则构成了剧作的核心情节。由附属叙事功能构成的叙事序列,则构成了剧作中的次要情节。核心情节决定了电影剧作中故事发展的主要方向,而次要情节起着连接核心情节的作用,或为核心情节的发展做铺垫和交代,构建合理的逻辑关系。

普罗普和巴尔特的叙事功能理论,提供笔者考察叙事功能在犯罪电影剧作中的不同作用与理论依据;在研究犯罪电影的经典情节模式中,找出叙事的结构意义和核心叙事的情节模式。

二、国外犯罪电影经典情节模式的叙事功能

如前所述,本文所研究的犯罪电影,并非广义上以犯罪为表现题材和内容的影片,而是特指那些具备相同或相似类型元素的犯罪电影,亦即犯罪类型片。正如电影学者杨远婴所说,类型片实际上是:

---

[1] 胡亚敏:《叙事学》(武汉:华中师范大学出版社,2004年),页121。
[2] 谭君强:《叙事学导论:从经典叙事学到后经典叙事学》,页23。

由观众熟悉的类型演员在熟悉的场景中表演能够被我们预期的故事模式，它事实上是一个电影制作和接受的惯例系统，作者和观众在一套比较类同的主题、典型的动作和视觉风格特征，在已经规定好的世界中讲述和体验故事。[1]

因此，邵牧君《西方电影史概论》将类型片的情节，概括为"公式化的情节"。由此可见，作为类型片的犯罪电影，必然会存在一些反复出现的，具有稳定的叙事功能，通过相似的时序原则和逻辑原则，排列组合形成叙事序列而构成的经典情节。

梳理乔治·普罗第所归纳的36种情节模式，至少有七种情节模式成为犯罪电影的主要故事情节：复仇、骨肉间的报复、捕逃、绑劫、奸杀、疯狂、无意中伤残骨肉。其中，"骨肉间的报复"模式，只是把"复仇"模式作了进一步细分，将复仇行为弱化为"报复"，将报复条件设定为有血脉关系的亲人。从本文研究的角度来说，可以并到"复仇"情节模式之中。因此，在普罗第的36种情节模式中，共有六种情节模式成为犯罪电影的主要故事情节。借鉴上述叙事学中的叙事功能理论对电影中的经典情节模式进行分析，可找出犯罪电影中稳定不变的情节因素及其叙事功能。

（一）核心叙事功能的情节模式

1. 复仇叙事功能

在笔者筛选的这20部影片中，有《骗中骗》等13部影片都涉及到复仇叙事，既有充当核心叙事功能结构的框架性复仇叙事，也有担任附属叙事功能以连接其他核心的复仇叙事。

1.1 以复仇为核心的影片

（1）《骗中骗》：诈骗集团的头子鲁萨被黑社会组织暗杀，亲如其子的胡

---

[1] 杨远婴：《电影理论读本（修订版）》（北京：北京大学出版社，2017年），页314。

克寻求鲁萨好友康多尔夫的帮助，找到黑社会头目罗纳根，二人设置骗局为鲁萨报仇。

（2）《守法公民》：高科技研发人员克莱德十年后向残害自己妻女的凶手复仇，并向涉及案件审查的政府检察官等人复仇，企图改变整个国家的司法系统。

（3）《老男孩》：中年男子吴大秀遭绑架和陷害，被囚禁在一个神秘的私人牢房长达十五年，释放后的吴大秀追查幕后黑手，向其复仇。

（4）《恐怖直播》：神秘听众通过新闻节目的连线电话直播自己的恐怖袭击行动，索要政府的巨额赔偿，并要求总统道歉，从而为自己遭受不公平待遇死去的父亲报仇。

（5）《看不见的客人》：痛失独子的母亲维吉尼亚假扮律师，接近凶手艾德里安，引诱他说出撞车后，将儿子尸体丢弃的真相，找出证据，将他绳之以法。

（6）《蒙太奇》：十五年前痛失孤女的西珍，为了避免案件公诉时效过期无人闻问，以同样的手法绑架了嫌犯的外孙女，从而让警方查出当年案件的真相。

（7）《告白》：痛失独女的森口老师向自己班上的两个杀害自己女儿的学生展开复仇。

1.2 以复仇为附属的影片

（1）《末路狂花》：露易丝在酒吧偶遇哈伦，企图强奸闺蜜塞尔玛，并对她出言不逊地羞辱。露易丝在盛怒之下，开枪打死了哈伦。

（2）《黄海》：出租车司机久南遭到黑帮老大绵先生的陷害和追杀，久南陷入绝望的境地，奋起反抗，展开复仇。

（3）《孤胆特工》：特工泰锡追查绑架隔壁小女孩小米的幕后黑手，得知小米被杀害后，对黑帮组织及头目万石兄弟展开了疯狂的复仇行动。

（4）《蒙太奇》：西珍的母亲为了在诉讼期结束之前，将凶手绳之以法，模仿15年前的凶手韩哲的作案手法，绑架了韩哲的孙女，进行复仇。

（5）《这个杀手不太冷》：小女孩玛蒂尔达全家因贩毒，遭到警方杀害。杀手里昂教她杀手技能，最后帮她复仇，和恶警史丹菲尔同归于尽。

（6）《调音师》：假装盲人的钢琴师阿卡什，联合器官贩子和黑心医生，设下圈套，向陷害自己并企图杀死女友的西米，进行复仇。

从以上示例可以看到，《骗中骗》《守法公民》《老男孩》《恐怖直播》《看不见的客人》《蒙太奇》和《告白》7部影片以复仇为核心，来构建影片故事的核心情节。《末路狂花》《黄海》《孤胆特工》《蒙太奇》《这个杀手不太冷》《调音师》6部影片，复仇是附属功能，是影片的次要情节，主要的功用是服务核心情节。例如，《这个杀手不太冷》的主要核心是杀手与女孩的情愫，女孩为家人复仇的企图和动机，只是附属情节。

犯罪电影中的复仇叙事，具有极为明确的目标指向性：通过暴力手段杀死仇人，或借助法律等其他手段，让仇人得到应有的惩罚。在因果叙事逻辑的支配下，复仇叙事涉及复仇的原因、物件、方式和结果等稳定情节因素。这些因素又可与普罗第的36种情节模式中，其他情节的叙事功能建立起广泛的联系，从而使得复仇叙事功能拥有强大的故事发展能力。

乔治·普罗第罗列出复仇情节模式的16种情节细目，基本上囊括了当前主流犯罪类型片的情节。归结起来，犯罪电影中的复仇叙事功能，由三种原因引发：

一是作恶者伤害或侮辱了复仇者身边亲近的人，复仇者为了亲人或友人而展开复仇。如《守法公民》中，主人公克莱德复仇的原因是妻子女儿被杀害，且妻子遭受侮辱，而当前的司法系统无法给其一个真正的公道。

二是作恶者损害了复仇者的利益或企图杀害复仇者而引起的复仇。如《调音师》中，主人公阿卡什复仇的原因，是不断遭受到反派女主西米及其情夫的迫害和追杀。

三是复仇者遭到作恶者的陷害或羞辱，导致荣誉受损而引起的复仇。如《老男孩》中，主人公吴大秀复仇的原因是被陷害杀死妻子，以及长达十五年的囚禁之苦。

犯罪电影中确定复仇事件时，一般会出现两种情况：

一是在复仇事件确定的情况下，复仇主体等待时机伺机复仇。如《守法公民》

中，主人公克莱德等待 10 年，做了精心布局和准备以后，选择合适的时机对仇人展开复仇行动。

二是在复仇事件不确定的情况下，复仇者通过侦查寻找，最终找出仇人，展开复仇。如《老男孩》中，主人公吴大秀从私人牢房被放出来以后，开始追查囚禁并陷害自己的仇人，最终找出幕后黑手李有真，也获知遭受诬陷与迫害的真正原因。

犯罪电影中的复仇一般都要靠暴力或计谋等手段来完成，极少数是借助法律来实现复仇。复仇者通过两种方式来完成复仇行动：第一，复仇者通过提升才智、技能或本领，在自身能力胜过仇人的情况下，让仇人得到惩罚。如《老男孩》中吴大秀在牢房中拼命练习拳击格斗，企图通过增强身体技能和战斗力，与仇人对抗。第二，复仇者借助某种外部力量，来达到复仇的目的。如《恐怖直播》中神秘听众希望借助尹英华和电视台的影响力，实现对政府和总统的复仇。

复仇叙事功能涉及的内容广泛，能够与犯罪电影中的其他叙事功能建立起广泛的联系，从而能够涵盖、包容其他叙事功能。复仇叙事还同时可作为犯罪电影的核心和附属叙事功能，使复仇叙事成为叙述能力非常强的叙事功能，如增加故事衍生与情节发展，而在犯罪电影中反复出现。这也是很多犯罪电影的剧作以复仇叙事来构建核心情节的原因。

通过以上分析可知，犯罪电影由"复仇"为核心的情节模式，故事原型如下：主人公一开始是个普通人，过着平静的生活。某天，因为作恶者闯入，打破了主人公平静的生活现状，恶徒杀害了主人公身边亲近的人，或夺走主人公珍视之物，或是陷主人公于危险或不义之地。主人公历经劫难之后，寻找作恶者并实施报复，由此踏上复仇的犯罪之路。无论最终的结果是复仇成功，还是放下仇恨，都彰显了正义终将战胜邪恶之罪。

从以上故事原型可知，"复仇"情节模式的犯罪电影，往往以仇恨的发生为起点，消失为终点；叙述重心在主人公为复仇而展开的行动过程。由于复仇往往超越了现代社会法律允许的范畴，因此主人公不得不走上犯罪的道路，并由此与法律抗衡，进而付出相应的代价。对于观众而言，为什么要复仇？能不能复仇？会不会受到法律的制裁？围绕主人公的复仇而产生的三个疑问，时刻牵引着观众关注故事情节的发展和进程。因此，在"复仇"情节模式的犯罪电影中，叙事重心在揭露普通人如何一步步因复仇而走上犯罪的过程，并由此与法律相抗衡，最终付出代价。

2. 捕逃叙事功能

在这20部犯罪电影中，有15部影片涉及捕逃叙事；其中有7部捕逃核心叙事，8部连接核心的附属逃捕叙事。

2.1 核心捕逃叙事

（1）《末路狂花》：露易丝开枪打死企图强奸塞尔玛的哈伦之后，二人为了躲避警察的抓捕，开始一路逃亡并继续犯罪，最终被警察围堵在大峡谷边缘。

（2）《猫鼠游戏》：天才少年犯弗兰利用伪造支票骗取现金，成为美国历年通缉名单上最年轻的罪犯，随后隐藏身份成检察官助理，执着的FBI调查员卡尔与其斗智斗勇，最终找到证据令其落入法网。

（3）《杀人回忆》：小镇警察朴斗满和首尔派来的警察苏泰允，追查连环强奸杀人案的凶手，历经艰难最后追查出极其符合作案特征的小青年，但DNA检测报告却显示他并非凶手。

（4）《黄海》：出租车司机久南被黑帮老大绵先生陷害为杀人凶手，而成为警方的通缉犯。绵先生怕事迹败露，也派人追杀久南，导致他不得不开启逃亡生涯。

（5）《追击者》：退役警察忠浩发现自己按摩院的女服务生频频失踪，寻找过程中偶遇身穿血衣的年轻人英民，忠浩凭直觉判断，英民就是连环绑架案的凶手，进而展开追击，却无法找到有力的证据。

（6）《天才枪手》：天才少女高中生小琳为了通过帮助富家公子作弊来获取暴利，联手记忆力超强的同学班克，策划了一场跨时区的完美跨国作弊案，并设法躲避监考人员的巡查。

（7）《调音师》：假装盲人的钢琴师阿卡什，意外闯入捉奸现场，目睹女主人西米和情夫警察局长曼诺拉清理男主人普拉默的尸体，离开凶案现场后的阿卡什不断遭到二人调查，乃至追杀。

2.2 附属捕逃叙事

(1)《骗中骗》：胡克和康多尔夫为了帮诈骗集团头子鲁萨报仇，联手追查黑社会组织的头子罗纳根的行踪；捕捉罗纳根并非电影的核心叙事，只是为鲁萨报仇的附属叙事。

(2)《守法公民》：检察官尼克联合警察追查克莱德报复杀人的证据，同时查找被克莱德绑架的其他受害者。

(3)《老男孩》：吴大秀从私人牢房被释放之后，不断寻找线索，追查囚禁自己的幕后黑手和事情真相。

(4)《恐怖直播》：新闻节目主播尹英华一边连线发动恐怖袭击的神秘听众，一边配合政府调查人员，寻查神秘听众的下落和真实身份。

(5)《孤胆特工》：隐退特工车泰锡为了找出绑架邻居小女孩小米的黑社会头目万氏兄弟，对其展开调查和追击。

(6)《蒙太奇》：重案组员警调查韩哲的外孙女被绑架的案件，发现它和15年前西珍女儿被绑架的作案手法一模一样，由此牵连出15年前案件的真凶。

(7)《这个杀手不太冷》：杀手雷昂闯入警局解救小女孩玛蒂尔达，暴露了自己的身份和行踪，缉毒恶警设下陷阱抓捕雷昂。

(8)《天才枪手》：小琳接受了富家子弟跨国作弊的天价委托，在考场频频出现异常举动，引起了监考人的注意，开始追查提前离开考场的小琳的下落，和事情的真相。

从以上示例可以看到，《末路狂花》《猫鼠游戏》《杀人回忆》《黄海》《追击者》《天才枪手》《调音师》7部影片都以捕逃为情节主轴，来构建影片的核心情节。《骗中骗》《守法公民》《老男孩》《恐怖直播》《孤胆特工》《蒙太奇》《这个杀手不太冷》《天才枪手》8部影片，则将捕逃作为附属功能，构成影片的次要情节。可见在犯罪电影中,"捕逃"是常见的叙事功能,由此发展出的故事情节和特有的"悬念",是吸引观众的关键之一。

犯罪电影中的捕逃叙事同样具有明确的目标指向性,其主要目的是通过抓捕或搜集证据,让被抓捕者得到应有的惩罚。在因果叙事逻辑支配下,有捕逃的原因、过程和结果等稳定情节因素;同样可与普罗第36种情节模式中其他叙事,建立广泛的联系,使捕逃叙事拥有强大的故事发展能力。

从乔治·普罗第捕逃模式下的四种细目,对应犯罪电影来看,影片中的捕逃叙事,由三种原因引发:第一,被抓捕者违反了法律而逃亡,这是绝大多数犯罪电影中逃亡的原因。如《末路狂花》中,露易丝开枪打死了企图强奸塞尔玛的哈伦,是二人被抓捕的原因。第二,被抓捕者与强大的组织或势力进行抗争而不得不逃亡。如《黄海》中的久南因被黑帮老大绵先生陷害,而面临警察追捕和黑帮组织追杀。《调音师》中阿卡什是因西米的情夫就是警察局长,无法通过法律来揭露真相,只能隐瞒真相被追杀而逃亡。第三,被抓捕者陷入对阴谋政治或社会体制的抗争而被抓捕。如《恐怖直播》中,神秘听众因为对政府和总统不满,而采取疯狂的恐怖袭击行动,最终被设计抓捕。

捕逃过程往往是犯罪电影的重点情节。影片总是突出追捕或逃跑过程的重重阻碍和曲折反复,时刻保持着叙事的悬念感;通过不断调动观众对主人公"能不能抓到",或"能不能逃掉"的好奇心,牵引观众一直保持对影片情节发展的兴趣。在绝大部分犯罪电影中,无论捕逃的过程如何复杂多变,追捕者与被捕逃者往往都会在最后的高潮戏中相遇并进行终极较量,结果也往往是正义一方的主张得以彰显。

相较于复仇叙事功能而言,捕逃叙事功能所引起的悬念和戏剧冲突,更能够与犯罪电影中的其他叙事功能广泛联系与包容。它同样既可以作为犯罪电影的核心叙事,又能够作为犯罪电影的附属叙事;它比复仇有更强的叙事功能,从而能够获得更为强大的故事衍生和发展能力。因此,捕逃叙事几乎存在于每一部犯罪电影中,除了有的影片以捕逃来构建核心故事情节,绝大多数犯罪电影都会利用捕逃，构建影片的次要故事情节，和捕逃过程中营造的悬念，吸引观众目光。

通过以上分析可知，犯罪电影由"捕逃"核心构建的情节模式，故事基本原型如下：主人公一开始过着平静的生活。某天，因为一场意外打破了主人公平静的生活现状，主人公主动或被迫违反了法律，或被迫陷入与强大势力的抗争，或与阴谋政治或社会体制进行抗争。最终主人公都走向了逃亡之路，成为被抓捕者。无论最终的结果是主人公逃亡成功，还是主人公被抓捕归案，都彰显了正义终将战胜邪恶之罪。

从以上故事原型可以看出，"捕逃"情节模式的犯罪电影，故事往往以抓捕或逃跑的发生为故事起点，以抓捕者与被捕者的终极决斗作为故事的终点，故事叙述的重心在于主人公展开抓捕或逃亡的过程。对于观众而言，能不能抓捕？能不能逃掉？围绕主人公的捕逃行为产生的这些疑问，时刻牵引着观众关注故事情节的发展和进程。因此在"捕逃"情节模式的犯罪电影中，叙述重心在展示主人公抓捕罪犯或逃避抓捕的过程。

3. 绑劫叙事功能

尽管"绑劫"既能够充当核心叙事功能来结构框架故事情节，也可当附属叙事功能以连接其他核心叙事。但在筛选的20部国外犯罪电影中，仅有一部影片《完美的世界》，以绑劫构建全片的核心情节，其余"绑劫"只是附属情节，辅助其他核心情节。

3.1 核心叙事功能

《完美的世界》以绑劫为核心情节，讲述囚犯布奇越狱成功后，劫持了住在监狱附近的小男孩菲力浦作为人质，向边境逃窜。在躲避警察的抓捕过程中，小菲力浦也经历了很多从未想过的刺激与快乐，并与布奇产生了一种近似父子的不寻常感情。

3.2 附属叙事功能

（1）《守法公民》：克莱德在复仇过程中，绑架劫持了杀害自己妻女的真正凶手并残忍分尸。

（2）《老男孩》：吴大秀在女儿生日那天被李有真绑架劫持，随后一直囚禁在私人牢房，长达十五年之久。

（3）《追击者》：连环变态杀人犯英明通过叫按摩女上门服务，将她们绑架劫持关进地下室，残忍杀害。

（4）《孤胆特工》：万氏兄弟为了让车泰锡听话办事，绑架劫持了与车泰锡关系亲密的邻居小女孩小米。

（5）《蒙太奇》：十五年前，韩哲为了筹钱给女儿做手术，绑劫了西珍的女儿勒索钱财，意外导致其女死亡。十五年后，西珍查出韩哲就是绑架女儿的真凶，用同样的作案手法绑架了韩哲的外孙女，企图引起警察查出韩哲就是真凶。

（6）《这个杀手不太冷》：缉毒恶警史丹菲尔为了引出杀手雷昂，将跟踪并想复仇的小女孩玛蒂尔达囚禁在警局。

（7）《香水》：变态香水师格雷诺耶为了制造出全世界最好的香水，绑架并杀害了多名未成年少女。

（8）《调音师》：盲人钢琴师阿卡什联合黑心医生和器官贩卖者，设下陷阱，绑架劫持了追杀自己的反派女主西米。

从以上可知，在这 20 部影片中，尽管只有《完美的世界》以"绑劫"为核心来构建故事情节，但《守法公民》《老男孩》《追击者》《孤胆特工》《蒙太奇》《这个杀手不太冷》《香水》《调音师》8 部影片，都将"绑劫"作为附属叙事，来构成影片故事的次要情节，连接并推动主要情节向前发展。可见"绑劫"意在犯罪电影的其他核心叙事中，具有衔接剧情的作用。

绑劫叙事的目标指向性，虽不如复仇和捕逃叙事明确，但也包含了绑劫事件和绑劫结果这两个较为稳定的情节因素，推动故事情节的发展。从乔治·普罗第列出绑劫情节模式的四种情节细目来看，主要集中在绑劫对象和结果两方面。在犯罪电影中，绑劫对象有两种情形：第一，顺从绑劫者意愿者。如《完美的世界》中，小男孩菲力浦作为人质，和劫匪布奇经历了很多从未想过的刺激与快乐，并与他产生了近似父子的不寻常感情。第二，不顺从绑劫者意愿者。绝大多数犯罪电影中被绑劫的对象，都不顺从绑架者的意愿，如《追击者》中垂死挣扎的按摩女，《香水》中试图反抗的少女等等。

犯罪电影中这两种不同的绑劫意愿，往往会引发不同的绑劫结果；被绑架者得救，而绑劫者被绳之以法；或被绑架者遭到杀害，而绑劫者最终受到法律惩罚。

绑劫叙事尽管不如复仇和捕逃叙事的功能，但它同样既可作为犯罪电影的核心叙事功能，又能够作为附属叙事功能；虽然只有少数影片以绑劫叙事构建核心情节，但很多犯罪电影都会利用绑劫叙事来构建起影片的次要故事情节，利用强烈的冲突性，达到吸引观众的目的。

通过以上分析可以看到，由"绑劫"作为核心叙事功能构建起来的绑劫情节模式的犯罪电影，其剧作故事原型基本可以描述如下：主人公一开始是个普通人，过着平静的生活，因为绑劫者意外闯入，打破了主人公平静的生活现状。主人公的命运与绑劫者由此纠缠在一起，在警察的通缉与抓捕下，主人公被迫与绑劫者一起踏上逃亡之路，在逃亡过程中斗智斗勇。最终主人公被绑劫者杀害，或被警察解救出来，无论结果如何，都彰显了正义终将战胜邪恶。

从以上故事原型可以看出，以"绑劫"情节为核心的犯罪电影，故事的发生和结束，都以绑劫的缘起和制止为始终，叙述重心在绑劫者与被绑劫者斗智斗勇的过程。对于观众而言，被绑劫者能不能逃脱或被解救？被绑劫者如何逃脱或被解救？命运为何？都牵引着观众关注故事情节的发展和进程。

4. 疯狂叙事功能

在犯罪电影中，以"疯狂"情节模式为核心的影片，虽然数量不算很多，但却出现了很多经典之作。疯狂叙事同样既能充当核心功能来结构框架故事情节，也可充当附属叙事功能，以连接其他核心叙事。在这20部国外犯罪电影中，有5部影片都涉及到疯狂叙事功能。

4.1 核心叙事功能

（1）《出租车司机》：从越战归来的退伍军人拉维斯，成了一名出租车司机。他长期失眠，对返回后的社会生活非常不适应，在空虚无聊和迷茫之际，为了证明自己存在的意义，决定展开疯狂的刺杀行动，刺杀总统候选人未能成功，反而阴差阳错杀死了妓院的老鸨和嫖客，救出了雏妓艾瑞丝。

（2）《小丑》：亚瑟是一名依靠扮演小丑赚取营生的普通人，与患有精神疾病的母亲相依为命。同样患有精神疾病的亚瑟无法控制自己的笑声，现实生活的各种压力，让亚瑟面临崩溃，最终在无法按制的癫狂笑声中大开杀戒。

（3）《香水》：心理变态的香水师格雷诺耶为了制造出全世界最好的香水，无视一切社会规则和秩序，为了满足自己的欲望，杀害了多名未成年少女用来提取制造香水的体液。

4.2 附属叙事功能

（1）《杀人回忆》：朴斗满和苏泰允调查的连环杀人案，凶手是一名心理变态的连环杀手，他专门针对穿红色衣服的女性下手，强奸并杀害了多名女性受害者。

（2）《追击者》：退役警察忠浩追查的杀人凶手英民，是一名心理变态的连环杀手，他绑架并囚禁了多名女性，把玩强奸之后，再一一杀害，且不留任何证据，以此对警察进行挑衅。

从以上示例可知，《出租车司机》《小丑》和《香水》这3部影片，以"疯狂"为核心情节；《杀人回忆》和《追击者》两部影片，以"疯狂"为附属的次要情节。"疯狂"在犯罪电影中，也是较为稳定的情节因素，成为影片的核心情节或次要情节。

从乔治·普罗第分出的6种疯狂情节模式细目来看，在犯罪电影中有以下三种情形：第一，主人公因为疯狂而杀害了身边亲近的人。如在《小丑》中，亚瑟查明自己是母亲领养而来，且小时候经常受虐的真相后，处于崩溃边缘，在医院的病床上亲手杀害母亲。第二，主人公因为疯狂而杀害了无辜的人。例如，《杀人回忆》和《追击者》中的变态杀人凶手都对无辜的人下手。第三，主人公因为疯狂而受到伤害和耻辱。例如，在《小丑》中，亚瑟因为精神疾病无法控制自己的狂笑声，而来遭到其他人的羞辱，最终自己的偶像也嘲笑他，终于在崩溃和癫狂中大开杀戒。

通过以上分析可以看到，由"疯狂"作为核心叙事功能，构建起来的疯狂情节模式的犯罪电影，故事基本原型如下：主人公一开始是一个在精神上存在缺陷的平凡人，因为在生活中遭受到外在的羞辱或不公平的待遇，改变了主人公内心表面的平静。主人公的心理变得扭曲而愤世嫉俗，最终在巨大压力之下，因崩溃而导致疯狂。于是开始产生疯狂的杀戮或破坏性行为，最终主人公遭受到法律的制裁，或进行自我毁灭；无论结果如何，都彰显了正义之举终将战胜邪恶之罪。

从以上故事原型可以看出，以"疯狂"为核心情节的犯罪电影，故事重心在讲述疯狂者由正常变疯狂的过程。对于观众而言，主人公为何会变得疯狂？这是牵引观众关注故事情节发展的重要原因。

（二）附属叙事功能的情节模式

另外，在六种经典情节模式中，"奸杀"和"无意中伤残骨肉"只作为附属叙事功能的次要情节，不会是犯罪电影的核心情节。

1. 奸杀叙事功能

乔治·普罗第归纳的"奸杀"情节模式，特指那些主要情节围绕有奸情的人，出于某种目的而展开谋杀的故事。以这个作为参照，在笔者筛选的这20部电影中，仅有《看不见的客人》和《调音师》两部影片，以"奸杀"的附属叙事功能构建起影片的次要情节，起着连接剧情，推动影片核心情节发展的作用。

（1）《看不见的客人》：科技公司创始人艾德里安背着妻子与女摄影师萝拉长期保持着奸情，为了掩盖车祸后将受害青年丹尼尔沉入湖底的真相，艾德里安设下圈套杀害了情人萝拉。

（2）《调音师》：西米背着丈夫与警察局长曼诺拉通奸，不料却被突然提前回家的丈夫撞见奸情，二人联手将西米的丈夫杀害，还来不及处理尸体的时候，假装盲人的钢琴师阿卡什又上门，撞见了凶案现场。

奸杀叙事功能虽然能够与其他叙事功能建立起联系，但却不足以获得结构整个故事框架的能力，因此很难成为犯罪电影中的核心叙事功能；但其作为附属叙事功能构建起来的次要情节，也具有一定的独立性和完整性，同样具有较为稳定的情节因素。

从乔治·普罗第分出奸杀情节模式的三种细目来看，在犯罪电影中奸杀情节模式有两种情形：第一，主人公为了情人而杀害配偶，如《调音师》。第二，主人公出于某种目的，杀害推心置腹的情人，如《看不见的客人》。奸杀情节因具备猎奇性，为电影增添一定的吸引力和观赏性，因此也常在犯罪电影中出现。

2. 无意中伤残骨肉叙事功能

在笔者筛选的 20 部电影中，并没有出现"无意中伤残骨肉"的次要情节；但在其他犯罪电影中，确实也有连接剧情，和推动影片核心情节发展的作用。

从乔治·普罗第分出"无意中伤残骨肉"情节模式的 16 种细目来看，可归结出：主人公出于各种原因，无意中杀害了自己的子女、兄弟姐妹、父母或其他长辈、爱人等四种情形。例如，韩国犯罪电影《不可饶恕》，全片以复仇为核心情节，无意中伤残骨肉为次要情节。主人公搜查科研究员姜民浩被凶手李圣浩报复，调包了被害女子的身体器官，导致姜民浩出于工作职责，无意间亲手解剖了自己女儿的尸体，得知真相后，因崩溃而自杀。又如，在韩国犯罪惊悚电影《人民公敌》中，同样包含了这一叙事功能构建的次要情节，反派主人公为了得到父母的遗产和五千万的保险金，闯入父母家中亲手杀死了自己的父母。同样在马丁·斯科西斯导演的悬疑惊悚电影《禁闭岛》中，主人公莱迪斯的妻子因患有精神疾病，无意中淹死了自己的三个孩子后，自杀身亡；莱迪斯也因此受到极大的精神创伤。换言之，绝大部分犯罪电影中的"无意中伤残骨肉"，都仅承担附属叙事的功能；这一叙事功能很难获得结构整个故事框架的能力，因此都只是次要情节，包被在其他核心情节之中。

综上所述，尽管在乔治·普罗第总结的 36 种模式中，"援救、求告、释谜、野性、悔恨"等其他情节模式，也都有可能作为犯罪电影的次要情节；但这些情节模式在其他类型的电影中也都会出现，仅仅起到连接故事主要情节的作用，并不具备决定犯罪电影类型特征的功能。而笔者梳理出来的"复仇、捕逃、绑劫、奸杀、疯狂、无意中伤残骨肉"这六种情节模式，对于确定犯罪电影的类型和风格，则起着相当重要的关键性作用。

第二节　华语犯罪电影的情节模式

长期以来，犯罪片作为一种商业类型电影，在好莱坞电影市场一直都占据着极大的比重。韩国电影在借鉴好莱坞电影的基础上，凭借犯罪电影走出了一条独具特色的电影复兴之路，使其在全球电影市场异军突起。反观华语电影市场，以香港为代表的华语犯罪电影尽管起步较早，但因商业化和娱乐化的需求，最终走向了以警匪片为代表的类型发展之路；而台湾电影由于长期以来受限于本土市场狭小，未能走向工业化发展之路，使得商业类型电影发展并不成熟，尽管偶尔出现一些以犯罪为表现题材的电影，但真正意义上的犯罪类型片则少之又少。近年来，随着两岸三地华语电影人面向大陆市场的深度合作，大陆华语犯罪电影，在类型化创作道路上不断地深入和突破，出现了一批真正具备犯罪类型片特征的犯罪电影，如《守望者：罪恶迷途》（2011）、《全民目击》（2013）、《嫌疑人X的献身》（2017）、《暴裂无声》（2017）、《我不是药神》（2018）、《大人物》（2018）、《误杀》（2019）等等。这些影片不再过分强调对电影艺术价值的追求，也不再过于突显创作者的个性表达和个人风格，而是贴近当前大陆市场的需求，立足于本土社会现实；运用更多的犯罪类型元素，通过讲述一个吸引人的故事来赢得大多数观众的认可，符合大多数观众的审美口味和观影需求。笔者结合乔治·普罗第的36种情节模式和叙事学中的叙事功能理论，对筛选的20部华语犯罪电影中的情节模式进行分析，力图探究出华语犯罪电影情节模式的特征与存在的问题。

一、华语犯罪电影的情节模式特征

在20部华语犯罪电影中，只有极少数类型化特征非常鲜明的影片，才会从"复仇、捕逃、绑劫、奸杀、疯狂、无意中伤残骨肉"这6种决定犯罪电影类型特征的情节模式中，选择一种情节模式来构建影片剧作的核心故事情节。大多数影片都会从普罗第的36种情节模式中，选择两种或两种以上的模式进行组合，从而构建影片的核心故事情节。它们或从6种决定犯罪电影类型特征的情节模式中，选择两种及以上的模式进行组合；或将一种决定犯罪电影类型特征的情节模式，与其他非决定犯罪电影类型特征的情节模式进行组合。换言之，对照乔治·普罗第的36种情节模式可以发现，在华语犯罪电影中既存在着单一情节模式的影片，也存在着以复合情节模式构建核心情节的影片。

（一）单一情节模式构建核心情节

1. 捕逃叙事功能

（1）《烈日灼心》：三个结拜兄弟七年前犯下灭门大案，多年来一直隐瞒身份，潜藏在城市的角落。嫌犯杨自道成为出租车司机，辛小丰当了协警，因意外成为智障的陈比觉，躲在亲戚的渔场中，看护三人共同收养的孤女尾巴。新到任的警长伊谷春及其妹妹伊谷夏，分别和辛小丰与杨自道产生了交集。伊谷春察觉出辛小丰等人和当年的灭门惨案有所关联，展开了对三人的调查。历经一番斗智斗勇后，辛小丰和杨自道为了保护尾巴而自首，陈比觉坠崖身亡。

（2）《追凶者也》：西南边陲某个小镇，摩的司机猫哥被残忍杀害，并被劫走了身上的财物和摩托车。憨包汽修工宋老二因和猫哥有过过节，成为警方和村民的怀疑对象。为了早日洗刷自己的冤屈，宋老二凭一己之力展开调查，历经波折终于找到骑走摩托车的王友全，却发现其并非杀人凶手。真正的凶手董小凤也在寻找宋老二，三人的命运彼此牵连。

（3）《树大招风》：香港犯罪史上最恶名昭彰的三大贼王，刚刚结束了各自的犯罪行动。卓子强绑架了富豪的儿子，成功勒索了数十亿的天价赎金。叶国欢率众与香港警察发生了激烈的枪战，随后逃至大陆改做走私生意。行事低调、小心谨慎的季正雄，担心打劫金行的秘密被老友泄露，杀害老友全家。卓子强决定冒险找出二人，三人一起联手做一件惊天大案，最终三人各自被警方歼灭。

（4）《暴雪将至》：百年一遇的暴雪，即将侵袭南方某个小城，却发生了残忍的连环杀人案。一心想进入体制内的保卫科干事余国伟渴望借此机会，一展自己颇为得意的神探技能，破格进入体制内成为真正的警察。余国伟私下调查案件，历经一番波折后，发现了最大嫌疑人并展开刑讯逼供。最终警官证实此人与

083

案件无关，凶手已经意外死亡，余国伟却被逮捕。

（5）《南方车站的聚会》：某个南方小城，盗窃团伙的小头目周泽农，得罪了另一伙黑恶势力，因意外杀死了一名警察而踏上了逃亡之路。刑警大队队长和黑恶势力都在拼命追踪周泽农的下落，周泽农躲进一个偏远的湖边度假小镇——野鹅塘，最终被警方击毙。

2. 绑劫叙事功能

（1）《解救吾先生》：春节假期的夜晚，香港电影明星吾先生走出酒吧，就被冒充警察的张华一伙人持枪绑架到一个与世隔绝的郊外小院内。吾先生发现绑匪还绑架了另外一个人质小窦。吾先生与绑匪头目张华斗智斗勇，经过几番谈判，吾先生将自己和小窦从死亡边缘拉了回来，两人开始了争取生机，一起度过相依为命的惊险20小时。

（2）《火锅英雄》：三个从初中就厮混在一起的好兄弟刘波、许东和王平川，因为经营不善，准备转让由防空洞改建的火锅店。三人自行打洞扩建，希望卖个好价钱，却误打误撞地挖到了隔壁银行的金库下面。有四个劫匪打劫了这家银行，并绑架了银行的员工，其中包括三人都喜欢过的女同学于小惠。三人为了救女同学，从洞中进入金库，最终也被劫匪绑架。混乱之中发生了一场恶战，劫匪最终全部死亡。

（3）《无名之辈》：来自乡村的笨贼眼镜和大头，原本计划打劫银行，却被保安察觉，二人慌乱中，转而抢劫隔壁一家手机店。随后躲进附近的一个社区，逃进一个开着窗子的房间，遇到了全身瘫痪，坐在轮椅上的单身女子嘉旗。三人困在房间内发生了数次冲突，朝夕相处之下，最终劫匪答应帮助嘉旗完成自杀的心愿。

3. 复仇叙事功能

仅《守望者：罪恶迷途》一片：因故意伤人而入狱的主人公陈志辉，多年后刑满释放。回归社会后被人误导，并误解了旁人对人性的看法，重新萌发犯罪念头。在意念迷惘中，他再次走上犯罪的道路，踏上复仇的迷途。

(二)复合情节模式构建核心情节

1. 两种犯罪模式的组合

(1)"捕逃"+"奸杀"模式。《风中有朵雨做的云》：建委主任唐奕杰在一次拆迁纠纷的骚乱中，坠楼身亡。年轻警官杨家栋负责调查此案，发现"坠楼案"与几年前另一宗连阿云失踪案，有着密切的关联。连阿云的前男友房地产商姜紫成、唐奕杰的妻子林慧和女儿小诺等人，也都被牵涉其中。杨家栋在调查中被林慧和姜紫成算计，不仅身败名裂，还背负上了杀人犯的罪名，逃亡香港。但他没放弃调查，最终揭开了"案中案"的谜底。

(2)"捕逃"+"绑劫"模式。《惊天大逆转》：韩国首尔正在举行一场激烈的中韩足球对抗赛，决战之际，中方队长忽然得知自己的未婚妻被神秘人绑架，想要救出未婚妻就必须赢得比赛。韩国警方特工组长姜承俊迅速将嫌疑人锁定在一个面具人身上，一番斗智斗勇后，警方顺利救出人质。本以为一切已经结束时，姜承俊却发现体育场内，早已被面具人安装了三枚威力惊人的炸弹，场内的五万名观众都处在危险之中。

(3)"捕逃"+"疯狂"模式。《无双》：警方抓获了造假天才李问，追问联手研发伪钞制造技术的罪犯"画家"的下落。李问讲述遇到疯狂的伪钞制造专家"画家"以后，如何一步步联手走上犯罪道路的过程，"画家"的真实身份最终被李问揭开。

2. 犯罪模式与非犯罪模式的组合

(1)"捕逃"+"为了骨肉而牺牲自己"模式。《全民目击》：名噪一方的富豪林泰，为了掩盖自己女儿开车撞死歌星女友的真相，重新布局，策划了一场自己亲手杀死歌星女友的罪案现场，企图用自己的性命换回女儿的生命和自由。林泰设法让自己聘请的知名律师周莉和与自己有过节的检察官童涛，相信自己就是杀人凶手。随着童涛和周莉深入调查，终于真相大白。

(2)"捕逃"+"为了骨肉而牺牲自己"模式。《心迷宫》：青年肖宗耀想要挣脱村长父亲的控制，在争执中失手杀死了同村的痞子，被迫逃亡，正当他想回村自首时，却发现案件已经了结。瘪子的尸体被烧焦，大家都认为是一场烧荒意外，尸体被同村村民认领回家。村民失踪的女儿回家后，装有尸体的棺材又被送回村公所；被经常受家暴的丽琴认领为失踪的丈夫，警察上门告知她丈夫坠崖身亡，棺材又被送回村公所。几番来回后，最终真相大白，村长肖卫国为了掩盖儿子失手杀人的真相，将尸体烧焦，伪造现场。

（3）"捕逃"+"为了骨肉而牺牲自己"模式。《误杀》：网络器材商李维杰是一名犯罪悬疑片资深影迷，女儿参加学校夏令营活动，被警察局长的儿子素察迷奸，素察以此上门要挟，却被妻女联手误杀、掩埋。李维杰为了保护妻女，设法掩盖事情的真相，制造了全家人不在场的证据。在警察局长拉韫斗智斗勇下，最后夫妇二人身败名裂。

（4）"捕逃"+"为了骨肉而牺牲自己"模式。《少年的你》：高中校园发生了女生跳楼自杀事件，警官郑易负责调查此案，发现自杀事件与校园霸凌有关。死者同班女生陈念成为下一位被霸凌的对象，陈念偶然邂逅了社会青年小北，二人惺惺相惜产生了真挚的感情。陈念失手杀害了经常霸凌自己的魏莱，小北为了陈念能顺利参加高考决定帮其顶罪，最终警官郑易查明了真相。

（5）"捕逃"+"为了主义而牺牲自己"模式。《我不是药神》：印度神油店老板程勇为了筹父亲的手术费，决定铤而走险，从印度走私带回抗癌伪药回国售卖；平价特效药救人无数，也让程勇赚得盆满钵满。警方加紧追查仿制药的来源，在同行药贩张长林威胁下，程勇不得不金盆洗手，改做服装生意。几年后面对曾经的病友无平价特效药可买而上吊自杀的情形，程勇决定再次走私印度药回国救治更多的病友，最终被警察抓获。

（6）"灾祸"+"绑劫"模式。《暴裂无声》：哑巴矿工张保民的儿子突然失踪，他带着儿子的照片踏上了寻子之路，张保民误认为矿业集团老总昌万年的爪牙绑架了自己的儿子。一路追踪后却发现，原来他们绑架的是昌万年律师的女儿。最终真相浮现，两个小孩的失踪都与昌万年有莫大的关联。张保民找到昌万年，两人展开激烈的搏斗。

(三)附属叙事功能构建情节模式

1. 捕逃叙事功能

(1)《解救吾先生》:刑警队长邢峰和曹刚联手展开侦破工作,与绑架吾先生的绑匪头子张华斗智斗勇。经过几轮侦查和对抗,二人在极度危险的情况下,终于将张华抓获;并赶在同党撕票前,救出了被绑架的吾先生和小窦。

(2)《无名之辈》:落魄保安马先勇为了改变现状,重新得到担任协警的体面工作,追查一把丢失的老枪来自何处;笨贼眼镜和大头抢劫了一家手机店后,躲进附近的一个社区,闯进了马先勇瘫痪的妹妹马嘉祺家里,由此引发出啼笑皆非的故事。

2. 绑劫叙事功能

(1)《目击者之追凶》:小混混阿纬和好友徐爱婷及其男友三人,为了吸食毒品,一起绑架了富豪的女儿,换取资金。阿纬拿到赎金,回到藏匿人质的地方,杀死了富家女。徐爱婷和男友带着赎金逃跑,在T字路口遭遇了车祸。

(2)《树大招风》:声名远扬的香港三大贼王之一卓子强,绑架了富豪的儿子,不动刀枪,却成功勒索了数十亿的天价赎金。他决定找出其他两个贼王,三人联手做一场惊天大案。

3. 复仇叙事功能

(1)《喊山》:出身于书香门第的红霞,自小被人贩子腊宏拐走。腊宏将红霞弄残,成了哑巴,并将她养大,替自己生儿育女。红霞找准机会利用女儿,将腊宏引到捕猎陷阱,使其炸伤双腿。腊宏随后因失血过多而死,红霞由此终于得到了自由。

(2)《无双》:假币制造专家"画家",带领手下赴泰国边境与人称"将军"的黑帮头目进行交易。在交易过程中,趁机杀死"将军",替自己的父亲报仇。

4. 其他非犯罪模式叙事功能

(1)"悔恨"模式。《烈日灼心》:七年前犯下灭门大案的三个结拜兄弟为了赎罪,共同收养了案发现场遗留的孤女。辛小丰当了协警拼命抓罪犯,阻止罪恶发生。杨自道当了出租车司机，帮助无数人，却从来不接受记者的采访。因意外成为智障的陈比觉，专门负责照看收养的孤女尾巴；三人用不同的方式为自己当年犯下的罪而忏悔。

（2）"灾祸"模式。《追凶者也》：西南边陲某个小镇，摩的司机猫哥被杀手误认成憨包汽修工宋老二，而遭残忍杀害。宋老二因和猫哥有过过节，成为警方和村民的怀疑对象。二人都遭遇了祸从天降，最终宋老二查明了想要杀害自己的幕后黑手。

（3）"为了骨肉而牺牲自己"模式。《南方车站的聚会》：盗窃团伙的小头目周泽农因意外杀死一名警察，而成为警方通缉的要犯，警方重金悬赏追查周泽农的下落。为了给妻子留下一笔生活所需资金，周泽农决定委托站街女刘爱爱帮忙，让其通知妻子举报自己，获得警方的悬赏。

通过以上分析可知，在六种决定犯罪电影类型特征的情节模式中，华语犯罪电影用来构建核心故事情节的模式，主要包含了"捕逃""绑劫""复仇""疯狂"和"奸杀"这五种模式。首先，"捕逃"模式是华语犯罪电影使用最频繁的情节模式，以"捕逃"叙事功能来构建核心故事情节的影片是最多的。《烈日灼心》《追凶者也》《树大招风》《暴雪将至》《南方车站的聚会》《风中有朵雨做的云》《惊天大逆转》《无双》《全民目击》《误杀》《少年的你》《我不是药神》《心迷宫》这13部影片，均采用这一模式的叙事功能，构建影片的核心故事情节。《解救吾先生》和《无名之辈》则采用这一模式的附属叙事功能，构建影片的次要情节。

其次，以"绑劫"模式的叙事功能来构建核心故事情节的影片数次之，《解救吾先生》《火锅英雄》《无名之辈》《惊天大逆转》和《暴裂无声》这五部影片，采用了"绑劫"模式的叙事功能，构建影片的核心故事情节。《解救吾先生》和《无名之辈》则采用这一模式的附属叙事功能，来构建影片的次要情节。最后，以"复仇""疯狂"和"奸杀"这三种模式的叙事功能，构建核心故事情节的影片数量则非常有限。只有《守望者：罪恶迷途》以"复仇"模式的叙事功能来构建核心故事情节；《喊山》和《无双》均采用"复仇"模式的附属叙事功能，构建影片的次要情节。仅有《无双》这一部影片采用"疯狂"模式的叙事功能，构建核心故事情节；同样，也仅有《风中有朵雨做的云》这一部影片采用"奸杀"模式的叙事功能，来构建核心故事情节。在20部影片中，"疯狂"和"奸杀"这两种模式都没有充当附属叙事功能，构建影片的次要情节。"无意间伤残骨肉"的模式，既没有在这些影片中担任核心叙事功能，也没有承担构建次要情节的附属叙事功能。

另外，在非决定犯罪电影类型特征的情节模式中，"为了骨肉而牺牲自己"模式，是华语犯罪电影最偏爱使用的情节模式；《全民目击》《心迷宫》《误杀》和《少年的你》这四部影片，均采用此模式。它与"捕逃"等决定犯罪电影类型特征的其他模式相组合，共同构建起影片的核心故事情节。《南方车站的聚会》则采用这一模式的附属叙事功能，构建起影片的次要情节。"悔恨""灾祸"和"为了主义牺牲自己"等非决定犯罪电影类型特征的情节模式，也都出现在这20部影片中。它们与决定犯罪电影类型特征的其他模式相组合，共同构建起影片的核心故事情节；或仅作为附属叙事功能来构建影片的次要情节。《暴裂无声》采用"灾祸"和"绑劫"两种模式，构建影片的核心故事情节。曹保平导演的《烈日灼心》和《追凶者也》两部影片，分别采用了"悔恨"和"灾祸"两种模式，构建次要情节。《我不是药神》则采用"为了主义牺牲自己"和"捕逃"两种模式，共同构建起影片的核心故事情节。

二、华语犯罪电影情节模式存在的问题

尽管当下华语犯罪电影承袭了犯罪电影的经典情节模式，并进行了一定的探索与突破，但是相较于欧美、日韩等犯罪类型片相当成熟的情况；华语犯罪电影无论是在情节模式的选择上，还是在情节的类型化处理上，乃至故事情节的原创性等方面，显然还存在诸多问题并留有极大的发展空间。

（一）情节模式单一化

从以上对华语犯罪电影的情节模式特征分析中可以看到，在六种决定犯罪电

影类型特征的情节模式中,"捕逃"模式是华语犯罪电影构建核心故事情节使用最频繁的情节模式,占了20部影片的四分之三左右;采用"绑劫"模式的影片,占20部影片的三分之一左右;采用"复仇""疯狂"和"奸杀"三种模式的影片,数量非常有限;筛选的影片中,完全没有采用"无意间伤残骨肉"模式。由此可知,华语犯罪电影在构建核心故事情节时,对经典情节模式的选择,十分单一。究其原因,一方面是因为"捕逃"情节模式本身具备叙事的包容性和拓展性,另一方面则与大陆电影采取的审查制有关。

从情节模式本身的叙事功能来看,要使影片故事获得结构上的整体性,就必须以一种目的性相对明确的情节模式作为故事框架;在这个故事框架指引下,填充更多的事件和情节,同时这些被包含的情节事件之间必须以严密的逻辑联系铰合在一起,从而保证剧作故事形式上的整体性和统一性。也就是说故事结构的整体性至少应该包含三个要素:一是有目的性、指向性明确的故事框架;二是对其他故事情节的包容能力;三是被包容故事情节之间的因果逻辑联系。

在构建目的性、指向性明确的故事框架方面,这六种决定犯罪电影类型特征的情节模式中,"捕逃"和"复仇"两种模式的叙事功能结构的故事框架,显然比"绑劫""奸杀""疯狂"和"无意中伤残骨肉"这四种模式的叙事功能结构而成的故事框架更具有优势。捕逃以抓捕逃亡者为最终目的,复仇以杀死仇主为最终目的,捕逃和复仇的原因、过程与目的之间都具有极强的因果逻辑关系。而在故事情节的包容能力方面,尽管这六种决定犯罪电影类型特征的情节模式的叙事功能,都能够与其他叙事功能建立起联系,也都具有较强的故事衍生能力和包容能力,但各个叙事功能所包容的故事情节之间的组合原则是不一样的。"捕逃"和"复仇"这两种叙事功能所遵循的是因果逻辑的组合原则;这种组合原则"在故事发展的事件链上,前一个事件是后一个事件发展的起点和必要条件,后一个事件则是对前一个事件的承继和发展,由此环环相扣,推动故事向前发展。"[1]"捕

---

[1] 谭君强:《叙事学导论:从经典叙事学到后经典叙事学》,(北京:高等教育出版社,2008年),页28。

逃"和"复仇"叙事功能所包容的各个故事互为条件形成的环环相扣，使各个故事被铰合成一个整体，镶嵌于整个叙事框架之内，以此获得剧作故事的整体感。

在华语犯罪电影领域，尽管"捕逃"和"复仇"两种模式都有极强的叙事包容性和拓展性，但"复仇"模式以杀死仇主为目的核心情节，却与当代社会的法治精神相背离，它可以大量出现在历史题材或古装武侠电影中；但在与社会现实贴近的犯罪电影中，这一核心情节却很难被当代主流价值观认可，也很难被当代观众所接受。尤其是当前大陆地区作为华语电影最大的市场，华语犯罪电影面向大陆市场时，不得不面临的是大陆电影的审查制度。"捕逃"模式的故事最终结果往往是表现正义终将战胜邪恶，犯罪者被抓捕或接受法律的制裁，因此更容易通过审查；而"复仇"模式的故事最终结果若非复仇者自己亲手血刃仇主，观众很难买账，若复仇者自己亲手血刃仇主，这一结果往往又很难通过大陆电影的审查制。因此在这两种模式中，只要是面向大陆市场的华语犯罪电影，往往会选择更为保险的"捕逃"模式叙事来构建剧作的核心情节，即使涉及"复仇"模式叙事，也只是将其作为附属叙事功能来构建影片剧作的次要情节，如《喊山》《无双》等等。2013年非行导演的《守望者：罪恶迷途》尽管采用了"复仇"模式来构建影片的核心故事情节，但其叙事重心并非展现主人公陈志辉的复仇原因和复仇过程，而是侧重于从不同的角度阐释人性的阴暗面，旨在警醒世人。所以仅在完全面向港台或其他华语地区的影片中，我们才会看到真正以"复仇"模式叙事来构建剧作核心情节的犯罪电影，而近几十年来大陆电影市场的崛起和其他华语地区电影市场的衰微，使得非面向大陆地区的犯罪电影越来越少。

此外，我们还可以看到，在非决定犯罪电影类型特征的情节模式中，"为了骨肉而牺牲自己"是华语犯罪电影构建剧作核心情节使用最多的情节模式。在强调骨肉亲情的华人社会，这一模式构建的核心情节容易调动华语地区观众的情感体验，让观众产生共情与认可，符合华人世界的家族亲情观念。所以由两种或两种以上模式组合而构建核心剧作情节的影片中，将"捕逃"和"为了骨肉而牺牲自己"组合构建核心情节则最为常见。例如，《全民目击》《心迷宫》《误杀》《少年的你》和《南方车站的聚会》等都采用了这一情节模式。由此可见，华语犯罪电影在选择经典情节模式来构建核心情节，是十分局限的，使得华语犯罪电影的故事情节整体上较为单一。

（二）情节类型化叙事不足

所谓情节类型化叙事，指的就是电影的剧作情节依照其所属电影类型的范式和惯例来进行叙事。对于犯罪类型片而言，作为犯罪者的主人公应是戏剧行动的推动者，犯罪心理是影片剧作重要的叙事内容，对犯罪者心理的剖析应该是故事情节的重头戏；而与其对立的人物，如警察、侦探等角色行为的表现，并非一定要出现在剧作的叙事中；即使出现，他们的行为也不是推动戏剧行动的主要动力。因此，犯罪类型片在情节设置上，应遵循这一类型的情节公式化特征，同时也要以满足大多数观众的审美口味为主要目标。

纵观华语犯罪电影，真正在情节设置上做到熟练运用类型化叙事，并满足大多数观众观影需求的影片数量并不算多。2013年非行导演的《全民目击》是华语犯罪电影情节类型化叙事的代表作。该片围绕一桩命案，通过多个视角来讲述罪案发生的缘由，不同的视角展现不同的细节与事实，进而制造层层悬念，直到最后才还原出命案背后的真相。影片峰回路转的剧情和独特的叙事方式，牢牢地吸引了观众的眼球，而案件真相的揭秘结局，又让观众得到极大的情感共鸣。可以说《全民目击》是大陆犯罪电影向犯罪类型片发展，趋于成熟的典型代表之作。一方面它完美地融合了犯罪片的类型元素，另一方面其故事和情感根植于社会现实，具有一定的批判性和反思性，能引起大多数观众普遍的共鸣。也正因如此，该片随后被韩国制片看中，成为大陆首部被韩国翻拍的电影。

整体来看，华语犯罪电影情节类型化叙事的影片，主要集中在近十年的作品中，大致分为两类：一类是故事和剧作完全原创的犯罪电影，如《守望者：罪恶迷途》（2011）、《全民目击》（2013）、《无人区》（2013）、《心迷宫》（2013）、《解救吾先生》（2015）、《踏血寻梅》（2015）、《树大招风》（2016）、《惊天大逆转》（2016）、《烈日灼心》（2016）、《目击者之追凶》（2017）、《我不是药神》（2018）、《无双》（2018）等；另一类则是翻拍其他国家的犯罪电影，如《我是证人》（2015）、《捉迷藏》（2016）、《破局》（2017）、《嫌疑人X的献身》（2017）、《大人物》（2019）、《你是凶手》（2019）、《误杀》（2019）等。

在这些作品中，显然香港导演拍摄的犯罪电影类型化叙事程度会更高一些。以 2018 年庄文强导演的《无双》为例，影片在情节叙述上，十分重视悬念和惊奇的营造，追求强情节、快节奏和激烈的矛盾冲突，侧重于叙述一个惊险刺激的故事，同时在情节中融入了打斗、追车、枪战、爆炸等充满视觉刺激的动作性场面。这与香港电影人长期浸淫于香港商业娱乐化的电影市场氛围不无关系，重视观众的观影体验，调用一切方法和手段来吸引观众，情节类型化叙事已成为香港电影人创作的一种内在化自觉行为。

另外，翻拍自韩国和亚洲其他国家成熟的犯罪电影类型化程度，也更高于本土原创的作品；因作品已经受过商业市场的考验，可满足商业市场观众的需求，因此情节的类型化叙事非常成熟。以 2019 年五百导演的《大人物》为例，该片翻拍自韩国 2015 年 8 月 5 日上映的影片《老手》，影片上映后在韩国累计观影人次达到 1340 万 7966 人，票房达 1000 亿韩元，是 2015 年韩国电影的票房冠军。直接照搬邻国成熟的犯罪类型片，成为近年来华语电影界的一股风潮，显然和翻拍作品历经市场考验和成熟的类型化叙事是分不开的。

尽管华语本土犯罪电影出现了一些情节类型化程度较高的优秀之作，但大多数作品的类型化叙事，依然明显不足；最直观的表现就是这些作品在情节类型化叙事和导演个人风格化叙事之间游离不定。以 2019 年刁亦男导演的《南方车站的聚会》为例，影片聚焦于城市底层的盗窃组织，有意识地借鉴了好莱坞经典犯罪类型片的范式系统，塑造了一个孤立自恃的帮派小头目周泽农的形象。在基本遵循经典犯罪片范式系统的基础上，导演又在叙事上进行了一定程度的探索，与好莱坞经典犯罪片通常将叙事焦点集中于帮派首领，描摹其团伙从默默无闻到发展壮大，然后迅速衰落的整个过程，有所不同的是，导演利用叙事的省略与延宕，让故事从开始到结束一直围绕着主人公周泽农的犯罪生涯末端，进而更多地探究人物的心理状态和情绪，满足导演追求的个人风格和个性化表达。这种对类型叙事进行突破的个性化追求，最终导致该片无法满足大众的审美需求，也未能成为具有深刻艺术价值的经典之作，只沦为小众范围内文艺影迷们口耳相传的口碑佳作。华语犯罪电影这种抛弃类型叙事，追求导演个人风格化叙事的情形，在2020年李霄峰导演的犯罪电影《风平浪静》和2021年温仕培导演的犯罪电影《热带往事》两部作品中尤为明显。

纵观近十年以来的华语原创犯罪电影，《全民目击》《目击者之追凶》和《无双》应当是类型化和商业化最为明显和成功的。在2015年丁晟导演的《解救吾先生》中，我们也看到了这种类型化叙事的努力，但由于种种主观和客观的原因，它所达到的类型化程度并不充分。该片虽然在叙事时间策略、叙事节奏、人物塑造等方面，严格遵循了类型叙事的规范，但由于该片采用了类似纪录片或电视纪实节目般的空间营造，很大程度上消解了在类型叙事上所做的努力。其他如《白日焰火》《烈日灼心》《心迷宫》和《追凶者也》等影片中，创作者依然试图在类型叙事与作者风格之间找到一种微妙的平衡。在情节类型化叙事方面十分不成熟的因素，还有叙事个人风格过于强烈、或类型化过于刻意和生硬。因此，加强华语犯罪电影的类型化叙事，探索出符合中华文化和华语电影市场的犯罪电影类型模式，培养更多成熟的类型电影创作者，是当前华语犯罪电影一个迫在眉睫的问题。

（三）情节原创性不足

华语犯罪电影故事情节原创性不足的问题，在近十年来的作品中尤为明显。具体表现为两个方面：一是对小说等文学作品的依赖；二是跨国翻拍成为一股创作风潮。大量华语犯罪电影依赖于对文学作品的改编，暴露出故事情节原创能力不足的问题。如2015年曹保平导演的《烈日灼心》改编自须一瓜的小说《太阳黑子》；2017年苏有朋导演的《嫌疑人X的献身》，改编自东野圭吾的同名小说；2018年饶晓志导演的《无名之辈》，改编自话剧《蠢蛋》；2019年曾国祥导演的《少年的你》，改编自玖月晞小说《少年的你，如此美丽》；2021年程伟豪导演的《缉魂》，改编自江波的小说《移魂有术》等等。

而华语犯罪电影近年来翻拍亚洲国家，尤其是韩国犯罪片的数量，呈现不断上升的趋势。如2015年安尚勋导演的《我是证人》，翻拍自韩国2011年上映的《盲证》；2016年刘杰导演的《捉迷藏》，翻拍自韩国2013年上映的同名电影；2017年连奕琦导演的《破局》，翻拍自韩国2014年上映的《走到尽头》；2018年吕乐导演的《找到你》，翻拍自韩国2016年上映的《迷失：消失的女人》；2019年五百导演的《大人物》，翻拍自韩国2015年上映的《老手》；2019年王昱导演的《你是凶手》，翻拍自韩国2013年上映的《蒙太奇》；2020年于淼导演的《大赢家》，翻拍自韩国2007年上映的《率性而活》。此外，2019年由陈思诚监制，柯汶利导演，票房和口碑双丰收的影片《误杀》，则翻拍自印度2015年上映的《误杀瞒天记》。华语犯罪电影这一翻拍风潮目前还在延续中，此处就不一一列举。

这些翻拍片的原因，就在于被翻拍的影片本身具备成熟的商业类型片元素，且上映后受到了评论界的褒奖和观众的喜爱。而华语犯罪电影之所以大量翻拍韩国的犯罪类型片，主要原因就在于近年来"韩国电影产业在竞相借鉴犯罪电影既有经验的基础上，经过本土化改造，走出了一条属于韩国、造福世界的犯罪电影发展之路，成为继美国、中国香港之外，具有国际影响力的犯罪电影生产市场。"[①] 韩国对这种能让观众在悬念、矛盾与冲突中体味情感的电影类型所作的突破，在很多方面为华语电影提供了良好的经验与文本。

华语犯罪电影之所以出现这股翻拍风潮，其核心的原因就在于华语本土电影人原创剧本能力偏弱。一个优秀剧本的创作过程十分复杂，涉及到故事情节的谨慎编排、人物形象的精心设计、矛盾冲突的合理营造、环境细节的巧妙运用等等。在剧本创作的过程中，需要在各方面反复推敲，才能最终形成一部优秀的剧作。但在当前的情势下，由于大批量跨行业资本的介入，导致华语电影尤其是面向大陆市场的电影创作环境并不健康，创作者很难拥有足够的时间和空间进行创作，

---

① 齐伟、杨超：〈类型经验、空间隐喻与"去明星"的明星策略——新世纪以来韩国犯罪片研究〉，《当代电影》，2017年第6期，页57-60。

这就一定程度上导致产出的作品，往往不尽如人意，短时期内不太可能涌现出大量优秀的原创剧本。在这种情况下，翻拍韩国等亚洲其他国家的犯罪电影，将这些历经市场考验的优秀电影进行本土化移植，成为了当前华语电影界满足观众对优秀作品大量需求的快捷方式，也可以很好地解决目前华语电影工业领域良莠不齐，优秀原创剧本稀缺的难题。

然而这些跨国翻拍的犯罪电影，在票房和口碑都取得成功的作品却寥寥无几。除了2019年的《大人物》和《误杀》两部电影外，其余绝大部分翻拍片并没有在华语电影市场溅起太大的水花。所谓成也萧何，败也萧何。国内创意人才不足，是最早成为投资方去海外寻找优秀素材的主要原因；而当投资方找到优秀的剧本之后，影片在本土化改编等方面，却依然存在着创意不足的问题，导致绝大部分翻拍片并不能满足华语电影观众的审美口味。由此可见，华语犯罪电影故事情节原创性不足的根本原因，在于华语电影大部分编剧在剧本原创能力和逻辑严密性等方面，与韩国等类型片发展成熟的国家，还存在较大的差距。

第三节　案例分析：电影《误杀》的剧作与情节

一、《误杀》简介及创作渊源

电影《误杀》是由大陆恒业影业、万达影业等多家公司联合出品，大陆导演陈思诚监制，华裔马来西亚籍导演柯汶利执导的一部犯罪电影。影片汇聚了肖央、陈冲、谭卓、秦沛、姜皓文、施名帅等两岸三地，众多实力派演员倾情出演。2019年12月，该片在大陆上映后票房高达11.97亿人民币，打破了大陆犯罪电影单片票房的最高记录，成为大陆首部票房突破10亿大关的犯罪类型片。此外，该片在IMBD电影网评分为7.6分，豆瓣电影网评分为7.6分，好于约80%的犯罪悬疑片。因此，《误杀》是华语犯罪电影中，票房和口碑双丰收的一部标杆之作。正如北大学者张颐武所言："〈误杀〉确实是一部精彩的类型电影，它表明当下华语类型电影，由于有了更熟悉这类电影的年轻一代导演，让华语类型电影崛起成为了新的可能。"①电影《误杀》的成功，与其在优秀剧作的基础上进行本土化和类型化改编，有着密切的关系。

《误杀》改编自2015年上映的印度电影《误杀瞒天记》，该片在IMBD电影网评分为8.2分，豆瓣电影网评分为8.6分，好于96%的犯罪悬疑片。这部影片本身也翻拍自印度2013年拍摄的电影《较量》（英文名：Visual），2014年印度同时又拍摄过两个不同的版本。由此可见，正是因为电影《较量》剧作本身的精彩魅力，才使得电影创作者趋之若鹜，不断地对其进行翻拍和改编，也造就了不同的版本和后来的经典之作。

大陆版《误杀》的核心故事沿用了2015年印度版的《误杀瞒天记》，讲述犯罪悬疑片资深影迷李维杰，为了保护自己的妻子和女儿，借鉴电影《蒙太奇》的犯罪手法，掩藏妻女误杀官二代的真相，制造全家人不在场的证据，与警察局长拉韫斗智斗勇的故事。《误杀》并没有完全照搬原版电影循规蹈矩地翻拍，而是在保留原版故事核的基础上，对其进行了本土化的改造和创新。正如该片的编剧之一范凯华所言，"在探索的过程中，我们一直在思考，中国版要拍一个什么样的故事，早就已经忘却了印度版作为犯罪题材的精妙，我们把犯罪细节压缩了，把这些行为背后的意义拉伸开了。"②和印度原版相比，大陆版《误杀》减少了原版电影中的破案和解谜过程，最大程度地挖掘出中国式家庭的情感关系，让观众在影片投射出的情感中找到共鸣。

影片对中国式家庭情感的挖掘，重点体现在对"父亲"和"母亲"两个人物形象的塑造上。影片中作为父亲的李维杰，在得知女儿遭到官二代素察的欺凌，妻女误杀官二代以后，原本与女儿关系隔阂的他，成为女儿最坚强的保护伞。他巧妙地利用自己从电影中学来的手法，制造家人不在场的证据，让家人能够从容应对警察数次的审问和调查，使家人免遭法律的裁决和警察的报复。影片中作为宠溺儿子的母亲拉韫，为了找到儿子，不惜牺牲一切代价，甚至滥用自己作为警

---

① 张颐武：〈"误杀"的魅力〉，《中关村》，2020年第1期，页98。
② "编剧帮"：https://mp.weixin.qq.com/s/lHpnI8KlH4TVA_iCvJXumA，2020年1月14日。

察局长的职权，动用私刑，逼迫犯罪嫌疑人坦白真相，最终却一无所获，让人可恨可怜又深感同情。

由此可见，《误杀》不是一部以解谜为叙事核心的常规犯罪悬疑片，而是着力于探讨在特定社会背景和家庭困境之中，两个不同阶层的家庭，父母与子女的关系，或者说是整个家庭内部之间的关系。李维杰和拉韫为人父母，既是受害者又是加害者；这两个人物的设计，跳出了原版影片邪不压正的叙事窠臼，带有更多人性写实的意味。从这个意义上看，《误杀》在普世情感上的挖掘，能够让不同国度、不同文化和不同种族的观众都能有所共鸣，在剧作上实现了精准的情感表达。

此外，影片对中国式家庭情感的挖掘，还体现在结局的处理上。印度版的结局突显出正义的主题，男主角维杰成功骗过众人，逃脱了法律的制裁，并把督察长的儿子埋在了警察局的地底下，隐喻只有将腐败和黑暗踩在脚下，才能在上面建立起正义和公平。而大陆版的结局却突显救赎的主题，男主角李维杰瞒天过海之后，面对因自身而引起的暴乱以及给小女儿带来的消极影响，最终选择主动去警局自首，通过自我的救赎，来帮助孩子重新树立正确的价值观念。大陆版的这一结局，是对传统犯罪类型片公式化情节和结局的挑战；与常见的犯罪类型片相比，《误杀》的结局多了对于人性、社会以及价值观等方面的思考，多了一些思辨的色彩。

总体来看，《误杀》不仅是一部叙事有所突破的犯罪类型片，更加入了对现实社会和人性、亲情、家庭教育的思索。相较于印度版163分钟的时长，大陆版缩减为112分钟，全片节奏更快，情节更加紧凑。创作团队在原版基础上进行的本土化创作，使影片故事的语境，更加贴近华语地区观众的生活，让观众更容易产生共情，而柯汶利导演利用独特的镜头语言，塑造情感和主题表达，使得《误杀》口碑和票房双丰收，成为华语犯罪电影难得的标杆之作。

二、《误杀》电影剧作分析

如前所述，电影《误杀》在票房和口碑上的双赢局面，与其剧作本身的魅力和精彩程度，密不可分。笔者拟从故事、结构、人物和主题这四个方面着手，对剧作进行完整的剖析，希望能够从中探究出一部优秀的犯罪电影剧本创作的奥秘，给今后华语犯罪类型片的创作带来一定的启发。

从故事的基本类型来看，《误杀》并没有选择犯罪电影最常使用的"侦探推理型"故事，也没有遵从印度原版的"麻烦家伙型"故事，而是选择了"金羊毛型"作为本片的故事原型。这一故事类型最基本的议题是"目的地并不重要，重要的是在路途中了解自己"。这一类型的结局，主角既可以成功也可以失败，因为在"路途"中主人公已经获得成长和改变。它包含三个基本的元素：一条路、一个团队和一种奖赏。对应到影片来看，影片中的核心议题是男主角李维杰一开始认为成功脱罪就可以保护家人，最后发现只有自首才能保护家人，于是李维杰选择了自首，他没有脱罪而是被投进了监狱。虽然结局看似失败，但他一开始与大女儿平平之间存在着交流障碍和隔阂，作为父亲的他不懂得如何与女儿沟通，父女之间缺乏信任。而在维护妻子和女儿，联合家人一起制造伪证，销毁证据，与警察斗智斗勇的过程中，李维杰重新找回父女之间的信任和依靠，父女关系获得了改变。

影片对应"金羊毛型"的三个基本元素如下：

1. 一条路：李维杰埋尸掩盖一切证据，维护女儿，捍卫家人，重新获得女儿信任的道路。

2. 一个团队：李维杰与妻子和女儿一家人组成的团队。

3. 一种奖赏：拉韫最终没有找到儿子的尸体，李维杰成功瞒天过海，一家人如愿安全脱罪。

当然，如果仔细推敲《误杀》的情节设置，可以发现它并没有严格遵照典型的"金羊毛型"故事来进行设计，在第一幕交代父女之间的隔阂之后，影片进入第二幕完全将叙事的重心，放在了李维杰与拉韫斗智斗勇的过程。李维杰与大女儿平平之间关系修复的过程，还存在大量的情节空缺；只在第三幕影片结局的部分，让男主用独白的形式说出对女儿的情感。若遵照典型的"金羊毛型"故事，则应该在第二幕强化父女关系修复和变化的过程。这与影片较之原版删减了40多分钟的时长，无法设置更多的情节有一定的关系。

从结构来看，《误杀》的内部剧作结构，亦即情节结构，依然采用经典的三幕剧结构，我们可以用斯奈德的"救猫咪的十五个节拍"表，对情节布局进行详细分解，具体的情节布局对应关系见下表10：

表10 《误杀》剧作结构表

幕序	各个阶段	对应时间(分)	《误杀》对应情节
第一幕	1. 开场画面	1-6	男主李维杰向颂叔讲述杜撰的越狱故事：自己躲入棺材越狱成功，却被陷害而遭活埋。
	2. 主题呈现		无对应情节
	3. 铺垫	1-12	男主李维杰和反派女主拉韫登场，李维杰布施后回家与家人一起吃饭，与大女儿平平因夏令营活动发生争执。
	4. 催化剂	12-13	夜晚李维杰签下同意书，悄悄放在大女儿床前。
	5. 争执	13-24	大女儿平平参加夏令营被官二代素察迷奸；李维杰帮老人维权得罪恶警桑坤；官二代素察上门威胁平平晚上赴约；李维杰到罗统出差观看拳赛。
	6. 第二幕衔接点	24-33	妻女误杀官二代后院埋尸；维杰连夜赶回家与妻子商量对策，想出应对办法。
第二幕	7. B故事	30	李维杰向大女儿承诺不会再让家人受到伤害。
	8. 游戏环节	30-54	李维杰销毁证据制造伪证，教家人如何应对警察；拉韫派人寻找失踪儿子的下落。
	9. 中点	54-57	恶警桑坤与分局长到学校调查大女儿平平。
	10. 坏蛋逼近	57-74	拉韫组织警力加紧对维杰一家人的调查。

第二幕	11.一无所有	74-81	警察查维杰观影记录，拉韫推理出维杰一家人口供无破绽原因。
	12.灵魂暗夜	81-87	拉韫看到儿子素察强奸平平的视频，安排警察再抓维杰一家强行逼供。
	13.第三幕衔接点	87	拉韫单独逼问小女儿安安，得知真相。
第三幕	14.结局	87-103	拉韫夫妇带警察挖坟开棺验尸未找到尸体，引发市民暴动，导致拉韫夫妇身败名裂。李维杰主动自首向女儿表达心意。
	15.终场画面	103-104	记者街头采访民众对维杰一案的看法，颂叔无语面对镜头。

从上表可以看到，除了"主题呈现"这一节拍无法在《误杀》中找到对应的情节，其余的14个节拍都能准确地找到对应的情节。可以说《误杀》在大的结构布局上，不仅严格依照经典三幕剧来结构全片，而且在主体情节的结构上，基本能够完全对应好莱坞主流商业类型片最常用的"救猫咪十五个节拍"表。由此可见，创作团队非常熟悉商业类型片的结构规律，并且能够娴熟运用到《误杀》的剧作改编中，这在华语犯罪电影中是不多见的。采用这一结构来布局情节，其本身定位就是迅速拉近与观众的距离，让观众易于理解和接受影片的故事情节，从而更多地关注影片中的人物和情感。影片的结构服务于影片的故事情节，这也是华语新生代电影人和以往过于强调艺术化和个性化的电影人最大的区别，体现在犯罪电影的创作中则能明显看到华语电影类型化叙事的进步。

从外部的叙事结构来看，《误杀》在主体故事的讲述方式上，也没有采用过多花俏的叙事技巧，而是严格依照情节发展的顺序，采用直线式情节布局，遵循时空顺序式结构，进行情节的编排和组织。情节内部的事件之间，讲究合情合理，环环相扣；情节之间也往往联系紧密，讲究严密的因果逻辑关系。以该片剧作中的"催化剂"为例，"大女儿平平夏令营遭侮辱"这一情节由三个完整的事件构成：

1.平平告知父母自己被选入学校的夏令营活动，因费用问题李维杰与平平发生争执，最终李维杰签下同意书，悄悄放在女儿床头。

2. 平平在夏令营活动中被官二代素察盯上，随后被其在饮料中下药迷奸并拍下了视频。

3. 李维杰与家人吃早饭时，发现夏令营归来的平平情绪反常，有心事藏身。

这三个事件之间无论是在情理性上，还是因果逻辑性上，都密不可分，环环相扣，依据起因、经过和结果的前后顺序构建起"平平夏令营遭侮辱"这一情节，若其中任何一个事件缺失或交代不清，都会导致这一情节叙事不明，不够完整。

当然，为了避免时空顺序式结构过于传统和单一，影片在开头和结尾的处理上，进行了相互呼应的情节设计。影片的开场画面是关进监狱的李维杰在黄毛的帮助下越狱的情节，这是给颂叔讲述的故事；而影片结尾的彩蛋中，李维杰被关进了同样的监狱，有着同样的场景、人物和动作，最后李维杰扫着落叶抬起头直视镜头，回到了片头越狱故事中同样的人物动作，让观众对李维杰接下来的命运进行不同程度的读解。开头与结尾相互呼应的情节安排，形成影片叙事结构上的闭环，表面上形成一种环形的叙事结构，却给观众留下无限的遐想空间。

从人物设置的角度来看，《误杀》采用了典型的"金羊毛型"故事主人公的设置：主人公往往为一名"失败者"。《误杀》中的主人公李维杰作为一个年近四十的中年男人，开着一家小小的网络公司，勉强维持一家人的生计，全家人居住在靠近墓地的房子，对于日常家用花费特别计较，可以说，李维杰的人物设计属于典型得不到女儿认可的"失败者"。

对照"人格四合体"的人物设置模式来看，《误杀》剧作中至少包含了四类人物原型，亦即：英雄、对手、智者和所爱之人。英雄即故事的主人公李维杰，作为一个人到中年的失败者，面对家人经受的伤害和磨难，保护家人不再受到伤害是其明确的行动目标。在完成这一目标的过程中他历经磨难，改善了与大女儿平平的关系。但在本片中，由于故事题材所限，中点之后男主角的行动线逐渐弱化，变得被动；反而反派女主拉韫的心理动机和行动变得积极主动，主动性超过了男主角的行动。男主角真正的对手并非故事表面所塑造的反派女主拉韫，而是李维杰的大女儿平平。因为从对手的功能来说，对手作为主角的阴影面，具有整合主角的功能，对手必须具备激发主人公的困境并持续为主人公提供障碍，且在第三幕完成与主人公一对一的对决。大女儿平平激发了男主角李维杰的困境，由此在第二幕迫使女局长拉韫等对手代理人，阻碍男主角李维杰完成行动目标。

在剧作第三幕的高潮戏中，则回到了主角与对手的一对一对决，即主角李维杰投案自首后，被抓上警车，作为父亲的他说出对女儿的歉意。女儿追车狂奔，父女关系得以圆满修复。结尾"自首"的情节，落到了修复与女儿（家人）的关系上，由此故事方向以及结局方式，乃至主题表达都达到了统一。

影片中"所爱之人"和"智者"的人物设置相对比较简单，"所爱之人"就是李维杰的妻子，而"智者"却并非实体的具体某个角色，而是主人公内心的一个意念：保护家人不再受到伤害。因为"保护家人"是人类最原始的欲望，这一欲望持续给主人公提供智慧的指引。换言之，也就是说片中的智者与英雄合二为一，都是男主角李维杰自己，作为资深犯罪悬疑片爱好者的李维杰给了自己智慧的指引。

从主题的角度来看，《误杀》的片名本身包含着多重含义：一是影片最显现的叙事层面的"误杀"，平平面对官二代素察欺辱自己的母亲，将其打晕，误以为杀死了素察，形成影片叙事层面的"误杀"。二是来自隐性叙事逻辑层面的"误杀"，影片通过多个细节呈现素察被埋进棺材的时候，并没有真正死亡，而是被活埋后才被"误杀"。三是来自乌合之众的"误杀"，这也是片名最深刻之处，不明就里的大众，扛着正义的旗帜发动了暴乱，导致既是作恶者也是受害者的素察父母拉韫和都彭，最终身败名裂，被乌合之众所"误杀"。由片名的多重含义可以看出，影片旨在表达人性本是复杂多面的，事物的本质并非简单的非黑即白，善和恶之间的边界，未必十分鲜明。

另外，通过对《误杀》表层的 A 故事和底层的 B 故事的分析，我们还可以挖掘出影片更为丰富和深刻的主题。A 故事围绕着李维杰为了保护家人而与女局长拉韫斗智斗勇的故事，突显出正义的主题；B 故事围绕着李维杰修复与女儿亲情关系的故事，突显出信任和救赎的主题。影片更是通过一定的情节对 B 故事的主题进行挖掘。在剧作的第一幕中，有意识的塑造了父女间的隔阂与障碍，最后通过第三幕李维杰的内心独白与女儿达成和解，正如这段独白所言，"不知道从什么时候开始，你习惯了一回家就关上房门，不愿跟我多待一会儿，多说一句话，作为一个父亲，我竟然不知道该怎么与女儿沟通，我多么想你像小时候一样信任我，依赖我。"由此通过男主角李维杰之口，直接点出了"怀疑与信任"这一主题。第三幕的结局，李维杰为了保护家人，由掩藏犯罪真相到选择自首坦白，人物最终得以成长和改变，也体现出自我救赎这一主题。

三、《误杀》的情节分析

为了便于对《误杀》的情节叙事进行分析，我们先将其剧作情节和构成事件进行一个系统的梳理，同时也标注出各个情节对应的叙事功能，详见下表 11：

表 11 《误杀》情节事件列表

幕序	情节	情节功能	序号	构成事件
第一幕	1. 主要人物登场	介绍男主李维杰及反派女主拉韫	1	男主李维杰躲入棺材越狱成功却被害（幻想场景）
			2	维杰与朋友聊电影被恶警桑坤训斥
			3	女局长拉韫破获难解奇案
			4	维杰骑车买蛋糕回家吃饭，顺路向和尚布施。
			5	维杰看电影流泪怕被员工发现，与其聊大女儿。
			6	维杰帮老人出主意维权，得罪恶警桑坤。
	2. 大女儿平平参加夏令营被官二代素察侮辱	为后续平平遭受素察胁迫作铺垫	7	维杰与大女儿平平因夏令营活动发生冲突，夜晚悄悄给其同意书。

第二章　犯罪电影的情节模式

幕序	情节	情节功能	序号	构成事件
第一幕	2. 大女儿平平参加夏令营被官二代素察侮辱	为后续平平遭受素察胁迫作铺垫	8	平平参加夏令营，被官二代素察盯上。
			9	维杰吃早饭，发现大女儿情绪反常。
	3. 维杰到罗统出差，看拳赛。	为男主制造伪证作铺垫	10	维杰到罗统出差，到酒店维修设备并入住酒店。
			11	维杰ATM机取钱买票看拳赛
			12	维杰打不通家里电话，连夜乘车赶回家。
	4. 妻子和女儿误杀了素察	打破男主一家现状，迫使男主面对转变	13	都彭教训惹事的儿子素察，致其驾车离家出走。
			14	素察用平平裸体视频，威胁她晚上赴约。
			15	平平失手打晕伤害母亲的素察
			16	小女儿安安被电话吵醒，看见母亲将素察埋进坟墓。
第二幕	5. 维杰销毁证据制造伪证	展现男主面对转变所做的准备和展开的行动	17	维杰与妻子商量对策，想出应对办法。
			18	妻子交给维杰素察的车钥匙和手机，维杰向平平承诺会保护全家人。
			19	维杰驾驶素察的车，被恶警桑坤看见。
			20	维杰驾车到僻静处扔掉手机，将车子推入河中。
			21	维杰带家人坐大巴去罗统游玩，教妻子制造伪证。
	6. 维杰教家人应对警察的方法		22	维杰交代家人应对警察的办法
			23	维杰教家人如何应对警察逼供
			24	维杰全家吃晚饭，告知家人警察会进行下一步调查。

105

幕序	情节	情节功能	序号	构成事件
第二幕	7.拉韫寻找儿子素察的下落	展现反派女主的行动,为后续情节作铺垫	25	拉韫打不通儿子电话,劝说老公,老公生气离开。
			26	拉韫打不通儿子电话,下属汇报儿子行踪。
			27	拉韫夫妇到河边查看打捞车子,寻找儿子下落。
			28	拉韫督促分局查找儿子下落,桑坤提供线索被分局长否决。
	8.维杰与桑坤的激烈冲突	为后续桑坤刁难男主铺垫	29	维杰帮助包工头,与恶警桑坤发生冲突,桑坤开枪杀死一只羊。
	9.维杰布施被拒	隐喻男主罪孽在身	30	维杰向和尚布施被拒绝
	10.警察调查维杰一家人	出现中点事件(小高潮),展现男主与反派女主的正面交锋	31	恶警桑坤与分局长到学校,调查平平。
			32	维杰赶回家和妻子一起应对桑坤与分局长的调查。
			33	桑坤使计诈维杰,局长拉韫偷偷观察维杰的反应。
			34	警察搜索维杰家,将他抓入警局审讯,无法找出口供破绽,无奈放人。
			35	拉韫亲自审问维杰身边和接触过的人,其丈夫打电话问情况。
	11.拉韫查出儿子素察失踪的真相	展现男主一家面对的最大考验及陷入绝境	36	警察查维杰观影记录,拉韫推理出维杰一家人口供无破绽原因。
			37	拉韫见到素察的朋友,看到儿子迷奸平平的视频。
			38	警察再抓维杰一家,强行逼供。
			41	拉韫单独逼问小女儿安安

幕序	情节	情节功能	序号	构成事件
第三幕	12. 维杰与拉韫的对决	展现男女主终极对决及故事的高潮	42	拉韫夫妇带警察挖坟，开棺验尸，引发现场市民暴乱。
			43	市民暴乱引发竞选大暴动，拉韫夫妇身败名裂。
	13. 维杰自首赎罪	展现男主的命运结局及情感高潮	44	维杰看到小女儿试卷，发现篡改分数。
			45	拉韫夫妇向维杰道歉，恳求告知儿子下落，维杰向二人致歉。
			46	维杰自首被警察带走，向女儿告白。
	14. 记者街头采访	点题引发观众思考	47	记者采访民众对维杰一案的看法
	15. 片尾彩蛋	呼应开头	48	维杰在监狱打扫操场（呼应开头）

  一般而言，依据商业类型片的创作规律，一部两小时长的电影往往由10-15个情节组成，包含40-50个事件。从以上列表可知，时长112分钟的《误杀》由15个情节组成，共包含48个事件。其中第一幕由"主要人物登场、平平被官二代侮辱、维杰到罗统出差看拳赛、妻女误杀官二代"4个情节组成，共包含16个事件。第二幕由"维杰销毁证据制造伪证、维杰教家人应对警察的方法、拉韫寻找儿子素察的下落、维杰与桑坤的激烈冲突、维杰布施被拒、警察调查维杰一家、拉韫查出儿子素察失踪的真相"7个情节组成，共包含25个事件。第三幕由"维杰与拉韫的对决、维杰自首赎罪、记者采访"3个情节组成，包含6个事件。从情节的结构布局来看，完全符合常规商业类型片的创作规律。对照乔治·普罗第36种情节模式可以发现，《误杀》剧作中包含8种情节模式，9种对应的情节细目，具体的情节对应关系见下表12：

表12 《误杀》对应的情节模式和情节细目

模式类别	主要人物	其他人物	情节细目	《误杀》情节说明
3.复仇	复仇者	作恶的人	A:(4)为被侮辱的子女复仇	平平遭官二代迷奸，维杰妻女误杀并藏尸。
5.捕逃	捕逃者	追捕或惩罚的势力	A:(1)违反法律（有时为不得已）的或因其他政治行为而逃	维杰一家杀人藏尸，警察局长拉韫调查。
6.灾祸	受祸者	胜利的人	C:(3)遭遇横逆和暴行 D:(2)丧失子女	平平遭素察迷奸，拉韫痛失爱子。
21.为了骨肉而牺牲自己	牺牲者	骨肉	A:(1)为了亲戚或所爱之人的生命，而牺牲自己的生命	维杰为保护家人，藏匿尸体制造伪证。
22.为了情欲的冲动而不顾一切	恋爱者	对象，被牺牲者	C:(1)因为情欲的罪恶而丧失了生命、地位、荣誉	素察因迷奸，胁迫平平而丧失性命。
27.发现所爱之人的不荣誉	发现者	有过失者	D:(3)儿子是被认为有罪的	拉韫看到素察强奸平平的视频
34.悔恨	悔恨者	受害人或罪恶	A:(3)为了谋杀而悔恨	维杰向拉韫夫妇道歉
36.丧失所爱的人	眼见者	死亡者	B:预见一个所爱之人的死亡	拉韫预知儿子素察已死，希望找到尸体。

在这8种情节模式中，《误杀》采用了"捕逃"和"为了骨肉而牺牲自己"两种构成核心情节，分别对应剧作中的A故事（李维杰为了保护家人与女局长拉韫斗智斗勇），和B故事（李维杰牺牲自己保护家人的过程中修复了与女儿的关系）。其余的"复仇""灾祸""为了情欲的冲动而不顾一切""发现所爱之人的不荣誉""悔恨""丧失所爱的人"六种则构成次要情节。其中"捕逃"和"复仇"两种模式，决定了《误杀》是一部犯罪电影的类型特征。

从核心情节来看，在乔治·普罗第列出的情节细目中，《误杀》的 A 故事对应的是"捕逃"模式的"A：(1)违反法律（有时为不得已）的或因其他政治行为而逃"；亦即主人公李维杰的妻女在不得已的情况下，误以为杀害了官二代素察。李维杰为了保护家人，同样不得已将尸体转移并销毁证据。李维杰一家的行为违反了法律，还想方设法逃脱法律的制裁；B 故事对应的是"为了骨肉而牺牲自己"模式的"A：(1)为了亲戚或所爱之人的生命而牺牲自己的生命"，亦即李维杰为了保护妻女而甘愿牺牲自己的自由和生命。厘清了《误杀》剧作中的情节模式之后，我们便可以对其情节叙事功能作进一步分析。

1. 核心叙事功能的情节

"捕逃"叙事是犯罪电影中最常见的一种叙事功能，《误杀》采用"捕逃"作为核心叙事功能，构建剧中表层故事的核心情节，形成了对观众有极大吸引力的 A 故事。由拉韫为首的警察对维杰全家的抓捕，和以维杰为首的一家逃避警察的抓捕，这一追一逃的 A 故事具备强烈的戏剧冲突和悬念感。原本代表正义的执法者警察，却站在罪恶的一方；而原本代表罪恶的罪犯李维杰，却站在正义的一方，正义与罪恶的互换和较量，让《误杀》的故事充满了独特的魅力和吸引力。从以上梳理的情节事件列表可以看到，在《误杀》的 15 个情节中，包含了"捕逃"叙事功能的情节共有 5 个，分别是"维杰销毁证据制造伪证""维杰教家人应对警察的方法""警察调查维杰一家人""拉韫查出儿子素察失踪的真相"和"维杰与拉韫的对决"，包含 18 个事件。

除此以外，《误杀》还采用"为了骨肉而牺牲自己"，作为核心叙事功能，构建起了剧作内层情感故事的核心情节，形成了让观众产生极大情感共鸣的 B 故事，亦即李维杰为了保护女儿和妻子不惜牺牲自己的自由和生命，最终修复与女儿的感情。B 故事着力于情感层面的挖掘，能够调动观众对人物命运的牵挂和心理上的共情，使得《误杀》超越了常规的华语商业犯罪电影，在同类型中脱颖而出。在《误杀》的 15 个情节中，包含了"为了骨肉而牺牲自己"叙事功能的情节有 3 个，分别是"维杰销毁证据制造伪证""维杰教家人应对警察的方法"和"维杰自首赎罪",包含 9 个事件。具体的对应关系详见下表 13：

表 13 《误杀》核心情节对应的情节模式

《误杀》核心情节	序号	构成事件	情节模式	A/B故事
1. 维杰销毁证据制造伪证	1	维杰与妻子商量对策，想出应对办法。	捕逃+为了骨肉而牺牲自己	A+B故事
	2	妻子交给维杰素察的车钥匙和手机，维杰向平平承诺会保护全家人。		
	3	维杰驾驶素察的车被恶警桑坤看见		
	4	维杰驾车到僻静处扔掉手机，将车子推入河中。		
	5	维杰带家人坐大巴去罗统游玩，教妻子制造伪证。		
2. 维杰教家人应对警察的方法	6	维杰交代家人应对警察的办法		
	7	维杰教家人如何应对警察逼供		
	8	维杰全家吃晚饭，告知家人警察会进行下一步调查。		
3. 警察调查维杰一家人	9	恶警桑坤与分局长到学校调查平平	捕逃	A故事
	10	维杰赶回家和妻子一起应对桑坤与分局长的调查。		
	11	桑坤使计诈维杰，局长拉韫偷偷观察维杰反应。		
	12	警察搜索维杰家，抓入警局审讯，无法找出口供破绽无奈放人。		
	13	拉韫亲自审问维杰身边的人和接触过的人，其丈夫打电话问情况。		
4. 拉韫查出儿子素察失踪的真相	14	警察查维杰观影记录，拉韫推理出维杰一家人口供无破绽原因。		

《误杀》核心情节	序号	构成事件	情节模式	A/B故事
4.拉韫查出儿子素察失踪的真相	15	拉韫见到素察的朋友看到儿子迷奸平平的视频。	捕逃	A故事
	16	警察再抓维杰一家强行逼供		
	17	拉韫单独逼问小女儿安安		
5.维杰与拉韫的对决	18	拉韫夫妇带警察挖坟开棺验尸，引发现场市民暴乱		
6.维杰自首赎罪	19	维杰自首被警察带走，向女儿内心告白	为了骨肉而牺牲自己	B故事

2.附属叙事功能的情节

《误杀》剧作中的"复仇"叙事是非常隐晦的，但这一次情节在剧作中有着至关重要的作用，它决定着李维杰一家人是否能够全身而退，也决定了男主李维杰与反派女主拉韫之间的争斗谁赢谁输。从情节细目来看，它对应的是"复仇"模式的"A：(4)为被侮辱的子女复仇"，亦即李维杰为了替被迷奸的大女儿平平复仇，拒不向作恶者素察的父母透露素察的尸体被埋藏的地点。在"复仇"叙事所构成的次要情节中，复仇原因是作恶之人侮辱了复仇者的亲人；复仇对象是作恶之人素察的父母拉韫和都彭；复仇方式则是复仇者李维杰利用计谋让全家人逃脱法律的制裁；复仇结果是李维杰复仇成功导致作恶之人的父母身败名裂。《误杀》中"复仇"叙事功能的情节，只有"维杰销毁证据制造伪证"，它由两个事件组成。

"灾祸"叙事在《误杀》中体现在两个方面，一方面是正义一方李维杰的大女儿平平遭遇迷奸，并遭施暴者素察用裸体视频胁迫再发生关系，对应的情节细目是"灾祸"模式的"C：(3)遭遇横逆和暴行"；另一方面则是罪恶一方的父母，遭遇丧失作恶多端的独子素察，对应的情节细目是"灾祸"模式的"D：(2)丧失子女"。《误杀》中由"灾祸"叙事所构成的次要情节非常巧妙，由作恶者引发的灾祸也导致其本人和家庭的灾祸，由此衍生出两个不同阶层的家庭在子女教育方面的问题，不由得令人深思。

"悔恨"叙事在《误杀》中体现在双方都因自己犯下的罪恶而悔恨。一方面，素察的父母因儿子给维杰女儿平平造成的伤害而忏悔；对应的情节细目是"悔恨"模式的"A：(1)为了一件人家所不知道的罪恶而悔恨"。另一方面，李维杰为了保护家人，不能向素察父母透露尸首在何处而忏悔；对应的情节细目是"悔恨"模式的"A：(3)为了谋杀而悔恨"。由"悔恨"叙事所构成的次要情节，升华了影片的主题，使得影片在主题思想上与印度原版相比则更胜一筹。

此外，由"为了情欲的冲动而不顾一切""发现所爱之人的不荣誉""丧失所爱的人"这三种叙事所构成的次要情节，在影片中也都起着非常重要的推进剧情发展的作用。这6种情节模式对应的次要情节和事件详见下表14：

表 14 《误杀》次要情节对应的情节模式

《误杀》次要情节	序号	构成事件	情节模式	A/B 故事
1. 大女儿平平参加夏令营被官二代素察侮辱	1	平平参加夏令营活动被官二代素察盯上并遭侮辱。	灾祸+为了情欲的冲动而不顾一切	A 故事
2. 妻子和女儿误杀了素察	2	素察用平平裸体视频威胁其晚上赴约		
	3	素察伤害平平母亲，被平平失手打晕。		
3. 维杰销毁证据制造伪证	4	维杰驾车到僻静处扔掉手机，将车子推入河中。	复仇	A+B 故事
	5	维杰带家人坐大巴去罗统游玩，教妻子制造伪证。		
4. 拉韫寻找儿子素察的下落	6	拉韫打不通儿子电话劝说老公，老公生气离开。	丧失所爱的人	A 故事

第二章　犯罪电影的情节模式

《误杀》次要情节	序号	构成事件	情节模式	A/B 故事
4.拉韫寻找儿子素察的下落	7	拉韫打不通儿子电话，下属向其汇报儿子行踪。	丧失所爱的人	A 故事
	8	拉韫夫妇到河边查看打捞车子，寻找儿子下落。		
	9	拉韫督促分局查找儿子下落，桑坤提供线索被分局长否掉。		
5.拉韫查出儿子素察失踪的真相	10	拉韫见到素察的朋友看到儿子迷奸平平的视频。	发现所爱之人的不荣誉	A 故事
6.维杰自首赎罪	11	拉韫夫妇向维杰道歉恳求其告知儿子下落，维杰向二人致歉。	悔恨	B 故事

第三章　犯罪电影的结构模式

如前所述，从叙事学的角度来看，情节是一系列事件的组合，它由"叙事功能"和"叙事序列"两个基本的单位构成。叙事序列是由一个或多个功能组合而成的叙事单位，其层级处于功能与故事之间。叙事功能通过不同组合方式，可以组合成不同的叙事序列；叙事序列再组合成情节和故事。依据谭君强在《叙事学导论》中对故事的定义：

"故事，指的是从叙事文本或者话语的特定排列中抽取出来的，由故事的参与者所引起或经历的一系列合乎逻辑的，并按时间先后顺序重新构造的一系列被描述的事件。"[1] 这一定义隐含了故事由话语产生这一逻辑意义，也就是说从结构的角度来看，故事既包含了由情节所构成的深层结构；同时也包含了由不同时序的叙述话语所构成的表层结构。同样，电影的剧作结构一方面包含了整体的情节布局规则，也就是剧作的内部结构，或曰情节结构；另一方面也包含了情节的组织和叙述方式，也就是剧作的外部结构，或曰叙事结构。

因此，本章先引述与采用叙事学中的叙事序列理论，对犯罪电影的经典情节模式进行分析，力图探究出犯罪电影中那些恒定的结构因素，进而深入地探究出犯罪电影结构模式的普遍规律。最后，以电影《全民目击》为例，探讨影片的结构特征。

第一节　国外犯罪电影的经典结构模式

在探讨 20 部国外犯罪电影的经典结构模式之前，兹先引介克洛德·布雷蒙、罗兰·巴特和兹维坦·托多罗夫的叙事序列理论，作为探讨结构模式的基础。

---

[1] 谭君强：《叙事学导论：从经典叙事学到后经典叙事学》（北京：高等教育出版社，2008 年），页 23。

一、叙事序列理论

克洛德·布雷蒙在其1966年发表的《叙述可能之逻辑》一文中,从叙述逻辑出发,将叙事功能的上一级单位直接命名为"序列"。他认为,"功能与行动和事件相关,而行动和事件组成序列后,则产生一个故事。"[①]从布雷蒙对叙事序列的描述中可以看出,功能组成序列,序列构成情节和故事。布雷蒙进一步对叙事序列进行了区分,他认为,叙事作品中的故事,往往由一个基本或多个复合叙事序列构成。基本叙事序列由三个功能组合而成,这三个功能分别与变化过程中出现的可能性、实现可能性和取得结果三个阶段相对应。基本叙事序列通过首尾接续式、中间包含式、左右并连式等方式组合成复合叙事序列。布雷蒙认为叙事序列极为重要,"任何叙事作品相等于一段包含着一个具有人类趣味又有情节统一性的事件序列的话语。没有序列,就没有叙事。"[②]借助叙事序列这一单位,布雷蒙在叙事功能与故事之间建立起了有机的联系。

罗兰·巴尔特在其《叙事作品解构分析导论》中,也对叙事功能和叙事序列的关系进行了探讨。他认为,叙事序列是处在功能之上、衔接叙事功能的单位,是介于功能、情节之间的叙事单位。叙事序列与叙事功能的关系是"序列自身内部的功能是首尾完整封闭的,又统辖于一个名称,因此序列本身构成一个新的单位,随时可以作为另外一个更大的序列的简单的项而运行。"[③]换言之,叙事功能组合成叙事序列,一个个的序列又可以组合成更大的序列之中的项,亦即复合叙事序列中的基本叙事序列,最终由合乎逻辑的复合叙事序列构成一个完整的故事。故事的开端之前和结尾之后,不再出现由其他叙事序列构成的故事。

此外,巴尔特还对叙事序列之间的组合关系进行了研究,他认为"许多序列

[①] 克洛德·布雷蒙:《叙述可能之逻辑》,载张寅德编选《叙事学研究》(北京:中国社会科学出版社,1989年),页185。

[②] 克洛德·布雷蒙:《叙述可能之逻辑》,载张寅德编选《叙事学研究》(北京:中国社会科学出版社,1989年),页156。

[③] 罗兰·巴尔特:《叙事作品结构分析导论》,载张寅德编选《叙事学研究》(北京:中国社会科学出版社,1989年),页22。

的项完全可能互相纵横交错。一个序列尚未结束，一个新的序列的首项可能已经插在这前一个序列里面出现了。"[1] 可见巴尔特的叙事序列理论，除了揭示叙事序列与叙事功能之间的关系，还涉及到叙事序列间相互交错的组合关系。

兹维坦·托多罗夫也在其发表的《文学作品分析》一文中，对叙事序列进行了研究。他认为，一个序列是由一组叙述句构成的一个文章叙事片段。由序列组合而成的故事通常呈现出平衡——不平衡——平衡的三种状态。"一篇理想的叙述文总是以稳定的状态作为开端，而后这个状态受到某种力量的破坏，由此而产生一个平衡失调的局面，最后另一种来自相反方向的力量再重新恢复平衡。"[2] 各个复合叙事序列被分别包含在这些状态中，而这些状态则被包含在一个更大的复合叙事序列内。在研究段落的组合方式时，他认为段落一般有接续、插入或嵌入、交织或交叉三种组合形式。[3]

从布雷蒙、巴尔特和托多洛夫的叙事序列理论中可以看出，作为叙事作品的电影剧作，其故事同样由一个或多个叙事序列构成，这些叙事序列通过接续、嵌入和交叉等方式，相互组合形成复合叙事序列，并最终组合形成剧作的完整故事。叙事序列理论为我们切分犯罪电影经典情节模式的构成方式指明了路径。

二、国外犯罪电影经典结构模式的叙事序列

通过之前对核心叙事功能和附属叙事功能的界定，以及对叙事序列与叙事功能之间关系的分析，可以发现，叙事功能构成叙事序列，叙事序列构成完整的情节；核心叙事功能往往组成一个可以构成核心情节的复合叙事序列，其中包含许多由其他复合叙事序列构成的情节段落；而附属叙事功能则往往组成一个可以构

---

[1] 罗兰·巴尔特：《叙事作品结构分析导论》，载张寅德编选《叙事学研究》（北京：中国社会科学出版社，1989年），页22。

[2] 兹维坦·托多洛夫：《文学作品分析》，载张寅德编选《叙事学研究》（北京：中国社会科学出版社，1989年），页85。

[3] 兹维坦·托多洛夫：《文学作品分析》，载张寅德编选《叙事学研究》（北京：中国社会科学出版社，1989年），页87-88。

成次要情节的基本叙事序列。如影片《守法公民》中"克莱德复仇"这一核心情节，就由"克莱德妻女被害、主犯十年后被释放、克莱德绑架主犯、克莱德将主犯分尸"等一系列关于复仇的基本叙事序列构成。在这个由基本叙事序列组成的核心情节内，包含了复仇的原因、过程及结果等组成情节所需的基本要素，进而构成了影片剧作的完整故事情节。

此外，在之前对犯罪电影的主要叙事功能进行分析时，得出这样一个结论：叙事功能故事发展能力的强弱，与其联系其他叙事功能的能力强弱密切相关；联系能力越强的叙事功能，故事发展能力就越强。由于叙事功能是构成叙事序列最基本的单位，因此也就可以推导出另一个结论：叙事序列的故事发展能力和故事包容能力，与其联系其他叙事序列的能力密切相关；联系能力越强的叙事序列，其故事发展能力和故事包容能力就越强。此外，叙事序列对于摆放位置的适应能力越强，获得衍生、拓展故事的机会也会越多。叙事序列的包容能力和对于摆放位置的适应能力，是叙事序列获得故事生发能力的决定性因素。布雷蒙据此对叙事序列之间进行组合的逻辑关系进行了探究，我们可以依据其所划分的基本叙事序列和复合叙事序列，联系我们筛选的这 20 部国外犯罪电影，进行进一步的分析和探究。

（一）基本叙事序列

布雷恩认为，基本叙事序列包含三个功能，这三个功能分别与变化过程中出现的可能性、实现可能性、取得的结果三个阶段相对应。笔者将这三个功能分别称为"功能 1""功能 2"和"功能 3"，其中功能 1 对应变化过程中出现的可能性阶段，代表某种状况的形成；功能 2 对应变化过程中实现的可能性阶段，代表人物对这种状况采取的行动；功能 3 对应变化过程中取得的结果，代表人物行动达到目的或没达到目的。犯罪电影使用基本序列进行叙事时，一般会采用两种叙事方式：一是从犯罪者的视角出发来进行叙事。如《骗中骗》《出租车司机》《末路狂花》《完美的世界》《守法公民》《小丑》《黄海》《这个杀手不太冷》《香水》《告白》《天才枪手》等影片，都沿着犯罪者的视角来展开叙事，向观众充分展现犯罪的血腥与暴力，人性的罪恶与癫狂等。

如以《守法公民》为例，功能1是科技公司研发人员克莱德有着美丽的妻子和可爱的女儿，一家三口居住在小镇上生活幸福美满，两个暴徒突然闯入他的家中，克莱德妻子遭到主犯多比的凌辱后被杀害，女儿也惨遭其残害。尽管证据确凿，但由于迂腐的司法程序和助理执行官尼克的堕落，他与主犯多比达成认罪减轻罪行的交易，最终多比只被判了十年刑期。功能2是克莱德经过十年精心的策划，先将从犯杀害，接着绑架了多比对其进行残酷的折磨和虐杀；随后对尼克和当年涉及案件审查的所有司法人员逐一展开了复仇。功能3是克莱德成功地实现了报复尼克的目的，但这个目的并不是以将尼克杀死来实现的。而是让尼克一次次与成为罪犯的自己进行交易，每次交易成功尼克当年涉案的同事就会被杀害，直到尼克终于明白不得破坏司法公正，拒绝与罪犯达成交易。

犯罪电影使用基本序列，进行叙事时的另一种叙事方式，是从调查者的视角出发来进行叙事。如《杀人回忆》《老男孩》《追击者》《孤单特工》《恐怖直播》《蒙太奇》等影片，都沿着调查者的视角来展开叙事，观众仿佛全程参与了探案调查的全部过程。这些影片中犯罪者的犯罪活动往往是持续性的，被害者很多时候还有一线生还的希望，调查者因此能不断地拥有行动的动力和查案的线索。

以《杀人回忆》为例，韩国京畿道华城郡的田野边发现一具被奸杀的女尸，随后不久附近出现了多起相同手法的连环杀人案，这便是功能1。小镇警察朴斗满和首尔派来的警探苏泰允带领调查小组调查这起案件，毫无经验的警察朴斗满只凭感觉查案，对其认为的犯罪嫌疑人粗暴逼供并将其屈打成招；而办案经验丰富的警探苏泰允客观冷静，据理分析，排除了屈打成招的嫌疑人，二人由此矛盾不断，然而无辜女子接二连三被残忍杀害，迫使二人加紧合作，通过派出卧底去引诱行凶者等手段继续展开调查，这便是功能2。最终朴斗满和苏泰允锁定一个极其符合作案特征的青年为最大的嫌疑人，苏泰允历尽艰险对其进行追捕，最终朴斗满拿到的最新证据却显示凶手并不是这位青年，一直到多年后案件的凶手却仍未落网，这便是功能3。

基本叙事序列是构成电影剧作故事情节的基础，通过多种方式的相互组合而形成复合叙事序列，并最终形成剧作的完整故事。

（二）复合叙事序列

相较于基本叙事序列，复合叙事序列则更为复杂。依据布雷蒙等三位叙事学家对复合叙事序列的阐释，复合叙事序列既可以由基本叙事序列组合而成，也可以由复合叙事序列组合而成为一个新的复合叙事序列。为便于理解，笔者将其概括为如下公式：

"基本序列 + 基本序列 = 复合序列"

"复合序列 + 复合序列 = 新复合序列"

以复合序列来进行叙事的犯罪电影，其人物的行动往往具有多线性。犯罪者和追缉者的两条行动线索是互相缠绕的，而人物精彩的高智商、高水平博弈，以及电影对人性弱点的深度挖掘，也就在这种缠绕中被表现出来。托多洛夫在研究叙事段落的组合方式时认为，叙事段落一般有接续、嵌入和交叉三种组合形式。依据这三种形式，笔者将复合叙事序列划分为三类，分别称为"接续式复合序列"和"嵌入式复合序列"和"交叉式复合序列"。

"接续式复合序列"可以看作是基本叙事序列的连环形态。两个叙事序列以时间先后的顺序相互连接，上一个序列的最后一个叙事功能同时又是下一个序列的第一个叙事功能，有了这个功能，两个序列得以顺理成章地连续往下衔接。以影片《末路狂花》中的"闺蜜二人遭侮辱"和"闺蜜二人大逃亡"这两个情节为例，这两个情节就是两个叙事序列，笔者将其分别称为 A 序列和 B 序列。A 序列的功能 1 是两个好闺蜜路易丝和塞尔玛都对自己的生活现状不满，计划趁着周末一起去进行一次愉快的旅行；功能 2 是二人驾车来到阿肯色州的一个酒吧过夜，塞尔玛不听路易丝劝告，与酒吧偶遇的男子哈伦一起喝酒跳舞并跟随哈伦来到酒吧外的停车场，哈伦企图强暴塞尔玛被露易丝察觉；功能 3 是露易丝持枪逼着哈伦放开塞尔玛，哈伦不情愿地放开塞尔玛对二人骂脏话进行羞辱，路易丝盛怒之下开枪打死了哈伦。而在 B 序列中，A 序列的功能 3，也就是路易丝开枪打死哈伦，成为B序列的功能1，它与B序列中的功能2：闺蜜二人驾车向边境逃亡，以及功能3：二人逃亡失败坠入悬崖，一起构成了B序列中的"闺蜜二人大逃亡"这一情节。由此可见，B序列和A序列通过A序列中的功能3首尾相接，B序列中的功能3又会成为其他序列中的功能1，由此形成一种首尾相接的接续式形态，这一形态详见表15。在"接续式复合序列"中，上一个序列的结果往往是下一个序列产生的原因，下一个序列紧接着上一个序列而出现，形成一种紧密的因果逻辑关系。

"嵌入式复合序列"指的是在上一个序列还没有完成时，就在其中插入了下一个序列。布雷蒙认为，从逻辑关系上来看，之所以会出现这种情况，在于上一个序列全部的变化过程，缺少不了下一个序列的变化过程。同理，下一个序列里面也可以包含一个新序列的变化过程，以此继续类推下去。

以影片《末路狂花》中的"闺蜜二人大逃亡"和"警察抓捕闺蜜二人"这两个情节为例，笔者将其称为B序列和C序列。B序列的三个功能分别是功能1：路易丝开枪打死哈伦；功能2：闺蜜二人驾车向边境逃亡；功能3：二人逃亡失败坠入悬崖。其中B序列的功能2中，又嵌入了C序列，这一序列同样包含三个功能：功能1是警探哈尔接到报案后，带人查看凶案现场，向目击证人女侍者了解案件经过；功能2是警方对露易丝和塞尔玛展开调查，发布通缉令，通过监听塞尔玛与丈夫的通话得知二人向墨西哥方向逃亡，对二人展开追捕；功能3是警方在边境布下天罗地网，经过一番激烈的追逐，将二人围堵在悬崖边导致二人驾车冲下悬崖。由此可见，B序列的功能2嵌入了C序列，C序列就相当于B序列的功能之一，同样在C序列的功能2中，还可以再嵌入一个新的序列，由此形成一种相互镶嵌的嵌入式形态，这一形态详见下表15。从以上分析还可以看到，C序列的功能3与B序列的功能3有着紧密的相对关系，当C序列的功能3目的达成，则B序列的功能3目的无法达成，C序列的功能3目的无法达成，则B序列的功能3目的达成。在"嵌入式复合序列"中，上一个序列的行动过程可以包含下一个序列，下一个序列的行动过程又可以包含另一个新的序列，由此形成一种包含与被包含的逻辑关系。

"交叉式复合序列"可以看作是两个基本叙事序列的并列形态。

两个序列以相似的事件性质或逻辑关系为联结纽带，从不同的人物角度出发，来回交替的衔接在一起。以影片《孤胆特工》中的"捣毁制毒窝点"和"摘取小米眼球"这两个情节为例，笔者同样将其分别称为 A 序列和 B 序列。A 序列的三个功能分别是，功能 1：车泰锡根据线索找到了黑帮头目万锡兄弟贩卖人体器官和制毒的窝点，发现其手下正准备摘取被拐来的小孩身体器官，同时钟锡正在监督一群被拐来的小孩包装毒品；功能 2：车泰锡冲进窝点击败钟锡的手下，将打伤的钟锡绑在椅子上，打开煤气罐，设置好机关，带着解救的小孩离开了窝点；功能 3：米袋漏光后煤气灯倒在地上点燃了煤气罐，整个窝点被炸地一干二净，车泰锡给警察打完电话后离开继续追查小米下落。B 序列的三个功能分别是，功能 1：小米被万锡最厉害的手下泰国杀手带进了地下车库的手术车上；功能 2：小米发现被骗后被肥胖的手术医生用迷药将小米迷晕；功能 3：泰国杀手不忍看到小米被摘取眼球，将肥胖医生杀死并取下了他的眼球。片中 A 序列的情节和 B 序列的情节同时展开，两个情节来回交替穿插，共同向前推进。这两个看似毫无关联的情节，通过"车泰锡追查小米下落，小米目前的遭遇"联结在一起。由此可见，A 序列和 B 序列如同看似平行实则相交的两条线，相互联系在一起，由此形成一种相互交织的交叉式形态。这一形态详见下表 15。在"交叉式复合序列"中，两个序列围绕着同样的事件或相似的逻辑关系，由此形成一种并列关系。

在我们筛选的这 20 部犯罪电影中，"复仇、捕逃、绑劫、奸杀、疯狂、无意中伤残骨肉"这 6 种决定犯罪电影类型特征的叙事功能，都可以构成基本叙事序列来组成完整的情节；其中"复仇、捕逃、绑劫、奸杀"等四种核心叙事功能，在组成基本叙事序列的同时，还可以通过接续、嵌入和交叉等方式组合或包容其他各种叙事序列，进而构成复合叙事序列，这些叙事序列还可以成为其他新的复合叙事序列中的基本叙事序列。

表15　三种不同的复合叙事序列

序列名称	序列形态	序列说明
接续式复合序列	A序列：A1——A2——A3（B1） B序列：B1（A3）——B2——B3	B序列和A序列通过A序列中的功能3首尾相接，B序列中的功能3又会成为其他序列中的功能1。
嵌入式复合序列	B序列：B1——B2——B3 C序列：　C1—C2—C3	B序列的功能2嵌入了C序列，同样在C序列的功能2中，还可以再嵌入一个新的序列。
交叉式复合序列	A序列：A1——A2——A3 B序列：　B1——B2——B3	A序列和B序列如同看似平行实则相交的两条线，相互联系在一起。

三、国外犯罪电影经典结构模式的特征

（一）剧作内部结构模式特征

从剧作整体的情节布局和规则来看，"三幕剧结构"显然是电影剧作最经典的情节结构模式。同样，在我们筛选的20部国外犯罪电影中，它也是出现最多、使用最为频繁的结构模式。根据之前对"三幕剧结构"基本特征的分析，结合国外犯罪电影的情节叙事特征，对这些影片的情节结构进行分析可以发现，犯罪电影的情节结构与其所叙述的主人公身份有着密切的关联。正如之前所述，情节是叙述人物活动及其形成事件的进展过程，人物围绕着事件展开的行动推动了情节的发展。在犯罪电影中，主人公的身份不同其所展开的行动也会有所不同，进而使得影片的情节及结构也都会有所不同。梳理来看，犯罪电影基本上围绕着三类人物的行动来推进情节的发展，这三类人物分别是犯罪者、调查者和受害者。由此，围绕这三类不同身份的主人公所展开的情节，也呈现出不同的结构特征。

在以犯罪者为主人公的犯罪电影中，其情节主要围绕犯罪者的犯罪原因、犯罪行为过程，以及犯罪之后的状态处境来展开叙述，由此来揭示犯罪者的犯罪动机和犯罪心理，进而表达特定的主题。《骗中骗》《出租车司机》《末路狂花》

《完美的世界》《守法公民》《小丑》《这个杀手不太冷》《香水》《告白》和《天才枪手》等影片均以犯罪者为主人公来展开情节。对应"三幕剧结构",各幕情节的任务和功能来看,以犯罪者为主人公的犯罪电影,其剧作情节结构特征如下:

第一幕:开端部。这一部分的情节主要围绕犯罪者的生活现状建立其与周围其他人之间的人物关系,交代作为普通人的主人公实施犯罪行为的具体环境和处境,并引出其掩藏真相或逍遥法外的行动目标。在第一幕的结尾处往往会出现主人公实施初始犯罪行为作为情节发展的重要转折点。

第二幕:发展部。这一部分的情节主要围绕犯罪者为了实现自己的行动目标克服重重障碍,与来自对手、环境和自己内心等因素进行冲突对抗的过程。第二幕的中间会出现一个令犯罪者面临严峻考验的重要事件,也就是中点事件,掀起故事的小高潮;第二幕的结尾部分往往会出现一个重要的事件让犯罪者看到实现行动目标的希望,这也成为情节发展的重要转折点。

第三幕:结尾部。这一部分的情节主要围绕犯罪者是否实现行动目标及其最终的命运结局来展开。第三幕往往会出现犯罪者与对手、环境或内心进行终极对抗的重要行动,也就是故事最大的高潮,这也是整个剧作最重要的一个情节。

以美国影片《小丑》为例:

第一幕:主人公亚瑟是一名小丑经纪公司的演员,依靠扮演小丑来赚钱维持自己与母亲的生计,他患有笑病而无法控制自己的笑声,亚瑟身处一个漠视的世界,他时常被周围的人漠视和伤害,他最大的愿望是查明自己的身世,得到人们的关注和尊重。

情节点1:亚瑟被上司解雇后带妆上了地铁,看见三个白领青年调戏侮辱同车的女孩,突然他笑病发作被三人当作是对他们进行嘲笑,三人转而对亚瑟进行辱骂和殴打,情急之下亚瑟拿出枪杀死了三个白领青年。

第二幕:亚瑟查明自己的身世发现自己从小被母亲漠视;亚瑟找到他认为的"父亲"韦恩,想得到"父亲"的关心,却被韦恩恶言相对并被打了一拳;亚瑟因为在酒吧里讲的笑话,终于获得登上莫瑞脱口秀节目的机会。

中点事件：亚瑟溜进慈善晚宴现场，在洗手间堵住韦恩，想得到"父亲"韦恩的认同却遭其否认，亚瑟情绪失控放声大笑被韦恩一记重拳打伤。

情节点 2：亚瑟终于获得梦寐以求的机会，登上莫瑞法兰克脱口秀节目接受自己偶像的采访，亚瑟在家中对着电视试演自己上脱口秀节目的流程。

第三幕：亚瑟如愿以偿地登上了莫瑞法兰克脱口秀节目的舞台，原本计划说完笑话后当着所有人的面举枪自杀，主持人莫瑞对亚瑟和底层人民的漠视引起亚瑟强烈的愤怒，亚瑟举枪杀死了莫瑞后被警察逮捕。

高潮：亚瑟在脱口秀节目现场枪杀了自己的偶像莫瑞引起全社会的关注，亚瑟被警察逮捕，在警车上看到众多市民化妆成小丑参与城市暴动。

在以调查者为主人公的犯罪电影中，其情节主要围绕案件发生、调查者开始介入、调查案件的过程，以及揭秘案件真相和凶手落网等内容来展开叙述，由此通过揭示案件背后的真相，进而表达特定的主题。《猫鼠游戏》《杀人回忆》《老男孩》《追击者》《孤胆特工》《恐怖直播》《蒙太奇》《看不见的客人》等影片均以警探、记者、受害者本人或亲人等调查者为主人公来展开情节。对应"三幕剧结构"各幕情节的任务和功能来看，以调查者为主人公的犯罪电影，其剧作情节结构特征如下：

第一幕：开端部。这一部分的情节主要围绕调查者的生活现状建立其与周围其他人之间的人物关系，交代案件发生或罪犯出现的具体环境和处境，并引出调查者揭秘真相或抓住罪犯的行动目标。在第一幕的结尾处往往会出现案件突然发生或罪犯出现等作为情节发展的重要转折点。

第二幕：发展部。这一部分的情节主要围绕调查者为了实现揭秘案件真相或抓住罪犯的行动目标克服重重障碍，与来自对手、环境和自己内心等因素进行冲突对抗的过程。第二幕的中间会出现调查者破解出案件真相或抓住真凶的假象，作为剧作故事的中点事件，掀起故事的小高潮；第二幕的结尾部分往往会出现一个重要的线索让调查者看到破解案件或抓住凶手的希望，这也成为情节发展的重要转折点。

第三幕：结尾部。这一部分的情节主要围绕调查者是否破解案件真相或抓住罪犯，以及调查者的命运结局来展开。第三幕往往会出现调查者揭秘真相或与罪犯终极对抗的重要行动，也就是故事最大的高潮，这也是整个剧作最重要的一个情节。

以韩国影片《杀人回忆》为例：

第一幕：主人公小镇警探朴斗满和汉城派来的警探苏泰允，一起追查连环奸杀人案的凶手，朴斗满等人将傻子屈打成招准备邀功；苏探员推翻了大家的结论希望找出真正的凶手，在分析卷宗时发现还有遗漏的第三名女死者，带领警员找出了死者的尸体。

情节点1：苏探员仔细分析案件卷宗后发现还有第三个女死者，于是组织大批警力展开地毯式排查，最终在荒地的枯草丛中发现了第三个女死者的尸体。

第二幕：尽管警方在做调查凶案却仍在发生，民众的恐慌给警方带来巨大的压力，相互不和的朴探员和苏探员依照各自的经验分头查找线索，发现了附近工厂的中年工人有最大的嫌疑，朴探员将抓来的工人屈打成招，苏探员仔细排查后确认其并非凶手，女警员提出了新的线索将嫌疑指向了附近工厂一个瘦弱的年轻人朴兴圭，二人对其展开调查。

中点事件：苏探员和朴探员及其搭档三人蹲守在山坡边，发现一个举止怪异的变态中年男人，三人追逐中年人跑进附近的一间工厂将其抓获。

情节点2：三人从得知村里的傻子曾经亲眼见过凶手杀人的过程，找到傻子让其辨认凶手的照片，傻子无法辨认被打，逃跑过程中被火车撞死。

第三幕：警方将朴兴圭的DNA送去美国作检测等待结果，案件调查陷入僵局，苏探员紧盯朴兴圭的举动却被其逃脱，命案再次发生，十几岁的女学生被害，苏探员盛怒之下私自对嫌疑人朴兴圭进行逼问，DNA检测报告却显示其并非凶手。

高潮：苏探员盛怒之下将最大的嫌疑人朴兴圭带到火车隧道口殴打逼问，并想要私自用枪将其杀死，朴探员带着DNA检测报告赶来确认排除了朴探员是凶手的嫌疑。

在以受害者为主人公的犯罪电影中，其情节主要围绕受害者卷入犯罪案件的状态和处境以及受害者洗净嫌疑或与罪犯进行较量的过程来展开叙述，由此通过展现受害者的挣扎与反抗，进而表达特定的主题。我们筛选的这 20 部影片中仅有《黄海》和《调音师》这两部影片以受害者为主人公来展开情节。对应"三幕剧结构"各幕情节的任务和功能来看，以受害者为主人公的犯罪电影，其剧作情节结构特征如下：

第一幕：开端部。这一部分的情节主要围绕受害者的生活现状建立其与周围其他人之间的人物关系，交代受害者卷入犯罪案件的具体环境和处境，并引出受害者洗净嫌疑或逃离罪犯的行动目标。在第一幕的结尾处往往会出现受害者卷入犯罪案件作为情节发展的重要转折点。

第二幕：发展部。这一部分的情节主要围绕受害者为了实现洗净嫌疑或逃离罪犯的行动目标克服重重障碍，与罪犯、环境和内心等来自内部与外部的冲突进行对抗的过程。第二幕的中间会出现受害者洗净嫌疑或摆脱罪犯顺利脱险的假象，作为剧作故事的中点事件，掀起故事的小高潮；第二幕的结尾部分往往会出现一个转机事件让受害者看到洗净嫌疑或摆脱罪犯的希望，这也成为情节发展的重要转折点。

第三幕：结尾部。这一部分的情节主要围绕受害者是否洗净嫌疑或摆脱罪犯，以及受害者的命运结局来展开。第三幕往往会出现受害者洗净嫌疑或与罪犯终极对抗的重要行动，也就是故事最大的高潮，这也是整个剧作最重要的一个情节。

以印度影片《调音师》为例：

第一幕：主人公阿卡什是一名伪装成盲人的钢琴师，依靠钢琴演出来谋得生计，技艺精湛的阿卡什受邀到过气男星普拉默的家中表演，却无意间目睹了普拉默妻子西米和其情夫曼诺拉清理普拉默尸体的过程。阿卡什希望自己伪装盲人的事情不被二人发现，并想要摆脱二人向警察报案。

情节点 1：阿卡什按照约定的时间到普拉默家中进行表演，西米无奈之下开门让他进屋，阿卡什演奏中无意间发现倒在地上的普拉默尸体，佯装盲人的阿卡什目睹了西米和其情夫曼诺拉清理普拉默尸体的过程。

第二幕：阿卡什到警局却发现西米的情夫曼诺拉是警察局长，便打消了报案的念头；西米和情夫对阿卡什进行观察和试探，西米揭穿阿卡什伪装盲人的真相并将其毒瞎，阿卡什逃亡到乡下遇见贩卖器官的黑心医生，阿卡什串通医生伪造了西米自杀现场，并将西米绑架后对曼诺拉进行敲诈。

中点事件：西米上门揭穿阿卡什伪装盲人的真相，并让阿卡什以为自己不再追究，却暗中下毒将阿卡什毒瞎。

情节点2：阿卡什说服黑心医生及其助手一起合作，诱骗西米来进行交易，伪造了西米自杀的现场，并将其绑架后对曼诺拉进行敲诈。

第三幕：西米逃脱后与阿卡什和医生展开了激烈的搏斗，混乱中阿卡什救下了医生，医生将西米塞入后备厢，驾车带着阿卡什去孟买机场与酋长进行器官交易，西米逃脱出来杀死医生并计划撞死阿卡什，意外出现的兔子令西米翻车身亡，阿卡什幸存下来去了欧洲。

高潮：西米从后备厢逃脱后杀死了医生，让阿卡什下车想要驾车将其撞死以制造车祸现场，未料意外出现的兔子把西米吓得急打方向盘而翻车身亡。

以上三类情节结构的模式特征详见下表16：

表16 犯罪电影情节结构模式特征表

幕序	犯罪者为主人公		调查者为主人公		受害者为主人公	
	情节说明	关键情节点	情节说明	关键情节点	情节说明	关键情节点
第一幕	犯罪者的生活现状及人物关系，犯罪者实施犯罪的背景，引出犯罪者的行动目标。	情节点1主人公实施初始犯罪行为	调查者的生活现状及人物关系，案件出现的背景，引出调查者的行动目标。	情节点1突发案件或罪犯出现	受害者的生活现状及人物关系，卷入罪案的背景，引出受害者的行动目标。	情节点1受害者卷入犯罪案件

幕序	犯罪者为主人公		调查者为主人公		受害者为主人公	
第二幕	犯罪者为了掩藏真相或逍遥法外克服重重障碍，与来自多方的因素进行冲突对抗的过程。	中点事件犯罪者面临严峻考验情节点2让犯罪者看到实现目标的希望	调查者为揭秘案件真相或抓住罪犯克服重重障碍，与来自多方的因素进行冲突对抗的过程。	中点事件出现调查者破解真相或抓住真凶的假象。情节点2出现重要线索让调查者看到破案的希望。	受害者为了实现洗净嫌疑或逃离追杀克服重重障碍，与来自内部与外部的冲突进行对抗的过程。	中点事件受害者洗净嫌疑或顺利脱险的假象。情节点2受害者看到洗净嫌疑或顺利脱险的希望。
第三幕	犯罪者是否实现行动目标及其最终的命运。	高潮犯罪者与对手、环境或内心进行终极对抗。	调查者是否揭秘真相或抓住罪犯，以及调查者的命运结局。	高潮揭秘真相与罪犯终极对抗	受害者是否洗净嫌疑或摆脱追杀，以及受害者的命运结局。	高潮受害者洗净嫌疑或与罪犯终极对抗。

（二）剧作外部结构模式特征

从剧作情节的组织方式和叙述方式来看，沿着一条情节主线展开线性叙事的"时空顺序式结构"显然是电影剧作最经典的叙事结构。同样，在笔者筛选的20部国外犯罪电影中，它也是使用最为频繁的叙事结构。采用这一结构叙述的故事有着清晰的叙事脉络和线索，故事具有高度的完整性和严密的因果逻辑性，故事情节基本都发生在一个统一的时空中，依照开端、发展、高潮和结局四个部分来进行呈现，形成一个相对封闭的叙事空间。

在这20部影片中,《骗中骗》《出租车司机》《末路狂花》《完美的世界》《守法公民》《小丑》《杀人回忆》《老男孩》《黄海》《孤胆特工》《恐怖直播》《这个杀手不太冷》《香水》《告白》《天才枪手》和《调音师》这16部影片都采用了这一结构来进行叙事。以影片《末路狂花》为例,全片沿着路易丝和塞尔玛驾车向边境逃亡为主要情节线索来展开叙事。在旅行途中的酒吧停车场,路易丝为了解救差点被哈伦强奸的塞尔玛,开枪打死了哈伦,这是影片叙事的开端部分;路易丝和塞尔玛为了躲避警方的追捕,驾车向墨西哥方向的边境逃亡,警方发现了二人的行踪,这是影片叙事的发展部分;警方出动大批警力对二人进行围捕,并与二人发生了激烈的追逐,这是影片叙事的高潮部分;无路可逃的路易丝和塞尔玛驾车冲下悬崖,这是影片叙事的结局部分。

如前所述,犯罪电影中三类不同身份的主人公,会影响剧作的情节结构。同样,剧作的叙事结构也会因这三类主人公身份的不同而呈现出不同的结构特征。归结起来,犯罪电影的叙事结构也分为以下三种模式:

模式1:实施犯罪——展开逃亡——罪犯落网

以犯罪者为主人公的影片大多采用这种叙事模式,影片一开始交代作为犯罪者的主人公实施犯罪行动的原因及背景,随后交代主人公为了躲避法律的惩罚而展开逃亡的经过,最后交代主人公被警方抓捕落网的结果。如《末路狂花》和《完美的世界》两部影片都采用了这一结构模式。

模式2:罪案发生——案件调查——真相揭秘

以调查者为主人公的影片基本采用这种叙事模式,影片一开始交代出现罪案,作为调查者的主人公接受任务展开调查,随后交代主人公调查案件遇到的困难以及主人公克服困难的经过,最后交代主人公查明真相并进行揭秘。如《杀人回忆》《老男孩》《追击者》《孤胆特工》《恐怖直播》等影片都采用了这一结构模式。而以犯罪者为主人公的影片也会采用这一模式来进行叙事,只是叙事视角上与其相对,形成"罪案发生——掩藏真相——真相揭秘"的模式。影片一开始交代作为犯罪者的主人公实施犯罪行动的原因及背景,随后交代接受调查的主人公掩藏自己作为罪犯的经过，最后交代主人公身份暴露真相被揭晓。如《守法公民》《小丑》《香水》和《天才枪手》等影片都采用了这一结构模式。

模式3：卷入罪案——展开逃亡——对手对决

以受害者为主人公的影片基本采用这种叙事模式，影片一开始交代受害者卷入犯罪案件的原因和背景，随后交代主人公为了躲避对手的追杀而隐藏身份展开逃亡的经过，最后交代主人公身份暴露被迫与对手进行对决的结果。如《黄海》和《调音师》两部影片都采用了这一结构模式。

在这20部犯罪电影中，大多数影片均采用线性时间的时空顺序式结构来进行叙事，但并不意味着会完全遵循顺时叙事时间向度。在不打破故事的时空顺序并大体保持顺时向度的前提之下，很多影片也会融入并叙、插叙和倒叙等多种叙事手法，从而进一步完善影片剧作的故事情节，丰富影片的剧作结构，达到强化故事表现力的效果。所谓并叙，就是采用平行叙事的技巧，对同一时间不同地点发生的两件或者两件以上事情进行叙述。很多影片在叙述主要情节线索的同时，会穿插对次要情节线索的叙述，形成类似中国古典章回小说中"花开两朵，各表一枝"[①]的叙事特征。以《完美的世界》为例，影片在叙述主人公越狱犯布奇挟持人质小男孩菲力浦向边境逃亡这一主线情节的同时，不时穿插对警探瑞德带领手下和犯罪专家追捕布奇这一次要情节线的叙述，两个情节同时发生，通过来回交替叙述从而避免仅沿着主线情节叙述过于单一化。

影片剧作中的插叙往往是在影片主体情节沿着时空顺序进行叙述的同时，通过电影特有的闪回等手法，插入需要补充的情节，从而达到解释说明、细节补充以及传递其他有效信息的目的。以《小丑》为例，影片多处使用了插叙的手法：在叙述亚瑟和母亲坐在电视机前观看莫瑞的脱口秀节目时，插叙了亚瑟想象自己作为现场观众，被偶像莫瑞邀请上台进行表演的情节；在叙述亚瑟查看自己的身世档案的情节中，插叙了母亲向调查人员讲述亚瑟被母亲的男友虐打，而母亲却

[①] 参见曹雪芹：《红楼梦》第54回〈史太君破陈腐旧套王熙凤效戏彩斑衣〉。

无动于衷的情节等。倒叙则是通过将影片结局提前至开头，或截取影片某处重要的情节提前至开头来进行呈现，然后再依照情节先后发展的顺序来进行叙述，这种叙事手法能够充分制造悬念，引起观众的好奇心。如《完美的世界》将影片结局中最重要的情节"布奇被警察枪击后倒在草地上"提前至开场，随后再按照时空顺序来叙述布奇被警察枪击的原因和过程；同样在《调音师》中，也是将结局的情节"猎人向马路边的野兔开枪"提前至开场，随后再按照时空顺序来讲述完整的故事；而在《天才枪手》中，则是将影片中间部分的情节"类比被抓后接受调查"提前至开场，然后再按照时空顺序来讲述整个情节故事。

此外，在笔者筛选的这20部影片中，还存在着以两条或两条以上的情节主线来展开非线性叙事的"时空交错式结构"。采用这一结构叙述的故事能够灵活运用顺叙、倒叙、并叙和插叙等多种叙事方式，将不同时空发生的情节事件，依据特定的逻辑关系和非线性的叙事方式来进行呈现，形成一个相对开放的叙事空间。

例如，《猫鼠游戏》《追击者》《蒙太奇》和《看不见的客人》都采用了这一结构来进行叙事。以韩国影片《蒙太奇》为例，影片围绕着三个不同时空的三条线索来展开叙述：第一条线索是现在时空，西珍女儿被绑架一案诉讼期即将截止，警方决定放弃调查，此时发生了韩哲外孙女被绑架一案，手法与十五年前绑架案相同，警方介入展开调查；第二条线索是十五年前，女孩西珍被绑架，西珍母亲依照绑匪的要求筹款解救女儿，未料最后关头西珍却意外身亡；第三条线索是韩哲外孙女被绑架之前的过去时空，西珍母亲一直在追查绑匪的下落，最终查明韩哲十五年前为了筹钱给女儿做手术，绑架了西珍导致其死亡，西珍母亲面对着案件诉讼期即将截止，为了让警方继续追查，采用了十五年前一模一样的手法绑架了韩哲的外孙女。

影片在叙事中，采用倒叙的手法，开场先叙述了十五年前西珍母亲筹钱与绑匪做交易，交易过程中出现意外这一情节，随后以现在时空的情节线为主轴，叙述西珍被绑一案诉讼期将至，韩哲外孙女被绑，警方介入调查；在中间部分采用并叙的方式，插入十五年前发生的绑架案；在后半段采用并叙的方式，插入西珍母亲查出韩哲是当年绑架女儿的真凶，从而采用同样的手法绑架了韩哲的外孙女；结尾回到现在时空，叙述韩哲最终落网这一结局。全片的情节在三个时空来回交错穿插，形成错综复杂的多线叙事结构。

尽管在电影的剧作中还存在着套层结构、板块结构、环形结构、重复结构等多种叙事结构，也有一些欧美犯罪电影如《记忆碎片》《低俗小说》《落水狗》《盗梦空间》等，采用了这些较为特殊的结构来进行叙事。但在主流的商业犯罪类型片的剧作中，为了避免叙事太过复杂而消磨掉观众的观影兴趣，大多都会摒弃过于繁复的叙事结构，采用"时空顺序式结构"和"时空交错式结构"这两种最基本叙事结构。

在叙事视角的选择上，这20部影片中全知视角是使用最多、最频繁的叙事视角，但没有影片仅使用这一个视角来进行叙事，而是将它与固定视角或非固定视角进行结合，作为这两种叙事视角的补充视角。以全知视角和固定视角相结合来进行叙事的影片有6部：《骗中骗》《杀人回忆》《老男孩》《黄海》《香水》和《天才枪手》；以全知视角和非固定视角相结合来进行叙事的影片也有6部：《守法公民》《孤胆特工》《蒙太奇》《这个杀手不太冷》《告白》和《调音师》；完全以非固定视角来进行叙事的影片有5部：《末路狂花》《完美的世界》《猫鼠游戏》《追击者》和《看不见的客人》；仅有3部影片完全以固定视角来进行叙事，亦即《出租车司机》《小丑》和《恐怖直播》；没有影片采用多重视角来进行叙事。这些影片的叙事视角模式及对应的影片信息详见下表17：

表 17　犯罪电影叙事视角模式及对应影片清单

叙事视角模式	片名及年份	角色视角类别
固定视角	出租车司机 / 出租车司机（1976） Taxi Driver	犯罪者视角（拉维斯）
	小丑（2019） Joker	犯罪者视角（亚瑟）
	恐怖攻击直播 / 恐怖直播(2013) The Terror Live	调查者视角（尹英华）
全知视角 + 固定视角	骗中骗 / 刺激（1973） The Sting	犯罪者视角（胡克）
	杀人回忆（2003） Memories Of Murder	调查者视角（朴斗满、苏泰允）
	老男孩 / 原罪犯（2003） Old Boy	调查者视角（吴大秀）
	黄海 / 黄海追缉（2010） The Yellow Sea	犯罪者视角（久南）
	香水（2006） Perfume: The Story Of a Murderer	犯罪者视角（格雷诺耶）
	天才枪手 / 模范生（2017） Chalard games goeng	犯罪者视角（小琳、阿派）
非固定视角	末路狂花 / 塞尔玛与路易丝（1991） Thelma and Louise	犯罪者视角（路易丝、塞尔玛） 调查者视角（哈尔）
	完美的世界 / 强盗保镖（1993） A Perfect World	犯罪者视角（路易丝、塞尔玛） 调查者视角（哈尔） 受害者视角（小菲力浦）
	猫鼠游戏 / 神鬼交锋（2002） Catch Me If You Can	犯罪者视角（弗兰克） 调查者视角（卡尔）

叙事视角模式	片名及年份	角色视角类别
非固定视角	追击者（2008） The Chaser	犯罪者视角（英民克） 调查者视角（忠浩）
	看不见的客人/布局（2016） Contratiempo	犯罪者视角（艾德里安、萝拉） 调查者视角（弗吉尼亚）
全知视角+ 非固定视角	守法公民/重案对决（2009） Law Abiding Citizen	犯罪者视角（克莱德） 调查者视角（尼克）
	孤胆特工/大叔（2010） The Man from Nowhere	犯罪者视角（万锡兄弟） 调查者视角（车泰锡） 受害者视角（小米）
	蒙太奇/模范母亲（2013） Montage	犯罪者视角（西珍母亲） 受害者视角（西珍母亲） 调查者视角（吴青浩）
	这个杀手不太冷/终极追杀令 （1994） Leon:The Professional	犯罪者视角（莱昂） 受害者视角（玛蒂尔达）
	告白（2010） Confessions	犯罪者视角（两名学生） 受害者视角（森口老师） 调查者视角（寺田老师）
	调音师/看不见的旋律（2018） Andhadhun	犯罪者视角（西米、曼诺拉） 受害者视角（阿卡什）

第二节 华语犯罪电影的结构模式

一、华语犯罪电影剧作内部结构特征

"三幕剧结构"同样是华语犯罪电影使用最多、出现最频繁的情节结构模式。除此之外，在笔者筛选的这20部华语犯罪电影中，还出现了突破三幕剧以"冲突律"为核心的结构原则，将多个独立完整的情节段落相互拼合而形成完整影片的"段落组合式结构"。

（一）"三幕剧结构"

在笔者筛选的这 20 部影片中，有 17 部影片都采用了"三幕剧结构"，依照开端、发展和结尾三个部分来布局和组织影片的整体情节。这 17 部影片同样也都围绕着犯罪者、调查者、受害者三类不同身份的主人公行动来推动情节的发展，由此我们可以梳理出华语犯罪电影采用经典"三幕剧结构"，呈现出的三种不同结构特征：

1. 叙述犯罪者的影片情节结构

这 17 部影片中，以犯罪者为主人公，围绕犯罪者的犯罪原因、过程和结果来展开情节叙述的影片，影片主要包括：《守望者：罪恶迷途》《烈日灼心》《心迷宫》《我不是药神》《无名之辈》《无双》《少年的你》《误杀》《南方车站的聚会》共 9 部影片。结合之前所述以犯罪者为主人公的影片情节结构特征，笔者以其中一部为例，对其作了进一步的分析。

以香港导演曾国祥的《少年的你》为例：

第一幕：主人公陈念是一所高中的高三学生，班里经常被霸凌的同学蝴蝶跳楼自杀以后，陈念就成为魏莱等人锁定的新霸凌对象。一次放学回家途中，陈念与遭人殴打的社会青年小北偶然相遇，二人由此产生了交集，陈念因魏莱群发的信息，遭到班里同学的群嘲。晚自习后，陈念坐上小北的机车跟他回了家。

情节点 1：陈念被班里同学嘲笑以后坐上了小北的机车，第一次跟随小北回到了其破旧的桥下小木屋家中，二人话不投机产生了冲突，陈念独自离开。

第二幕：陈念母亲为了躲债逃往外地留下陈念一人独自在家中，陈念不断遭受到魏莱等人的霸凌，面对警方多次调查却无能为力深感绝望，孤立无助的陈念在小北的关怀下二人关系越来越亲密。魏莱怕霸凌陈念的证据交到警方手里，找陈念道歉在言语冲突中，魏莱被陈念失手推下台阶身亡，小北扛下了这一切，在小北的保护下陈念顺利走入考场参加完高考，小北被警方逮捕。

中点事件：陈念下晚自习后，遭到魏莱等人的围堵和霸凌，小北赶回家中看到陈念头发被剪，满脸是血，小北要找魏莱算账被陈念拦住，陈念抱着小北大哭，小北安慰陈念帮其剃了个平头，自己也将长发剃成了平头。

情节点2：魏莱找陈念道歉，魏莱追着不理她的陈念一边爬台阶一边自说自话，言语中激怒了陈念，陈念推了魏莱一把，魏莱滚下高高的台阶脑袋磕在石头上身亡。

第三幕：小北为了陈念的前途，伪装成凶手替陈念顶罪，警察郑易发现了陈念与小北的亲密关系，由此追查出陈念才是真正的凶手，在郑易的劝说下，陈念最终决定自首，自首前到看守所探望了小北。

高潮：陈念在郑易的劝说下决定自首，承认自己才是杀害魏莱的真凶，减轻小北的罪行，在看守所陈念探望小北，二人四目相对强忍着流出的泪水。

2. 叙述调查者的影片情节结构

这17部影片中，以调查者为主人公，围绕调查者进行案件调查的背景、过程和结果来展开情节叙述的影片，影片主要包括：《惊天大逆转》《暴雪将至》《目击者之追凶》《暴裂无声》《风中有朵雨做的云》共5部影片。结合之前所述以调查者为主人公的影片情节结构特征，笔者以其中的一部为例来作进一步的分析。

以台湾导演程伟豪的电影《目击者之追凶》为例：

第一幕：主人公小齐是一家知名报刊社会线记者，深夜拍到超跑立委与嫩模二奶的车祸现场之后，自己也遭遇了车祸，同时还面临被裁员的危机。小齐从修车行老板阿吉口中得知，自己新买的二手车是事故车，于是拜托警官王组长帮忙查询，最终发现自己的车子与九年前目睹的一场重大车祸有关。小齐为了挖出更大的新闻，劝说女主管Maggie帮忙，一起调查九年前的车祸事件。

情节点1：小齐劝说女主管Maggie帮忙，一起调查九年前的车祸事件，二人通过Maggie在医院工作的表妹，查到当年车祸的唯一生还者为徐爱婷。

第二幕：小齐与Maggie找到徐爱婷了解九年前的车祸真相遭其拒绝，徐爱婷与小齐通话后失踪，小齐追查徐爱婷的下落发现她被警察阿纬藏了起来，小齐跟踪阿纬找到徐爱婷失踪的线索。

中点事件：邱部长在阿吉的身亡现场，向小齐讲述其编造的九年前自己的车出现在重大车祸现场的原因。

情节点 2：小齐跟踪警察阿纬，发现阿纬买了化学品回家后身穿塑胶防护服，小齐冲进阿纬家二人发生肉搏，阿纬制服小齐后将锁住徐爱婷的房间钥匙给了小齐。

第三幕：真相揭晓，九年前徐爱婷和男友及阿纬三人绑架了富豪的女儿成功拿到了赎金，徐爱婷和男友见到阿纬杀死了女孩吓得带着赎金驾车逃跑，途中与邱部长的车子相撞，小齐目睹了车祸现场并偷走了部分赎金。查明真相的小齐与阿纬发生决斗将其反杀，事后小齐在邱部长关照下顺利脱身并获得升职。

高潮：小齐查清九年前车祸的真相，开门见到徐爱婷被阿纬砍掉四肢趴在床上，阿纬逼迫小齐将其杀死，冲突中小齐反杀了阿纬。

3. 叙述受害者的影片情节结构

这 17 部影片中，以受害者为主人公，围绕受害者卷入犯罪案件的原因、过程和结果来展开情节叙述的影片主要包括：《解救吾先生》《喊山》《火锅英雄》共 3 部影片。结合之前所述以受害者为主人公的影片情节结构特征，笔者以这 4 部影片中的其中一部为例，对其作进一步的分析。

以大陆导演丁晟的电影《解救吾先生》为例：

第一幕：主人公吾先生是一名香港电影明星，来大陆签约时被一伙冒充警察的绑匪绑架到郊区的小院内，吾先生眼见绑匪欲将之前绑架的小窦杀死，连忙提出自己出两个人的赎金救了小窦一命，随后与绑匪头子张华谈判达成初步协议。

情节点 1：吾先生与张华谈判，二人达成初步交易，吾先生告知张华自己的住处让其去取三百万赎金，张华答应确保吾先生的人身安全。

第二幕：警方接到报案后展开调查，查出绑架头目张华的信息及犯罪经历，张华让吾先生与朋友苏先生联系，让苏先生去银行领取现金并与绑匪到指定地点作交易，苏先生与警方配合，在交易过程中张华被警方抓捕，与此同时吾先生也从胖绑匪的口中得知，张华吩咐要杀死自己和小窦的消息。

中点事件：张华带着吾先生驾车外出，让吾先生在车上与银行沟通好取现金事宜，张华与吾先生的朋友苏先生联络，约好取现金的时间和地点。

情节点2：吾先生从胖绑匪的口中得知张华从来不留活口，接下来绑匪会将二人杀死，吾先生与小窦情绪激动被绑匪劝说让其认命。

第三幕：绑匪依照张华的吩咐，计划晚上九点将吾先生二人杀死，吾先生找机会劝说胖绑匪，引起绑匪们的内斗；在吾先生二人即将被杀死之际，警察带着被捕的张华赶往窝点，救下了吾先生。

高潮：警察带着被捕的张华指认窝藏人质的地点，在绑匪用绳子要将吾先生和小窦勒死的关键时刻，警察冲进屋内将二人救下，并将绑匪一网打尽，吾先生被解救后到监狱与被判死刑的绑匪头目张华见了最后一面。

以上三部案例影片的情节结构分析见下表18：

表18 三部案例影片情节结构分析表

幕序	《少年的你》 犯罪者主人公：陈念		《目击者之追凶》 调查者主人公：小齐		《解救吾先生》 受害者主人公：吾先生	
	情节说明	关键情节点	情节说明	关键情节点	情节说明	关键情节点
第一幕	高三学生陈念遭遇同学霸凌，偶遇遭受殴打的社会青年小北，二人由此相识。	情节点1 陈念第一次跟随小北回家	社会线记者小齐偶然发现自己的轿车与九年的重大交通事故有关，展开调查。	情节点1 小齐说服Maggie与其一起调查九年前的交通事故。	香港电影明星遭遇绑匪绑架，救下了被绑的小窦并与绑匪头目张华达成协议。	情节点1 吾先生与张华谈判达成初步协议。

幕序	《少年的你》 犯罪者主人公：陈念		《目击者之追凶》 调查者主人公：小齐		《解救吾先生》 受害者主人公：吾先生	
第二幕	陈念与小北同病相怜，在小北的关怀下二人关系越来越亲密，陈念失手杀害了霸凌自己的魏莱，小北将自己伪造成真凶被警方逮捕。	中点事件 陈念遭遇霸凌后，小北与陈念一起剃平头。 情节点2 陈念失手杀害魏莱。	小齐向事故唯一的生还者徐爱婷调查遭其拒绝，不久徐爱婷失踪，小齐发现其失踪与警察阿纬有关，继而追查阿纬。	中点事件 涉案的邱部长向小齐讲述其编造的案件真相。 情节点2 小齐冲入阿纬家中与其发生肉搏。	警方调查绑匪信息锁定了张华，吾先生委托朋友与张华作交易，张华交易中被警方抓捕，吾先生从绑匪口中得知自己会被杀害。	中点事件 吾先生委托朋友与张华作交易。 情节点2 吾先生从绑匪口中得知自己会被杀害。
第三幕	小北替陈念顶罪，陈念在警察劝说下决定自首。	高潮 陈念与小北在看守所相见。	九年前的车祸真相揭晓，小齐反杀阿纬后脱身升职。	高潮 小齐与阿纬搏斗中反杀阿纬。	吾先生即将被杀死之际被警方救下，吾先生与张华见了最后一面。	高潮 吾先生即将被杀死之际被警方救下。

从以上分析的影片来看，尽管华语犯罪电影同样采用"三幕剧结构"的情节结构，依照开端、发展和结尾这三个部分来布局影片的整体情节。但和国外犯罪电影相比，华语犯罪电影却并非完全遵循三幕剧以"冲突律"为核心的结构原则，围绕案件本身的起因、经过和结果来架构情节。很多影片只是将犯罪事件纳入情节之中，或用更多的情节来展现主人公发生犯罪行为之前的经历和心理状态，如《少年的你》；或是用更多的情节来展现主人公发生犯罪行为之后的经历和心理

状态，如《南方车站的聚会》；亦或是以人物的情感发展过程为主线来串联起犯罪情节，如《喊山》《火锅英雄》等等。只有近年来为数不多的影片如《惊天大逆转》《目击者之追凶》《无双》《我不是药神》《误杀》等能够较为准确地遵循经典"三幕剧结构"的规律和特征，出现这一现象其本质的原因，还是在于华语犯罪电影类型化叙事不足，创作者轻视"三幕剧结构"的类型化创作，更加追求和强调创作的艺术化和个性化。

（二）"段落组合式结构"

在笔者筛选的这 20 部影片中，《全民目击》《追凶者也》和《树大招风》这三部影片突破三幕剧依照开端、发展和结尾三个部分来布局影片情节的结构原则，围绕着犯罪者、调查者、受害者以及嫌疑人四类多个不同身份的主人公行动来推动情节的发展，从而形成多个独立完整的情节段落相互组合，进而形成完整影片剧作的结构方式，笔者将其称为"段落组合式结构"。结合这三部影片来作进一步的分析，或许能探究出这一结构模式呈现出的结构特征。

《全民目击》由四个情节段落组成，分别围绕着一个犯罪者，两个调查者两类不同身份的三位主人公行动来展开情节叙述。第一个情节段落介绍了三位主人公和案件庭审的背景，随后客观地呈现了"杨丹被害案"第一次庭审的完整过程及凶手另有其人的庭审结局；第二个情节段落以检察官童涛为主人公，围绕"杨丹被害案"第二次庭审之前童涛的调查取证行动，以及第二次庭审的完整过程确认出林泰是真凶这一结局；第三个情节段落以律师周莉为主人公，围绕着周莉如何在"杨丹被害案"第一次庭审获胜，以及第二次庭审前将罪证提供给检察官这一倒戈行为来展开叙述；第四个情节段落以富豪林泰为主人公，围绕其如何掌控全域，伪造自己是"杨丹被害案"的真凶从而达到为女儿顶罪的目的来展开叙述。这四个情节段落基本沿着以上描述的顺序来进行组合，形成完整的影片剧作情节。

《追凶者也》由五个情节段落组成，分别围绕着一个犯罪者、一个调查者和一个嫌疑犯，三类不同身份的三位主人公行动来展开情节叙述。第一个情节段落以修车工宋老二为主人公，讲述了宋老二被冤枉为杀人嫌疑犯后，为了洗清罪名展开调查，查出嫌疑人王友全最终确认其并非真凶；第二个情节段落以社会青年王友全为主人公，讲述了王友全偷走死者的摩托车和凶手的衣服，成为犯罪嫌疑人展开逃亡最终洗清罪名的过程；第三个情节段落以杀手董小凤为主人公，讲述其误认猫哥为宋老二将其错杀后，为了完成杀人任务跟踪宋老二却一直错失良机，随后遇见偷走自己衣服的王友全，二人发生激烈的搏斗；第四个情节段落客观地讲述了宋老二查明开发商雇凶杀害自己的原因，以及董小凤与宋老二在搏斗中误杀了雇佣自己的老板，随后被警方击毙的过程；第五个情节段落客观地讲述了宋老二和王友全的最终结局。这五个情节段落沿着以上描述的顺序来进行组合，形成完整的影片剧作情节。

《树大招风》由三个情节段落组成，分别围绕着三个身份相同的犯罪者：季正雄、叶国欢和卓子强，这三位主人公的行动来展开情节叙述。第一个情节段落以心狠手辣的高智商罪犯季正雄为主人公，讲述其策划打劫金行借住在老友家踩点，之后因为担心打劫的秘密被老友泄露，杀害了老友全家最终被警方围捕击毙；第二个情节段落以凶恶彪悍的悍匪叶国欢为主人公，讲述其在香港犯下大案带着手下逃到大陆，改做走私电器生意，昔日八面威风的悍匪叶国欢因无法忍受做生意过程中对贪污腐败的官员卑躬屈膝，最终决定放弃生意回香港重拾老本行，却在回到香港后与警察相遇发生枪战，最终中枪身亡；第三个情节段落以充满理想主义的罪犯卓子强为主人公，讲述其在绑架富豪儿子成功获得数十亿赎金后，计划冒险找出另外两位贼王，三人联手做一件惊天大案，却屡遭欺骗，最后在大陆与匪徒做军火交易的过程中被军方击毙。这三个情节段落并非沿着以上描述的顺序来进行组合，而是情节之间相互交叉来进行叙述，最终形成完整的影片剧作情节。

从以上分析可以看出，《全民目击》和《追凶者也》在情节结构上更为相似，都是围绕着一个完整的事件，从不同的人物角度出发来展开情节叙述，同时也通过客观叙述的情节来弥补只有人物视角叙述导致的情节空缺，由此缝合成影片完整的剧作情节。而《树大招风》则是围绕着三个不同的人物和事件来展开情节叙述，实际上是将完全各自独立的三个故事，通过并叙的方式交叉组织在一起，每个故事本身都有完整的开端、发展和结局三个部分，三个故事唯一的交集就是卓子强正在寻找另外两个人，而三人曾经同在一家酒楼吃饭并相遇却互不相识，由此形成一种荒诞的叙述效果。

二、华语犯罪电影剧作外部结构特征

在笔者筛选的这 20 部华语犯罪电影中，有 13 部影片都采用了沿一条情节主线，展开线性叙事的"时空顺序式结构"。对应之前所归纳的国外犯罪电影三种叙事结构模式来看，《烈日灼心》《我不是药神》《南方车站的聚会》和《无名之辈》这四部影片都以犯罪者为主人公，采用了模式 1："实施犯罪——展开逃亡——罪犯落网"这一叙事结构。《惊天大逆转》《暴雪将至》《目击者之追凶》《暴裂无声》和《解救吾先生》这五部影片都以调查者为主人公，采用了模式 2："罪案发生——案件调查——真相揭秘"这一叙事结构；《误杀》也采用了这一结构模式，只是叙事视角上与其相对，以犯罪者为主人公形成"罪案发生——掩藏真相——真相揭秘"的结构模式。在这些影片中，只有《火锅英雄》一部影片采用了模式 3："卷入罪案——展开逃亡——对手对决"这一叙事结构。另外，《喊山》和《少年的你》这两部影片将犯罪行为和犯罪案件融入剧情中，紧紧围绕人物的情感变化和发展过程来进行叙事，因此跳脱出以上犯罪电影常见的三种叙事结构，采用了情感题材电影常见的"相遇相识——相知相爱——分离或重合"这一叙事结构模式。

华语犯罪电影"时空顺序式结构"四种结构模式详见下表 19：

表 19　华语犯罪电影时空顺序式结构分析表

模式类别	包含影片	案例影片	案例影片结构特征
模式1 实施犯罪 ↓ 展开逃亡 ↓ 罪犯落网	《烈日灼心》 《我不是药神》 《南方车站的聚会》 《无名之辈》	《南方车站的聚会》	实施犯罪：周泽农开枪打死了巡逻的警察。 展开逃亡：周泽农成为警方通缉的要犯，警方悬赏30万对其进行抓捕，周泽农四处躲藏。 罪犯落网：周泽农被警方围捕中枪身亡。
模式2 ↓ 罪案发生 ↓ 案件调查 ↓ 真相揭秘	《惊天大逆转》 《暴雪将至》 《目击者之追凶》 《暴裂无声》 《解救吾先生》	《目击者之追凶》	罪案发生：小齐发现自己的车与九年前目击的车祸案有关。 案件调查：小齐调查车祸唯一生还者徐爱婷发现其被警察阿纬绑架。 真相揭秘：九年前的车祸案受害人员均为当年绑架富豪女儿一案的绑匪。
模式3 ↓ 卷入案件 ↓ 展开逃亡 ↓ 对手对决	《火锅英雄》	《火锅英雄》	卷入案件：刘波由自家火锅店的洞进入银行金库解救被劫匪当人质的女同学小惠。 展开逃亡：刘波戴上面具假扮劫匪混入其中与劫匪周旋。 对手对决：刘波与劫匪头目发生激烈肉搏最终将其击败，守住了被劫走的银行现金。
情感模式 ↓ 相遇相识 ↓ 相知相爱 ↓ 分离/重合	《喊山》 《少年的你》	《少年的你》	相遇相识：陈念偶遇在街头被围殴的小北，在逼迫下接受亲吻条件救下小北。 相知相爱：遭遇霸凌孤立无助的陈念在小北的关怀下对其产生依赖，二人相知相爱。 分离/重合：陈念失手杀害同学，小北为其顶罪被捕，陈念最终自首。

同样，这13部采用"时空顺序式结构"的影片并不会完全遵循顺时叙事时间向度，在不打破故事的时空顺序大体保持顺时向度的前提之下，这些影片也都融入了并叙、插叙和倒叙等多种叙事手法，从而进一步完善和丰富影片的叙事结构。如《解救吾先生》围绕着两条线索来展开叙述：一条是情节主线，吾先生被绑架之后困在郊区小院内与绑匪斗智斗勇；另一条是情节副线，刑警队长邢峰和曹刚带领警察们展开调查抓捕了匪首张华，并对吾先生进行营救。影片采用平行叙事的并叙手法，将同一时间不同空间发生的两个情节事件来回交替进行叙述，从而强化解救吾先生这一核心事件的紧迫性和紧张感。此外，在影片的开端部分，还通过倒叙的手法交代了匪首张华购买军火、蹲点勘查等为绑架做准备的情节；在影片的中段部分，通过插叙的手法描述了吾先生抢下绑匪的机枪，与匪徒发生激烈枪战的想象画面，由此来表现吾先生面对歹徒内心的真实想法和感受。

　　除了这13部采用"时空顺序式结构"的影片外，剩余的7部影片均采用了国外犯罪电影中出现过的"时空交错式结构"，沿着一条或多条情节线索，打破时空的自然顺序，依照非线性的方式进行交错叙事。其中仅《守望者：罪恶迷途》这一部影片沿着一条情节主线展开交错叙事；《无双》和《风中有朵雨做的云》两部影片均沿着一条情节主线和一条情节副线，两条情节线索来展开交错叙事；《全民目击》《心迷宫》《追凶者也》和《树大招风》四部影片则都沿着三条或三条以上的多条情节线索来进行交错叙事。笔者从这三类影片中选择相应的影片来进行具体的分析，从而进一步探究其各自叙事结构的不同特征。《守望者：罪恶迷途》先叙述了主人公陈志辉欲将误入黄府的老友后人都杀害，最终却被反杀；接着叙述了陈志辉出狱后入住了一家小旅馆，邂逅了周栋，在其言语诱导下由此引发了报复心理，进而闯入黄府将其全家灭门；最后叙述了陈志辉刚从监狱释放出来，在路边的饭店遇见豹哥和黑衣人争夺其出轨的妻子，由此令其想起妻子二十年前背叛自己的往事。由此可见，《守望者：罪恶迷途》采用单线时空交错的叙事手法，沿着主人公陈志辉出狱后报复犯罪这一情节线索来展开叙事，在叙述过程中将陈志辉报复杀人的起因、经过和结果按照倒叙的方式进行编排，使得剧作的叙事结构刚好与经典三幕剧结构相反，呈现出"结尾——发展——开端"的结构特征。

《风中有朵雨做的云》以警官杨家栋调查建委主任唐奕杰坠楼一案为主线，以唐奕杰与妻子林慧、房地产商姜紫成和秘书连阿云三人过往的纠葛为情节副线，全片的情节在现在时空与过去时空中来回穿插交错，形成较为复杂的双线平行叙事结构。《追凶者也》则沿着宋老二、王友全和董小凤三个主人公各自独立的情节线索展开叙事，先叙述宋老二为洗清杀人嫌疑追查真凶；接着叙述王友全误成嫌犯计划逃跑；随后叙述了董小凤误杀猫哥后计划再犯案；最终三条情节线汇总在一起交代了三个人物各自的命运结局。三条情节线实际上是同一时间不同空间和不同人物身上发生的事情，其中以董小凤为主人公的情节线最为完整，从时间看完整地覆盖了以宋老二和王友全为主人公的情节线。由此可见，《追凶者也》采用多线时空交错的叙事手法，沿着三个不同人物各自独立的情节线索来展开叙事，形成更为错综复杂的三线平行叙事结构。

华语犯罪电影"时空交错式结构"三种类别结构特征详见下表20：

表20 华语犯罪电影时空交错式结构分析表

结构类别	包含影片	情节线索	结构特征
单线时空交错式	《守望者：罪恶迷途》	陈志辉出狱后报复犯罪的过程	倒叙结构"结尾—发展—开端"
双线时空交错式	《无双》	情节线1：李问联手画家制造伪钞 情节线2：警方向李问调查画家的下落	双线平行叙事结构
双线时空交错式	《风中有朵雨做的云》	情节线1：杨家栋调查唐奕杰坠楼案 情节线2：唐奕杰与林慧、姜紫成和连阿云的过往纠葛	双线平行叙事结构
多线时空交错式	《全民目击》	情节线1：童涛调查杨丹被害案 情节线2：周莉调查杨丹被害案 情节线3：林泰伪造自己杀害杨丹的证据替女顶罪	三线平行叙事结构

结构类别	包含影片	情节线索	结构特征
多线时空交错式	《心迷宫》	情节线1：肖宗耀失手杀害白虎 情节线2：丽琴误领尸体回家 情节线3：白虎弟弟借尸躲债 情节线4：肖卫国烧尸掩藏儿子杀人	多线平行叙事结构
	《追凶者也》	情节线1：宋老二为洗清杀人嫌疑追查真凶 情节线2：王友全误成嫌犯计划逃跑 情节线3：董小凤误杀猫哥计划再杀宋老二	三线平行叙事结构
	《树大招风》	情节线1：季正雄策划打劫金行 情节线2：叶国欢放弃走私生意重拾抢劫老本行 情节线3：卓子强寻找两位贼王计划三人联手作大案	三线平行叙事结构

在笔者筛选的这20部华语犯罪电影中，出现了全知视角、固定视角、非固定视角和多重视角四种叙事视角，全知视角同样是使用最频繁的叙事视角，它不会单独使用，而是作为固定视角或非固定视角的补充视角。以全知视角和固定视角相结合来进行叙事的影片有6部：《火锅英雄》《暴雪将至》《我不是药神》《暴裂无声》《无双》和《少年的你》；以全知视角和非固定视角相结合来进行叙事的影片也有6部：《心迷宫》《惊天大逆转》《目击者之追凶》《无名之辈》《风中有朵雨做的云》和《误杀》；完全以非固定视角来进行叙事的影片有5部：《解救吾先生》《烈日灼心》《喊山》《树大招风》和《南方车站的聚会》；以多重视角来进行叙事的影片有两部：《全民目击》和《追凶者也》；仅有一部影片完全以固定视角来进行叙事，亦即《守望者：罪恶迷途》。这些影片的叙事视角模式及对应的影片信息详见下表21：

表 21　华语犯罪电影叙事视角模式及对应影片清单

叙事视角模式	片名及年份	角色视角类别
固定视角	守望者：罪恶迷途（2011）	犯罪者视角（陈志辉）
全知视角+固定视角	火锅英雄（2016）	受害者视角（刘波）
	暴雪将至（2017）	调查者视角（余国伟）
	我不是药神（2018）	犯罪者视角（程勇）
	暴裂无声（2018）	犯罪者视角（张保民）
	无双（2018）	犯罪者视角（李问）
	少年的你（2019）	犯罪者视角（陈念）
非固定视角	解救吾先生（2015）	受害者视角（吾先生） 犯罪者视角（张华）
	烈日灼心（2015）	犯罪者视角（辛小丰、杨自道） 调查者视角（伊谷春）
	喊山（2015）	犯罪者视角（红霞、韩冲）
	树大招风（2016）	犯罪者视角（季正雄、叶国欢、卓子强）
	南方车站的聚会（2019）	犯罪者视角（周泽农、刘爱爱）
全知视角+非固定视角	心迷宫（2015）	犯罪者视角（肖宗耀、肖卫国）
	惊天大逆转（2016）	犯罪者视角（郭志华） 调查者视角（姜承俊）
	目击者之追凶（2017）	调查者视角（小齐） 犯罪者（阿纬） 受害者视角（徐爱婷）
	无名之辈（2018）	犯罪者视角（胡广生、李海根） 调查者视角（马先勇）
	风中有朵雨做的云（2018）	调查者视角（杨家栋） 受害者视角（唐奕杰） 犯罪者视角（姜紫成）

叙事视角模式	片名及年份	角色视角类别
全知视角+非固定视角	误杀（2019）	犯罪者视角（李维杰） 调查者视角（拉韫）
多重视角	全民目击（2013）	犯罪者视角（林泰） 调查者视角（童涛、周莉）
	追凶者也（2016）	犯罪者视角（董小凤） 调查者视角（宋老二） 嫌疑人视角（王友全）

第三节　案例分析：电影《全民目击》的剧作与结构

一、《全民目击》简介及创作意义

电影《全民目击》是由大陆新锐导演非行自编自导的一部犯罪类型电影。影片汇聚了郭富城、孙红雷、余男等两岸多名实力派演员倾情出演。2013 年 9 月，该片上映后获得了业内人士和媒体记者的交口称赞，被誉为是一部"比好莱坞还要好莱坞的中国电影"。大批观众观影后也主动在微博、微信上给予正面宣传，使得影片口碑"零差评"。在观众的一片赞誉声中，《全民目击》的票房上演了一路逆袭的好成绩，即使在当时多部好莱坞大片夹击下的国庆档期，该片也不落下风，最终票房逼近两亿人民币，远超于之前大陆出品的同类型影片。在 2013 年伦敦举行的第五届英国万象国际华语电影节上，该片斩获了最佳影片、最佳男主角、最佳青年导演等多个奖项，赢得了票房和口碑的双丰收。此外，该片在 IMBD 电影网评分为 7.0 分，豆瓣电影网评分为 7.8 分，好于 85% 的犯罪悬疑片。可以说《全民目击》是大陆犯罪电影向犯罪类型片发展趋于成熟的典型代表之作，该片的成功得益于非行导演扎根影视行业深厚的编剧功底，以及多年以来对好莱坞类型电影本土化移植的探索与思考。

非行导演在大陆电视圈耕耘了十几年的编剧和导演，显然深谙本土观众的审美趣味，如何为中国本土观众打造适合大众审美口味的电影类型，一直是他转向电影创作思考的核心问题。尽管当时几乎所有电影人都意识到类型电影对大陆本土电影市场的重要性，但当时大陆的类型电影创作还处于蹒跚学步阶段，与同一时期大多数新锐电影导演在商业和艺术之间徘徊不定，有所不同的是，非行导演对类型片的选择和改造具有高度的自觉性。

非行在接受采访时，多次谈到自己看过不下于五千部电影，对西方的各种电影类型了然于心，希望能够建立一个能够让观众感到兴奋又惊喜的本土类型故事。虽然当时作为导演的非行只有两部电影问世，但无论是处女作《守望者：罪恶迷途》，还是《全民目击》，都以犯罪类型元素作为宣传亮点。处女作《守望者：罪恶迷途》是当时"国内首部犯罪剧情大片"，虽然得到业内人士的一致认可，但却赢了口碑，输了票房，迫使他不得不重新思考更加适合本土观众的电影类型。因此将犯罪片与法庭片两种类型进行糅合，融入对当时社会现实的思考和主流价值观的传达。因他在电影类型的这一尝试和探索，使得《全民目击》从同一时期的国产电影中脱颖而出，成为2013年国产电影的票房黑马，随后入围韩国釜山电影节并被制片方看中，成为迄今为止大陆唯一一部被韩国翻拍的电影。

《全民目击》是2013年大陆电影的年度得力之作，对当时大陆的国产类型电影，有着十分重要的意义。自新千年以来，大陆电影历经十余年的发展，商业大片和中小成本影片已经成为产业层面的主支柱。但包括大片在内的国产主流商业电影，自出现伊始，便产生了为人诟病的同质化倾向，且在一段时期内愈演愈烈，2011年可以说是达到了爆发的顶点。这一年出现了《战国》《关云长》《杨门女将之军令如山》《鸿门宴传奇》《白蛇传说》《画壁》等多部同质化的古装动作题材影片；中小成本影片也呈现出包含大量恶搞、穿越、低级惊悚等元素的严重同质化问题。这种恶劣的同质化现象，导致国产电影2012年的市占率，降至50%以下。

同一时期，一些华语电影人正努力开拓大陆国产电影的新局面，尝试了诸多反同质化的电影美学创作，在中小成本影片中出现了一些真正题材丰富、类型多样、手段创新的美学风格。例如，动作悬疑类型、现实题材喜剧、融入商业类型的文艺片等，新主旋律电影的美学风格。

直至 2013 年，大陆电影的反同质化美学，尝试呈现出多样化的形态。这些中小成本影片没有宏大的制作和沉重的主题，更多的是精致而扎实的叙事以及极具本土特色的类型风格，背后蕴含着当时主流商业大片所不具备的现实人文关怀和深刻娱乐价值，能够引起本土观众的共鸣，进而形成社会性话题。这些影片的出现，使得大陆的商业电影逐渐逃逸出同质化美学的束缚，获得了新的美学风格，开拓出大陆国产电影的新局面。例如《人在囧途之泰囧》《北京遇到西雅图》《致我们终将逝去的青春》《搜索》《桃姐》《中国合伙人》等集体发力，都获得了较高的票房和不错的口碑，使得 2013 上半年国产影片的票房远超进口影片，全面提升了国产影片的美学高度和产业维度。

历经上半年新美学风格影片的"井喷"之后，下半年的前两个月似乎有所沉寂，而 9 月份上映的《全民目击》则打破了这种沉寂。诚如电影学者赵卫防所说，"这部中低成本影片以叙事性、类型化以及人文厚度和思想能量获得了较好票房成绩和极佳口碑，成为提升中国电影美学和产业质量的重要一分子。"[1]《全民目击》取得的成就及其对国产电影的促进，和上半年取得成功的国产影片异曲同工，该片可以说是对大陆电影反同质化美学和新美学风格的突破和延续，对于大陆犯罪电影的类型化创作，有着十分重要的意义。

总之，《全民目击》运用类型化的叙事，在主旋律和现实主义的两个传统之外，尝试重新定义和处理当代中国社会所面临的伦理和正义问题。一方面它完美地融合了犯罪片的类型元素，在叙事结构和叙事技巧方面进行了大胆的尝试与突破；另一方面它的故事和情感根植于当前中国的社会现实，在叙事中融入对法理与情理、亲情和家庭的思索，最终引起大多数本土观众的情感共鸣，成为大陆犯罪类型片趋于成熟的典型代表之作。

---

[1] 赵卫防：〈"全民目击"：精致叙事传达思想能量〉，《当代电影》，2013 年第 11 期，页 49。

二、《全民目击》电影剧作分析

电影《全民目击》在票房和口碑上收获的双赢,与编剧出身的非行导演在剧作上下足了功夫不无关系。我们同样从故事、结构、人物和主题这四个方面着手对其剧作进行完整的剖析,力图探究出《全民目击》作为一部华语犯罪电影的年度优秀力作,是如何通过悬念跌宕的故事、精巧新颖的结构、丰富饱满的人物和关怀现实的主题来吸引观众的。

《全民目击》讲述了富豪林泰为了替自己的女儿顶罪,巧妙设计布局了自己亲手杀死歌星女友的罪案现场,最终检察官童涛调查出案件的真相。从故事的基本类型来看,《全民目击》并非简单地采用了犯罪电影最常使用的"侦探推理型"故事,而是在这一原型的基础上融合了"麻烦家伙型"故事,这两种故事原型分别对应剧作中两大男主的核心叙事线,并巧妙地融合在一起,共同奠定了影片剧作的故事基础。"侦探推理型"故事围绕着检察官童涛来展开叙事,这一故事类型最基本的议题是"揭开罪恶发生真正的秘密",其核心叙事并非单纯的案件分析,而是更深入地关注人类的原罪,亦即人性中的阴暗与丑陋、黑暗与疯狂,所以一般都会出现谋杀、隐藏的坏人、内心的贪婪与欲望等因素。

观众在体验这类故事的时候更感兴趣的不是"坏人是谁",而是"为什么要这么做",隐藏在"犯罪事件"背后的出人意料的结局,才是最吸引观众并引发观众思考的重要因素。它包含三个基本的元素:侦探、秘密、黑暗拐点或转折。对应到影片来看,检察官童涛是带领观众了解真相,体验心路历程的"侦探",他一步步排查出歌星杨丹被害一案的凶手另有其人,既非一开始认定的富豪之女林萌萌,也非当庭认罪的司机孙伟,而是杨丹的情人,林萌萌的父亲,富豪林泰。随着秘密被揭开,所有的证据都指向林泰,案件终于尘埃落定。而结尾处的转折,林泰为了替女儿顶罪,制造了自己杀害杨丹的伪造凶案现场,让观众和童涛一起领略到人性深处的阴暗面,仇富心理和对富豪的偏见,使得童涛误判了凶手,忽略了富豪林泰作为一个父亲对女儿的深爱。

影片对应"侦探推理型"故事的三个基本元素如下:

（1）侦探：检察官童涛是调查揭秘的主人公，也是故事的叙述者，他带领观众了解真相，体验心路历程。

（2）秘密：神秘人提供给童涛的监控视频，揭示了林泰才是杀害歌星杨丹真正的凶手。

（3）黑暗拐点或转折：童涛通过龙背墙的故事找到了林泰为了替女儿顶罪伪造的凶案现场。

"麻烦家伙型"故事围绕着富豪林泰来展开叙事，这一故事类型最基本的议题是："展现普通人在面临生死抉择时显现出的巨大力量"，其核心叙事是讲述主人公深陷困境的故事，一个无辜的主人公祸从天降，突然被卷进了关系到生死的麻烦之中。在生死抉择之间，主人公必须使出浑身的解数才能解决麻烦。观众在体验这类故事的时候，最感兴趣的是主人公"如何从麻烦中解脱出来"。它包含的三个基本元素是：无辜的普通人、突发事件、生死搏斗。对应到影片来看，作为富豪的林泰虽然在身份上并非我们所说的普通人，但作为父亲的林泰却同样是深爱女儿的普通人，面对着女儿驾车撞死自己的未婚妻女歌星杨丹这一突发事件，深陷困境的林泰最先想到的就是如何保全女儿林萌萌的性命，为此他不惜与精明而富于正义感的检察官童涛斗智斗勇，通过巧妙的设计和精心的布局，让童涛相信自己才是杀害杨丹的真正凶手。为了拯救女儿的性命，在生与死的抉择面前，林泰做出了一个充满父爱的普通父亲毫不犹豫的选择。

影片对应"麻烦家伙型"故事的三个基本元素如下：

（1）无辜的普通人：富豪林泰虽身份特殊，但同样是深爱女儿的普通人，其前后形象的反差更能够让观众产生共情。

（2）突发事件：林泰的女儿林萌萌与林泰的未婚妻女歌星杨丹发生了纠纷，在停车场驾车撞死了杨丹。

（3）生死搏斗：林泰与检察官童涛斗智斗勇，最终让童涛相信自己才是杀害杨丹的真正凶手，让女儿重获自由。

从结构来看，编剧出身的非行显然对自己的叙事技巧颇为自信，《全民目击》

的剧作结构跳脱出主流商业犯罪片惯用的三幕剧结构和叙事方式,在情节结构和叙事技巧上进行了大胆的尝试与突破。全片采用多视角叙事与闪回手法相结合,将四个视角组合而成的情节段落,按照时空交错式的结构组织在一起。灵活运用顺叙、倒叙和插叙等方式,从一个悬念到另一个悬念逐层推进故事发展,使得故事情节悬念十足,在迷雾笼罩般扑朔迷离的真相最终揭开之前,谁也无法看清故事的结局。可以说,在当前国产电影叙事能力普遍薄弱的状况下,《全民目击》在情节结构和叙事技巧上所做的创新和探索,还是十分引人注目的,这一结构特征后续会做详细的分析和探讨。

从人物设置的角度来看,我们可以很清晰地从以林泰为核心的故事中,找出编剧参照"人格四合体"人物设置模式设置的英雄、对手、智者和所爱之人这四类人物原型。"英雄"即故事的主人公林泰,作为拥有巨额财富的单身富豪,女儿林萌萌是其唯一的亲人,面对拥有大好青春年华的女儿,却将经受牢狱之灾甚至失去性命,拼尽全力拯救女儿是其唯一的行动目标,为了实现这一目标,他与代表法律正义一方的"对手"童涛检察官斗智斗勇,在串通身患绝症的司机孙伟帮女儿顶罪被童涛识破之后,林泰利用多年前与童涛的过节,以及童涛长期以来对自己的偏见,巧妙布局让童涛相信自己才是真正的凶手,由此用自己的生命替女儿赎罪,换回女儿的自由。可以说林泰代表了最为精明的社会情绪的操纵者,他深谙全民目击时代的伦理焦虑,并成功地将这种焦虑转化为自己的制胜法宝。作为"对手"的检察官童涛,代表了来自于政府机构对正义的维护力量,这一角色一直迎合的是传统意义上"全民"对社会正义和公平公正执法人员的期待,剧作中的童涛这一角色满足了受众的这种心理期待,他对于林泰潜在的犯罪行为和由财产导致的社会不公展示出毫无折扣的仇恨。在大部分时间里,童涛坚信自己对林泰的基本判断,并以此为依据寻找司法证据、制定庭审时的策略。由此,故事中的英雄与对手,亦即林泰与童涛的多次交锋和终极对决,满足了观众的期待心理,成为吸引观众的重要因素。

"智者"很显然是林泰聘请的女律师周莉,作为林泰花重金聘请的顶级律师,林泰面对女儿接受法庭的审判，显然需要周莉给自己提供有效的辩护和建议。由于职业本身的固有特征，她既可能作出"大义灭亲"的举动，维护社会正义；也可能通过巧妙运用伪证等非法手段，成为罪恶的帮凶。与作为执法者的童涛所秉持的正义有所不同的是，在周莉的价值观中，"正义"只是一种必要时可以用来在辩护中占得有利位置的技术手段，而并非她所追求的终极目标，她对真相的态度远比正义更加坚决。作为一个不会感情用事的生意人，在掌握了林泰杀害杨丹的视频证据之后，她选择了违反职业伦理，将视频发送给竞争对手检察官童涛。她的这一举动体现出对恪守一生的职业准则产生了迷惑，影片在职业伦理与社会伦理的矛盾中，完成了对周莉这一人物的塑造。可以说童涛将正义视为目标，周莉将正义作为追求真相的手段，林泰则同时将正义与真相作为手段，目的是成就自己的父爱。"所爱之人"的设置相对比较简单，作为林泰最珍爱的女儿，林萌萌是林泰丧偶之后唯一的亲人。恃宠若娇的林萌萌面对自己独享的父亲即将与女歌星杨丹结为夫妻，内心的愤懑和不平早已埋藏于心，借着杨丹的绯闻事件林萌萌与其发生了激烈的冲突，并在酒后驾车将其撞死。尽管犯下弥天大错，但在父亲林泰心中林萌萌一直都是自己最珍贵的女儿，林泰用自己的生命帮其赎罪和忏悔，并借由龙背墙的故事，希望唤醒女儿内心的善良，得到成长。

　　从主题的角度来看，《全民目击》通过童涛与林泰的交锋，彰显了正义与罪恶的较量，进而传达出犯罪电影最常见的求取社会公正这一主题。在林萌萌的司法审判现场，由检察官童涛组成的控方力图将真凶绳之以法，从而捍卫司法尊严，求取社会公正。与此同时，以直播记者为代表的媒体也忙得不可开交，自觉地肩负着传达社会公正之音的重任。第一场庭审中，辩护律师周莉则成功地把控方目击证人孙伟变为案件真凶，使得林萌萌几乎化险为夷；第二场庭审中，童涛终于从顶包计的蛛丝马迹入手，将林泰推上了被告席；到了第三场庭审，童涛终于利用获取的视频影像，将林泰扳倒，使得案件真相几乎水落石出。然而，当结局案件发生戏剧性的转折之后，面对林泰苦心救女所做的一切，尽管童涛理解林泰作为父亲的伟大之处，依然秉持着"杀人必须偿命，但谁杀的谁来还"这一原则，提出案件重审以维护法律的公平与正义。

在公平与正义这一最浅显的表层主题之外，《全民目击》在关照社会现实的基础上至少还蕴含着两个更为深层的主题：一是对社会公众仇富心理的重新思考；二是对亲情伦理及人性光辉的深度挖掘。影片将社会公众的"仇富"心态，赋予了代表正义的检察官童涛这一人物形象身上，他对富人有着近乎天生的偏执，从业半生的最大理想，竟是将曾经坑害好友的富豪林泰送入监牢。观众一直追随着童涛的价值观和理想前行，透过童涛的慧眼和判断，带领观众一起戳穿富豪林泰的假象，而一步步接近真相，似乎终于可以完满地抵达富人必然最终是罪犯，这一由预先的仇富心态所期盼得出的结论。因此，当剧情发生戏剧性的转折，童涛发现他心目中这样一个为富不仁者，竟然有着如此伟大的父爱，他一生所遵循的公平、正义的价值观，似乎随着真相浮出而面临坍塌，他和观众一起陷入了所谓社会公正价值观的窘迫。剧作对公众这种仇富心态做了具有颠覆性效果的反向叙述，借由童涛这一人物形象，引发公众对社会"仇富"心理以及对公平正义等问题的再度思考。

此外，《全民目击》还对社会现实给予高度的关注，深度挖掘亲情伦理和人性深处光辉的一面，引发观众更深层次的思考。剧作中的案件庭审只是作为一个故事背景，故事的主体情节跳出了常规犯罪电影中，猫鼠游戏的惩奸除恶，而是借由庭审和律政的情节，来表达无私的父爱，以及对父爱的深度思辨。剧作中对几位主人公的心灵及人性的探求，远远超越了对案件真相的探寻。这种探讨在林泰身上最为明显，他一方面具有商人的狡诈，另一方面却又有无私的父爱；一边进行着不择手段的操纵，另一边却又是自杀式的救赎；他融罪恶与美德于一身，展现出人性的复杂性与多面性。尽管林泰作为父亲对女儿的爱是伟大的，但他通过掩盖真相来掩藏真凶，却是对法律尊严最大的践踏。

通过林泰的这些行为，由此传达出作为亲情的父爱，有时候是一把双刃剑，它可以用于呼唤和拯救亲情，也可以用以徇私枉法。爱的力量尽管强大，但与罪恶为邻的爱却是残酷的，唯有辨清罪恶与美德才可以避免这种残酷之爱。这种对人性的挖掘也体现在辩护律师周莉身上,当林泰的超级父爱和罪恶同时呈现在她面前,在面临职业道德与个人情感的矛盾选择时,她往往选择了后者。剧作中周莉的诸多纠结和选择,强化了这一人物的个性形象,也体现出人性的深度。这种对人性的深度表现,使《全民目击》超越了一般的犯罪类型片,获得了更深厚的人文关怀和思想主题。

三、《全民目击》的结构分析

为了便于对《全民目击》的结构进行分析,我们依照影片呈现的时空顺序,对剧作情节和构成事件进行一个系统的梳理,同时也标注出各个情节对应的叙述视角,详见下表22:

表22 《全民目击》情节事件列表

叙述视角	情节	序号	构成事件	重复事件
全知视角	1. 主要人物登场	1	林泰、童涛、周莉三人分别坐车去法院的路上。	
		2	媒体记者在法院门口等候,红衣女记者报导案件背景,三人分别下车相遇。	
	2. 第一次庭审的过程	3	开庭前各自的准备	
		4	视频展示林萌萌开车撞死杨丹的过程	
		5	童涛女友与学生一起观看庭审直播	
		6	女证人在等候区向林泰司机孙伟打探案情。	
		7	童涛分别向被告和证人提问	
		8	周莉与孙伟对质令其承认自己杀害了杨丹。	
		9	林泰怒斥孙伟,众人惊讶	

156

叙述视角	情节	序号	构成事件	重复事件
童涛视角	3. 童涛出场及人物介绍	10	快速倒放至红衣女记者报道案件背景，进入童涛的第一人称视角。	重复
		12	童涛坐车去法院接到女友希望其败诉的电话。	
		13	童涛及女友与林萌萌过往相处画面，得知其为林泰之女（闪回）。	
		14	童涛下车与林泰、周莉相遇	重复
		15	童涛向二助理讲述自己与林泰的过节以及案件可能存在的变量。	
	4. 童涛第一次庭审失利	16	童涛开庭前的准备，及第一次庭审过程快速闪回。	重复
		17	庭审后孙伟被捕，林泰接受采访后坐车离开。	
		18	童涛告知二助理庭审结果并非真相。	
	5. 童涛调查孙伟夫妇	19	童涛联合警方调查孙伟及妻子苏虹发现漏洞。	
	6. 童涛拒绝林泰的贿赂	20	林泰召开新闻发布会说明案情。	
		21	童涛上门找林泰发誓追查到底，林泰意图行贿被拒。	
	7. 童涛收到匿名网友提供的视频	22	匿名网友主动联系助理欲提供案发现场视频。	
		23	童涛开庭前收到网友视频得知真凶为林泰，视频播完自动删除。	
	8. 童涛第二次庭审获胜	24	媒体记者及群众法院门口等候当事人进场。	
		25	童涛及助理等候区下载视频不顺被催出庭。	
		26	童涛庭审中看完视频申请休庭	

157

叙述视角	情节	序号	构成事件	重复事件
童涛视角	8. 童涛第二次庭审获胜	27	童涛及助理等候区讨论控告策略	
		28	童涛激怒林泰迫使其承认自己杀害了杨丹。	
	9. 童涛和女友接被释放的林萌萌	29	童涛买花驾车送女友去看守所	
		30	女友及众人在看守所门口迎接被释放的萌萌。	
周莉视角	10. 周莉出场及人物介绍	31	快速倒放至红衣女记者报道案件背景，进入周莉的第一人称视角。	重复
		32	周莉坐车去法院接到苏虹提供证据的交易电话。	
		33	周莉与林泰见面，林泰要求周莉必须胜诉。	
		34	周莉下车与童涛、林泰相遇	重复
	11. 周莉第一次庭审凭借苏虹提供的证据照获胜	35	周莉进法庭途中再次接到苏虹交易电话	
		36	周莉在庭审中收到苏虹发来的证据照	
		37	第一次庭审过程快速闪回	重复
		38	周莉赴约见苏虹给其付款，警察找苏虹作调查。	
	12. 周莉察觉孙伟夫妇与林泰串通作伪证	39	周莉回顾案情察觉林泰与孙伟串通作伪证。	
		40	周莉找林泰质问真相被其拒绝	
		41	周莉调查孙伟近况知其患绝症	
		42	周莉约见孙伟夫妇揭穿二人与林泰串通作伪证。	
		43	周莉上门找林泰获取奖金，二人隐晦交谈案情。	
	13. 周莉与匿名提供视频者做交易	44	男助理告知周莉收到提供案发现场视频交易的匿名邮件。	

叙述视角	情节	序号	构成事件	重复事件
周莉视角	13.周莉与匿名提供视频者做交易	45	周莉及助理等候发视频片段邮件，确定交易。	
		46	男助理赴约收取视频，得知真凶为林泰。	
		47	周莉与女助理等候结果，确认后付款交易。	
		48	周莉与助理讨论后决定将视频提供给童涛。	
	14.周莉向林泰父女确认真凶	49	周莉上门找林泰，确认孙伟是否为凶手。	
		50	周莉约见林萌萌确认谁开车撞了杨丹。	
	15.周莉参加第二次庭审	51	周莉开庭前的准备，及第二次庭审过程快速闪回。	重复
	16.周莉迎接被释放的林萌萌	52	周莉及众人在看守所门口迎接被释放的萌萌。	
	17.周莉发现凶案现场视频伪造痕迹	53	女助理开车送周莉回家，向其祝贺。	
		54	周莉在家查看两份凶案现场视频，发现伪造痕迹。	
全知视角	18.童涛回顾案情发现疑点	55	童涛与助理回顾二次庭审经过，发现龙背墙一词的疑点。	
周莉视角	19.周莉找到林泰伪造的凶案现场	56	周莉驾车外出，吩咐助理调查林泰近期举动。	
		57	周莉驾车到宿县，找到林泰伪造的凶案现场。	
		58	周莉想象中，林泰和管家等人伪造凶案现场的施工过程。	
林泰视角	20.林泰参加第三次庭审	59	林泰讲述犯案经过，进入林泰视角。	
	21.林泰设法营救被抓的女儿	60	林泰亲眼看见女儿被警方抓走时求救	

叙述视角	情节	序号	构成事件	重复事件
林泰视角	21. 林泰设法营救被抓的女儿	61	孙伟夫妇说服林泰三人串通拍伪造证据照。	
		62	林泰第一次庭审前与周莉商量辩护策略。	
全知视角	22. 周莉与助理讨论辩护策略	63	第一次开庭前周莉与助理讨论辩护策略。	
林泰视角	23. 林泰伪造凶案现场视频发给周莉	64	林泰和管家等人伪造凶案现场的表演拍摄过程。	
		65	林泰在车内向管家讲述自己扮演凶手的原因。	
		66	林泰吩咐管家将伪造视频发给周莉	
	24. 林泰参加第二次庭审	67	第二次庭审前众人送林泰出门	
		68	第二次庭审林泰与童涛交锋闪回	重复
	25. 林泰第三次庭审认罪	69	林泰向法庭道歉并做最终陈述	
全知视角	26. 周莉欲为林泰辩护被其拒绝	70	周莉赶回法庭，庭审已经结束。	
		71	周莉会见林泰告知已知真相，提出免费辩护被拒。	
		72	管家告知周莉伪造现场未拆除的原因	
		73	萌萌深夜收到周莉塞进来的卡片	
	27. 童涛察觉疑点，找到林泰伪造的凶案现场	74	童涛察觉林泰认罪的疑点，驾车赶往宿县。	
		75	宿县老检察官向童涛讲述龙背墙的民间传说。	
		76	童涛驾车到林泰伪造的凶案现场	
	28. 萌萌打电话给童涛自首	77	童涛接到萌萌自首电话，吩咐下属案件重审。	
		78	萌萌雨中接受大雨洗礼	

从以上列表可以看到，《全民目击》的内部剧作结构并非经典的三幕剧结构，而是由一个全知视角叙述的情节段落和三个固定视角分别叙述的情节段落，共四个部分组合而成。全知视角叙述的情节主要分布于影片的开头和结尾部分，偶尔有一些情节穿插在固定视角叙述的情节之中；三个固定视角叙述的情节安插在影片的中段部分，依照童涛、周莉和林泰的先后顺序，来呈现各视角叙述的情节。这四个情节段落如同四个板块，围绕着"杨丹被害案"的三次庭审，拼合在一起，共同构成影片剧作的完整情节，形成四段式的块状结构。与常规块状结构各自的叙事内容相对封闭和独立，甚至可以互换位置。所不同的是，《全民目击》中的这四个部分的叙事内容和叙事时空都会有所重复和堆栈。如全知视角中叙述的"红衣女记者报道案件背景"、"童涛、林泰、周莉三人下车相遇"、"第一次庭审的过程"等情节事件，在童涛和周莉的叙述视角中，都通过倒放或闪回的手法再次呈现，重复展现这些情节事件中出现的关键信息；而"童涛第二次庭审获胜"这一情节，在周莉和林泰的叙述视角中也再次出现。

围绕着不同时间展开的三次庭审，这四个部分在叙述中也各有侧重。全知视角重点叙述了第一次庭审的完整过程；第三次庭审结束后，周莉试图挽救林泰；以及童涛找到林泰伪造的凶案现场，获知其为了拯救女儿不惜自己顶罪的真相。童涛视角重点叙述了童涛与林泰以往的过节；以及第一次庭审失利之后，童涛如何通过调查及获取的证据。在第二次庭审中，让林泰亲口说出自己杀害杨丹这一所谓的真相。周莉视角重点叙述了周莉在第一次庭审获胜之后，如何查出孙伟夫妇与林泰串通作伪证的真相；第二次庭审之前，周莉如何获取林泰为凶手的视频并将其匿名发给了童涛；以及第二次庭审之后，周莉如何找到林泰伪造的凶案现场。林泰视角则重点叙述了第一次庭审之前，林泰两次制造伪证的详细过程。简言之，全知视角重在叙述第一次庭审过程；童涛视角重在叙述第二次庭审过程；周莉视角重在叙述前两次庭审前后发生的事情；林泰视角重在叙述第三次庭审过程。

由此可知，四个视角叙述的内容，在叙事时空上，依照非线性的时空交错式结构交织在一起，有所重叠又相互缝合，共同构成影片剧作的完整情节。而在这四个情节段落中，依照叙述的时空顺序，下一个视角叙述又推翻和否定了上一个视角叙述的内容，真相随着叙述视角的变化一层一层浮出水面，又一次次被打破重组。第一次庭审中，凶手由林萌萌突变为证人孙伟，童涛虽深信真凶另有他人，但是苦于无据辩驳只有败诉。紧接着突如其来的匿名视频，让他在错综复杂的案情中洞悉了所谓的真相，由此在第二次庭审中，作为证人出庭的林泰又突然转变为真正的凶手。随着周莉和童涛对真相的不断追查，最终真正的凶手依然是林泰一心想要拯救的女儿林萌萌。每一次的庭审前都穿插闪回的手法，"刻意迷惑"观众，既能让观众往错误的方向去想，又能给他们一些真相似的逻辑和证据。而每次庭审结束后，又通过调查及闪回，来扭转甚至全部推翻庭审结论，直至最终揭示出让观众愕然的真相，让观众在情节的推进中不断体验被欺骗的快感。

通过以上分析可以看到，从叙述视角来看《全民目击》并非采用单一的叙述视角进行叙事，而是采用全知视角与多重视角相结合的方式，从不同的视角来逐层推进情节的发展。正如大卫·波德威尔所说："多重叙事人的布局诉诸我们源自现实生活的期待感以便有目的地、渐进地和逐步地传达故事信息，并隐瞒起部分信息的答案，而激起好奇心和悬念。"①《全民目击》在整个叙事过程中通过不断变化的叙述视角，一方面让剧情得以反转，进而达到吸引观众的效果；另一方面，也让观众通过不同的视角，看到更为复杂和立体的林泰形象。从全知视角来看，第一次的庭审让观众误以为林泰是一个大众想象中为富不仁而又狡猾阴狠的富豪形象。从童涛和周莉的视角来看，第二次的庭审将林泰的"坏人"形象推向极致，观众甚至以为林泰是一个试图让女儿为自己顶罪的心狠手辣、冷血无情的十足恶人。从林泰视角来看，林泰第一次庭审前制造伪证，和第三次庭审毫无抵抗的认罪；观众才发现林泰是一个对下属重情重义，为了拯救女儿不惜放弃自己性命的伟大父亲。童涛和周莉的视角都是固定的限制性视角，他们只知道案情

---

① 戴维·波德威尔、史正、陈梅译：《电影艺术导论》（上海：上海文艺出版社，1991年），页110。

的局部真相；而林泰的视角也可说是全知视角，从始至终他知道案情的一切真相，并操控着案情向自己设想的方向一步步发展。

《全民目击》呈现的这一结构特征，看似与黑泽明导演的经典之作《罗生门》，在叙述手法上有着相似之处。然而仔细分析不难发现，虽然两者都是采用多重视角来进行叙事，但在叙述技巧方面两者却有着显著的不同。《罗生门》是通过不同的叙述视角对同一事件进行主观叙述，进而探讨人类的不可信和真相的不可知。而《全民目击》则是通过不同的叙述视角，对处于不同时间在线的事件进行回溯，从而拼接成一个客观完整的事件，还原一个事件的真相。为了便于观众理解，在切换童涛和周莉视角的时候，都通过倒放回到了第一次庭审的起点，从头开始讲述，进而给观众造成一种多视角叙述同一事件的错觉。其实除了第一次庭审后，童涛与周莉两个视角的叙述在同一时间在线有所重叠，类似于花开两朵，各表一枝，其余多视角叙述的情节都是在不同时间节点展开的。由此可见，《罗生门》的叙述策略与影片的主题内核是息息相关的；而《全民目击》的多视角叙述造成的迷局，则是一种纯叙事技巧的设置，其本质目的是为了强化故事悬念，并在反复的颠覆与重建中，建立起叙事突转并增强影片的戏剧性与观赏性。

正如非行导演接受采访时所说："现在的中国观众已经具备大量的观影经验，如果不能做到几分钟一高潮，很难抓住他们的注意力。"[①] 因此，《全民目击》实际上是采用了当时好莱坞电影中流行的"谜题叙事"方式。这一叙事也被称为高智商叙事，多采取限制性视角、非线性叙述方法编造叙事迷宫，诱导观众一步步坠入迷局，体会被欺骗的快感，最终在开放式结局中感知暧昧不清的真相带来的迷惑之感。为了兼顾普通观众与资深影迷的需求，非行在创作剧本时对这一叙事方式进行了本土化的改造，以好莱坞的谜题叙事为包装，摒弃谜题叙事的内核，对其叙述手法进行了简单化的处理。所以在《全民目击》中并没有存在不确定、真相的模棱两可、迷茫的主观世界这类谜题叙事的核心命题，也没有采取开放式

[①] 非行、许嘉：〈非行访谈：新导演形势大好〉，《大众电影》，2013年第18期，页35。

结局。而是采用多个限制视角与非线性叙述策略，拼合出一个客观的完整事件，尽管人物命运的结局具有一定开放性，但从根本意义上来讲，影片仍旧是一个闭合式结局。

第四章　犯罪电影的人物模式

《辞海》中对"人物"的定义描述为："人物一般地说是组成艺术形象的主体、核心。叙事性文艺作品大多是通过对人物和人物的活动及其相互关系的描写来刻画人物性格、塑造人物形象和揭示生活意义、展现人生理想的。"[1] 从根本上说，这种对"人物"定义的描述，基于传统的人物观：注重人物的心理和性格特征。从叙述学层面上说，就是注重"叙述为人物服务"，关注的是人物的性格塑造、思想内涵的表现以及人物所属的社会类型、道德价值和社会意义等，也就是说人物不过是叙述的产品。

随着叙事学的兴起，人物研究的传统方法悄然发生着变化，众多学者发现了人物研究的另一种途径，它与传统人物观截然不同。如果说，传统的人物观关注的是"作为叙述产品的人物是如何在叙述中生成的"，即"叙述为人物服务"的问题；那么，新的人物观则将视角投向了：作为叙述的参与者是如何在叙述的生成中发挥自身的作用，亦即"人物为叙述服务"的问题，由此便催生出功能性人物观的出现。叙事学为研究者们打开了人物研究的另一扇门，以普罗普及其理论继承者们为代表，他们的研究注重对人物进行基于行动层面的"角色"功能分类，以达到探寻叙事规律的目的。

因此，本章先引述与采用叙事学中的人物功能理论，对犯罪电影的经典人物模式进行分析，力图探究出犯罪电影中那些相似的人物类型及功用，进而深入地探究出犯罪电影人物模式的普遍规律。最后，以电影《我不是药神》为例，探讨影片中的人物特征。

---

[1]《辞海》（上海：上海辞书出版社），2021年5月。

第一节　国外犯罪电影的经典人物模式

在探讨 20 部国外犯罪电影的经典人物模式之前，兹先引介普罗普的角色功能理论，作为探讨人物模式的基础。

一、人物功能理论

"功能性"的人物观分类法，并非指的是叙述效果上的分类，而是叙述学上从人物的叙述功能出发的分类，因为从人物本身特点出发的分类极难准确地概括人物的类型，所以其着手点在于人物的行动而不是性格。申丹认为："结构主义叙述学采用的是归纳法，而行动是远比人物要容易归纳的叙事层面"，所以"无论叙述学家偏重于什么角度，他们都有一个共同点，即用人物的行动或行动范围来定义人物"[①]。结构主义功能性人物观的创始者是普罗普，但是也有多位学者认为始于亚里斯多德。申丹对此进行考证后认为："亚里斯多德意义上的人物，实际上是从属于行动的'行动者'。"[②] 但这一观点是从人物的定义方面，而非从人物的分类方面来进行阐述的。

真正的人物功能分类学始于普罗普，他认为："正确的分类是科学描述的初阶之一"[③]，因此其《故事形态学》整本书的核心任务，就是提出一个分类学的方案，而且是从科学主义的角度提出的方案，推理方法是归纳法。书中明确提出了"人物功能"的研究视角，认为所有民间神奇故事中的人物分类，不是由人物性格决定，而是由人物功能决定的。"故事里的人物无论多么千姿百态，但常常做着同样的事情。功能的实现方法可以变化，它是可变的因素……但功能本身是不变的因素。"[④] "功能指的是从其对于行动过程意义角度定义的角色行为。"[⑤] 普罗普

[①] 申丹：《叙述学与小说文体学研究》（北京：北京大学出版社，1998 年），页 58。
[②] 申丹：《叙述学与小说文体学研究》（北京：北京大学出版社，1998 年），页 52-53。
[③] 普罗普、贾放译：《故事形态学》（北京：中华书局，2006 年），页 3。
[④] 普罗普、贾放译：《故事形态学》（北京：中华书局，2006 年），页 17。
[⑤] 普罗普、贾放译：《故事形态学》（北京：中华书局，2006 年），页 18。

研究的"故事"是源自民间的神奇故事，其所归纳的 31 个功能，是从有限的数百个俄罗斯的民间神奇故事中提炼出来的，并不能保证除此之外的小说或民间故事的人物不具有其他功能。所以这个分类法有一定的启发性，但并不十分严谨。尽管如此，普罗普依然开启了结构主义人物分类法的大门，后续的继承者们基本上都是在"人物功能"这条道路上继续开拓，从而提出更多的分类方案。

如前所述，普罗普对数百个俄罗斯民间神奇故事进行分析，发现了功能的结构要素，并进一步说明了其组合规律及相互的关联性。普罗普认为，不同的故事，尽管出现不一样的人物，却具有相同的行动，使得叙事可以根据角色的功能来进行探讨。[1] 换言之，不同的故事皆重复着一些功能，所以研究故事角色做了什么，亦即扮演什么功能，才是重要的。依照普罗普的分析，尽管故事中的人物千变万化，但实际上都可以抽象归纳为以下七种角色类型：[2]

（1）英雄（The hero）；

（2）协助者或提供者（The donor or provider）；

（3）救援者（The helper）；

（4）公主和她的父亲（The princess and her father）；

（5）坏人（The villain）；

（6）信差（The dispatcher）；

（7）假英雄（The false hero）。

普罗普进一步认为，即使故事表面上看起来不一样，但角色的目的是相同的，都有推动故事情节发展的"功能"。普罗普整理出这些故事中的角色功能，大体上可以将角色功能细分为以下 31 项，[3] 详见下表 23：

---

[1] 普罗普、贾放译：《故事形态学》（北京：中华书局，2006 年），页 17。
[2] 转引自黄新生：《侦探与间谍叙事——从小说到电影》（台北：五南图书出版公司，2008 年）
[3] 普罗普、贾放译：《故事形态学》（北京：中华书局，2006 年），页 24-59。

表23　普罗普角色菜单

准备	1. 家人离家或消亡或死亡 2. 英雄被某限制或规范所禁 3. 破坏禁令 4. 坏人展开侦察行动 5. 坏人得知受害者的消息 6. 坏人试图取得受害者的信赖 7. 受害者不知情地帮助坏人陷害自己
复杂	8. 坏人伤害家人 8a. 家人缺乏或需要某物 9. 匮乏与不幸临头，英雄被赋予任务 10. 搜索着同意抵抗坏人行动
移转	11. 英雄离家 12. 英雄受试炼，得到魔法或其他帮助 13. 英雄对善人未来的行动有所反应 14. 英雄使用魔法或魔物 15. 英雄经过指点，找到任务所需之物
争斗	16. 英雄与坏人战斗 17. 英雄形象彰显 18. 坏人被打败 19. 初期不幸与匮乏已经解除
归乡	20. 英雄踏上归程 21. 英雄被迫追逐 22. 英雄在追逐中脱险 23. 英雄回家乡或到另一个地方，却不被认同 24. 假英雄讲假话 25. 英雄面临另一个困难 26. 英雄解决困难
认同	27. 英雄获得认同 28. 假英雄（坏人）被揭穿 29. 假英雄被真英雄取代 30. 坏人受处罚 31. 英雄与心上人结婚，并登上王位

这 31 种角色功能，又可以大体归纳为以下八个阶段：

（1）英雄逐渐了解某恶行正在进行或得知自己／社会的缺失；

（2）英雄离开家展开探索的旅程，想要改变现状；

（3）英雄旅经荒野，遇见身怀魔法的协助者或破坏者；

（4）英雄历经多次的试炼；

（5）英雄最严厉的试炼是与坏人作战；

（6）英雄打败坏人，达成旅程的目的；

（7）英雄返乡，恢复国家的秩序；

（8）英雄接受奖赏，与公主结婚。

普罗普由此归纳出关于这些故事的基本定律：

（1）角色功能充当了故事的稳定不变因素，它们不依赖于由谁来完成以及怎样完成，它们构成了故事的基本组成部分；

（2）神奇故事已知的功能项是有限的；

（3）功能项的排列顺序永远是同一的；

（4）所有的神奇故事按其构成都是同一类型。

普罗普得出的以上结论，后两条引起众多研究者的争议。他所指的功能顺序如果是故事叙事中人物出场的先后次序，这一结论显然并不合理，因为从内在逻辑上来说，功能只是解决故事中人物的定位，而无法决定其出场顺序。他认为所有故事的结构都相同，显然是把叙事功能混同于叙事结构，实际上有同一功能群并不一定就会有同一结构的故事类型。尽管如此，普罗普基于民间故事归纳出来的人物功能理论，对于研究类型特征明显的文学作品和电影作品，依然有着重要的借鉴意义。国内外也早有研究者将这一理论引入到类型电影的人物研究之中，本文借鉴普罗普的这一理论，对犯罪电影的经典人物模式进行研究，力图探究出犯罪电影中人物的类型及功用。

二、国外犯罪电影的人物类型及功能

（一）人物类型和角色功能

法国剧作学者皮埃尔·让在其《剧作技巧》一书中，根据人物在电影剧作中的作用不同，将人物划分为六类，并分别对其功能进行了基本的阐述，这六类人物包括：主体、对立体、主体的辅助体、对立体的辅助体、输出体和客体。[①]美国剧作家沃格勒在总结"英雄之旅剧作模式"中，也围绕剧作各个阶段的结构功能，设置了八类功能性的人物原型，亦即：英雄、导师、盟友、信使、守卫者、反派、变形者和恶作剧者。借鉴以上剧作中的人物分类，结合普罗普从民间故事总结出的七类角色类型，笔者对筛选的20部国外犯罪电影进行分析后发现，从剧作中角色的功能来看，犯罪电影主要包含9种常见的人物类型。为便于分析和说明，笔者将其划分为固定人物类型和非固定人物类型两大类。

1. 固定人物类型

美国学者查·德里在其《论悬念惊险电影》一文中指出："通俗的犯罪文艺作品至少由三个主要角色和元素组成，即罪犯、受害者与侦探。"[②]的确，在绝大部分犯罪电影中，通常都存在这三种功能明确、定位清晰的固定人物类型；笔者将其分别称为：犯罪者、受害者和调查者。

从人物在剧作中的重要性来看，这三种人物类型都可以充当犯罪电影的主人公，沿着其行动目标和行动过程构建起故事的主要情节，并由此来展现人物的外部经历和内心的成长历程。这三类人物作为主人公在剧作中承担的戏剧功能主要包括：获取观众认同感、展开行动、成长和试炼、面对死亡、牺牲或重生等等。其中犯罪者往往是故事的引发者，通过其之前或正在制造的罪案引发故事的开端；如在《完美世界》中，影片一开始便展现了主人公布奇的犯罪行为，布奇利用通风口逃出监狱，随后闯入附近居民的家中觅食，被发现之后绑架了小男孩菲力浦，随后展开逃亡，故事由此展开。调查者往往是故事的探寻者，带领观众一步步探

[①] 皮埃尔·让、高虹译：《剧作技巧》（北京：中国电影出版社，2005年），页13。
[②] 〔美〕查·德里：〈论悬念惊险电影〉，《世界电影》，1992年第6期，页31。

寻罪案的凶手和原因，并制止罪案再次发生；如在《追击者》中，影片主人公严忠浩接到客户投诉电话后，安排了店里最受欢迎的按摩女郎金美珍上门服务，未料美珍却离奇失踪；严忠浩为了找出美珍的下落展开调查，遇到真凶英民之后，制止其杀害美珍而展开了营救行动，故事由此展开。受害者往往是故事的代入者，通过其卷入罪案后的遭遇调动观众的怜悯和认同之情；如在《调音师》中，影片主人公阿卡什假装盲人钢琴师上门到普拉默家进行演奏，未料却卷入了普拉默被害的案件，由此不得不与罪犯进行周旋并展开逃亡，主人公的命运牵引着观众而展开故事。

此外，这三种人物类型也都可以充当犯罪电影的次要角色，沿着其行动目标和行动过程构建起故事的次要情节，与主线情节相互呼应共同推进故事的发展。这三类人物作为次要角色在剧作中承担的戏剧功能主要包括：强化戏剧冲突、推进戏剧节奏、调节故事气氛、深化故事主题、增加故事冲击力和感染力等。其中犯罪者和调查者作为次要角色，往往是故事中主人公最大的敌人或对手，通过制造阻力和障碍将主人公置于生死考验之中，从而激发主人公的最大潜力。如在《孤胆特工》中，作为犯罪者的万石兄弟，是主人公车泰锡最大的敌人，他们绑架小米做人质，让车泰锡服从其指令，帮其做违法犯罪的勾当，是车泰锡解救小米最大的阻力和障碍。在《完美的世界》中，作为调查者的警探瑞德，是主人公布奇最大的对手，围绕着瑞德及其下属构建起的抓捕情节，与布奇带领小菲力浦逃亡的主线情节相互呼应，瑞德及警方的抓捕行动成为布奇顺利逃亡最大的阻力和障碍。受害者作为次要人物，往往是故事的引发者，引起罪案的发生和故事的开端之后便死亡或消失；如在《守法公民》中，克莱德的妻子和女儿作为片中的受害者，在影片一开场便惨遭杀害，由此引发了克莱德的复仇故事。

从人物在剧作中的善恶立场来看，这三种人物类型都可以在影片中既充当正面角色，又可以充当反面角色。大多数以犯罪者为主人中的影片，往往都将犯罪者塑造为正面角色，因迫不得已而走上犯罪的道路，尽管其行为本身并不合法，但其本人却是善良的好人；而受害者往往都是反面角色，是道德质量败坏的恶人；

调查者则往往是不以善恶而论的中立角色。

例如，在《末路狂花》中，作为犯罪者的主人公路易丝和塞尔玛，是在哈伦的迫害和羞辱之下才将其杀害，二人本身代表的是挣脱男权束缚，追求女性平等和自由的正面角色；片中的受害者哈伦和卡车司机都是歧视和羞辱女性，道德质量败坏的反面角色；片中的调查者警探哈尔则只是奉命抓捕二人归案，其行为本身无善恶之分，属于中立的角色。以调查者为主人中的影片往往都将调查者塑造成为正面角色，出于社会的公平和正义对犯罪者展开调查或追捕，其本人一般都是虽有缺陷但质量善良的好人；而犯罪者往往都是反面角色，是误入歧途或走入极端的坏人；受害者既可以是罪有应得的反面角色，也可以是令人怜惜的正面角色。

又如，在《孤胆特工》中，作为调查者的主人公车泰锡，是一个虽性格孤僻却充满爱心的前特工人员，邻居小女孩小米对他的依赖和信任，激发了他内心的保护欲，他是一个嫉恶如仇、心地善良的正面角色；片中的犯罪者万石兄弟则是制造毒品、绑架小孩、贩卖人体器官等无恶不作的反面角色；片中的受害者小女孩小米则是乖巧懂事、令人怜爱的正面角色。以受害者为主人中的影片往往都会将受害者塑造成为正面角色，其本身虽有些缺陷，但却是对生活充满希望，且博得观众喜爱和认同的质量善良的好人；而犯罪者往往都是反面角色，是道德质量败坏的恶人；调查者则往往是不以善恶而论的中立角色。

或如，在《调音师》中，作为受害者的主人公阿卡什虽假装盲人欺骗大家，但他本身并无恶意，是一个才华横溢、充满理想的钢琴艺术家，一个令观众喜爱的正面角色；片中的犯罪者西米和其情夫曼诺拉则是心地恶毒、道德败坏的反面角色；片中的调查者警方则是执法者，属于无善恶之分的中立角色。

另外，这三种人物类型在影片中的角色功能并非一成不变，而是相互对立又相互支撑，角色功能之间可以相互重迭和转换。在讲述复仇故事的影片中，经常会出现受害者、调查者以及犯罪者三种角色功能之间的重迭和转换。这一转换过程通常是由于善良的受害者在被其他犯罪者无情的迫害后，从而转化为查明原因真凶的调查者和展开复仇的犯罪者。

以韩国影片《老男孩》为例，片中的主人公吴大秀一开始是一名受害者，在他生日当晚不明所以地被关进了一个全封闭的囚禁室，并被陷害成为杀死自己妻子的凶手；十五年以后，被释放出来的吴大秀成为调查者，开始追查囚禁并陷害自己的真凶；最终吴大秀找到了凶手李有真查明了自己当年图口舌之快，导致李有真最深爱的姐姐自杀身亡的真相，吴大秀最终转换为犯罪者。而片中的李有真一开始是囚禁吴大秀的犯罪者，真相查明后其角色功能又转换为受害者。

同样在韩国影片《蒙太奇》中，女主角西珍的母亲一开始是一名失去女儿的受害者，其后为了查明绑架女儿的真凶，她成为追查凶手的调查者，最终在找出真凶之后，为了让凶手得到法律的惩罚，她转换为犯罪者，用同样的手法绑架了韩哲的外孙女；而韩哲一开始是一名外孙女被绑架的受害者，随着真相揭晓原来他就是十五年前绑架西珍的犯罪者。

2. 非固定人物类型

在绝大多数犯罪电影中，除了犯罪者、受害者和调查者这三种固定的人物类型以外，还存在着六种非固定的人物类型，笔者将其分别称为：协助者、爱恋者、智者、误导者、信使和家人。这六种人物类型都只是充当犯罪电影的次要角色，构建起故事的次要情节或细节，从而达到补充主线情节的作用。这些次要角色在剧作中同样承担强化戏剧冲突、推进戏剧节奏、调节故事气氛、深化故事主题、增加故事冲击力和感染力等戏剧功能。他们并非会全部出现在同一部犯罪电影中，不同的影片会根据其剧作的需求，设置其中几种不同的角色。并且这六种人物类型的角色功能同样可以相互重迭和转换，也就是说很多影片中的同一个人物形象会同时充当这六类人物中的多个角色功能。

从角色的功能来看，协助者既包括主人公的协助者，也包括其对手的协助者，这一角色往往起着帮助主人公实现行动目标，或帮助对手阻碍主人公实现行动目标的作用；如《孤胆特工》中，主人公车泰锡在遭受重伤之后，得到了好友的照顾和协助，并从他那里获得了一把手枪，从而顺利地闯入万石兄弟的犯罪窝藏点，歼灭众多打手；而万石兄弟则让其最得力的下属泰国杀手多次与车泰锡交锋，阻止其找到小米。

爱恋者一般是主人公的爱情物件，往往只出现在有爱情故事支线的犯罪电影中；如《末路狂花》中，路易丝和塞尔玛在逃亡过程中，分别与自己的爱情物件碰面，路易丝敞开心扉与男友沟通，而塞尔玛则对帅气又花言巧语的乘车青年一见钟情，二人发生一夜情之后被其骗财骗色。

智者主要是将智慧和经验传授给主人公的角色，让主人公获得思想上的启迪；如《骗中骗》中，诈骗集团的头子鲁萨对待主人公胡克亲如父子，教会了他许多诈骗技巧；《这个杀手不太冷》中，杀手集团的负责人将主人公雷昂培养成一名优秀的职业杀手，凭借自己的经验多次提醒雷昂远离女人以免暴露自己。

误导者实际上就是假犯罪者，并非真正凶手的犯罪嫌疑人，大多出现以调查者为主人公的犯罪电影中，增加故事的悬念感；如《杀人回忆》中，设置了两个误导者来强化悬念感，一个是半夜独自跑到山顶自慰的变态中年男子，另一个则是极具犯罪嫌疑人特征的年轻工人朴兴圭。信使主要起着给主人公传达信息的作用，主人公因其传达的信息而发生了改变；如《天才枪手》中，富二代阿派给主人公小琳传达了一个信息，很多像他这样有钱但学习不好的同学，都希望用金钱来换取小琳帮自己作弊，由此主人公小琳从一个学习优等生，走上了帮助同学作弊的不归路。

家人专指犯罪者、调查者和受害者这三类人物的家人，往往对塑造这三类人物起着重要的作用；如《猫鼠游戏》中，弗兰克原本生活在一个富有和美满的家庭中，因为父亲的公司破产导致父母离异，弗兰克因此离家出走，由此走上了行骗的不归路。

(二) 人物关系模式

1. 人物三角关系模式

在电影的剧作中，人物之间的塑造作用是相辅相成的，除了要将每种类型的人物设计，精彩到足以吸引人外，还需构建出极具冲突和戏剧张力的人物关系，才能让剧作的故事更加丰富和引人入胜。剧作故事的主线情节，除了围绕主人公及其对手，构建起二元对立的冲突关系以外；往往还会引入另外一种角色类型，与主人公及其对手共同形成更为稳定的人物三角关系，来丰富故事情节，强化戏剧冲突的效果。皮埃尔·让在《剧作技巧》一书中认为，在剧作中形成人物三角关系最普遍的方式就是围绕着主体、客体和对立体这三类角色来进行构建，主体产生得到客体的欲望，然后采取行动，这一行动被对立体接受做出阻碍主体的行为，于是主体与对立体展开了一场角力，故事也就由此产生了戏剧矛盾。[1] 对应到犯罪电影中来看，皮埃尔·让所说的主体、客体和对立体，恰好对应犯罪电影中的三种固定人物类型，亦即犯罪者、受害者和调查者。而在犯罪电影中，主体既可以是犯罪者，也可以是受害者，还可以是调查者，由此我们可以推导出犯罪电影三种最基本的人物三角关系模式："犯罪者——受害者——调查者"、"调查者——受害者——犯罪者"、"受害者——调查者——犯罪者"。

将以上三种模式与笔者筛选的这 20 部国外犯罪电影进行比对后发现，《骗中骗》《末路狂花》《完美的世界》《守法公民》《小丑》和《告白》这六部以犯罪者为主人公的影片采用了"犯罪者——受害者——调查者"这一模式来构建故事主线情节的人物三角关系；《杀人回忆》《追击者》《孤胆特工》和《蒙太奇》这四部以调查者为主人公的影片采用了"调查者——受害者——犯罪者"这一模式来构建故事主线情节的人物三角关系；以受害者为主人公的影片《黄海》则采用"受害者——调查者——犯罪者"这一模式来构建故事主线情节的人物三角关系。其余的九部影片除了保留"犯罪者"这一固定的人物类型之外，从余下的两种固定人物类型"调查者、犯罪者"和三种非固定的人物类型"协助者、爱恋者、家人"中，依据剧作故事主线情节的需求，分别选择了其中的一种人物类型，与"犯罪者"这一人物类型共同构建起人物的三角关系。以韩国影片《老男孩》为例，故事的主线情节沿着囚禁十五年后，被释放出来的男主角吴大秀开始追查囚禁并

---

[1] 皮埃尔·让、高虹译：《剧作技巧》（北京：中国电影出版社，2005 年），页 13。

陷害自己的真凶，展开叙述。围绕这一主线情节，除了吴大秀和李有真这两个对立的角色以外，寿司店女店员这一角色也参与到主线情节的叙事中，并起到非常重要的关键性作用。依据笔者划分的人物类型来看，吴大秀属于调查者，李有真属于犯罪者，而寿司店女店员则有着双重身份：一方面她属于爱恋者，她与男主角吴大秀建立起亲密的关系并发展成为恋人关系；另一方面她属于调查者的家人，她实际上是吴大秀当年被囚禁后丢失的女儿，李有真为了报复吴大秀，将她带走并抚养长大，通过催眠术让她爱上自己的父亲吴大秀，导致父女二人在不知情的情况下发生了乱伦关系。为便于分析和比较，笔者将这 20 部犯罪电影的人物三角关系模式划分为基本型人物三角关系模式和非基本型人物三角关系模式，其各自对应的影片信息及模式特征详见下表 24：

表 24　犯罪电影人物三角关系模式特征表

基本型人物三角关系模式			
序号	中英文片名及年份	影片中对应的角色	人物三角关系模式
1	骗中骗/刺激（1973）The Sting	胡克——罗纳根——施耐德	犯罪者——受害者——调查者
2	末路狂花/塞尔玛与路易丝（1991）Thelma and Louise	塞尔玛/路易丝——哈伦/卡车司机——哈尔	
3	完美的世界/强盗保镖（1993）A Perfect World	布奇——小菲力浦——瑞德	
4	守法公民/重案对决（2009）Law Abiding Citizen	克莱德——多比和尼克同事等多人——尼克	
5	小丑（2019）Joker	亚瑟——白领青年等多人——警探	
6	告白（2010）Confessions	森口老师——两学生——寺田老师	

序号	中英文片名及年份	影片中对应的角色	人物三角关系模式
7	杀人回忆（2003）Memories Of Murder	朴斗满/苏泰允——多名女性——连环凶手	调查者——受害者——犯罪者
8	追击者（2008）The Chaser	严忠浩——多名女性——池英民	
9	孤胆特工/大叔（2010）The Man from Nowhere	车泰锡——小米——万石兄弟	
10	蒙太奇/模范母亲（2013）Montage	吴警官——西珍母亲——韩哲	
11	黄海/黄海追缉（2010）The Yellow Sea	久南——警官——绵正鹤	受害者——调查者——犯罪者

非基本型人物三角关系模式

序号	中英文片名及年份	影片中对应的角色	人物三角关系模式
1	出租车司机/出租车司机（1976）Taxi Driver	拉维斯——贝茜——帕兰坦	犯罪者——爱恋者——受害者
2	这个杀手不太冷/终极追杀令（1994）The Professional	雷昂——玛蒂尔达——史丹菲尔	犯罪者——协助者——调查者
3	香水（2006）Perfume:The Story Of a Murderer	格雷诺耶——萝拉——萝拉父亲	犯罪者——受害者——受害者家人
4	天才枪手/模范生（2017）Chalard games goeng	小琳——阿班等同学——小琳父亲	犯罪者——协助者——犯罪者家人
5	猫鼠游戏/神鬼交锋（2002）Catch Me If You Can	警探卡尔——小弗兰克——弗朗克父亲	调查者——犯罪者——犯罪者家人
6	老男孩/原罪犯（2003）Old Boy	吴大秀——李有真——吴大秀女儿	调查者——犯罪者——爱恋者(调查者家人)

7	恐怖攻击直播 / 恐怖直播（2013）The Terror Live	尹英华——恐怖分子——台长及政府官员等多人	调查者——犯罪者——协助者
8	看不见的客人 / 布局（2016）Contratiempo	弗吉尼亚——艾德里安——萝拉	调查者——犯罪者——协助者
9	看不见的旋律 / 调音师（2018）Andhadhun	阿卡什——西米及情夫——苏菲（阿卡什女友）	受害者——犯罪者——爱恋者（受害者女友）

2. 人格四合体关系模式

如前所述，"人格四合体模式"是电影剧作中创建主要人物的一种方式，主要构建起四种人物类型：英雄、对手、智者和所爱之人。这四类人物彼此遭遇之后相互冲突并整合在一起完成互补，最终形成影片故事中一个完整的人物原型。由此可见，在电影的剧作中，除了最常见的人物三角关系以外，还存在着人物四角关系，笔者将其称为"人格四合体关系"。对应到犯罪电影来看，由于采用"人格四合体模式"来设置主要人物的影片，大多是关于"一个自我改变"的故事，或者说是成长类故事：主人公在遭遇了其他三个角色之后，历经改变，从而找到真正的自我。因此只有那些主人公有明显自我改变和成长轨迹的犯罪电影，才会依据"人格四合体模式"来设置四类主要角色，从而形成相应的人格四合体关系。对应来看，"人格四合体模式"中的"英雄"和"对手"这两种人物类型，往往会从犯罪电影中的"犯罪者"、"受害者"和"调查者"三种人物类型中，选择能够形成二元对立关系的两类人物来进行构建，而"人格四合体模式"中的"智者"和"所爱之人"则分别对应犯罪电影中的"智者"和"爱恋者"这两种人物类型。基于此，依据"人格四合体模式"中的"英雄——对手——所爱之人——智者"这一人物关系模式，我们可以推导出犯罪电影三种基本的人格四合体关系模式：亦即"犯罪者——调查者——爱恋者——智者"、"调查者——犯罪者——爱恋者——智者"、"受害者——犯罪者——爱恋者——智者"。

将以上三种模式与笔者筛选的这20部国外犯罪电影进行比对后发现，只有《末路狂花》《小丑》《这个杀手不太冷》《香水》《恐怖直播》和《调音师》这6部关于主人公成长的犯罪电影，采用了人格四合体模式来设置主要角色，形成不同的人格四合体关系。其中《末路狂花》《小丑》《这个杀手不太冷》和《香水》这4部以犯罪者为主人公的影片采用了"犯罪者——调查者——爱恋者——智者"这一模式来构建主要角色的人格四合体关系；仅《恐怖直播》一部影片采用了"调查者——犯罪者——爱恋者——智者"这一模式来构建主要角色的人格四合体关系；也只有《调音师》这一部影片采用了"受害者——犯罪者——爱恋者——智者"这一模式来构建主要角色的人格四合体关系。以法国影片《这个杀手不太冷》为例，故事的主线情节沿着男主角雷昂拯救女主角玛蒂尔达来展开叙述，其中女主角玛蒂尔达有着明显的自我改变和成长的过程。她从一个弱小无助，一心想要报仇的小女孩在雷昂帮助和引导下，一步步成长为独立勇敢、敢爱敢恨并懂得珍惜生命的女人。围绕这一人物的成长过程，影片除了犯罪者女主角玛蒂尔达和调查者恶警史丹菲尔这两个对立的角色以外，还给男主角雷昂设置了双重身份：一方面他属于智者，他在玛蒂尔达的再三请求下教会玛蒂尔达成为职业杀手的各种技能；另一方面他属于玛蒂尔达的爱恋者，尽管玛蒂尔达还只是一个未成年的小女孩，但她认为自己的内心已经爱上了雷昂，她想要做雷昂的女人。为便于分析和比较，笔者将包含人格四合体关系的这6部影片信息及模式特征汇总成下表25：

表25　犯罪电影人格四合体关系模式特征表

序号	中英文片名及年份	影片中对应的角色	人格四合体关系模式
1	末路狂花 / 塞尔玛与路易丝（1991）Thelma and Louise	塞尔玛——哈尔——乘车青年——路易丝及乘车青年	犯罪者——调查者——爱恋者——智者
2	小丑（2019）Joker	亚瑟——警探——女邻居——莫瑞	

序号	中英文片名及年份	影片中对应的角色	人格四合体关系模式
3	这个杀手不太冷/终极追杀令（1994）The Professional	玛蒂尔达——史丹菲尔——雷昂——雷昂	犯罪者——调查者——爱恋者——智者
4	香水（2006）Perfume:The Story Of a Murderer	格雷诺耶——李奇及执法者——萝拉和卖梅子女孩——巴尔蒂尼	
5	恐怖攻击直播/恐怖直播（2013）The Terror Live	尹英华——恐怖分子——尹英华前妻——台长及恐怖分子	调查者——犯罪者——爱恋者——智者
6	看不见的旋律/调音师（2018）Andhadhun	阿卡什——西米及情夫——苏菲——普拉默	受害者——犯罪者——爱恋者——智者

三、国外犯罪电影的人物弧光

好莱坞著名剧作大师罗伯特·麦基《故事》中指出："最优秀的作品不但揭示人物性格真相，而且在讲述过程中表现人物本性的发展轨迹或变化，无论变好还是变坏。"[1] 人物弧光或曰人物弧线，正是电影剧作中对人物本性的发展轨迹完整的展现。当人们回顾这个角色的时候，会清晰地看到角色成长的完整过程，这种完整性赋予了角色某种动人的光辉，人物弧光是剧作中塑造人物的一种重要技巧。人物弧光的形成要求人物在遇到困难时做出行动决定，只有从最初状态到渐变状态，再到绝望状态的压力变化，人物的状态才能从最初状态变为对抗状态，再到最终状态。人物的这种改变可以是从负面转向正面，也可以是从正面转向负面，总之就是要让主人公的生活与以往不同，开始踏上一段新的旅程。因此在剧作中，一般会让人物一开始缺乏主动性，随着剧情的展开，障碍不断，人物不断

---

[1] 罗伯特·麦基、周铁东译：《故事——材质、结构、风格和银幕剧作的原理》（北京：中国电影出版社，2012年），页124。

被刺激，主动性逐渐增加，人物弧光才得以慢慢形成。具体而言，人物弧光的形成往往需要让人物经历以下几个阶段：

（1）开篇进行主人公的人物塑造，为其树立标志性的特征；

（2）在人物的行动中展现其潜在的欲望和需求，让人物向自身的对立面进行转变；

（3）让人物的潜在欲望与人物的外部行动发生冲突，揭开人物的真实面目；

（4）人物真实面目被揭露后，不断给人物施加压力让其在内外双重矛盾下做出艰难抉择；

（5）在故事的高潮中，让人物焕然一新，使人物的本性得到完全的转变。

从这五个阶段可以看出，人物弧光的形成实际上包含三个层面：亦即树立人物标签，设置人物情绪触发点，以及利用冲突颠覆人物生活。我们从《末路狂花》《小丑》《这个杀手不太冷》《香水》《恐怖直播》和《调音师》这6部关于主人公成长的犯罪电影中，选择其中一部影片为例，从"树立人物标签、设置情绪触发点、冲突颠覆生活"这三个层面，来分析影片在塑造主人公时，如何构建起人物的成长弧光。

以美国影片《小丑》为例：

《小丑》是由陶德·菲力浦斯执导，杰昆·费尼克斯主演的一部漫画改编的犯罪电影。作为一部仅耗费5500万美元低成本的DC(Detective Comics)漫改电影，《小丑》与以往DC漫改的超级英雄商业大片在制作成本上相去甚远。然而2019年该片全球上映后狂揽超十亿美元的票房，成为好莱坞影史上最赚钱的一部漫改电影。《小丑》在商业上取得的巨大成功，与其成功塑造了美国漫画第一大反派——以狡诈和凶残著称的小丑亚瑟·弗莱克是分不开的。

《小丑》采取了人物弧线的负向变化，通过"暴力解决法"让亚瑟从一个承受苦难但心怀理想的普通人转变成黑暗世界的王者，可以说从人物塑造上展现了极为绚烂的人物弧光。笔者从"树立人物标签、设置情绪触发点、冲突颠覆生活"这三个层面，来分析"人物弧光"在塑造亚瑟这一反派主角的具体运用。

首先，树立人物标签的目的是为了让观众产生代入感，为后续击碎人物的标签作铺垫。影片一开始主人公亚瑟呈现给观众的状态是：一身滑稽小丑扮相的亚瑟受雇站在大街上进行表演，无缘无故地受到一群小流氓的毒打；他患有严重的癫笑症在公交车上被大家歧视；他有个卧病在床行动无法自理的母亲；他还有个微弱的梦想，与自己的偶像同台演出，成为一个脱口秀演员。这样的开篇，让观众和亚瑟产生了情感上的连接，他就是生活在社会底层的每一个普通人，虽然在生活的困境里遭遇了冷漠和挫折，但依旧怀有微弱的梦想。为了给后续的人物弧光做好情绪铺垫，影片先塑造了亚瑟被社会抛弃，在现实中忍气吞声的形象，亚瑟是"社会底层挣扎的小人物"这一标签迅速刻进观众的心中，引起了观众的代入感，这种代入感对于反派主角的塑造尤其重要。在影片中，观众对于角色道德观的判断，是随着对人物的好恶而变化的。换言之，如果观众喜欢并同情亚瑟这个角色，那么观众对他违法行为的容忍度会增加，当亚瑟做出违法的选择时，观众仍然可以在爱恨交织中与亚瑟保持共情。

其次，通过细致铺垫，设置情绪触发点，增加人物弧光的"渐进性"。为了在击碎人物最初标签时，不产生突兀的感觉，让人物弧光展现优美的弧度，《小丑》做了精心细致的铺垫，设置了四个情绪触发点。亚瑟先是遭受到陌生人恶意，在街头演出被不良青年毒打，在公家车上遭到小男孩母亲及众人的冷眼相对；接着被自私的老板克扣工资，被假装好心的同事送一把手枪进行构陷令其失去工作；随后亚瑟的两个梦想被击得粉碎，激发他当脱口秀演员的偶像莫瑞把他当作笑料来博取节目的收视率，他以为自己和女邻居共同拥有的温暖爱情原来只是自己精神分裂的想象；最后亚瑟最珍视的亲情也遭遇幻灭，母亲告诉亚瑟他的亲生父亲是富豪韦恩，而韦恩否认了这一切，亚瑟查询自己身世得知正因为母亲对小时候的自己遭受虐待完全漠视，才导致自己疾病缠身。片中设置的这四处情绪触发点，并没有简单暴力地把他身边的美好拿走，而是先给他希望，再让他失望。这些遭遇为他之后的极端行为提供了情感上的合理性，从善意被拒绝、存在被无视、生活被玩弄欺凌，到随后的梦想破碎、亲情崩塌，亚瑟的性格变化并非直线改变，而是在经历了多个残酷的事件之后，渐进式的改变，经历波峰波谷，从量变到质变，这些触发点逐一累积，使得亚瑟的价值观发生扭曲，从一个普通人转变成狡诈凶残的大反派。

最后，通过冲突颠覆生活，深化主题，实现人物在"对抗性"中的华丽转变，人物动态改变正是在对抗的过程中得以完成。片中亚瑟至少有两方面的正邪对抗：一是与社会秩序和制度的对抗，二是与自己内心的对抗。一般在对抗中主人公会暴露出自己的缺陷，在这一过程中，正向变化的人物会克服自身的缺陷，最后变得完美，而《小丑》中亚瑟这一负向变化的人物，则会通过暴力和血腥的手段，走向自我毁灭或报复社会。在与社会正邪的对抗中，他选择站在了黑暗面，于是在地铁上他枪杀三个欺负同车女孩的年轻白领；在与内心正邪的对抗时，他选择了缴械妥协，亲手杀死了自己的母亲潘妮。正如片中亚瑟自言自语说道，"我已经没有什么可以失去的了，没有什么能够伤害到我。"当他的生活希望破灭、尊严被践踏蹂躏到了极点时，他开始了触底反弹的爆发，疯狂地报复这个世界。

《小丑》在处理亚瑟的人物弧光时，有条不紊，逐层递进，通过渐进式的方式让观众一步步接受亚瑟的黑化转变。影片先给亚瑟树立一个令观众共情的标签，然后逐渐将亚瑟的希望破碎掉，把所有退路都堵死，亚瑟始终处于强烈且微妙的心理变化中，让亚瑟在"现实命运"的推波助澜下，黑化成为标志性的"小丑"，成为了哥谭市"邪恶"和"反社会"的象征符号。前面放大主角的困境和缺陷，让人物获得同情和共振；后面放大社会对这类人的漠视和遭受不公平的对待，从而让观众接受其黑化的合情性和合理性，由此才造就出影片剧作中漂亮的人物弧光。

第二节 华语犯罪电影的人物模式

一、华语犯罪电影的人物类型及功能

(一) 人物类型和角色功能

在华语犯罪电影中,同样包含三种固定的人物类型和六种非固定的人物类型。为便于分析,笔者将筛选的 20 部华语犯罪电影包含的人物类型汇总为以下列表 26:

表 26 华语犯罪电影人物类型汇总表

序号/片名	角色 人物类型	主角 犯罪者	主角 调查者	主角 受害者	配角 犯罪者	配角 调查者	配角 受害者	配角 协助者	配角 爱恋者	配角 智者	配角 误导者	配角 信使	配角 家人
1	守望者:罪恶迷途	√					√			√			
2	烈日灼心	√				√							
3	心迷宫	√					√						√
4	树大招风	√					√						
5	我不是药神	√				√	√	√	√	√		√	√
6	无名之辈	√				√	√						√
7	无双	√				√				√			
8	少年的你	√											
9	误杀	√											√
10	南方车站的聚会	√				√	√						√
11	惊天大逆转		√		√	√							
12	暴雪将至		√						√		√		
13	目击者之追凶		√		√	√		√		√			

184

14	暴裂无声		√		√	√				√
15	风中有朵雨做的云		√	√		√				
16	解救吾先生			√	√	√				
17	喊山			√	√			√	√	
18	火锅英雄			√	√			√		
19	全民目击	√	√							
20	追凶者也	√	√						√	

从以上列表可以看出，在华语犯罪电影中，犯罪者、调查者和受害者三种固定人物类型同样既可充当主角也可充当配角。这三类人物作为主人公主要承担获取观众认同感、展开行动、成长和试炼、面对死亡、牺牲或重生等戏剧功能；作为配角则主要承担强化戏剧冲突、推进戏剧节奏、调节故事气氛、深化故事主题、增加故事冲击力和感染力等戏剧功能。《守望者：罪恶迷途》《烈日灼心》《心迷宫》《树大招风》《我不是药神》《无名之辈》《无双》《少年的你》《误杀》和《南方车站的聚会》这10部影片，加上《全民目击》和《追凶者也》两部以犯罪者和调查者为双主角的影片，共有12部影片采用犯罪者为主角，通过其之前或正在制造的罪案引发故事的开端。如在《烈日灼心》中，影片一开始便展现了辛小丰和杨自道等三人的犯罪行为，三人在多年前制造了一起极为轰动的灭门惨案随后匆忙逃亡，故事由此展开。

《惊天大逆转》《暴雪将至》《目击者之追凶》《暴裂无声》和《风中有朵雨做的云》这5部影片，加上《全民目击》和《追凶者也》两部以犯罪者和调查者为双主角的影片，共有7部影片采用调查者为主角，带领观众一步步探寻罪案的凶手和原因，并制止罪案再次发生。如在《暴雪将至》中，影片一开始便展现了南方的某个小城发生了一起残忍的连环杀人案，保卫科干事余国伟为了进入体制内成为真正的警察，便私自展开调查，故事由此展开。

《解救吾先生》《喊山》和《火锅英雄》这三部影片采用受害者为主角，通过其卷入罪案后的遭遇调动观众的怜悯和认同之情。如在《解救吾先生》中，影片主人公知名男星吾先生在闹市街头被一群假警察抓走，随后被绑架到郊区的小院，成为绑匪勒索巨额钱财的人质，吾先生由此不得不与绑匪进行周旋以保住性命，主人公的命运牵引着观众而展开故事。

这三种人物类型在华语犯罪电影中的角色功能同样会相互重迭和转换。以《误杀》为例，片中的李维杰大女儿平平一开始是一名受害者，她在参加夏令营活动中被官二代素察迷奸并拍下裸体视频；随后在素察逼迫见面的仓库中将素察打晕并和母亲一起将其埋进了坟墓中，平平由受害者转换为犯罪者，而素察则由犯罪者转换为受害者。同样在《喊山》中，女主角红霞一开始是一名被诱拐并弄残成哑巴的受害者，她在提前知晓韩冲埋炸药的地点后，利用女儿要吃野果诱使腊宏去采摘野果，腊宏炸断腿被村民们背回家后，红霞赶走众人在深夜将腊宏窒息而死。红霞由一开始是受害者转换为犯罪者，而腊宏则从一开始的犯罪者转换为受害者。在这些包含复仇情节的犯罪片中，经常会出现受害者和犯罪者两种角色功能之间的重迭和转换。

另外，在华语犯罪电影包含的六种非固定人物类型中，爱恋者是包含最多的人物类型，《我不是药神》《无双》《少年的你》《暴雪将至》《目击者之追凶》《喊山》和《火锅英雄》7部影片均设置了这一人物类型；信使是包含最少的人物类型，仅《我不是药神》一部影片设置了这一人物类型，且在片中这一角色功能与其他角色功能相互重合，都由片中主要协助者吕受益来承担角色功能。同样还有很多影片中的同一个人会同时充当这六类人物中的多个角色功能。如在《少年的你》中，小北既承担爱恋者的角色功能，是陈念喜欢的男生，同时也承担了协助者的角色功能，帮助陈念掩埋魏莱的尸体，并顶替陈念冒充杀人凶手。在《喊山》中，韩冲既承担爱恋者的角色功能，是红霞的爱情物件，同时也承担了智者的角色功能，引导红霞追求个人的自由和爱情。从以上列表还可以看到，《我不是药神》作为塑造当代中国现实社会本土人物群像的影片，包含了最多的人物类型，除了误导者以外，其余的八种人物类型片中均有设置对应的角色。

(二) 人物关系模式

1. 人物三角关系模式

如前所述，犯罪电影围绕着犯罪者、受害者和调查者这三种类人物类型，构建出三种最基本的人物三角关系模式："犯罪者——受害者——调查者"、"调查者——受害者——犯罪者"、"受害者——调查者——犯罪者"。将这三种关系模式与笔者筛选的 20 部华语犯罪电影进行比对可以发现，有 11 部影片采用了这三种基本的模式来构建故事主线情节的人物三角关系。其中《我不是药神》《无名之辈》《少年的你》《误杀》和《南方车站的聚会》这 5 部以犯罪者为主人公的影片采用了"犯罪者——受害者——调查者"这一模式来构建故事主线情节的人物三角关系；《追凶者也》《惊天大逆转》《目击者之追凶》《暴裂无声》《风中有朵雨做的云》这 5 部以调查者为主人公的影片采用了"调查者——受害者——犯罪者"这一模式来构建故事主线情节的人物三角关系；以受害者为主人公的影片《解救吾先生》则采用"受害者——调查者——犯罪者"这一模式来构建故事主线情节的人物三角关系。而《树大招风》由于围绕着三个主人公各自独立的故事展开叙事，且三个人物之间也并没有实质上的交集，因此影片并没有构建起人物三角关系。其余的 8 部影片除了保留"犯罪者"这一固定的人物类型之外，从余下的两种固定人物类型"调查者、犯罪者"和六种非固定的人物类型"协助者、爱恋者、智者、误导者、信使、家人"中，依据剧作故事主线情节的需求，分别选择了其中的一种人物类型，与"犯罪者"这一人物类型共同构建起人物的三角关系。这 19 部华语犯罪电影各自对应的人物三角关系模式特征详见下表 27：

表27　华语犯罪电影人物三角关系模式特征表

基本型人物三角关系模式				
序号	片名及年份	影片中对应的角色	人物三角关系模式
1	我不是药神（2018）	程勇——白血病人——曹斌	犯罪者——受害者——调查者
2	无名之辈（2018）	胡广生——马嘉旗——马先勇	
3	少年的你（2019）	陈念——魏莱——郑易	
4	误杀（2019）	李维杰全家——素察——拉韫	
5	南方车站的聚（2019）	周泽农——警察——刑警队长	
6	惊天大逆转（2016）	姜承俊——足球场观众——郭志华	调查者——受害者——犯罪者
7	追凶者也（2016）	宋老二——猫哥——董小凤	
8	目击者之追凶（2017）	小齐——徐爱婷——警察阿纬	
9	风中有朵雨做的云（2019）	杨家栋——唐奕杰——小诺	
10	暴裂无声（2017）	张保民——昌万年——徐欣媛	调查者——犯罪者——受害者
11	解救吾先生（2015）	吾先生——刑警队长——张华	受害者——调查者——犯罪者

非基本型人物三角关系模式			
序号	片名及年份	影片中对应的角色	人物三角关系模式
1	守望者:罪恶迷途（2011）	吾先生——刑警队长——张华	犯罪者——受害者——智者
2	全民目击（2013）	林泰——童涛——周莉	犯罪者——调查者——协助者

3	烈日灼心（2015）	辛小丰——杨自道——伊谷春	犯罪者1——犯罪者2——调查者
4	心迷宫（2015）	肖宗耀——肖卫国——丽琴	犯罪者——犯罪者家人——受害者家人
5	无双（2018）	李问——何督察——吴复生	犯罪者——调查者——智者
6	暴雪将至（2017）	余国伟——未知凶手——燕子	调查者——误导者——爱恋者
7	喊山（2015）	红霞——腊宏——韩冲	受害者——犯罪者——爱恋者
8	火锅英雄（2016）	刘波——劫匪——于小惠	受害者——犯罪者——爱恋者

从以上列表可以看到，在采用非基本型人物三角关系模式的影片中，国外犯罪电影仅从"协助者、爱恋者、家人"这三种非固定的人物类型中进行选择，而华语犯罪电影则从"协助者、爱恋者、智者、误导者、家人"这五种非固定的人物类型来进行选择，与"犯罪者"及其他固定人物类型构建起人物的三角关系。其中《守望者：罪恶迷途》和《无双》两部影片选择了"智者"；《暴雪将至》《喊山》和《火锅英雄》三部影片选择了"爱恋者"；《全民目击》选择了"协助者"。更为不同的是，采用非基本型人物三角关系的国外犯罪电影，都必定包含了"犯罪者、受害者、调查者"中，至少两种固定的人物类型。

而在华语犯罪电影中，《烈日灼心》和《心迷宫》则仅由两种人物类型来构建人物的三角关系。《烈日灼心》的故事主线情节围绕着伊谷春、辛小丰和杨自道三个人物展开叙述，辛小丰和杨自道察觉到伊谷春发现了自己与多年前的灭门惨案有关，想方设法掩饰自己的身份。从人物类型来看，伊谷春作为经验丰富的老刑警，属于调查者；辛小丰和杨自道作为当年一起作案的同伙，则都属于犯罪者；影片由一个调查者和两个犯罪者两种固定人物类型构成了较为独特的人物三角关系。而《心迷宫》的故事主线情节围绕着肖宗耀、肖卫国和丽琴三个人物展开叙述，村支书肖卫国为了掩盖儿子肖宗耀失手杀人的真相，将尸体烧焦伪造现场导致尸体被丽琴误认为是自己的丈夫。从人物类型来看，肖宗耀作为失手杀害白虎的真凶，属于犯罪者；肖卫国作为肖宗耀的父亲，属于犯罪者家人；丽琴作为误认的死者妻子，则属于受害者家人，影片由"犯罪者"和"家人"两种不同的人物类型构成了更为独特的人物三角关系。

2. 人物四合体关系模式

将"犯罪者——调查者——爱恋者——智者"、"调查者——犯罪者——爱恋者——智者"、"受害者——犯罪者——爱恋者——智者"这三种犯罪电影基本的人格四合体关系模式与笔者筛选的20部华语犯罪电影进行比对可以发现，只有占据四分之一的影片，也就是《我不是药神》《无双》《误杀》《目击者之追凶》和《喊·山》这5部包含主人公成长变化过程的犯罪电影，形成了不同的人格四合体关系。其中《我不是药神》《无双》和《误杀》这3部以犯罪者为主人公的影片采用了"犯罪者——调查者——爱恋者——智者"这一模式来构建主要角色的人格四合体关系；《目击者之追凶》以调查者为主人公，采用了"调查者——犯罪者——爱恋者——智者"这一模式来构建主要角色的人格四合体关系；《喊·山》则以受害者为主人公，采用了"受害者——犯罪者——爱恋者——智者"这一模式来构建主要角色的人格四合体关系。这5部华语犯罪电影各自对应的人格四合体关系模式特征详见下表28：

表28：华语犯罪电影人格四合体关系模式特征表

序号	片名及年份	影片中对应的角色	人格四合体关系模式
1	我不是药神（2018）	程勇——曹斌——白血病人——刘牧师	犯罪者——调查者——爱恋者——智者
2	无双（2018）	李问——何督察——阮文——画家吴复生	

序号	片名及年份	影片中对应的角色	人格四合体关系模式
3	误杀（2019）	李维杰——拉韫——维杰妻子及女儿——李维杰（犯罪片资深影迷）	犯罪者——调查者——爱恋者——智者
4	目击者之追凶（2017）	小齐——阿纬——Maggie——邱部长	调查者——犯罪者——爱恋者——智者
5	喊山（2015）	红霞——腊宏——韩冲——韩冲	受害者——犯罪者——爱恋者——智者

笔者在比对过程中发现，叙述主人公成长故事的华语犯罪电影并不仅仅只有表格中的5部作品，《火锅英雄》和《少年的你》同样也展现了主人公的成长历程。《火锅英雄》以主人公刘波从负向到正向的转变，讲述了刘波从企图私自占有银行钱款的底层小人物成长为守护国家财产与劫匪拼命搏斗的大英雄。《少年的你》则以女主人公陈念从独自隐忍到勇于反抗的转变，讲述了陈念从一个长期遭受霸凌的高中女孩成长为一个敢于对霸凌行为做出反抗的女生。然而这两部影片中的人物形象均未构建起人格四合体关系，最主要的原因就在于缺失了"智者"这一人物类型对应的角色，这一人物类型不光在华语犯罪电影中，甚至在各类华语电影中往往也是时常缺失的角色类型。

在以上包含人格四合体关系的5部影片中，《误杀》和《喊山》出现了"智者"与其他人物类型相重合的现象。如前所述，《误杀》中的"智者"并非实体的具体某个角色，而是主人公内心坚守的意念：保护家人，因此片中的"智者"与"英雄"两个人物类型合二为一，"智者"是作为资深犯罪悬疑片爱好者的李维杰自己。而《喊山》以女主人公从被束缚和禁锢到女性生命意识的觉醒，讲述了红霞从一个逆来顺受被奴役的哑巴成长为一个敢爱敢恨，追求自由和爱情，敢于通过特殊方式进行表达的现代独立女性。片中的"智者"则与"所爱之人"相重合，都是片中的韩冲这一角色。正是韩冲对红霞炙热的爱情，唤醒了心如死灰的红霞对自由和爱情的向往，也让她敢于同小山村村民们落后封闭的传统观念作出反抗，并最终为了韩冲而甘愿牺牲自己的自由。因此，韩冲在片中一方面作为"所爱之人"是女主人红霞的爱情对象；另一方面又作为"智者"，给红霞带来爱情和生命自由的指引与启迪。

《无双》和《目击者之追凶》两部影片中的人物四合体关系最为明晰。《无双》叙述了落魄画家李问成长为天才伪造制造专家的成长历程，片中的"英雄"对应的是主人公李问；"对手"对应的是何督察；"所爱之人"对应的是李问暗恋的物件，女画家阮文；"智者"则对应的是江湖人称"画家"的伪钞团伙头目吴复生。《目击者之追凶》叙述了小齐从一个追查真相的普通记者成长为不择手段利用秘密要挟恩师上位的媒体公关主任，片中的"英雄"对应的是主人公小齐；"对手"对应的是残忍杀害徐爱婷的小警员阿纬；"所爱之人"对应的是与小齐有暧昧关系的女上司 Maggie；"智者"则对应的是报刊社原负责人，小齐的恩师邱部长。

二、华语犯罪电影的人物弧光

"人物弧光"作为重要的编剧技巧始终被好莱坞主流商业电影所推崇。长期以来，华语犯罪电影中尽管也出现了一些个性鲜明，令人留下深刻印象的人物形象，但人物的成长变化大多不够明显，人物塑造总体呈现出扁平化的趋势。究其原因，主要在于很多犯罪电影在创作中将情节的发展设计为巧合和偶然而促成，并非由于人物的性格所导致。这也使得人物形象缺少戏剧张力，进而影响到整体影片的叙事张力。近年来，在一些类型化叙事特征较为明显的华语与犯罪电影中，笔者发现其在人物形象的塑造方面有所改观，能够明显看到人物前后形成的反差和成长变化的轨迹。在笔者筛选的 20 部华语犯罪电影中，有 7 部影片较为明显地呈现了主人公成长变化的过程，包括《我不是药神》《无双》《少年的你》和《误杀》4 部以犯罪者为主人公的影片；《喊山》和《火锅英雄》两部以受害者为主人公的影片，以及《目击者之追凶》一部以调查者为主人公的影片。笔者从这三类讲述不同类型主人公成长的影片中各选择一部影片，对应人物弧光形成的五个阶段进行了分析，具体信息详见下表29：

表29 华语犯罪电影人物弧光五阶段说明

人物弧光形成的五个阶段		影片名称及成长人物		
^	^	《无双》	《目击者之追凶》	《喊山》
阶段	对应要求	李问	小齐	红霞
1	树立人物标志性特征	没有创造天赋但有着超强模仿能力，失意落魄自卑的画家。	因爆料乌龙新闻事件被报社辞退的社会线记者。	被丈夫腊宏死死控制，心如死灰的悲惨女人。
2	展现人物潜在欲望	李问帮画商画名家假画被女友发现，李问坦白自己的价值就是作假。	小齐找邱哥谈话，希望其帮忙能让自己继续留在报社。	红霞在腊宏被炸死之后梳洗打扮，第一次露出了笑脸。
3	揭开人物真实面目	李问得知吴复生找自己的真实意图，送别女友后，登上了他的私人飞机，接受制作假钞的邀约。	小齐发现了九年前车祸案的一些新线索，企图查明真相，弄出轰动的大新闻，让自己重获机会。	红霞将欠条还给韩冲爹，指定要韩冲照顾自己母女的一日三餐。
4	给人物施加多重压力	李问在吴复生的逼迫下，不仅参与制作假钞，还参与抢劫杀人等重大犯罪行动；女友嫁为人妻，吴复生逼迫李问杀死前女友及其丈夫。	小齐在调查九年前车祸案真相过程中，遭遇警察阿纬的阻挠；小齐查清真相后，发现了自己和恩师等人在车祸案中的秘密。	村民们怕承担窝藏杀人犯腊宏的责任，决定赶走红霞；琴花设法拆散红霞和韩冲；警察追查炸死腊宏的凶手要逮捕韩冲。
5	人物在高潮中转变	李问为救一直暗恋的阮文，开枪杀死了带领自己走上犯罪道路的画家吴复生。	小齐杀死阿纬，查清真相后，以此要挟邱部长，当上了媒体公关部主任。	红霞为救韩冲向警察自首，转变成为了爱情甘愿牺牲自己的女人。

如前所述，人物弧光的形成既可以是人物从负面转向正面，也可以是人物从正面转向负面。这7部影片中，《我不是药神》《误杀》《喊山》和《火锅英雄》4部影片中的人物转变是从负面转向正面。而《无双》《少年的你》和《目击者之追凶》3部影片中的人物转变则是从正面转向负面。笔者从中选择一部影片为例，从"树立人物标签、设置情绪触发点、冲突颠覆生活"这三个层面，来对其人物弧光的形成作详细的分析。

以2016年杨子导演的《喊山》为例：

《喊山》改编自山西作家葛水平曾获第四届鲁迅文学奖的同名小说，讲述了一个被拐卖进深山的哑女红霞，追求自由、尊严和爱情，遭受命运摧残和乡约陋习压迫的故事。对于这样一个极具大陆本土特色乡村题材的故事，导演难得的采用了商业类型片的手法来进行处理，使得影片获得国际电影节的认可，成为当年釜山国际电影节的闭幕影片。

《喊山》采取了人物弧线的正向变化，让女主角红霞从一个承受苦难的哑女转变成追求爱情和自由的王者独立女性，从人物塑造上展现出完整的人物弧光。在树立人物标志性特征方面，影片一开始主人公红霞呈现给观众的状态是：一身素装的红霞在灶台边做饭，被刚起床的腊宏拉到床边强行发生关系，红霞想要抵抗却无能为力；事后红霞惯性地跑到屋外，抱起大女儿手中啼哭的婴儿，腊宏满意地看着红霞。这样的开篇，让观众对红霞产生了好奇和同情，为了给后续的人物弧光做铺垫，影片先塑造了红霞是一个偏远山村逆来顺受不敢反抗的女人形象，引起了观众的代入感。随后通过细致铺垫，设置情绪触发点，增加人物弧光的"渐进性"，让人物弧光展现优美的弧度。

《喊山》设置了多个情绪触发点，来做精心细致的铺垫。红霞面对着被炸断腿被村民带回躺在床上的腊宏，拉着女儿远远地看着眼中满是愤怒；腊宏死后红霞拿出肥皂给自己清洗，照着镜子第一次露出了笑脸；腊宏下葬时红霞跪在地上抓着地上的土狠狠砸向棺材；红霞在重获自由之后，无法言语的她拿起脸盆对着大山敲打满脸笑容地表达心中的喜悦；红霞将欠条还给韩冲爹，主动要韩冲照顾自己母女的一日三餐；红霞面对村民的阻挠和韩冲联手奋力反抗；红霞主动向公安自首以换取韩冲的自由。片中设置的多个情绪触发点，先让观众感受到红霞在腊宏死后，重获自由的喜悦；再逐渐呈现红霞在韩冲的照顾下对其渐渐地依赖；之后为红霞主动争取韩冲成为自己的男人提供了情感上的合理性，从重获自由到主动追求爱情，红霞的命运变化并非直线改变，而是渐进式的改变，通过多个触发点逐一累积，使得红霞从一个心如死灰，被禁锢的女人转变成为爱献身的主动女性。

最后，通过给人物施加多重压力，强化戏剧冲突，让人物在对抗的过程中实现华丽的转变。片中红霞至少有三方面的对抗：一是与腊宏的对抗；二是自私保守的村民们乡约陋习的对抗；三是自保还是救韩冲，与自己内心的对抗。在对抗腊宏的过程中，红霞克服了自身的缺陷，最后变得完美。她自小被腊宏拐骗，通过女儿引诱腊宏，踩上韩冲埋的炸药。让奄奄一息的腊宏，窒息而死，以争取自由；在与村民们的对抗中，她与韩冲一起坚守着自己的爱情；在与自己内心的对抗中，她最终选择主动自首，以换取韩冲的自由。

《喊山》在处理红霞的人物弧光时，通过渐进式的方式，让观众一步步接受红霞的转变。影片先给红霞树立一个令观众共情的标签，然后逐渐让红霞的生命和自由意识苏醒，前面放大红霞的困境和缺陷，让人物获得同情和共振；后面放大红霞这一人物美好的一面，从而让观众接受其转变，造就出影片剧作中完整的人物弧光。

第三节　案例分析：电影《我不是药神》的剧作与人物

一、《我不是药神》简介及创作渊源

电影《我不是药神》（以下简称《药神》）是由大陆导演甯浩和徐峥联合监制，新生代导演文牧野执导的一部基于社会现实的犯罪题材电影。影片由大陆知名喜剧演员徐峥领衔主演，汇聚了谭卓、王传君、周一围、王砚辉、章宇等众多

实力派演员，倾情出演。2018 年 7 月，该片在大陆上映后产生了强烈的社会反响和巨大的口碑效应，在大陆电影市场掀起了一股观影热潮，最终票房突破 30 亿元人民币，成为 2018 年暑期档最炙手可热的"现象级"电影。除了在商业市场取得的成功之外，该片在 IMBD 电影网评分为 7.9 分，豆瓣电影网评分则高达 9.0 分，胜过 98% 的剧情片。超高口碑也给《药神》带来众多的荣誉，2018 年《药神》荣获第 55 届台湾电影金马奖最佳新导演、最佳原著剧本和最佳男主角三个大奖；2019 年《药神》荣获第 32 届中国电影金鸡奖最佳导演处女作奖，以及第 38 届香港电影金像奖最佳两岸华语电影；在其他国际电影节上《药神》也斩获了多个奖项。

尽管该片是青年导演文牧野首次执导的长篇处女作，但票房和口碑的双赢使得《药神》足以载入华语电影史册，成为华语现实主义电影的一部经典之作。正如电影学者胡智锋所言："《我不是药神》是现实主义题材的标杆之作，影片用细腻的现实主义笔触直面中国现实社会的困境，还原了善与恶不同维度复杂的纠葛。"[①] 电影《药神》的成功，拨开了华语现实主义电影类型化的新局面，其最显著的特征就是基于社会真实事件进行类型化的改编和创作。

《药神》取材于 2002 年发生在大陆的"陆勇代购案"。陆勇作为一名白血病患者，偶然获知并服用价格便宜的印度仿制药后病情得到缓解，于是将仿制药推荐给了其他病友，并无偿帮助病友代购印度仿制药。由于陆勇的代购行为违反了法律，遭到政府起诉，但因陆勇不存在获利行为而最终被释放。

主创团队对这一真实事件进行改编时，并非照搬真实事件的原貌，而是基于"艺术来源于生活，又高于生活"的创作原理，通过对这一事件的解构与重构来进行加工创作。与大陆以往真实事件改编的电影有所不同的是，《药神》的主创团队并没有将这样一个严肃的社会事件，处理成现实主义电影最常规的创作思路：追求严肃而沉重的思想深度，追求导演个性化的艺术表达。而是在秉持真实事件现实主义精神内核的基础之上，运用贴近大多数观众的类型化叙事手法，将好莱

[①] 胡智锋：〈近年来中国现象级影视作品观察与思考〉，中国社会科学网：http://ex.cssn.cn/ysx/ysx_ysqs/202007/t20200710_5153735.shtml，2020 年 7 月 10 日。

坞经典的社会英雄类型片叙事模式与极具中国本土化现实色彩的故事相结合，在完成主人公程勇这一人物塑造与成长的同时，用五个不同的角色构成一组本土人物群像，实现了华语观众最广泛的情感认同。

正如导演文牧野在接受采访时所言：

> 中国不缺现实题材，中国现实主义题材太多了，但是中国缺的是类型化的现实主义题材电影。如果从票房上衡量的话，中国缺的是能够卖到十亿元以上的现实题材。所以什么东西能够帮中国的现实题材往前走一步，或者让中国的电影别往前走得太远，稍微回来看一看后面的东西，就是找到这两者的平衡，现在《我不是药神》做的就是这样的事情。首先尊重类型的规律，尊重讲故事的规律，起承转合必须要相对准确。[1]

基于导演的这一创作追求，《药神》在叙事上将"陆勇代购案"简化为一个药贩子的人物成长历程，在情感与法治、牟利与让利、威胁与抗争的多重对立中，男主角程勇从一个社会失败者嬗变成白血病患者的守护神，从而构成强烈的戏剧张力，使影片在当下的华语电影市场更易于接受和传播。

《药神》在结构上将人物从"现实"中剥离出来，一方面聚焦人物关系设计和个性塑造，另一方面将现实环境固态化并推向后景，有意识地淡化人与社会矛盾，体现出对复杂现实的善意选择性，从而引发海量的正面社交讨论，带来超越电影本身的影响力。可以说，《药神》是一部契合当下中国社会应运而生的"新现实主义"电影，它在直面关注和剖析大陆现实社会医药问题的同时，灵活地运用了经典戏剧结构和悲喜剧风格，在一定程度上突破了华语电影创作者对现实主义创作方法的传统理解。这种创新和突破使得《药神》不断向国际上成熟的现实主义电影靠近，最终建构起华语现实主义类型片的全新范式。

---

[1] 文牧野、谢阳：〈自我美学体系的影像化建构——"我不是药神"导演文牧野访谈〉，《北京电影学院学报》，2019年第1期，页61-69。

《药神》作为华语现实主义类型片的标杆之作，与以往的批判现实主义艺术片和现实题材剧情片有很大的不同。它既非强调对社会现实尖锐而深刻的批判，也非注重呈现社会生活的复杂性和多义性。而是通过对现实题材进行类型化的处理，采取貌似写实的艺术风格，却又倾向于程序化的、更易于吸引观众的人物、情节和主题，充分发挥类型片戏剧张力强、人物形象鲜明、情节起伏跌宕、结构工整、二元对立明显、冲突烈度强的优势；对现实的关注或批判隐藏和包容于类型化的故事之中，追求类型叙事的精妙圆融和广泛的受众群体。

从类型的特征来看，《药神》在外壳上采用了犯罪类型片的故事框架和类型程序，以主人公程勇走私违禁药的犯罪行为和过程为主轴串起整个故事，但其内核属于现实主义类型片中的亚类型，亦即现实主义社会英雄类型片。这一类型除了具备现实主义类型片的所有特点之外，又有其特殊的程序惯例：影片往往以促进社会正义和公众福祉的体制外平民英雄为主人公，且主人公虽身处弱势，但占据道义高地；为了社会正义和公众利益，或反抗固有的社会体制和惯例，或对抗既得利益集团，结果无论成功还是失败，都会推动社会进步或促进公众福祉。《药神》中的主人公程勇走私违禁药品的行为虽然触犯了相关法律，但其本身的目的是为了救助更多的白血病患者，在道义上占据了制高点；为了让更多的病人能够吃得起低价印度仿制药，其走私违禁药品的行为是对高价垄断的医药市场和医药集团的反抗。尽管最终程勇因违法而被捕入狱，但其行为让政府直面天价抗癌药的问题，并最终将天价抗癌药纳入医保，推动了政府的医疗改革，为广大病患带来福祉。

总之，从世界范畴来看，社会英雄类型片目前都还不能算是成熟定型的类型片，它在不同国家呈现出的面貌也有所差异。美国的社会英雄片突出个人英雄主义对社会制度、利益集团的反抗抨击；韩国的社会英雄片则浸染了韩国社会批判电影的锐利，内核中总有对不合理的社会政治现象和制度的深刻批判；《药神》作为华语社会英雄片的新秀，更多地表现为建设性的现实主义。它弱化社会批判性，不直接抨击政府和制度，不追求社会批判在理性层面的震撼和启发；而是在社会转型的背景和制度不完善的情况下,在制度边界之处以委婉的方式提出问题和建议进而促进社会治理变革。这一特征具体表现在影片中则是触及社会问题,但却将艺术重心聚焦于英雄的蜕变升华,以导人向善的情感力量感染人,以温和的类型片修辞解决故事中的矛盾。《药神》的出现为华语现实主义社会英雄类型片,辨明清晰的类型要素,为今后同类型影片的创作指明了方向。

二、《我不是药神》电影剧作分析

正如导演文牧野在接受采访时谈道:

> 韩家女看到陆勇的原案后,写了一个初稿剧本,然后我跟另外一位编剧钟伟,两个人写了两年,改编了两年,做到现在这个状态。我们每天都在改,不停地在改剧本,无法计算多少遍。如果从编剧时间算的话,估计有三年吧。①

可见电影《药神》之所以取得这么大的成功,与主创团队对剧本的重视和精心的打磨不无关系。笔者拟从故事、结构、人物和主题四方面入手,对其剧作进行深入地分析,进而发掘这部华语现实主义经典之作的魅力和精彩之处。如前所述,《药神》以犯罪类型片的故事框架包裹了现实主义精神的内核。"基本上是用类型片的讲述方式去讲一个相对作者性的内核,换句话说用类型片的壳,套着人性或者文艺片的核。"②导演在接受访谈时也明确了自己在创作上的这一追求。

从故事的基本类型来看,抛开其表层警察抓捕罪犯的"侦探推理型"故事原型,其深层的故事原型属于"超级英雄型"故事中极具现实主义精神的"社会英雄型"故事。这一故事类型最基本的议题是"小人物逆袭成为大英雄",其核心叙事是

---

① 文牧野、谢阳:〈自我美学体系的影像化建构——"我不是药神"导演文牧野访谈〉,《北京电影学院学报》,2019年第1期,页61-69。
② 文牧野、谢阳:〈自我美学体系的影像化建构——"我不是药神"导演文牧野访谈〉,《北京电影学院学报》,2019年第1期,页61-69。

讲述处于困境或存在缺陷的小人物，具备某种异于常人的特殊能力，主人公运用自己的特殊能力反馈社会，或为公众谋求福祉，或以一己之力推动社会的变革和进步，主人公越无私越能受人尊敬，成为普通人眼中的大英雄。

这一类型的结局，无论主人公成功与否，其行为本身会对社会产生巨大的影响。它包含三个基本的元素：英雄人物、强大对手和能力的缺陷。对应到影片来看，影片中的核心议题是男主角程勇一开始是一个家庭和事业都很失败的小人物，作为一家售卖性保健品店的小老板，人到中年的程勇与妻子闹离婚，生意萧条，生活困窘；程勇凭借走私印度仿制药赚取到了第一桶金，随后被迫金盆洗手转型成为小有所成的服装厂老板，其最终甘愿放弃自己的事业和自由，哪怕不计成本担当风险也要将走私的印度仿制药免费提供给白血病患者，程勇从一开始的中年失意的小人物，最终蜕变成救助病患的大英雄。

影片对应"社会英雄型"故事的三个基本元素如下：

1. 英雄人物：程勇从一个贩卖走私药的印度神油小老板，蜕变为免费贴钱低价送药给白血病患者，甘愿牺牲自由的药神和英雄。

2. 强大对手：取得合法代理权售卖高价药的医药代表，以及以曹斌为代表维护法律正义的警方。

3. 能力的缺陷：程勇凭借多年到印度走私保健品的经验，赢得印度厂商的信任，私自获得印度仿制药的国内售卖代理权，但这一售药行为本身在国内却是违法行为。

从结构来看，《我不是药神》遵循好莱坞经典的三幕剧结构，依照三幕四部分来布局和组织情节，为了让观众更容易投入到故事中，采用直线式情节布局，遵循时空顺序式结构来进行情节的编排和组织。编剧钟伟在接受采访时谈到，《药神》的剧作包含16个情节序列，共分为4个部分。[①] 他将每个序列用八个字进行概括，具体描述见下表30：

[①]《我不是药神》编剧钟伟访谈，影视工业网：https://mp.weixin.qq.com/s/FoTLhdeGECuxp-_q5cNCnA，2018年7月14日。

表30 《药神》情节序列表

第一部分	第二部分
1. 神秘假药，机场初见 2. 潦倒油贩，妻离子散 3. 父病无钱，铤而走险 4. 印度寻药，有惊无险	5. 初试身手，举步维艰 6. 招兵买马，大干一番 7. 谨小慎微，一隅偏安 8. 药贩夺药，自保离叛
第三部分	第四部分
9. 严打无药，苟延残喘 10. 受益自戕，震惊愧然 11. 代购救众，为求心安 12. 危机来袭，众人护全 13. 彭浩罗难，灵魂暗夜	15. 不计代价，英雄蜕变 16. 身陷囹圄，光荣终显

从最终完成的影片来看，除了第一个情节序列没有呈现之外，其余的15个情节序列都完整的在影片中得以呈现。为了便于对《药神》的剧作结构有更清晰的了解，笔者依然采用斯奈德的"救猫咪的十五个节拍"表，对其情节布局和内容进行详细的分解和描述，具体的情节布局对应关系见下表31：

表31 《我不是药神》剧作结构表

幕序	各个阶段	时间（分）	《误杀》对应情节
第一幕	1. 开场画面	1—6	程勇出场，一个交不起房租，困顿的中年男性保健品商贩，为了躲避房租不接房东电话。
	2. 主题呈现		无对应事件
	3. 铺垫	1—9	程勇到养老院探望父亲，陪儿子到泳池游泳，都因缺钱陷入窘境；程勇与前妻商谈儿子抚养权时，殴打前妻及其律师，被抓进派出所。
	4. 催化剂	9—11	白血病重症病患吕受益上门请求程勇帮忙从印度带仿制药，遭到程勇拒绝。

201

幕序	各个阶段	时间(分)	《误杀》对应情节
	5.争执	11-16	程勇父亲突发重病急需钱做手术；程勇向医生打听印度药疗效；程勇约老吕商谈，答应赴印度带药入境。
	6.第二幕衔接点	16-20	程勇赴印度找到仿制药药厂，说服老板为其提供货源，依靠以往走私经验将药带入境。
第二幕	7.B故事		
	8.游戏环节	20-53	程勇卖药受阻后改变策略顺利卖出仿制药赚了钱给父亲做手术；程勇带伙伴到夜总会消费替思慧出了一口恶气；瑞士医药代表与警方会面，警方开始查处仿制药来源；程勇带领伙伴们大闹假药贩子张长林的买药现场；程勇受邀到吕受益家吃饭见其家人。
	9.中点	53-64	程勇受假药贩张长林逼迫要将代理权转让给他；程勇组织大家吃散伙饭，告知转让消息，伙伴们纷纷离去。
	10.坏蛋逼近	64-67	老吕妻子上门求助，程勇得知警方严打导致张长林出逃病人无药可买。
	11.一无所有	67-92	老吕不堪病痛上吊自杀；印度仿制药厂遭起诉被迫关闭，药品所剩无几；警方在医药代表催促下加大查处力度，张长林落网。
	12.灵魂暗夜	92-99	程勇和黄毛去货物交接时警察突然出现，黄毛为保护程勇驾驶满载药品的货车引开警察，意外发生车祸而死亡，程勇为此深夜痛哭。
	13.第三幕衔接点		
第三幕	14.结局	99-111	程勇送药途中被警察围捕，在法庭上程勇双方律师进行辩护，程勇被判刑；白血病人沿途目送被押送去监狱的程勇致敬。
	15.终场画面	111-112	程勇出狱，刑警队长曹斌在监狱门口迎接。

从上表可以看到，除了"主题呈现面"和"B故事"以外，其余的十三个节

拍都能在《药神》中准确找到相对应的情节。可以说《药神》不仅在大的结构布局上，严格依照好莱坞经典三幕剧来结构全片；在情节节拍上，也几乎能对应好莱坞主流商业类型片最常用的"救猫咪十五个节拍"表。笔者以每一幕中几个关键的情节来做进一步的分析。

在第一幕中，"开场画面"、"催化剂"和"第二幕衔接点"是三个关键的情节节拍。剧作的开场事件通常要设定故事的整体基调、情绪和风格，通过呈现一小段主人公的日常生活，迅速让观众了解主人公的现状及处境。《药神》一开场便奠定了故事的现实主义底色，"隔壁老板告知房东追债"这一事件及二人的对话迅速让观众了解主人公程勇是一个失意落魄陷入困顿的中年"穷"男人。"催化剂"是剧作中主人公的第一次小的转折点，其出现目的在于粉碎主人公原来平静的生活状态，打破主人公所有生活的平衡。《药神》中这一节拍对应的事件是慢粒白血病重疾患者吕受益登门拜访，请求程勇帮忙从印度带药，遭到程勇拒绝。这一事件的出现粉碎了程勇原本平静的生活，使其最终决定走上贩卖违禁药之路。"第二幕衔接点"实际上就是悉德·菲尔德所说的"情节点1"，这是第一幕中出现的最大的一个事件，其重要特征是让主人公不得不尝试改变，建立新的需求，将原来的生活状态抛之脑后，开始进入新的生活状态。《药神》这一节拍在时间上卡得非常精准，这一事件结束刚好是第一幕结束的时间点，但在情节处理上略显仓促，只是让程勇说服药厂老板顺利带回了印度仿制药，没有进一步强化程勇的困境和内心的迫切需求。

在占据全片一半时长的第二幕中，"B故事"、"中点"和"第二幕衔接点"是三个最为关键的情节节拍。"B故事"在剧作中是一个极为重要的节拍点，它迫使编剧明确谁是主人公的情感线人物，因此大多数影片中B故事往往是"情感故事"，它同时也是承载影片主题的故事。《药神》中程勇的情感线人物是吕受益，使得剧作无法沿着两个男人展开情感故事，由此导致《药神》恰恰缺少了极为重要的"B故事"节拍点。这一节拍的缺失直接导致《药神》中主角团队的其他四个人物：吕受益、思慧、黄毛和牧师，都处理得过于平均，没有了人物关系的强弱区分，也丢失了借此强化主题的机会。

"中点"是剧作中间部分的一个重要的大事件，它往往是一个重大转折点，让主人公达到伪胜利或伪失败，被称为剧作中的小高潮。《药神》的剧作在"中点"这一节拍用了较长的篇幅讲述了两个重要的事件，一是假药贩子张长林逼迫程勇将代理权转让给他；二是程勇组织大家吃了最后一顿散伙饭，伙伴们纷纷离去。程勇放弃卖药的行为使得自己众叛亲离，团伙也遭遇解散，这是一个非常典型的伪失败，主人公失去了之前一直贯穿在行动中唯一的戏剧性需求，观众对于主人公接下来的行动目标产生了疑惑。由此剧情和人物命运开始也出现重大的转折，程勇放弃卖药转而开服装厂，为了赚钱失去自己的尊严。

"第三幕衔接点"也是一个重大的转折事件，这一节拍往往是让主人公受到了新的启发，找出实现目标新的解决方案，主人公由此将从深渊中再度起航，为了当初设定的目标重新出发。《药神》中的"第三幕衔接点"与"灵魂暗夜"两个节拍合二为一，对应的事件就是程勇和黄毛去货物交接时警察突然出现，黄毛为了保护程勇驾驶着满载药品的货车引开警察意外发生车祸而死亡。黄毛之死唤醒了程勇的"神性"，也加剧了程勇的蜕变，由此故事进入第三幕，程勇开始不顾一切地大幅度亏本卖药。

第三幕最重要的节拍就是"结局"，这一节拍包含了全片最重要的高潮事件，也包含了主人公的命运结局。剧作中的高潮事件往往需要包含两个层面：一个是最能刺激观众感官最强烈的冲突事件，表现为主人公与对手的终极对抗；另一个则是最能调动观众情绪的情感高潮事件。《药神》中高潮事件的外在表现是程勇与警方和医药代表的对抗，程勇送药途中被警察围捕，随后在法庭上程勇的律师与医药代表的律师进行了辩护交锋；情感高潮则是程勇被押送去监狱的途中沿途站满了白血病人，众人纷纷摘下口罩向程勇致敬。

从人物设置的角度来看，《药神》采用了"社会英雄型"故事最典型的人物设置，将主人公程勇设定为一名有性格缺陷的"平民英雄"。程勇是从一个起点很低的小人物最终才成长为悲天悯人的大英雄。作为小人物的程勇是一个有过家暴恶习和自私之心的小市民，在种种外在因素的激励之下才被世界改变逐步觉醒本性之善，焕发侠胆仁心。程勇连同其他四个配角组成的五人小团伙，依照中国传统戏剧中的"生、旦、净、末、丑"五个角色的功能来分别进行设置。正如编剧接受采访时所言，"按照传统的戏剧思路来说，要让程勇变得比较有色彩我也仔细考虑过。在我们没有考虑演员是谁的时候，把角色编成了：生旦净末丑。这个团队最理想的状态就是五个人，程勇是武生，有一些鲁莽，但也有一些智慧；旦角是刘思慧，自然是花旦；黄毛是花脸，是非观念非常鲜明的一个人；然后刘牧师是末，是老生，他在团队里起到定海神针的作用；丑是吕受益，我们主要放大了他小市民的特点。"[①] 关于《药神》中的人物形象，后续会做详细地分析和探讨。

恒定的主题是类型电影最显著的特征，从主题的角度来看，《药神》显然包含社会英雄类型片共有的主题：促进社会正义和公众福祉。虽然社会英雄片在华语电影市场还只是新出现和培育的类型片种，但它的主题和好莱坞超级英雄片，印度和韩国的社会问题片都很接近。好莱坞超级英雄电影所弘扬的主题是：面对威胁，勇于牺牲，追求正义，保护和拯救社区、人类和地球的救世英雄主义；印度和韩国社会问题片聚焦的主题是：以电影改变国家，改变不合理的政治社会制度和惯例。华语社会英雄片从文化渊源来说，与华语电影独有的电影类型武侠片更为贴近。华语武侠片中所弘扬的主题往往是：古代侠客路见不平、拔刀相助、见义勇为、舍己为人的侠义精神。社会英雄片中的英雄则属于当代社会体制外的社会义士，如同武侠片中的江湖侠客，在制度的边缘处扶危济困，见义勇为，这些行为颇似武侠片中以武犯禁的游侠。《药神》中的程勇被称之为药侠或药神，并非没有道理，其不惜以入狱，牺牲自由之身，来寻求社会正义与公众福祉，这一行为也颇有好莱坞超级英雄的风采。

在社会英雄片恒定的主题之外，《药神》根植于当下中国的社会现实，触及了生死命题和敏感的医患关系问题，这也令其主题充满了深切的人文关怀。具体

[①] 《我不是药神》编剧钟伟访谈，影视工业网：https://mp.weixin.qq.com/s/FoTLhdeGECuxp-_q5cNCnA，2018年7月14日。

而言，《药神》通过演绎平凡人生的生命悲剧，揭示出人的种种悲剧困境：穷与病的命运困境、利与义的道德困境以及情与法的制度困境。影片借假药贩子张长林之口，说过一句经典的台词："世界上只有一种病——穷病，谁也没法治。"这句话看似残忍，实则是这些绝症患者人物命运困境的真实写照。片中的慢粒白血病患者，必须不间断地服用价格高昂的抗癌药格列宁，一旦停用，生命便会受到威胁。然而绝大多数病人的家庭都无法支撑高昂的费用，这些病人在穷与病的困境中苦苦挣扎，在绝望中寻求希望，奋力与命运进行抗争，以图能摆脱在病痛中死亡这一悲剧命运。

主人公程勇作为一个健康的普通人，一开始卖药只为谋利，随着他对病人的处境了解和情感体验加深，他便陷入了"谋利"还是"求义"这一道德困境之中，影片通过程勇在利与义的道德困境中来回挣扎，展示出极具悲剧意义的人文关怀。程勇低价甚至亏本为病人代购印度仿制药，虽是救人的义举，却也违反了相关的法律，在"情理"与"法理"之间，程勇最终选择了"情"。刑警队长曹斌在查处和没收仿制药时，患病的老奶奶恳请警方看在仿制药能救命的份上能够网开一面，曹斌面对众多病人的恳求，于心不忍，在"情"与"法"之间备受煎熬，片中多处呈现了"情"与"法"的二元对立和冲突。最终"法理"还是战胜了"情理"，程勇被判入狱，"法"虽困住了程勇，却也让程勇赢得了尊重和尊严，程勇崇高的内心世界也令影片充满了崇高的悲剧意义。

三、《我不是药神》的人物分析

如前所述，《药神》参考了中国传统戏剧中"生、旦、净、末、丑"五个角色来进行人物设置：程勇是武生，思慧是花旦，黄毛是花脸（净），牧师是老生（末），吕受益是丑角。五人团伙中除程勇以外的其他四个配角，实际上是牢牢为主角程勇的成长和蜕变服务的。尽管《药神》中出现的人物众多，紧紧围绕以程勇为首的五人团伙，塑造出当代中国现实社会的一组本土人物群像。但依然可以依照"人格四合体"的人物设置模式清晰地分辨出英雄、对手、智者和所爱之人这四类人物原型。很显然"英雄"就是主人公程勇。这一人物稍后会做详细的分析。

影片中的"对手"并非简单的某一个角色，而是众多具象化的人物形象背后，给主人公带来巨大压力的多重阻力。从最直观的人物来说，警官曹斌首先是程勇最大的对手。作为程勇的前小舅子，得知程勇再次对姐姐的家暴行为，其一出场就站在程勇的对立面，霸气、凶狠、愤怒地要在警局内动手揍程勇；而面对自己姐姐的时候却满怀柔情，可以说是一个心怀正义与责任的血性青年。作为追查假药案的负责人，他天然地与走私印度仿制药的程勇站在了对立面。对于曹斌而言，其身份和职责令其坚定地相信，任何人只要违背了法律都必须受到惩罚。所以曹斌在一开始接手案件时说道，"贩卖假药伤天害理，我义不容辞"。随着对案件调查越来越深入，面对着这些低价仿制药给病人带来生的希望，曹斌开始对自己的职责和使命产生了动摇，为什么这些买药的"受害者"会去偏袒包庇卖仿制药的罪犯？为什么自己用生命守护的法律却在剥夺这些病人活下去的希望？面对"法"与"情"其内心的挣扎与纠葛，让观众看到曹斌同样是一个心怀仁义之爱的普通人，但作为刑警的职责使得他必须查清假药的源头，抓捕贩卖假药的罪犯。对于观众而言，片中作为程勇最大对手的曹斌是法律的守护者，却并非正义的化身，可以说曹斌这一人物形象，实际上代表的是维护社会公平秩序的法律和制度。

除了曹斌以外，医药代表赵立忠和假药贩子张长林也是主人公程勇具象的对手。赵立忠作为瑞士医药集团的中国区代表，其要求警方查处印度仿制药追查罪犯的行为合理合法，但正版药高昂的价格却让程勇和病人觉得他这一行为并不合情。片中基本上没有赵立忠与程勇正面交锋的对手戏，但他作为一股隐形的力量，隐藏在警方背后与主人公程勇进行对抗，可以说赵立忠这一人物形象，实际上代表的是大资本掌控的利益集团。

片中张长林这一人物与主人公程勇有多次的冲突与交锋。他冒充张院士打着权威的旗号，欺骗病人用不菲的价格来购买其无效的假药，程勇等人在售药现场揭穿了他的骗局并大闹现场，二人由此不打不相识；在了解清楚程勇走私印度仿制药以后，张长林以报警告发为要挟，抢走了程勇卖仿制药的代理权；在被警方通缉逃跑时也要挟程勇索要钱财；但他得知程勇贴钱卖药给病人后，虽然被警方抓捕落网但却并没有告发程勇。可见，作为主人公程勇利益上的竞争对手，张长林尽管长期贩卖假药，昧着良心赚取病人的黑心钱，但其心中依然保留了一丝善念。可以说张长林这一人物形象，实际上代表的是主人公程勇的负面镜像，也就是程勇内心深处面对病人只图利不为义，最麻木不仁的一面。除了这些具象的人物形象以外，片中程勇与其所同情的这些白雪病患者，还有一个最大的隐形对手就是无法根治的"疾病"。正如导演文牧野所说，影片里"没有那么多坏人，面对生死的时候，其实这里面真正的坏人是病，真正的反派是病，这是没有办法控制的，来了就只能受着。"[1]

片中"智者"对应的人物形象是刘牧师，在五人团伙之中他是最特殊的一员。作为牧师，他虽身患绝症却在教会担当劝导和宽慰病友的职责，教导大家勇于面对生死；他虽最年长却能够用英语交流，程勇一开始找他入伙就是希望他能帮忙做翻译，帮助自己和印度药商交流，在牧师的帮助下程勇顺利拿到了出售印度仿制药的代理权；面对张院士欺骗患者售卖假药他率先揭穿真相，为的是让更多的病人不要上当受骗；当程勇受要挟决定转让代理权吃散伙饭时，他最能理解程勇的处境与难处；虽然片中他与程勇的对手戏并不多，但关键时刻他总能以智慧长者的身份给程勇带来启发和帮助。可以说刘牧师这一人物形象，其身份是神性的象征，是信仰和救赎的符号，是神性和悲悯情怀的灯塔，他实际上代表的是主人公程勇在成长蜕变之后，超越自私之心所具备的悲天悯人的神性。

《药神》中"所爱之人"的设置，并非像常规影片一样设置为主人公"爱情的对象"，而是主人公程勇"爱的对象"，是其心怀仁义之心所爱的人。对应到影片来看，片中这一角色设置同样并非简单的某一个角色，而是具象的三个人物：吕受益、黄毛和思慧；同时这一角色还包括更为抽象的所有因患病而无法承担高昂抗癌药的患者。吕受益在影片中是一个非常重要的人物，他是程勇最重要的情

---

[1] 文牧野、谢阳：〈自我美学体系的影像化建构——"我不是药神"导演文牧野访谈〉，《北京电影学院学报》，2019年第1期，页61-69。

感线人物,对程勇的成长和蜕变起着关键的作用。他的出场在剧作中属于故事的催化剂,而他承担的就是"信使"这一角色的功能,他让程勇帮忙从印度带药,实际上是给主人公程勇带来了改变生活现状的信号;他在卖药过程中不断将自己熟识并信得过的病友介绍给程勇才组建起卖药的五人小团伙;吕受益就是犯罪片中最常见的小弟形象,是犯罪主人公最得力的小弟,如同片中一样,一个鸡贼精明又软弱善良的油腻小瘪三;吕受益之死是促使程勇最终下定决心重新走私印度仿制药的关键所在,正是因为吕受益不堪忍受病痛上吊自杀,才重新唤起了程勇对病人的不忍之心和悲悯之情。可以说,片中的吕受益实际上代表的是主人公程勇性格中的另一个侧面,一个市侩而对生活抱有希望的小市民形象。

黄毛得名于其一头"杀马特式"的黄色爆炸头,沉默寡言的他看似乖张而难以接近,实际上却有一颗最单纯和善良的心。黄毛来自农村,患病之后为了不拖累家人独自跑到城市求生存,挣扎在社会的底层边缘;他对人和世界的认知非常简单,他觉得这个世界只有两种人:好人和坏人;他看不起欺骗病人赚病人黑心钱的坏人,也可以为救助病人的好人两肋插刀,不惜冒险。他看不起之前赚病人钱的程勇,对他一直保持着戒心和不信任,他尊重后来贴钱卖药给病人的程勇,对他心存感激和敬畏。所以在警察突然出现时他为了保护程勇,不惜冒着自己被抓的风险驾车引开警察,却意外遭受车祸。而黄毛之死彻底唤醒了程勇内心的"神性",促使程勇不惜一切代价,不计一切成本给病人免费提供仿制药。可以说,片中的黄毛实际上代表的是主人公程勇真正向往和追求的本心:一个是非分明,坚守良知的完美人物形象。

思慧是五人团伙中唯一的女性,她有着矛盾而难以统一的双重身份。思慧出场是相当"惊艳"的,在热闹喧嚣纸醉金迷的夜场酒吧里,她衣着暴露性感的在台上跳着钢管舞。她既是夜店领舞的钢管舞女郎,同时也是一位孩子患有白血病的单身母亲,为了赚钱给女儿治病不惜以展示自己的身体作为赚钱的手段;她其实是充满大爱的独立女性,作为上海各大医院的白血病人 QQ 群的总群主,她随时给予病友力所能及的帮助;作为一个深知社会冷暖但仍在负重前行的单身母亲,为了女儿可以付出一切。她身上隐忍和坚韧的质量正是当下中国社会千千万万个母亲的真实写照。影片让主人公程勇与思慧之间发生了一场心酸搞笑而未能完成的床戏，思慧确实是程勇心目中理想的爱情对象，但限于题材的原因，编剧克制着没有沿着两人的情感线发展出爱情故事，只在合适的时候戛然而止。可以说，片中的思慧实际上代表的是主人公程勇性格中缺失的一面，是其希望找回和弥补的缺陷。

通过以上分析可以看到，《药神》遵循"人格四合体"的人物设置模式，通过四类不同的角色对应的人物形象，彼此遭遇之后相互冲突与对抗，在对抗的过程中整合在一起，完成彼此之间的互补，从而最终形成一个完整的人物原型。可以说，影片中程勇的成长和蜕变，始于吕受益，醒于黄毛，终于刘牧师。编剧在塑造这些配角时，采取了扁平化的处理方式，突出每一个人物身上的最精准的特点，放大主角身边四个配角人物的优点。诚如编剧钟伟所说，"如果不是主角，而又承担某些功能的时候，这个人物必须要做扁平化处理，不然观众会分不清哪个是主角。而且这些人物特别有色彩，很容易把故事讲成别人的。这四个人必须拿捏得特别准，准的地方就是要放大四个人的优点。他们在欲望上是一以贯之的，就是为了活命。"[①]

以上对配角的分析让我们看到，《药神》在人物塑造方面遵循了社会英雄类型片最显著的特征：这一类型的情节受写实风格所限，难以大幅虚构，所以在艺术创作上以人物为首；主人公一般都是定型化的具备人物弧线的、立体的、谋求社会正义的平民英雄；配角和反派设计都服务于英雄主人公的塑造；情节为人物服务，情节可具有相对独立性，但多数时候也要服务于人物塑造。在塑造主人公程勇这一角色时，《药神》牢牢把握住社会英雄片主人公塑造的原则，将其塑造成一个具备人物成长弧线，为公众谋求福祉的平民英雄，同时程勇这一角色又是扎根于当下中国社会现实，立体丰满而又真实可信的人物形象。

我们可以从"树立人物标签、设置情绪触发点、冲突颠覆生活"这三个层面，

---

① 《我不是药神》编剧钟伟访谈，影视工业网：https://mp.weixin.qq.com/s/FoTLhdeGECuxp-_q5cNCnA，2018年7月14日。

来分析《药神》在塑造程勇这一主角时，如何构建起人物的成长弧光。首先，树立人物标签的目的是为了让观众产生代入感，为后续击碎人物的标签做铺垫。影片一开始程勇呈现给观众的状态是：生意萧条，被催房租，前妻要带走儿子，再加上老父亲突发重病需要巨额手术费。这样的开篇，让观众和程勇产生了情感上的连接，他就是像我们一样，存在于现实社会中的一个普通人，在生活的困境挣扎。为了给后续的人物弧光做好铺垫，影片先塑造了程勇是一个人生陷入低谷的、事业感情双失败的失败者，没钱、没爱、没尊严，而且还有着家暴和自私的恶习。"穷困潦倒的小人物"这一标签迅速刻进观众的心中，引起了观众的代入感。在影片中，观众对于角色道德观的判断，是随着对人物的好恶而变化的。换言之，如果观众喜欢程勇这个角色，那么观众对他违法行为的容忍度会增加，当程勇做出不合法的选择时，观众仍然可以在爱恨难辨中和程勇保持共情。

其次，通过细致铺垫，设置多个情绪触发点，增加人物弧光的"渐进性"。为了在击碎人物最初标签时，不产生突兀的感觉，让人物弧光展现优美的弧度，《药神》还精心做了细致的铺垫，设置了多个情绪触发点。吕受益对低价仿制药的渴望和请求，以及吕受益和病友们在医药公司门口游行示威，谴责天价药。这从心理上让观众认同了程勇从印度走私低价仿制药的行为；程勇赚钱后带领大家到思慧工作的酒吧聚会，期间不断砸钱让思慧的男领班跳脱衣服，为思慧出口恶气。用走私赚来的钱帮助小伙伴赢回尊严，这让观众对程勇不合法的行为产生更大的认同；程勇为保全自己照顾上有老下有小的家庭，被迫将售卖印度药的代理权转让给要挟自己的张长林。这让观众对程勇做出的选择表示同情和理解；吕受益不堪病痛上吊自杀给程勇带来沉重的打击，也促使其铤而走险重新开始走私贩卖印度仿制药。这让观众对程勇的行为给予更多的支援；黄毛为保护程勇驾车带药逃跑遭遇车祸身亡，这一沉痛的打击使得程勇为了挽救更多的病人，开始不计一切成本加大走私力度给病人免费提供印度仿制药。这让观众对程勇的行为充满了佩服和敬意。

影片剧作中设置的这些情绪触发点，让主人公经历了很多的遭遇和变故，这些遭遇为他的行为提供了感情上的合理性。程勇由此从一个起点很低，有过家暴恶行的事业婚姻双失败的油腻中年男和自私小市民，被种种外在因素激励和压迫，被世界改变，逐步觉醒本性之善；虽然中间因胆怯而放弃贩卖仿制药，但朋友的濒死惨状引发了他的悲悯情怀，又重操旧业，并逐步焕发侠胆仁心，像犯罪片中和武侠片中的义盗和侠客一样，和警察斗智斗勇；在印度货源出现问题之后，程勇甚至自己贴钱低价送药给病友们，从药贩升级为药侠，进而蜕变为一个拯救了众多慢粒白血病人的英雄，一个药神。程勇的成长变化并非直线改变，而是在经历以上遭遇和变故之后，爬楼梯式的改变，经历波峰波谷，从量变到质变，这些触发点逐一累积，使得程勇由普通人成长为大英雄。

最后，通过冲突颠覆人物生活，深化主题，实现人物在"对抗性"中的华丽转变，人物动态改变正是在对抗的过程中得以完成。《药神》中，程勇有三方面的对抗：一是与社会秩序和制度的对抗，这是"法"与"情"的对抗；二是与利益竞争对手的对抗，这是"善"与"恶"的对抗；三是与自己内心的对抗，这是"利"与"义"的对抗。一般在剧作设置的对抗中，主人公往往会暴露出自己的缺陷，在对抗的过程中，正向变化的人物会克服自身的缺陷，最后变得完美并走向和谐，而负向变化的人物则会通过暴力和血腥的手段，走向自我毁灭或报复社会。《药神》中的程勇是一个正向变化的人物，他在"法"与"情"的对抗中选择了"情"，在"善"与"恶"的对抗中选择了"善"，在"利"与"义"的对抗中选择了"义"。正如片中程勇为了说服刘牧师入伙时所说的台词："你不入地狱谁入地狱"，最终程勇为了救助更多的病人而自己入了监狱，践行了这句话，也成为了大家公认的"药神"。

《药神》在处理程勇的人物弧光时，有条不紊，逐层递进，采用渐进式的方式让观众一步步接受程勇的华丽转变。为了使程勇的英雄形象更加可信，在影片开头时压低程勇的人生和道德起点，以方便观众获得代入感，产生共情和同理心；在中间让他成为侠胆仁心的药贩子，成为抓捕高压下的弱势罪犯，以方便观众为程勇揪心并获得情感共振。前面放大主角的缺陷，让人物更可信；后面放大善良，让英雄更崇高，更能感染观众，由此才造就出影片剧作中漂亮的人物弧光。

第五章　犯罪电影的主题模式

如前所述，相同类型的电影往往都会表现一些相同的主题，从而形成同类型电影共通的主题模式，这是由类型电影的模式化特征所决定的。犯罪电影作为一种稳定的电影类型，其所涉及的题材领域及其对犯罪行为和犯罪过程的直接表现，易于形成较为鲜明和固定的情节模式，因而呈现出相同或相似的主题。而在接受领域，受众对同类型影片形成了较为固定的观影要求，也决定了犯罪电影的创作者无论倾向于何种特定主题的表达，必然绕不开表达一些观众易于接受的相同或相似的主题。另外，犯罪电影因其主要以人类社会两种极端对立的"罪与罚"、"破坏和惩戒"、"失范和规范"等行为状态为表现内容，因此先天具有商业视觉效果和艺术主题表达更多结合的可能性。而每一部犯罪电影的创新与突破，都力图在这一类型中寻找到新的主题表达，因此在犯罪电影这些共通的主题之外，必然还会存在着一些特定的主题表达。

第一节　国外犯罪电影的经典主题模式

笔者分析所筛选的20部国外犯罪电影后发现，有些主题几乎存在于所有犯罪电影之中；有些主题在同类题材或相似情节的犯罪电影中会反复出现；而有些主题则只出现在特定的犯罪电影之中。根据这一特征，为便于分析和说明，笔者将犯罪电影的主题划分为恒定主题、常见主题和特定主题三大类。

一、恒定主题
（一）罪与罚

从人类文化观念来看，当人类的祖先亚当和夏娃在伊甸园中偷吃禁果而遭到驱逐之后，人类便背负了与生俱来洗脱不掉的原罪。尽管这只是来自基督教的教义，但其所延伸出的"罪与罚"观念已经成为文学艺术永恒不变的母题。从"罪与罚"的深层内涵来看，其至少应包含三个层面：一是道德层面上的"罪与罚"，因破坏道德，违背人性导致精神上的犯罪，从而带来道德或人性层面的惩罚；二是法律层面上的"罪与罚"，因破坏社会秩序和法律制度导致实质上的犯罪，从而遭受法律的审判，带来法律层面的惩罚；三是宗教层面上的"罪与罚"，其源于基督教《圣经》创世纪中的记载，蛇怂恿亚当和夏娃偷吃伊甸园中的禁果，神发现后降下惩罚，所以人类便生而背负"原罪"，人只有选择承受苦难，才能去除自身的罪恶，才能恢复神性和逐渐接近神。从笔者筛选的这20部影片来看，"罪与罚"的主题始终贯穿于这些影片之中，但这些影片显然更关注道德和法律的层面的"罪与罚"。就世俗道德而言，影片中的人物产生了人性中的恶，进而逐渐异化，由恶而"罪"，最终迎来悲剧的命运；就法律制度而言，影片中的人物破坏了法律和制度的约束，进而产生了犯罪，同样迎来悲剧的命运。犯罪电影正是通过片中人物"罪与罚"的悲剧，审视人性中的罪恶和法律约束下的罪恶，从而激起人们的自省。警醒现代文明制度下的人们在认清自我和现实的基础上，探索建立新的道德价值体系和法律制度体系，重新确立人的自我价值以及与他人、与社会的关系。

归结来看，在这些犯罪电影中，影片对人物罪恶的呈现方式主要体现为违背人性、破坏道德和践踏法律等行为，具体表现为以下几个方面：

一是以暴力手段夺取他人性命。《出租车司机》《末路狂花》《完美的世界》《守法公民》《小丑》《杀人回忆》《老男孩》《追击者》《黄海》《孤胆特工》《恐怖直播》《蒙太奇》《这个杀手不太冷》《香水》《告白》《看不见的客人》和《调音师》这17部影片均围绕着人物凭借暴力手段夺取他人性命引发的罪恶来展开叙事。如《香水》中的主人公格雷诺耶杀死十三名少女，只为了制造出世界上最好的香水。

二是以欺诈手段获取非法利益。《骗中骗》和《猫鼠游戏》这两部影片均围绕着人物凭借诈骗手段，获取非法钱财引发的罪恶来展开叙事。如《猫鼠游戏》

中的小弗兰克通过制作假支票，骗取了银行四百万美金。

三是以绑架等手段限制他人自由。《完美的世界》《守法公民》《老男孩》《追击者》《孤胆特工》《蒙太奇》和《调音师》这 7 部影片均涉及人物以绑架、囚禁等手段，限制他人自由，引发的罪恶来展开叙事。如《老男孩》中的李有真为了复仇，将吴大秀囚禁了十五年。

较为特殊的是在泰国影片《天才枪手》中，主人公小琳和阿班通过帮助他人考试作弊来获取钱财，主人公因人性中的贪婪，进而逐渐异化，由恶行而背负道德和精神上的罪恶。影片所呈现的罪恶方式并非践踏法律等违法行为，而是违背了社会的公平契约，更多体现为破坏道德和违背人性层面的罪恶行为。相较于罪恶的呈现方式而言，犯罪电影对人物惩罚的呈现方式则较为简单，无外乎是人物遭受肉体层面或精神层面的苦痛与折磨，具体表现为人物受到法律的审判，接受法律的制裁；或人物走向自我毁灭；也有少数人物则被他人毁灭。

从罪的源头来看，大多数犯罪电影更倾向于将叙事的重心围绕着"犯罪是如何产生的"这一命题，探究罪的成因，亦即通过对犯罪者心理的剖析来揭示人物产生犯罪行为的根本原因。依据西方基督教的教义，人类的罪行包含原罪和本罪。原罪通常指的是人与生俱来的罪的状态及景况，其罪的成因源于人性之恶；而本罪指的是人类对上帝律法的违反，其罪的成因则与外在因素有关。本罪依据罪的程度可以划分为两类：一类是故意犯的罪；另一类则是由无知、软弱和错误无心而犯的罪。故意犯的罪，要受严重的处罚；无心而犯的罪，则往往可以从宽处理。从这个角度来看，绝大多数犯罪电影的着力点都在于探讨本罪的成因。主人公犯罪的原因不一定是传统意义上对金钱和权力的争夺，而是有着多种可能性，如破裂的家庭关系、非理性的生存状态、剧烈的社会变革、对社会不公的反抗、维护正义、守护亲情或爱情等等。在这些影片中，主人公并非一定是职业罪犯，他或许只是个普通人，甚至可以说是世俗意义上的"好人"，其犯罪行为往往与外在的因素有关，常常是迫不得已而进行犯罪。相较而言，反派配角的罪行则往往出于原罪，亦即源于人性之恶而进行犯罪。如在影片《孤胆特工》中，男主角车泰锡为了拯救邻家小女孩小米，犯下了多重罪行，他的犯罪行为是在迫不得已的情况下才进行的。小米被万石兄弟绑架之后，车泰锡试图通过报警的方式来进行解决，未料警察接到电话后却认为他在报假警，将他训斥一番后挂断了电话。对本应保护民众安全员警系统的失望，促使他决定自己亲自去解救小米，也由此他在万石的胁迫下帮其进行毒品交易，在查清万石的制毒窝点和摘取人体器官的窝点之后，他采取了以暴制暴的方式，杀死了万石兄弟及其众多下属。而片中的万石兄弟几乎无恶不作：诱拐流离失所的小孩；胁迫这些小孩制造并贩卖毒品；摘取人体器官进行黑市交易；随随便便夺取他人性命等等。他们犯下的这些罪行，显然源于人性之中无尽的贪欲和恶意。

此外，也有少数影片将着力点用于探讨原罪的成因，亦即着力于对人性之恶的呈现。如在影片《香水》中，主人公格雷诺耶杀死十三名处女的犯罪行为，源于人性之恶的本能。由于对世界的感觉完全依赖气味，格雷诺耶既无法同常人交流，也无法认同他人，他的一生是麻木的对欲望追求的一生。这种欲望并非常人对性和爱的迷恋，而是他执着于追寻气味并试图保留气味的欲望。在这一欲望的驱使下，他也有对少女的爱，但这种爱是疯狂的，疯狂到可以罔视生命的价值，成为屠杀少女的刽子手。可以说，格雷诺耶的罪源于与生俱来的一种自我本能，因为本能，所以迷恋；因为迷恋，所有贪婪；因为贪婪，所以产生邪恶的欲望，进而导致疯狂的行为。

(二) 公平正义

公平正义一直是人类价值渴望和哲学追求的最重要目的，也是思想家们关注的重要问题，对公平正义的内涵，可谓见仁见智而难有定论。古希腊学者对于正义的讨论大多基于"正义是德性并且同善相关"[1]的认识。故而有论者提出，"在古代，正义问题更像是一个伦理学的问题"[2]。到了近代，才"开启了从权

---

[1] 廖申白：〈西方正义概念：擅变中的综合〉，《哲学研究》，2002 年第 11 期，页 61。
[2] 孙友祥、戴茂堂：〈论西方正义思想的内在张力〉，《伦理学研究》，2009 年第 4 期，页 90。

利的视角讨论正义的基础、性质与限制的传统"[1]。此后，以约翰·罗尔斯（John Rawls）为代表的现代政治哲学家，主张通过"建立正义的社会制度来实现正义"[2]，亦即"制度正义"。罗尔斯在其 1971 年出版的《正义论》一书中认为正义即公平，并将正义视为"社会制度的首要价值"，他将正义定义为公平原则。国内大多数学者也往往倾向于将公平与正义视为意义相近的词，西方学者一般将正义表述为 justice，将公平表述为 fairness，前者侧重于公正价值，后者的重点则放在平等价值。

在现代文明社会中，人的一切行为都处在一定的制度和秩序约束之下，犯罪电影中所包含的法律、警察、犯罪、审判等元素，及其所表现的执法者与犯罪者之间的对立冲突，必然会涉及到对法律体系和司法制度的探讨，由此也必然会探究到社会的公平正义这一主题。无论犯罪电影涉猎何种题材，叙述何种故事，塑造何种人物，其始终蕴含着亘古不变的主题：亦即人类对公平正义的不懈追求。不论是依附道德之力抑或法律惩戒的威慑力，还是通过对现行司法制度的挑战与反抗，犯罪电影所探讨的都是公平正义实现的种种可能性。对应到笔者筛选的这 20 部影片来看，犯罪电影不仅仅揭露各种犯罪行为本身对公平正义造成的破坏，阐释犯罪行为的非正义；同时也展现了当现行的法律体系和司法制度没有真正维护好公平正义时，犯罪者选择通过非正义的犯罪手段来维护其所认为的公平正义。从这个角度来看，犯罪电影中对公平正义主题的呈现主要表现为以下两个层面：

一是表现正义的正义性。影片中的执法者通过法律赋予的正义行为，阻止非正义的犯罪行为，维护社会赋予每个人的公平权利。如韩国影片《蒙太奇》中，重案组警官吴青浩答应了西珍的母亲，一定要将绑架并导致西珍意外死亡的凶手绳之以法，无奈历经十五年之久，吴青浩经过漫长的追查却始终一无所获，为了当初的承诺他始终没有放弃对凶手的追查，然而案件追诉期将至，一旦到期就算查出凶手也无法将其绳之以法。作为执法者，吴青浩因未能兑现当初对受害者亲人的承诺，无法通过法律赋予他的行为给死者亲人还一个公道，而产生了愧疚，

---

[1] 廖申白：〈论西方主流正义概念发展中的擅变与综合（下）〉，《伦理学研究》，2003 年第 1 期，页 69。
[2] 孙友祥、戴茂堂：〈论西方正义思想的内在张力〉，《伦理学研究》，2009 年第 4 期，页 90。

他在失望中抱着遗憾离开了警队，过起破罐破摔的颓废生活。随后又出现了一起小女孩遭绑架的案件，作案手法与当年的西珍案如出一辙，吴青浩重回警队，重新燃起了破获案件抓住凶手的希望。当他最终查明这次绑架韩哲外孙女的凶手其实是西珍母亲，她为了让警方不放弃对西珍案的追查，模仿了当年凶手韩哲的作案手法，并成功引出了当年绑架西珍的韩哲。吴青浩为了维护法律的正义，一方面阻止西珍的母亲为了复仇而伤害韩哲的外孙；另一方面用计将真凶韩哲绳之以法，并最终令其承认自己的罪行。吴青浩阻止了西珍母亲的非正义复仇行为，同时也将凶手抓获还给西珍母亲一个公道。吴青浩作为执法者正是用正义的行为来维护法律的正义。

  二是表现非正义的正义性。影片中的犯罪者经受不公平的遭遇，而现行的法律体系和司法制度又无法给予其公平正义，促使其采取以暴制暴等非法手段来维护其自身的公平权利。如美国影片《守法公民》是一部揭示与批判美国辩诉交易制度黑暗面的电影。片中的主人公克莱德眼睁睁地看着歹徒达比杀害了自己美丽的妻子和可爱的女儿，达比本该被判处死刑，但他为了避免处以极刑，提出和检察官做辩诉交易，他出任污点证人检举同伙的罪行。检察官尼克为了追求个人的高定罪率，答应了达比的条件。尼克不愿铤而走险追诉达比的死刑，导致惨无人道结束两条生命的杀人犯达比，仅以五年刑期就可赎回自己的罪恶。原本认为法律可以帮助自己惩治杀害妻子和女儿的凶手，然而判处的结果令克莱德深深感受到司法的不公，也激起了他内心的复仇欲望。十年后克莱德用极其残忍的方法肢解了出狱的达比，并精心策划了一系列的杀人案，他用自己的生命给检察官尼克上了一堂法律课，以图让尼克明白不要和犯罪人做交易，事情的真相是掌握在自己手中的，公正的裁判结果是建立在犯罪事实的基础之上的，惩罚犯罪、保障人权才是法律的实体正义。克莱德通过以暴制暴、绑架杀人等极端非正义的手段，一次次与尼克达成交易，将整个司法体制孤立于民众，并将其陷入尴尬无援的境地，以此让他们承担自己司法不公酿成的恶果。克莱德力求用大量血的事实来警示政府：司法制度需要严厉，尤其是对那种对他人拒绝公正的人。虽然片尾克莱德未能幸免火海而丧生，但他终于等来了尼克的那句话，"我不再和杀人凶手做交易了"。可以说克莱德与司法体制进行较量，最终只为了得到一个公正的刑事裁决，他用非正义的手段促使司法体制的执法者们懂得法律所应维护的公平正义。

二、常见主题

(一) 复仇

复仇是人类的一种极端情绪，也是人类社会一种特殊的历史文化现象，在一定的历史语境下，可以说复仇是影响现代社会法律制裁制度的因素之一，复仇制度的完善程度在一定层面上反映了文明的发达程度。在人类的复仇意识与复仇文化相互浸染的文明进程中，产生并蕴育出大批关于复仇的文学艺术作品。同样，在电影领域，复仇主题强大的编织情节、结构故事的能力使其在电影作品中被反复应用，成为犯罪电影最常见的主题之一。从现实的角度来看，复仇行为通常并不是实时发生，也就是说复仇者自身或至亲所受到的伤害与所引发的复仇行为往往相隔较长时间，而且最为惊心动魄的复仇，往往是衔恨隐忍多年后的突然爆发。复仇行为与单纯的暴力行为最大的不同在于，其蕴含着弱者反抗、委屈隐忍等情感因素，普通大众对于这种行为不仅不会憎恶谴责，甚至还会称赞叫好。可见复仇行为的这一特征就为结构故事、安排情节预留出极大的想象空间。而从法理的角度来看，因为人类存在着复仇行为，才会在社会中建立起一种平衡机制，也就是不要伤害他人，否则会招致复仇。这种平衡机制不仅维护了社会的稳定，更直接促进了法律的发展。复仇能够满足普通大众心理的社会文化属性及其具备的社会调节机能，使得复仇主题往往带有相当大的正义性，但这种正义性却需要借助暴力等非正义手段。现代社会个体私自的暴力行为必然又会受到法律的约束和社会舆论的谴责。从故事的主题层面来看，复仇符合普遍存在的大众心理因而具有一定意义上的合理性；从复仇的具体手段来看，复仇行为又因为无法摆脱暴力是一种不合理的行为。这种主题与手段之间不可避免的矛盾，恰好能形成巨大的戏剧张力，这也是复仇主题深受电影创作者和观众喜爱最重要的原因。因此在笔者筛选的这20部影片中，《骗中骗》《末路狂花》《守法公民》《老男孩》《黄海》《孤胆特工》《恐怖直播》《蒙太奇》《这个杀手不太冷》《看不见的客人》和《调音师》这13部影片都涉及到复仇叙事，进而呈现对复仇主题的阐释。

在古代中国复仇行为有相当程度的合法性，孟子将复仇的行为方式和执行范围规定得更为具体："杀人之父者，人亦杀其父；杀人之兄者，人亦杀其兄。"[1]这实际是通过确立一种对称原则来严格限定复仇的物件和程度，避免复仇过程中乱杀无辜、甚至灭门这类惨烈情况的出现。如果复仇行为不加以严格限定，势必会对社会正常秩序造成巨大冲击。韩国影片《老男孩》甚至将这种复仇对等性演绎到极致：吴大修因为在中学时揭发了同学李有真与其姐姐之间的乱伦关系，导致李有真家破人亡。作为复仇者的李有真一定要以设计精巧的陷阱，将吴大修引入乱伦关系中，让他与女儿产生乱伦才算实现了复仇。从纯粹的艺术角度来看，在犯罪题材的电影中适度地展示复仇过程，甚至描写暴力行为属于艺术表现的手法，因而出现了电影中的"暴力美学"。复仇类犯罪电影本身就包含着快意恩仇的因素，甚至对于其中的暴力表现抱有强烈的审美预期，影片中逐步累加起来的所有能量，通过在成功实现复仇的一瞬间释放出来，绝大多数复仇类犯罪电影都实现了这种结局，完成了观众对复仇成功的期待。观众在欣赏电影的过程中，陪伴着复仇主人公经历艰苦凶险的历程后，最终见证了成功的复仇，从而达到心理上的满足。在这些犯罪电影中，西班牙导演奥里奥尔·保罗执导的《看不见的客人》就是这一类的典型：影片讲述了事业蒸蒸日上的男主角企业家艾德里安与情人女摄影师萝拉幽会过后，二人驱车离开别墅，却在路上发生了车祸，为了掩盖事件的真相，两人决定将在车祸中死去的青年丹尼尔连同他的车一起沉入湖底。随后没过多久，女摄影师萝拉和在酒店房间遇害，而艾德里安昏倒在萝拉死亡的现场。整部影片前100多分钟通过多次剧情反转，让观众一步步接近案件的真相，而娓娓道来的叙事手法令影片产生较为舒缓的叙事节奏，但在结尾的最后几分钟，

---

[1] 汉·赵岐注、宋·孙奭疏：《孟子注疏》，《十三经注疏》（北京：中华书局，1980年），页2774。

影片迎来最大的高潮，原来一步步诱导男主角说出自己是杀人凶手的金牌女律师弗吉尼亚，其实是车祸受害者丹尼尔的母亲，她通过化妆和易容假扮成金牌女律师接近艾德里安，令其说出真相并获取了相应的证据，从而能够利用掌握的证据将凶手艾德里安绳之以法。丹尼尔的母亲以特殊的方式完成了复仇，观众在前面被压抑的情绪，在影片高潮时得以完全释放，复仇带来的极致审美体验，在影片结束时最终得以实现。

(二) 救赎

"救赎"一词同样来源于基督教的教义，在基督教的思想架构中，人生而有罪，需要付出"赎价"来偿还与生俱来的原罪。但由于人无力偿清罪恶，于是上帝之子耶稣便以鲜血和死亡来代替信徒偿还其罪恶，因此基督徒要保持着忠诚的信仰和赎罪之心。对基督徒来说，尘世的享乐可以摒弃，但肉体欲望却难以摆脱，即使他们离群索居，修道苦行，但植根于生命本体的本能冲动与色食之欲，仍强有力地折磨着他们的心灵。悲剧的原因就在于人心中同时存在着犯罪和无罪之感。而罪感是由于人的灵与肉、情与理的冲突，造成人的精神矛盾和痛苦，进而使人产生的犯罪感。依据基督教的教义，人生而有罪，身负两重罪孽：一为原罪，二为本罪。因此人为了偿还世俗之罪，需要不断地忏悔和自省，才能实现自我的救赎。相较而言，东方语境下的救赎，则不具备原本的基督教色彩，而是受到儒家"性本善"思想的影响，被赋予了伦理学的色彩，更多地关乎道德规范、人伦纲常，体现在特定情境下的人性拷问。此外，东方社会文化下的"救赎"，还体现了困境中寻找精神解脱的含义。简而言之，东方语境与西方基督教文化中的"救赎"，显然有着明显的差异；更多地指向了摆脱现实困境和精神困境，实现生存发展，追求内心安宁。

在笔者筛选的这 20 部影片中，《出租车司机》《末路狂花》《完美的世界》《守法公民》《这个杀手不太冷》《告白》《老男孩》《追击者》《孤胆特工》《蒙太奇》《看不见的客人》和《调音师》这 12 部影片，始终贯穿着"救赎"这一主题。在这些影片中，作为调查者或受害者的主人公，通过拯救他人或拯救自己来实现现实中的生命救赎；作为犯罪者的主人公通过以暴制暴等极端行为，来实现精神上的心灵救赎。无论是现实中的生命救赎，还是精神上的心灵救赎；无论是救赎他人还是自我救赎；犯罪电影中所呈现的"救赎"主题，都在悲怆或沉痛的审美体验中，给观众留下了深沉的思考，从而展现出这一电影类型的独特魅力。犯罪电影中随时发生的犯罪行为，无时无刻都会对生命造成极大的威胁，因此对于生命的救赎，也就成为犯罪电影叙事中最为牵动人心的部分。以韩国影片《追击者》为例，主人公退役警探忠浩发现按摩院的女技师接连失踪，叮嘱最得力的女技师美珍上门服务时，留意所处的位置。美珍到达客户家以后，便和忠浩失去了联系，这也让忠浩意识到美珍遭遇了危险。由此，为了拯救美珍并查明女技师连续失踪的真相，忠浩拼命地追查美珍的下落，并尽全力搜集变态杀人狂英民的犯罪证据。影片通过忠浩为拯救美珍而追击到底，展现了生命救赎这一主题。

犯罪行为造成对生命的威胁与伤害，也给人们带来极大的心灵创伤。失去家人的受害者通过以暴制暴等极端行为来惩治凶手，从而拯救自己麻木的心灵；亦或是犯罪者通过善行等方式，来完成心灵的洗涤，实现人性的美好回归。以法国影片《这个杀手不太冷》为例，主人公莱昂作为一名冷酷而优秀的职业杀手，以夺取他人性命为职业，这也注定他一生坠入无尽的毁灭之中。当遭遇灭门的邻居小女孩玛蒂尔达走到莱昂的门口求救时，出于职业的本能莱昂明白自己应该少管闲事，尽管有些许犹豫，但他最终还是开启房门，让女孩进入自己的房间。可以说，在莱昂开启拯救玛蒂尔达的大门时，他同时也开启了拯救自己的大门。莱昂对于玛蒂尔达而言，固然是信赖与安全的保障；而玛蒂尔达对于莱昂而言，又何尝不是照亮其人性黑暗深处的那一缕金色阳光。当两个同样孤独且渴望温暖的灵魂彼此相遇时，莱昂早已麻木的心灵，在与玛蒂尔达的交往中日渐柔软，并与之擦出微妙的爱的火花。因为玛蒂尔达的出现，让他重拾了生活的乐趣，感受到了情感的甜美。因此当玛蒂尔达困于警局遭遇危险时，莱昂毫不犹豫地暴露了自己的职业身份，孤身一人铤而走险去警局拯救玛蒂尔达。尽管莱昂最终为了解救玛蒂尔达与恶警史丹菲尔同归于尽，牺牲了性命，但他通过拯救小女孩完成了对自身心灵的救赎，用鲜血洗清了长期以来因职业身份而犯下的罪孽。

(三) 人性善恶

对人性善恶的思辨同样也是文学艺术永恒的主题之一。人性顾名思义就是人之本性。德国哲学家卡希尔在《人论》一书中，将人性定义为"人之为人的特性就在于他的本性的丰富性、微妙性、多样性和多面性"。中国古典经籍《三字经》开篇有云："人之初，性本善。"这六字真言概括出人性向真、向善、向美的真谛。孟子主张人性本善，荀子主张人性本恶。性善论以人性向善，注重道德修养的自觉性；性恶论以人性有恶，强调道德教育的必要性。人性是一个复杂的整体，它兼具灵魂与肉体、天使与魔鬼的双重属性，也就是说人同时具备了善与恶的因子。人性中绝对的善或恶是不存在的，善与恶可以相互转换，人在不经意间的一个抉择，体现了其多重人性中的某一面，这揭示出人性受限于环境并受环境影响，具有丰富而多样的复杂特点。善与恶的缺失都将使人的天性变得不完整，使得人不再成其为人，只能走向自我毁灭。或许人性中善恶的冲突才是人类命运的真正主宰，是人类行为与欲念的最终决定力量。也正因为人性的这些特点使其成为电影中最常见的一个主题。

电影百余年的发展历程中，表现人性善恶的电影作品不计其数，它们用各自不同的题材、故事、形式和技巧表达了创作者不同的人性善恶观。在这些电影中，犯罪电影所蕴含的善恶对立元素使其成为表达人性善恶更典型的电影类型。它对人性的善恶有着不同于其他作品的诠释技巧，对人性自我两面的分裂与重组的探究，对善恶逆向转化和融合的精彩描述，都令犯罪电影更具独特性和超越性。犯罪电影中的主人公往往都是芸芸众生中的普通人，他所经受的恶行或所实施的暴行，更能触及观众的内心引发观众更强烈的恐惧和共鸣。影片用暴力、血腥的画面效果无情地揭露人性中的丑恶，引发观众的深思，教人扬善弃恶，升华人之本性，从而达到呼唤人性之善的效果。

具体而言，在笔者筛选的这20部影片中，《出租车司机》《完美的世界》《守法公民》《小丑》《杀人回忆》《老男孩》《追击者》《黄海》《孤胆特工》《蒙太奇》《这个杀手不太冷》《告白》《看不见的客人》和《调音师》这14部影片都明显呈现了"人性善恶思辨"这一主题。其中有些影片着力于揭露人性中恶的丑陋或善的光辉,如韩国影片《追击者》通过变态连环杀手英民的所作所为来展现人性中的极恶一面;《孤胆特工》则通过嫉恶如仇的车泰锡拯救邻家小女孩小米,与邪恶作斗争来展现人性中的善良和光辉。有些影片则着力于探讨人身上善恶交织的复杂性;如韩国影片《抓住那家伙》对于人物的好与坏并没有直接地表明态度,而是呈现人物的多重特性。片中的女主角西珍妈妈为了促成警方重新追查十五年前西珍被绑架的案件,用同样的手法绑架了韩哲的外孙女,这是人性中恶的表现;然而当她看着天真无邪的小女孩想起了自己的女儿,于是一天天悉心照顾着小女孩并没有对其进行伤害,又展现了她人性中的柔软和善良。同样韩哲当年绑劫了西珍勒索钱财导致西珍意外死亡,这是其身上背负的最大罪行,这一罪行源于其人性之恶;然而韩哲绑架西珍的原因是为了给当时病重的女儿筹钱做手术,为了救助家人在走投无路之下犯下了恶行,对于他的恶行观众的恨意又少了许多。可见片中的主要人物都并非简单地具备善恶特征,而是呈现出丰富的复杂性。

而在美国影片《完美的世界》中,人性之中关于邪恶与善良的较量同样是一条重要的线索,片中的主人公布奇就是人性善恶主题表达的关键所在,邪恶与善良在他身上得到交汇与诠释。布奇作为一名越狱的杀人犯,在角色的定位与人物设置上使其成为邪恶力量的代表。他在逃亡途中为了救被绑架的小菲力浦杀掉了自己的同伴。尽管杀人的行为罪大恶极,但布奇却是出于正义而对小菲力浦伸出援手,之后在与小菲力浦一路同行中,布奇更像是父亲一样无微不至地照顾着小菲力浦,以至于小菲力浦对其产生了极大的信任和依赖。而布奇的所作所为一直都呈现出邪恶的因素,他带着小菲力浦去勒索食物,打劫商店,抢走路人的汽车。布奇作为一名穷凶极恶的越狱杀人犯的同时,也饱含着一颗善良和正义的内心。可见片中人性的邪恶与善良绝非清晰可见,而是紧密纠缠在一起。

三、特定主题

此处所指的特定主题，仅针对笔者筛选的这 20 部影片，其中一部或几部影片所独有的主题，这些主题或许会大量出现在其他题材或其他类型的电影中，而在笔者筛选的这些犯罪电影中则较为少见。归纳来看，这类主题主要包括情感主题、成长主题和女性独立与自由主题这三类。

（一）多重情感

美国艺术理论家苏珊·朗格曾指出，艺术是"创造出来的表现人类情感的知觉形式"[1]。无论何种形式的艺术都是一种兼具审美情感和形象特征的精神产品，是人类独有的情感表达方式，蕴含了创作者独特的审美体验和情感。可以说情感贯穿于艺术体验、艺术构思和艺术传达整个艺术创作的全过程。电影作为声画结合的视听艺术，能够更为形象地通过声画语言生动地传达出创作者想要表达的情感。可以说情感表达是电影推动故事情节，塑造人物形象，表现影片主题的重要动力。从电影的编剧构想，到导演的现场拍摄，再到演员的肢体表演，乃至最终的观众欣赏，这整个过程都需要情感的助力。若电影没有情感的表达，就无法触动观众的内心，电影的魅力就会大打折扣。由此可见，电影通过情感传达向观众传递创作者想要表达的价值观念，从而形成电影中最常见的情感主题。

在笔者筛选的这 20 部影片中，只有围绕情感关系来展开叙事的影片才会涉及对情感主题的诠释。归结起来，犯罪电影所涉及的情感主题也无外乎亲情、友情和爱情，以及多种情感融合的混合情感这几种类别。如《蒙太奇》和《看不见的客人》两部影片，通过受害者的母亲执着地调查案件真相，揪出幕后真凶并将其绳之以法，从而展现了母爱的伟大，诠释了亲情主题；《调音师》在讲述跌宕起伏，充满反转的犯罪悬疑故事的同时，也通过男主角阿卡什与其女友纯真的爱情，和反派女主角西米与其情夫不道德的爱情形成鲜明的对比，从而对浪漫美好的爱情进行赞颂，对不合人伦的肉欲之爱进行了批判。《老男孩》在讲述复仇故

---

[1] 苏珊·朗格、腾守尧译：《艺术问题》（北京：中国社会科学出版社，1982 年），页 5。

事的同时，也通过李有真与姐姐的不伦之恋，以及吴大秀不知情的情况下与女儿发生不伦之恋，对人类情感中的亲情与爱情进行了探讨。而《完美的世界》《孤胆特工》和《这个杀手不太冷》三部影片则通过毫无血缘关系的中年男主人公与未成年的小主人公之间的故事，诠释了情感主题人与人之间建立起来的介于亲情、友情和爱情之间的混合情感。

以《孤胆特工》为例，该片作为一部主流的商业犯罪动作片，能够得到商业和艺术的双重认可，最核心的原因在于影片中融入的情感因素。正如导演李政范接受采访时所言，"一开始就想拍成简洁、有速度感的动作片，但是并不希望自己的电影是那种看后不留下任何思考的动作片。我希望拍观众看过能留下一点人情味和人性美的动作片。"[①]导演想要传递的这种人情味和人性美主要是通过男主角车泰锡与邻家小女孩小米的情感关系发展而体现出来的。片中二人起初只是住在隔壁的邻居关系，虽然二人年龄相差甚远，但因为都没有朋友和亲人的关心，彼此慢慢地成为相互之间唯一可以交往的朋友。从片中二人之间不多的交往中，可以看到淡淡的却不灭的人情之美。当小米来车泰锡的当铺取完 MP3 想离开时，车泰锡故意把香肠推到小米的视野内，好让小米留下陪他一起吃饭；当小米妈因毒瘾发作小米变得无处可去时，车泰锡会腾出床来让小米留宿；他也成为小米唯一可以倾诉心里话的对象。随着情节的推进，二人之间的情感关系越来越紧密，更像是父亲和女儿的关系。二人的内心深处也都有对成为父女关系的渴求，车泰锡因为怀孕的妻子在一场车祸中死去，而失去了成为孩子父亲的机会；小米从出生后就没见过自己的亲生父亲，她对父爱有着强烈的渴求。因此当小米被万石兄弟绑架之后，车泰锡以一个父亲对女儿的刻骨铭心的爱投入到了解救小米的行动之中。当他以为万石兄弟杀死小米之后，为了给小米报仇他用尽各种残忍极致的手法，直到把敌人赶尽杀绝，之后甚至以为失去了小米而丧失了活下去的勇气，决定开枪自尽。当小米再次出现在自己面前时，车泰锡重新燃起了生的希望，而

---

① 参见对导演李政范的访谈视频：http://tvpot.daum.net/clip/C1ipView.do？clipid=26151723

小米也不顾他身上满是鲜血，一头扑进他的怀抱。影片展现出二人虽没有血缘关系，不是父女却胜似父女的情感关系，可以说，《孤胆特工》用非血缘关系的父女之情揭示了更为博大的情感主题，即非亲缘关系的人与人之间的博爱。

（二）青春成长

成长是人类的永恒主题，人的一生就是一个不断成长的过程。文学艺术作品中的成长主题在时间上基本都限定为现代意义上的青春期成长，亦即从童年到成年的过渡期。在这一时期，青年人往往面对着成长带来的各式问题，而成长并不只是青年人在青春期生理发育的过程，更多的是青年人心理上的转变，青年人在不断探索世界的本质、找寻现实意义、谋求生存技能和生命哲学的过程中，他们的内心经过了不断地调节和完善，最终确立自我并走向了成熟。正如伊萨克·塞奎拉 (Isaac Sequeira) 所说，"涉世是一种存在的危机……伴随着处于青春期的主人公获得关于他自身、关于罪恶的本性或关于世界的有价值的知识的经历……差不多每一次变化都导向与成人世界的适应性整合。"[1] 正是在这种与成人世界的适应性整合过程中，青春个体一步步建立起关于其自身的身份认同。因此，电影中的成长主题一般多出现在青春校园题材的作品之中，也可以说成长主题是校园青春电影的核心内容。青少年在成长中势必要经历一段无所适从的时期，由于他们处在无忧无虑的童年和心智稳健的成年之间，因此难免会对生活中的经历感到虚无或困惑，甚至刻意以叛逆、忧郁的姿态来面对生活。一旦青少年缺乏健康的成长环境，就极有可能造成心灵的扭曲与自我认同危机，这也正是校园青春电影所热衷表现的矛盾冲突。在笔者筛选的这 20 部影片中，只有涉及校园犯罪的泰国青春片《天才枪手》明显呈现出对青春成长主题的诠释。

《天才枪手》改编自 2014 年真实的 SAT 亚洲考场作弊案，讲述了出身平凡的天才少女小琳在进入贵族学校后，以帮助同学考场作弊赚钱，并成功"策反"另一位家境窘迫的天才学霸班克，二人联手进行了一场横跨两大洲的国际作弊案。

---

[1] 伊萨克·塞奎拉：《现代美国小说中的涉世主题》（迈索尔：迈索尔基塔尔出版社，1975年），页22-24。

影片通过讲述泰国新一代青少年的青春叛逆和蜕变成长故事,涉及对泰国教育体制、社会阶层和贫富差距等问题的探讨,而围绕着小琳和班克两位主人公的青春成长历程来诠释青春成长主题则是全片最大的核心。片中成长主题所要揭示的正是"年轻主人公经历了某种切肤之痛的事件之后,改变了原有的世界观,或改变了自己的性格,或两者兼有;这种改变使他摆脱了童年的天真,并最终把他引向了一个真实而复杂的成人世界"[①]。换言之,片中的成长主题不仅呈现了两位主人公对外部世界的认识过程,而且反映了两位主人公对自我身份和自我价值的确认,从而调整自我与社会的关系以达到成长的目的。女主角小琳凭借着超强的学习能力以全免学费的资格进入了当地的贵族学校,而她走上作弊获益之路,更多源于青春期的叛逆和反抗,以作弊的方式来对其所处的世界存在的不公平现象进行抗争。她每一次帮同学作弊的起因都是为了反抗某种不平等:第一次,是因为发现了学校的老师以课外辅导为由泄露试题为自己谋取利益;第二次,是发现了学校在背地里向家长收取高昂的赞助费;第三次,则是学校对待作弊双方的处罚存在不合理之处。正是这些不公平和不合理,促使了小琳想要去反抗,也有勇气为自己的所作所为承担责任。而男主角班克作为拥有超强记忆力的天才少年,他走上作弊获益之路,除了一开始的叛逆和反抗之外,更多的还是源于内心对金钱与财富的渴求。班克家境贫寒,母亲长年替别人洗衣赚钱驼了背。班克一开始出场时成熟懂事,有着内心固守的原则,他发现同学作弊时会义无反顾地向老师进行举报,也会拒绝同学用金钱换取帮其作弊的诱惑。但在小琳和其他同学的"策反"下,面对巨额金钱的诱惑,班克答应了与小琳联手进行SAT考试作弊,此后班克便由纯良少年进一步黑化成长为主动邀请小琳"再干一票"的"老江湖"。

《天才枪手》中,两位主人公在经历SAT考试作弊几乎被发现之后,两人最终的结局大为不同。一开始主动作弊的小琳后来坦诚面对并承认了自己的错误,而一开始并不情愿被迫加入的班克却变得执迷不悟,甚至想要放弃上学依靠替人

[①] 芮渝萍:《美国成长小说研究》(北京:中国社会科学出版社,2004年),页5。

作弊来赚更多的钱。同班克相比较，小琳的价值观显然更加成熟，她的内心世界也更加规整而富有秩序。可以说小琳一开始的作弊是对不公平的一种抗争，不是为了金钱与欲望，她在乎的是自由与实现自由的途径。所以，当她最终认识到正是自己束缚住了自我内心的自由时，她便果断选择了放弃快捷方式，回归到自己内心的秩序中去。相较而言，班克则更容易受到外部世界的影响，在历经 SAT 考试作弊几近失败后，他并没有获得创伤性的顿悟得到成长，而是陷入其中执迷不悟。因此，当我们回归到对少男少女内心世界的关注时，小琳经过历练已收获成长，而班克要收获成长的路却还很长很长。

（三）女性独立与自由

在这 20 部犯罪电影中，追求女性独立与自由的主题只出现在美国导演雷德利·斯科特 1991 年导演的公路犯罪片《末路狂花》之中。该片一改常规犯罪片以男性为主角的刻板印象，采用两位女性主人公作为片中最大的主角，围绕着塞尔玛和路易丝的犯罪逃亡经历为情节主线，展现了女主人公女性意识的觉醒和复苏，进而追求个体独立与自由的过程。尽管该片并非导演斯科特最经典的作品，但片中所体现的女性主义思想令本片在电影史上独树一帜，成为美国女性主义题材电影的代表之作。在影片中，作为家庭主妇的塞尔玛一开始出场时唯唯诺诺，对丈夫言听计从、低眉顺眼；而好闺蜜路易丝则是一家餐厅的服务员，看似坚强的外表下其实隐藏着一颗脆弱的心。路易丝由于过去一段难以启齿的经历，使得她对女性在社会中的地位特别敏感。为了给枯燥的生活增添一点乐趣，路易丝和塞尔玛相约周末一起出游散心。酒吧小憩的插曲改变了二人的命运，一场再平常不过的散心之旅演变成亡命之旅，在逃亡过程中，两个人的女性意识逐渐觉醒，最终走上了以生命为代价反抗父权压迫、追求女性独立和自由的道路。

纵观好莱坞以往的电影，女性在电影中的形象大多是符号化被消遣的物件，大多为没有自我思想的花瓶角色。从叙事角度来看，美国好莱坞电影大多设置男性为主动者，而把女性打发到配角的被动位置上，男性父权社会的无意识始终会渗透在电影的内容和各样的表现形式上，这就表明在之前的好莱坞电影中，女性只是为衬托男性形象而出现的从属人物。而《末路狂花》的出现及其所塑造的两位女性形象，显然跳出了传统好莱坞电影陈旧的思维，体现出与之前截然相反的特质，女性由昔日的配角变成主角，成为推动影片剧情发展的主导者。影片着力于表现两性关系的对抗性，片中男性形象的存在给女性的利益构成了威胁，而女性选择用较为激进的反抗形式来捍卫自己的权益和尊严。片中所塑造的几位男性角色，无论是塞尔玛的丈夫，还是意图强奸塞尔玛的哈伦；乃至途中挑逗羞辱二人的卡车司机，以及与塞尔玛发生一夜情并骗财骗色的乔迪。这些对女性不尊重、不信任以及不可信的男人，都让路易丝和塞尔玛意识到男性并没有平等地对待她们。这也让她们认识到如果想在社会上被当成一个独立完整的人来对待，她们必须坚强、果敢，从备受压抑欺凌的自我中解放出来。因此，为了捍卫自己的权利，她们顽强对抗任何阻挡她们追求自由平等的男性。在影片后半段，她们为了再次筹集逃亡所需的经费，抢劫了一家商店；把给她们开超速罚单并发现她们是通缉犯的公路警察锁在车子后备厢；面对那个屡不悔改，猥琐的油罐车司机，她们一起开枪炸掉了他的油罐车，并以胜利者的姿态和昂扬的气势扬长而去。

由此可见，《末路狂花》正是通过女性对父权的反抗来展现追求女性独立与自由这一主题。片中二人逃亡之旅与其说是二人对男权社会的复仇之旅，不如说是两位女性的成长之旅。在短短的数天时间，在经历了种种社会不公之后，塞尔玛在好闺蜜路易丝的帮助下开始自我觉醒，并迅速成长为冲破法律和习惯势力的"女权主义战士"，成为向男权社会发起挑战、维护女性权利的"大英雄"。可以说原本两个规规矩矩，未敢越雷池半步的女性守法公民，在男权的逼迫下被迫沦为负罪潜逃的杀人通缉犯，而最后油罐车燃烧的熊熊烈火象征着压制女性的父权的毁灭，也展现了两位女性独立意识的苏醒和对平等、自由的追求。

第二节 华语犯罪电影的主题模式

笔者在分析筛选犯罪电影情节模式时发现，相较于国外犯罪电影而言，华语犯罪电影的情节模式呈现出单一化的趋势，决定犯罪电影类型特征的"捕逃"模式是其使用最频繁的情节模式。这一模式往往又会与其他非决定犯罪电影类型特征的情节模式进行组合，从而形成华语犯罪电影以复合情节模式来构建核心情节的特征。这一特征也决定了华语犯罪电影的主题模式与国外犯罪电影的主题模式必然存在着较大的差异。笔者仔细分析筛选的这 20 部华语犯罪电影后发现，这些影片蕴含的恒定主题和常见主题与国外犯罪电影大体相似，但在主题传达的观念方面有一定的差异；而这些影片所蕴含的特定主题则比国外犯罪电影更为丰富，有些主题明显体现出华人社会和华人文化更为普遍的价值观念。为便于分析说明，笔者将筛选的 20 部华语犯罪电影包含的主题汇总为以下清单，见表 32：

表 32　华语犯罪电影主题汇总表

序号/片名	主题类型	恒定主题	常见主题	特定主题
1	守望者：罪恶迷途	罪与罚/公平正义	人性善恶	人的困境/复仇
2	全民目击	罪与罚/公平正义	人性善恶/救赎/情感	法理与情理
3	解救吾先生	罪与罚/公平正义	人性善恶	/
4	烈日灼心	罪与罚/公平正义	人性善恶/救赎	法理与情理
5	心迷宫	罪与罚/公平正义	人性善恶/情感	/
6	喊山	罪与罚/公平正义	人性善恶/救赎/情感	/
7	惊天大逆转	罪与罚/公平正义	人性善恶	人的困境
8	追凶者也	罪与罚/公平正义	人性善恶/情感	人的困境
9	火锅英雄	罪与罚/公平正义	人性善恶/情感	/
10	树大招风	罪与罚/公平正义	人性善恶	命运无常
11	暴雪将至	罪与罚/公平正义	人性善恶/情感	人的困境
12	目击者之追凶	罪与罚/公平正义	人性善恶	/

序号/片名	主题类型	恒定主题	常见主题	特定主题
13	我不是药神	罪与罚/公平正义	人性善恶/救赎	/
14	无名之辈	罪与罚/公平正义	人性善恶/救赎	人的困境
15	暴裂无声	罪与罚/公平正义	人性善恶/情感	阶层对立
16	无双	罪与罚/公平正义	人性善恶/情感	/
17	风中有朵雨做的云	罪与罚/公平正义	人性善恶/情感	/
18	少年的你	罪与罚/公平正义	人性善恶/救赎/情感	成长主题
19	误杀	罪与罚/公平正义	人性善恶/救赎/情感	/
20	南方车站的聚会	罪与罚/公平正义	人性善恶/情感	命运无常

一、恒定主题

犯罪电影的题材和类型决定了这类影片必然会包含两个恒定的主题，亦即"罪与罚"和"公平正义"。但在华语犯罪电影中，绝大部分影片并不会对这两个主题进行深入地挖掘和探究，只是因为影片涉及到犯罪的叙事情节自然呈现出这两个主题。

（一）罪与罚

归结来看，这20部影片在呈现"罪与罚"的主题时，对人物罪恶的呈现方式主要体现为违背道德人性、破坏法律规定等相关行为，具体表现为以下几个方面：

一是以暴力手段夺取他人性命。《守望者：罪恶迷途》《烈日灼心》《心迷宫》《树大招风》《无双》《少年的你》《误杀》《南方车站的聚会》《暴雪将至》《目击者之追凶》《暴裂无声》《风中有朵雨做的云》《喊山》《全民目击》和《追凶者也》这15部影片均涉及人物凭借暴力手段夺取他人性命的情节叙事。如《守望者：罪恶迷途》中的主人公陈志辉采用特殊的方式杀害了多人并将尸体装入庭院的大水缸中,直到被人意外发现。

二是以绑架等手段限制他人自由。《树大招风》《惊天大逆转》《目击者之追凶》《暴裂无声》《解救吾先生》这5部影片均涉及人物以绑架、囚禁等手段限制他人自由引发的罪恶来展开叙事。如《解救吾先生》中的主人公张华绑架了香港男明星吾先生来勒索巨额赎金。

三是以抢劫、欺诈等手段获取非法利益。《树大招风》《我不是药神》《无名之辈》《无双》《火锅英雄》《全民目击》这6部影片均涉及人物以非法手段谋取非法利益进而引发相应的罪行。如《我不是药神》中的主人公程勇依靠走私并售卖印度仿抗癌制药来获取非法钱财;《火锅英雄》中主人公刘波拼死守护四个劫匪从银行金库打劫的巨额现金。

相较于罪恶的呈现方式而言,华语犯罪电影对人物惩罚的呈现方式则较十分单一,片中实施犯罪的人物几乎无一例外都受到了法律的惩罚。从这些影片对"罪与罚"主题的挖掘深度来看,除了《烈日灼心》和《目击者之追凶》这两部影片以外,其余的18部影片并没有对这一主题进行更为深入地探究,只是通过片中的犯罪者要么主动自首,要么被警方逮捕,要么被警方当场击毙等结局浅显地向观众传递"罪刑法定"这一当代社会法律的基本思想。《烈日灼心》对"罪与罚"主题的诠释,则并非简单地呈现主人公犯罪之后如何受到法律的惩罚。而是将叙事重心放在主人公犯罪之后,如何在逃避法律惩罚的过程中,通过多种方式来进行自我惩罚,从而减轻道德和良心上经受的谴责实现自我的救赎。影片完整地阐述了三位主人公从犯罪到惩罚再到救赎的全过程:辛小丰通过自虐式的惩治罪恶和舍命救人来对自己进行惩罚,最终坦然接受法律的制裁实现自我的心灵救赎;杨自道通过自虐式的行善积德来对自己进行惩罚,最终同样坦然接受法律的制裁实现自我的心灵救赎;陈比觉则通过装疯卖傻来对自己进行惩罚,最终选择坠崖自尽来实现灵魂的解脱。

《目击者之追凶》对"罪与罚"的主题则进行了更为深入地探究。九年前交通肇事逃逸命案的真相揭开之后,连同调查案件的主人公小齐在内,片中的主要人物都与案件有关，可以说每一个人在这起案件中都背负着罪恶。阿纬、徐爱婷及其男友三人是这起案件的始作俑者，三人为了筹集吸毒的资金，绑架了富豪的女儿，在阿纬杀害了作为人质的小女孩之后，徐爱婷和男友携款逃跑途中发生了车祸。而车祸的肇事者是小齐的恩师邱哥和女上司Maggie，有着不伦婚外情的二人在酒驾中撞上了徐爱婷男友的车；邱哥后来为了隐瞒真相杀害了帮其处理肇事车辆的吉哥；小齐作为车祸的目击者在查看受伤的徐爱婷及其男友后，内心的贪婪促使其偷偷拿走了车上的部分赃款并逃走；随后赶来的阿纬将赃款和徐爱婷带走并将她囚禁起来；被囚禁的徐爱婷之后找机会携款潜逃；阿纬追查出徐爱婷后将其囚禁并斩断其四肢令其生不如死；小齐在与阿纬的搏斗中将阿纬杀死；小齐利用查到的证据胁迫恩师邱哥帮其上位。片中一幕幕的情节都不断呈现人物各式各样的罪行，这些罪行既有道德层面的违背人性导致精神上的犯罪；也有法律层面因破坏社会秩序和法律制度导致实质上的犯罪；但影片最终指向的是西方宗教层面上的"原罪"，这一切的罪恶都源于人性之恶。影片的结尾有罪之人却并非都受到了惩罚，小齐不仅洗清了自己杀害阿纬的罪名，还在邱哥的助力下在新报社当上了总编；而九年前车祸真正的肇事者Maggie也成为小齐的新同事，同样在事业上风生水起。当新任职的小齐给同事讲完一个人性黑暗的鬼故事之后，心知肚明的Maggie与小齐相视一笑，人心的恐怖远远超越了恐怖故事，影片由此画上句号，令人心惊胆寒又值得深思。

（二）公平正义

华语犯罪电影对公平正义主题的诠释更多是通过法律维护的正义与犯罪行为造成的罪恶进行较量，来体现正义终究会战胜罪恶这一简单的思想主题。仅有《我不是药神》和《误杀》两部影片对法律所维护的正义进行了一定程度的反思。在《我不是药神》中，主人公程勇走私贩卖印度仿制抗癌药的行为的确是违法行为，但这一行为本身却并非罪恶行为，不会对白血病患者造成伤害，反而能够令他们通过低价购买到相同治疗效果的抗癌药，大大减轻了经济上的负担。从患者的角度来看，程勇的这一行为恰恰是正义之举。而以曹斌为首的警方为了维护法律的公平，禁止患者购买仿制药，打击程勇等人售卖印度仿制药，并将免费提供仿制药给病人的程勇抓捕判刑。从患者的角度来看，警方的这一行为恰恰是不义之举。由此，维护公平的法律却并不能给患者一个正义的答案，而帮助病人的程勇却因为正义之举而受到不公平的裁决。《我不是药神》对公平正义主题的这层诠释令其超越了其他的华语犯罪电影。《误杀》在遵循维护法律公平这一主题的基础之上，对正义也进行了重新的解读。片中主人公李维杰将妻女失手杀害的素察尸体藏了起来，使得警方无法找到其妻女杀人的关键证据，由此保护了家人。而警察局长拉韫为了找到儿子素察的下落，对李维杰一家痛下毒手严刑逼供。这一切都源于素察有罪在先，他迷奸并拍下了维杰女儿平平的裸照，并对她进行威胁。原本代表法律正义的拉韫成为非正义的一方，而原本代表犯下罪行非正义的李维杰成为正义的一方。《误杀》对公平正义主题重新的解读也令人耳目一新。

总体来看，华语犯罪电影中对公平正义主题的呈现主要表现为以下三个层面：

一是同样表现正义的正义性。《烈日灼心》《树大招风》《无双》《南方车站的聚会》《惊天大逆转》《风中有朵雨做的云》《解救吾先生》《火锅英雄》和《追凶者也》这9部影片均表现了执法者通过法律赋予的正义行为，阻止非正义的犯罪行为，维护社会赋予每个人的公平权利。

二是同样表现非正义的正义性。《守望者：罪恶迷途》《心迷宫》《少年的你》《误杀》《暴裂无声》《喊山》和《全民目击》这7部影片均表现了主人公通过非法手段来维护其自身的公平权利。

三是表现正义的非正义性。《暴雪将至》和《目击者之追凶》两部影片则表现了主人公出于维护公平正义的目的却实施了非正义的犯罪行为。

二、常见主题

华语犯罪电影中的常见主题与国外犯罪电影略有不同，国外犯罪电影常见的复仇主题在华语犯罪电影中十分罕见，笔者在此将复仇主题归类到特定主题之中；反映人性善恶思辨的主题贯穿于这20部华语犯罪电影之中，每一部影片都对人性中的善恶面有所诠释，这一主题是华语犯罪电影最为常见的主题；情感主题在华语犯罪电影中也较为常见，几乎一半以上的影片都围绕着亲情、友情和爱情来展开叙事，对情感主题进行了诠释；此外，大约有三分之一的华语犯罪电影对救赎主题进行了诠释。

(一) 人性善恶思辨

从人性善恶主题来看，这20部影片都对人性中的善恶进行了不同程度的思考。与国外犯罪电影着力于揭露人性中恶的丑陋或善的光辉有所不同的是，华语犯罪电影对人性主题的挖掘则更为深入，除了直观地呈现人性中的善恶面之外，对人性中善恶的成因及人性的复杂性进行了更为深刻的剖析。以忻钰坤导演的《心迷宫》为例，影片细致入微地展现了人性在欲望的迷宫中一步步走向堕落深渊的过程。村长肖卫国沉醉于职务带来的父权和名誉之中，危难之际隐瞒儿子失手杀人的错误选择，他为儿子销毁证据的行为既是父爱使然，更多的是出于对父权与名誉的迷恋；白虎身上则展露了人性中最原始的欲望，他的行为完全遵从于内心的原始欲望，赌瘾难耐便不计后果借高利贷，见钱眼开便全然不顾后果，尾随陈自立盗取其钱财，最后更因为钱财敲诈肖宗耀而被其失手杀害；肖宗耀与黄欢之间的关系并非纯粹的爱情，肖宗耀与黄欢恋爱更多源于情欲的渴望，而黄欢移情别恋肖宗耀不排除有对其富裕身家的觊觎；暴发户陈自立的大男子主义体现的是男性对女性最为原始的占有欲望，他可以在外找小三，却不同意和丽琴离婚，而是要将她一直占为己有；看似憨厚的大壮，对丽琴的感情也并不纯粹，他与陈自立有着相似的占有欲，因此才会对陈自立起了杀心妄图取而代之；王宝山与丽琴的偷腥之举也绝非因为纯粹的爱情，而是出于原始情欲的相互吸引，因此他们会在大难来临之际互相出卖对方。影片通过一组中国底层农村社会的群像，展现了人性中错综复杂的多面性：肖卫国对名利的痴迷；白虎的贪婪；肖宗耀的懦弱；黄欢的自私冷漠；陈自立和大壮的占有欲；王宝山和丽琴的背叛等等。导演在片尾借黄欢之手，将肖卫国的荣誉勋章埋在山头，被埋葬的不仅是村长的荣耀和人性，更是因果链条上所有人的荣耀和人性，影片用无言的结局对复杂的人性作出最强有力的批判。

(二) 亲情与爱情纠葛

从情感主题来看,《心迷宫》《无双》《少年的你》《误杀》《南方车站的聚会》《暴雪将至》《暴裂无声》《风中有朵雨做的云》《喊山》《火锅英雄》《全民目击》和《追凶者也》这12部影片都呈现了多样化的情感主题。其中《全民目击》和《误杀》两部影片通过父亲为了掩盖女儿犯罪的真相,制造伪证舍命保护女儿和家人,展现了父爱的伟大;《暴裂无声》则通过父亲执着地追查自己失踪的小孩下落,并与凶手舍命相搏,展现了父爱的伟大;这3部影片都通过对父爱的呈现诠释了亲情主题。《少年的你》和《火锅英雄》两部影片以犯罪事件为背景,通过对互生好感的男女主人公之间情感的呈现诠释了男女之间的友情主题。《无双》《南方车站的聚会》《暴雪将至》《喊山》和《追凶者也》5部影片在讲述犯罪故事的同时,围绕着男女主人公之间或模糊或清晰的爱情故事展开叙事,诠释了爱情主题。《心迷宫》和《风中有朵雨做的云》两部影片既有对爱情主题的诠释,也有对亲情主题的呈现。相较于犯罪电影而言,很多华语犯罪电影往往只是借用犯罪类型作为影片的叙事外壳,其真正的内核在于探讨人与人之间的情感关系。

以娄烨导演的《风中有朵雨做的云》为例,影片展现了一段欲望牵引下畸形的三角情爱关系。女主角林慧大学期间便是有名的交际花,在众多的追求者中,她唯独对已有家室的姜紫成爱的死心塌地,可以说她的情感寄托自始至终都依赖并顺应着这个曾经许诺过她的男人。姜紫成说爱她,林慧便愿意将自己交给他并怀了孕,姜紫成说自己有家室不能娶林慧,林慧便在他的安排下同唐奕杰结婚,让唐奕杰成为姜紫成在官界的保护伞;为了栽赃嫁祸给查案的警官杨家栋,林慧在姜紫成的指派下勾引杨家栋发生关系并拍下照片。而外表看似唯唯诺诺,实则具有家暴行为的唐奕杰心满意足地娶到了暗恋许久却怀孕在身的校花林慧。为了借助姜紫成的势力在官场上爬升,他明知道林慧和姜紫成的关系,甚至知道小诺并非自己的亲生女儿,长期采用家暴林慧的方式去发泄,却不愿打破自己和林慧、姜紫成三人共同构成的畸形三角情爱关系。片中姜紫成和唐奕杰将林慧从精神病院接出来时，三个人坐在汽车后座上，林慧坐在中间两只手左右各搂着姜紫成和唐奕杰，形象地呈现了三人之间畸形的情感关系，而将三人紧紧捆绑在一起的并非真正的情感纠葛，而是三人对金钱、对名利的无尽欲望。

此外，《风中有朵雨做的云》还通过小诺亲手杀害自己名义上的父亲唐奕杰事件，呈现了畸形爱情下形成的畸形亲情关系。作为母亲林慧和两个男人畸形三角关系的产物，小诺从一出生就要面对父辈们的畸形关系。她自小以为的父亲唐奕杰经常对母亲林慧进行家暴，由此在她心中便埋下了对父亲仇恨的种子；发达归来实质上的父亲姜紫成对她百依百顺，用各种物质上的资助满足了她极大的虚荣心；当得知姜紫成与母亲的真实关系以及自己的身世之后，小诺情感的天平自然向富豪老爸姜紫成倾斜，他将造成自己家庭悲剧的原因归咎于自小的养父唐奕杰，无视其十几年来的养育之恩，无视唐奕杰作为父亲曾经对自己的疼爱，最终将唐奕杰推下楼顶，实施了弑父行为。可以说，小诺的悲剧命运实际上源于她在这种畸形而激烈的亲情关系中，无法找到对自己身份的认同，从而希望打破父辈之间这种畸形的三角关系，回归到正常的家庭亲情关系之中。

(三) 生命与心灵救赎

从救赎主题来看，《全民目击》《烈日灼心》《喊山》《我不是药神》《少年的你》和《误杀》和这6部影片始终都贯穿着"心灵救赎"这一主题。其中《全民目击》《我不是药神》《少年的你》和《误杀》4部影片通过主人公拯救他人或家人来实现现实中的生命救赎。以《我不是药神》为例，程勇作为一个健康的正常人，一开始走私并贩卖印度仿制药，其出发点只是为了赚钱。随着他接触的病人越来越多，在卖药赚钱的过程中，他慢慢体会到拯救病人给自己带来的自豪和尊严，低价售卖印度仿制药不仅给他带来物质上的富足，更给他带来心理上的满足。当程勇金盆洗手不再卖药，转型成为服装厂的小老板之后，面对着曾经的伙伴陷入生命的危机，众多的病友因无法购买到低价仿制药而濒临垂死的边缘。在穷与病、利与义、情与法几种困境的重压下，程勇毅然选择了放弃现有的富足生活，冒着违法的风险继续走私印度仿制药，并贴钱甚至免费提供给更多的病友，只是为了拯救更多的病人。程勇从一开始卖药只为利,到后来冒着牢狱之灾的风险也要为病人继续代购仿制药,通过拯救病人完成对生命的救赎,同时也完成了自我的升华。可以说程勇是在苦难中觉醒的英雄,他拯救并重建了自我,从欲望化、商品化的诱惑中突围,摆脱了物质崇拜和精神危机,使自己的人生境界得到提升和超越,他在拯救他人的同时也完成了对自己心灵的救赎。

《烈日灼心》和《喊山》则通过善行或真情来完成心灵的洗涤,实现人性的美好复归,完成心灵的救赎。以《喊山》为例,片中的女主角红霞自小被腊宏诱拐禁锢在身边,是一个心如死灰,失去灵魂行尸走肉般存活的女人。红霞的觉醒源于男主角韩冲的指引,在韩冲埋炸药炸猎物的启发下,她诱使腊宏踩到了炸点炸断了腿随后失去了生命。在韩冲照顾自己母女的过程中,她对韩冲的喜欢慢慢转化为男女之爱,而韩冲不顾世俗地接受她令她感受到爱情的喜悦。可以说红霞是在与韩冲的爱情滋润下作为女性的独立生命才一步步被拯救回来,进而唤醒了沉睡已久的心灵。也因此,她才会在片尾为了拯救韩冲而主动向公安坦白自己害死腊宏的过程,用自己的生命来拯救爱人韩冲的生命,进而完成自己心灵的救赎。

三、特定主题

华语犯罪电影的众多创作者往往倾向于借助犯罪类型的叙事外壳来阐述其个人独特的思想观和价值观,由此形成华语犯罪电影特定的主题,这些主题与国外犯罪电影的特定主题有所重迭,但差异也更明显。如国外犯罪电影常见的复仇主题在华语犯罪电影中则成为特定的主题,仅在一部影片中有所呈现。而华语犯罪电影对法与情的冲突、对人的命运困境的探讨以及对社会阶层的反思等主题的诠释,在国外犯罪电影中则较为罕见。

(一) 法与情的冲突

任何时代任何国家的法制活动中,都会存在着法理与情理的冲突问题。合乎法律正义的行为却违背了情理,而合乎情理的行为并不被法律正义所容许。合情不合法或合法不合情,是法与情的冲突中最常见的两种情形。西方社会的法律是以"市民社会"为基础,以"契约精神"为核心建立起来的,是陌生人之间的交往规则。这种法律的精神无关乎"人情"。因此在国外犯罪电影中,较少有作品对法与情的冲突这一主题进行诠释。相较而言,华人社会传统的法律观念是以维护中华道德伦理为核心的法律,在中国古代的法律思想中,就存在着"原心定罪"[①]之说。也就是说在对犯罪行为进行处理的过程中,应该追究犯罪者本人心里的犯罪动机,并以此来确定犯罪者有无罪过或者是罪过的轻重。原心定罪源于儒家的法律思想,这一思想是由古代中国社会重人情轻法制的因素所决定的。由此,传统华人社会长期秉持着一种观念,亦即在情、理、法的排序中,总是习惯性地把情理摆在优先的位置,而把法放在末位。华人的传统文化是一种伦理型的文化,"人情"和"道理"是这种文化的基本要素和内在机制,在华人社会中,现代的法律精神受着华人文化的影响,法与情的冲突问题则会更为突显。因此在华语犯罪电影中,有多部作品对法与情的冲突这一主题进行诠释也就不足为奇。

在笔者筛选的这20部影片中,《全民目击》《烈日灼心》和《我不是药神》这3部影片都深刻地探讨了法与情的冲突这一主题。《全民目击》中富豪林泰为了替自己的女儿顶罪,巧妙设计布局了自己亲手杀死歌星女友的罪案现场,以图用自己的性命换回女儿的性命。林泰"女债父偿"合乎情理却并不合乎法律。《烈日灼心》中辛小丰趴在楼顶舍命拉住伊谷春的手,将命悬一线的伊谷春从死亡的边缘拯救回来,伊谷春早已确认辛小丰就是当年水库灭门案的凶手,被救之后的伊谷春却立马让师傅带人将辛小丰逮捕。伊谷春"恩将仇报"不合情理却合乎法律。

《我不是药神》对法理与情理的复杂关系展现得更为淋漓尽致。从情理的角度来看,程勇低价出售仿制药的行为拯救了白血病患者,给他们带去了生的希望,温暖了病人的心,让每一位病人都感受到了人间温情。程勇的行为合情合理,因此在他去服刑的路上,才会有上千名病友自发地为他送行,他成为了病人眼中的"药神"。从法律的角度来看,医药公司研制出"天价"抗癌药的背后是科学家

[①] 参见百度百科:"《春秋》之义,原心定罪",最早见于《汉书·哀帝纪》。

们多年实验的结果,医药公司历经几十年投入巨额资金才研发出片中的抗癌药格列宁。印度仿制药的出现,一方面对医药公司格列宁的专利权进行了直接的侵害,使医药公司的利益受损;另一方面仿制药的质量安全无法得到切实保障,很可能会对病人的生命造成威胁,同时也破坏了医药市场秩序的稳定。因此医药公司代表抵制非法管道进入市场的仿制药,警方依法打击贩卖仿制药的行为不仅合情合理,而且合乎法律。

国家通过制定法律来维护社会秩序,而法律的遵守则需要警察机关代表国家进行维护。因此,当印度仿制药出现在市场时,警方需要依法对出售印度仿制药的违法行为进行严厉打击,并对出售和购买印度仿制药的人员,采取相应的强制性措施。警方依法采取的行为,却会让众多白血病患者买不到低价药而死亡,所以片中的曹斌作为警方的代表,才会在情理与法律冲突之间左右为难。可以说法与情的对抗及平衡,一直贯穿在影片的始终。若只注重人情,保护病人们的健康权、生命权,让他们可以买到药效相近的仿制药,那么医药公司的权利、药品的质量安全以及药品市场的秩序稳定等法律问题,又该如何得到解决?反之亦然。法律红线不可触碰,违法犯罪行为必然会受到打击。法律的制定不可能做到完美无缺,但也不能说法律的是毫不近人情的,华人社会"情、理、法"三者的排序,正说明符合社会情理道德的法律才是符合人们基本需要的法律。影片的结尾,法官对程勇的犯罪行为进行了从轻处理,最后曹斌驾车来接出狱的程勇,二人同乘一辆车。一个是执法者,代表着至高无上的法治、公正,一个是被执法者,代表着现实中的善良。这两个人巧妙地站在了法律与人情的两边,坐上同一辆车,传达出法律与人情实际上是可以共存的。

(二)命运的困境与无常

命运或曰命,是中华文化中一个重要的范畴。李泽厚先生曾言:"命也者,不知所以然而然也者。"[①]亦即命运是人力所不能控制且难以预测的某种外在力量,

---

① 李泽厚:《论语今读》(合肥:安徽文艺出版社,1998年),页453-454。

具有神秘性和偶然性。中华传统文化将命运视为至高无上的力量，认为人的富贵贫贱、吉凶祸福、生死寿夭等一切都早已命中注定，人唯有顺从地走完自己被安排的一生，所有痴妄的抗争都只是徒劳。故而古语有云："生死有命，富贵在天。"命运的不可名状，总是让人徒生畏惧。人们看不见、抓不住它，却还要被它所左右，由此便激起了人对命运的探索和征服。但是人的实际行动往往并不能揭开命运神秘事物的面纱，认识每前进一步，反而引出更多的疑问。由此循环往复，人们在欣喜和懊恼中不断进行着各种尝试，虽然始终不能把命运看得真切。在华语电影领域，受中华传统文化影响的众多创作者都将命运主题纳入电影创作的视野，将笔触伸向对命运的表现、揭示与解密，从而为华语电影的主题增添了一道炫目的光彩。命运的偶然性、不确定性和神秘性，往往易于激起观众的好奇心，使得这一主题同样出现在华语犯罪电影之中。

在笔者筛选的这 20 部华语犯罪电影中，对命运主题的诠释主要体现为两个层面：

一是通过展现社会底层人物在人生困境中无奈的挣扎，来表现人的徒劳和命运难以抗拒的思想。《守望者：罪恶迷途》《追凶者也》《暴雪将至》《无名之辈》和《暴裂无声》这 5 部影片都诠释了这一命运主题。以《暴雪将至》为例，男主角余国伟作为一名工厂的保卫科干事，出于对自己拥有"神探"技能的自信，他最大的梦想就是能够破格进入公安系统体制内，成为真正查案的刑警。尽管表面上他说道"能不能去，每个命运都有定数"，似乎并不在意，但他为了实现这个梦想，借着小城发生连环杀人案的机会，拼命展开调查以图抓到凶手破格进入公安系统。为此他越陷越深，付出的代价也越来越大，他唯一的徒弟因为帮他一起查案而受伤身亡；他瞒着自己的恋人燕子令其充当杀手的诱饵，导致燕子知道真相后自杀身亡；最终他自己也因为误认凶手将人打伤而从劳模保安成为了暴力伤人的罪犯。余国伟执着于梦想却求而不得，陷入其中苦苦挣扎终究未果，最终失去所有。余国伟就像片中最后那辆被困在暴风雪中一动不能动的小客车，在人生的困境中奋力地挣扎最终却依然动弹不得。

二是通过展现人物命运的突转来表现命运的偶然性,体现命运无常的思想。《心迷宫》《树大招风》和《南方车站的聚会》这三部影片都诠释了这一命运主题。以《树大招风》为例,叶国欢在忍受不了做生意行贿受气,一回香港后便巧遇巡逻的警察,在枪战中中弹身亡;季正雄则策划抢劫金店良久最终却苦无下手机会被警察围捕;卓子强悬赏高额奖金四处打探其他二人的下落,谁料却上当受骗查找未果,在即将得知消息时,却又因军火交易被骗最终遇到真正的武警部队而被抓捕。原本野心满满想要趁着香港回归之前大干一场的"三大贼王",在时代的洪流面前却被命运捉弄,三个人的命运在和时代变迁的博弈中逐渐被吞没,虽然他们不断挣扎,但却注定会"消亡"。影片结尾三人其实早就在龙凤茶楼偶遇过,服务员穿梭于房门与顾客之间,引得三人同框出现,三人互不相识,只相互望了一两眼,这也注定了他们相互只是时代过客的命运。

(三) 社会阶层差异

在笔者筛选的国外犯罪电影中,尽管也有泰国影片《天才枪手》对于社会阶层差异,贫富分化的关注和思考,但该片只是蜻蜓点水般展现了泰国的这一社会现象,并没有进行更为深入地思考和探究。而在华语犯罪电影中,忻钰坤导演的《暴裂无声》则通过一起绑架案,将三个不同阶层的人物汇聚在一起,勾勒出当代中国不同社会阶层的现状图景,深刻地揭示了社会阶层差异这一主题。

《暴裂无声》以偏远乡村的村民张保民寻找失踪的儿子为情节主线,将村民张保民、煤矿公司董事长昌万和、律师徐文杰三个分属不同阶层,原本没有直接瓜葛的三个人物,汇聚到一个共同的权力场,呈现了当代中国社会不同阶层人物的权力话语。片中的张保民是一个不能说话的哑巴,他处于社会最底层,也是社会话语场最外围,他代表了社会权力话语中的失语者。正因为他话语权的缺失,所以他只能通过不断地通过暴力行为来表现自己对社会权力场的反抗。片中的他,自始至终都在用最微弱的肢体语言来进行反抗,他不停地与他人打架来表达自己的不满。片中的昌万年处于社会最顶层,也是社会话语场的最中心,他在社会权力话语中拥有绝对的话语权。处于话语场外围的底层阶级以及依附于他的中产阶级，都只能成为他权力下的顺从者。所以片中的昌万年看似朴素，但他说出的每一句话，都有着不容置疑的话语权。片中的徐文杰处于社会的中间层，也是社会话语场的外围，他在社会权力话语中拥有一定的话语权。作为社会中产阶级的代表，律师这一职业使得他的话语更多的是象征着国家的权力和法律的尊严。他原本在工作中有着相对稳定的话语权，这个话语权不仅仅是国家法律赋予他的权力，更有凭借自身的努力而在事务所中占据的中心位置。但当他选择站在国家法律对立面时，原本国家赋予它的权力便与他背道而驰，与此同时自己努力争取来的权力也因为其错误的选择而丧失。因此在面对拥有绝对话语权的昌万年时，他也成为了权力话语中的失语者。他在昌万年巨额金钱的诱惑之下，对大资本阶层进行攀附，失去了反抗大资本阶层的能力。

片中昌万年、张保民和徐文杰三个人物都具有极强的隐喻性，三人分属三个不同的社会阶层，其行为举止也代表了三个阶层的不同现状与心理。昌万年是处于社会金字塔顶的成功商人，他如同食物链的顶级支配者，所以吞噬和猎杀于他而言理所当然；而底层人物张保民和村民，却没有捍卫自己权利的能力，甚至连基本说话的权利都被剥夺了。他们如同片中的绵羊一样，没有丝毫的攻击力却不断地被人剥削和伤害。片中的村民和张保民一样，都是被剥削和迫害的物件，当矿产被无限的开发，昌万年这些所谓的顶层人士会成为最大获利者，而村民们却只能默默接受矿产开发带来的水源污染、土地塌陷、种植土地消失以及亲人患病等种种现实，他们既没有办法逃离，也不能维护自身的权利，甚至一度被蒙蔽在真相之外；而徐文杰作为中产阶级的代表，其工作性质本应成为良知和法律的捍卫者，但他却在自我利益以及大资本阶层的压迫下，成为顶层人士的附庸品和帮凶。当张保民帮助徐文杰找到女儿时，徐文杰凝视着山洞，仿佛在凝视着自己的内心与良知，但他最终却选择了逃避，在拯救自己女儿的恩人与绑架自己女儿的仇人之间，他选择了站在权力的一方。由此可见，忻钰坤导演通过片中的三个人物，展现出当前中国社会三种阶层的现实图景，表现了他对现实问题的审视，更将当下的阶级镜像以及权力攀附问题，血淋淋地呈现在观众眼前。

除了以上三类特定主题之外，华语犯罪电影也出现了对复仇主题和青春成长主题进行诠释的作品。《守望者：罪恶迷途》对陈志辉出狱后误信奸人之言而踏上罪恶迷途，采用极端方式对其所认为的仇家进行复仇的行为，进行了反思；《少年的你》通过讲述陈念和小北在家庭、校园和社会保护机制缺失的情况下，惺惺相惜缔结下纯真的友谊，二人携手共同对抗校园霸凌和生活中的磨难，展现了残酷青春的成长历程。

总体而言，相较于国外犯罪电影，华语犯罪电影呈现的特定主题更为丰富多样，但也存在着一些明显的问题。如在《火锅英雄》《暴雪将至》和《南方车站的聚会》等影片涉及到多个主题的表达，但无论是犯罪电影恒定的主题、还是常见的主题，乃至这些影片最终想要呈现的特定主题，都存在着对主题的表达太多太满导致欲言又止、表达不明等问题。

第三节　案例分析：电影《烈日灼心》的剧作与主题

一、《烈日灼心》简介及创作渊源

电影《烈日灼心》是由大陆导演曹保平编剧并执导的一部具有文艺气质的商业犯罪电影。影片汇聚了段奕宏、邓超、郭涛、王珞丹等众多实力派演员倾情出演。2015年8月，该片在大陆上映后成为当年电影市场上的一匹黑马，凭借着曲折的故事情节、凌厉的影像风格、精彩的人物表演以及厚重的社会意识，夺得了票房与口碑的双丰收，最终票房突破三亿元人民币，被誉为是当时华语犯罪电影的新标杆。作为一部融合了曹保平导演独特个人气质的商业犯罪电影，在2015年上海举行的第18届国际电影节上，该片的三位主演段奕宏、邓超和郭涛同时夺得最佳男主角奖，导演曹保平也荣获最佳导演奖，开创了上海国际电影节的先河。此外，该片在IMBD电影网评分为7.2分，豆瓣电影网评分8.2分，好于91%的犯罪片。可以说，《烈日灼心》是曹保平导演在大陆警匪片领域一次全新的探索，它突破了大陆传统警匪片二元对立的简单叙事模式，采用类型杂糅的方式将大陆警匪片与犯罪类型片相融合。正如导演曹保平接受采访时所言:"有追求的商业电影都不会止步于类型片的范畴,永远会在类型的基础上进行更多的尝试和改变。"①电影《烈日灼心》的成功之处在于,它勇于打破电影类型的边界,在叙事框架上坚守大陆警匪片的模式,而在叙事方式上则吸收了犯罪片及其他电影类型的核心元素,开创了大陆警匪对立模式犯罪电影的新风格。

警匪片作为一种以警匪对战为情节模式、打斗动作场面为叙事重点的类型电影,一直以来都强调简单的叙事和紧张刺激的视觉效果,这也导致其往往很难走现实主义路线。以香港警匪片为例,港式警匪片也有意识地去表现和挖掘人性、社会的诸多不同层面,出现过《无间道》等一些经典之作,但绝大多数港式警匪片人物塑造趋向于偶像化和英雄化,动作场面则尽皆过火,过于夸张华丽,缺乏现实主义的真实感。而大陆警匪片虽然一直以来秉承现实主义创作路线,但大多数所谓警匪片其实完全脱离这一类型片的旨趣,更贴切地应该称为刑侦片,过于公式化、脸谱化地塑造警察和匪徒的人物形象,警察一心为公为民,匪徒则都是丧心病狂的扁平化形象,叙事丝毫无惊喜之处,这样的叙述方式,显然也与真正的现实主义相去甚远。《烈日灼心》在保留警匪激烈对抗与邪不压正的必然结局,这一警匪片的基本要素外,还延续了曹保平作品中,一以贯之的现实主义创作路线:一方面塑造出真实可信,充满生活气息的警察与匪徒的人物形象;另一方面在动作场面上,没有像港式警匪片一样沉溺于华丽繁复的打斗、追车、爆炸等大场面的制造,而是力图营造真实的动作场面。另外,影片还保留了现实主义影片所具备的反思特征,改变了传统大陆警匪片简单的"惩恶扬善"主旨,对人性中的"善"与"恶"进行了深入的思考与辨析。可以说,《烈日灼心》所具备的现实主义精神与人文关怀,以及片中对于人性的探讨,对于个体极端情境之下的心理状态与生存境况的揭示,为华语电影树起了一个很好的榜样。

《烈日灼心》的成功当然也得益于原著小说提供了一个很好的模板。影片改

---

① 曹保平等:〈"烈日灼心"三人谈〉,《当代电影》,2015年第9期,页30。

编自作家须一瓜的长篇小说《太阳黑子》，讲述了三个青年因一念之差卷入水库灭门案件，三人为赎罪隐匿身份低调善行，共同抚养受害者遗留的小女孩，最终依然没有逃脱法律裁决的故事。影片高度还原了小说的主体情节和人物关系，在忠于原著及其思想的基础上，在细节方面作了较多的调整，尤其是对结局进行了大幅的改动，使得影片引起了较多的争议与讨论。小说作者须一瓜说："小说中，三个少年是犯下了灭门大案，但是，电影中，是别人干的。观后我感到遗憾。"[①]而曹保平导演则认为原著小说中的设定不能说服他，他不能理解三个身负五条命案的凶手能为赎罪做出那么多善事，于是在电影拍摄时，他们加入了一个真正的凶手，让案件变成错案。正如曹保平导演在谈到改编策略时所言："当把一个小说改编成电影的时候，它完全是两个系统。它们之间的美学形态完全不一样，电影改编必定会对原小说有很多的舍弃和重新建构。所有的改变也没有任何理由，它唯一的理由是你要建立自己的系统。在这个系统中，故事的逻辑关系、人物的合理性会要求你做改变。所有的改变都是依照这个原则"[②]。显然，小说文本与电影文本有两套完全不同的语言表达系统，改编作品的最终呈现形态取决于改编者对于原著的译码和再编码。曹保平导演从原著小说《太阳黑子》中，借鉴相应的内容去确立自己的话语机制和表达视角；在改编这一重新的创作过程中，其思想意识、美学观念和文化追求，必然会潜在的影响作品的艺术风格。曹保平作为北京电影学院的剧作教师，本身也是一名优秀的编剧，十分重视剧本的创作与打磨。而他之所以独具慧眼选择了《太阳黑子》来进行改编，是因为"这个故事的背后有一些形而上的，或者说让我有欲望想要表达的东西存在……这部小说囊括了剧情片该有的以及我的电影里想有的那种人物的极致状态和激烈的、强情节的架构。"[③]曹保平对于处于极致状态下的边缘人物，情有独钟，这在其之前的作品《光荣的愤怒》《李米的猜想》和《狗十三》等影片中都有所体现。小说《太

[①] 须一瓜：〈从小说"太阳黑子"到电影"烈日灼心"〉，《文汇报》，2015年第12版。
[②] 曹保平等：〈"烈日灼心"四人谈〉，《北京电影学院学报》，2015年第3期，页122。
[③] 曹保平等：〈"烈日灼心"四人谈〉，《北京电影学院学报》，2015年第3期，页123。

阳黑子》中处于逃亡状态的三位元"法外之徒",自然也提供给导演极大的阐释空间。影片《烈日灼心》将三位元逃犯在负罪状态下辛苦的生活与真诚的救赎表现得淋漓尽致,警察伊谷春与协警辛小丰之间既相互信任又相互猜疑的相生相斥,也在演员演技爆发的状态下,得到了很好的传达。"我感兴趣的是这种抛离正常轨道之后人的状态,因为这更容易表现出人的复杂性,包括人性中亮的一面和暗的一面。"[①]因此勾勒极致人性,营造极致矛盾在影片《烈日灼心》的改编中,也同样有所体现,这也正是导演在创作上一以贯之的追求。

总的来说,影片《烈日灼心》是一部充满人文关怀和现实主义精神的改编作品。影片一方面需克服现实审查环境的限制,另一方面又需满足观众的情感需求。曹保平导演在准确把握原著小说气质和精神的基础上,将现实与艺术之间那条微妙的线,把控得十分精准,我们不光看到了导演对于剧作的严谨改编,也看到了熟悉的曹保平电影风格。可以说,影片《烈日灼心》让我们看到了华语电影中一次内外兼修的电影改编。

二、《烈日灼心》电影剧作分析

如前所述,电影《烈日灼心》所取得的成就,与曹保平导演对剧本的精心打磨和雕琢密不可分。笔者拟从故事、结构、人物和主题这四个方面着手对其剧作进行深入的剖析,希望能够从中探究出一部小说改编的犯罪电影,是如何通过曲折的故事、精巧的结构、丰满的人物和深刻的主题来达成艺术与商业上的双重平衡。

《烈日灼心》讲述了警长伊谷春发现自己手下的协警辛小丰和其同伙是多年前水库灭门案的凶手,伊谷春对辛小丰多次试探并展开调查,二人斗智斗勇展开较量,最终辛小丰等人为了收养的小女孩而主动投案。从故事的基本类型来看,《烈日灼心》看似采用了"侦探推理型"故事中"警察抓捕罪犯"这一简单的故事原

[①] 张雨蒙、曹保平等:〈谋求主流商业片的风格化表达——"烈日灼心"导演曹保平访谈〉,《电影艺术》,2015 年第 6 期,页 83。

型，但在叙事旨趣上却又与这一故事原型常规的叙述相去甚远。一般而言，"侦探推理型"故事最基本的议题是"揭开罪恶发生真正的秘密"，其核心叙事并非单纯的案件分析，而是更深入地关注人类的原罪，亦即人性中的阴暗与丑陋、黑暗与疯狂，所以一般都会出现谋杀、隐藏的坏人、内心的贪婪与欲望等因素。观众在体验这类故事的时候更感兴趣的不是"坏人是谁"，而是"为什么要这么做"，隐藏在"犯罪事件"背后的出人意料的结局，才是最吸引观众并引发观众思考的重要因素。它包含三个基本的元素：侦探、秘密、黑暗拐点或转折。对应到影片来看，《烈日灼心》确实也包含了"侦探推理型"故事的三个基本元素：

（1）侦探：警长伊谷春是调查揭秘的主人公，也是故事主要的叙述者之一，他带领观众一步步逼近灭门案的凶手，令其束手就擒。

（2）秘密：辛小丰和杨自道等三人当年卷入了水库灭门案，收养了遗留现场的婴儿，共同将其抚养长大。

（3）黑暗拐点或转折：辛小丰等人为了收养的女孩尾巴能健康成长，主动承认是灭门案的凶手接受了死刑，而真凶却另有其人。

但《烈日灼心》改变了原著小说中直到结尾才揭晓的"谁是凶手"这一设定，也没有像常规的"侦探推理型"故事将叙事议题放在"揭开罪恶发生真正的秘密"，去挖掘凶手"为什么要这么做"。影片一开场就交代了辛小丰三人作为凶手的身份，随后将叙事重点放在"凶手如何逃脱警察的追捕"这一议题上。尽管观众在观影过程中早已知晓了罪犯的身份，却无法知道"凶手是否逃脱警察的追捕"以及"凶手如何逃脱警察的追捕"。因而片中警察与罪犯之间反复纠缠、斗智斗勇的"猫鼠游戏"过程令观众产生强烈的好奇心。另外影片剧作中更为人称道的是，在辛小丰和杨自道被处以死刑，结束了全片营造的"凶手是否逃脱警察的追捕"这一悬念之后，影片又制造出新的悬念，改变了原著小说结尾三个人坐实杀人罪名一同服刑的设定，在结尾出现了两次剧情反转：一是真正制造灭门案的真凶出现，三人只是卷入案件的协助者，罪不至死；二是三人中智商最高的陈比觉案发后瞒着二人一直装作因意外而变傻。这样的叙述再一次超越了观众此前观影中所建构起来的剧情理解，令观众耳目一新并产生新的兴趣点。可以说，《烈日灼心》正是将"侦探推理型"故事中"警察抓捕罪犯"这一常规的警匪类型片与西方犯罪悬疑类型片进行嫁接与融合，才使得故事的悬念感和观赏性大为增强。

从结构来看，《烈日灼心》作为兼具艺术性与商业性的作者风格电影，剧作整体的情节布局并没有遵循主流商业犯罪片惯用的三幕剧结构。尽管从情节发展的逻辑关系上，我们也可以将影片划分为罪案发生、凶手逃亡、凶手落网这三个部分，但《烈日灼心》却完全无法对应好莱坞三幕剧的情节分布特征，更无法对应每一幕的情节应具备的功能和特征。从剧作的内部结构来看，《烈日灼心》可以说是一部典型的反三幕剧结构的影片。从剧作的外部结构来看，《烈日灼心》的叙事结构采用了犯罪电影三种叙事结构模式中的第一种模式，亦即"实施犯罪——展开逃亡——罪犯落网"。影片一开始交代了福建西陇水库旁的别墅内发生了一起灭门大案，随后展现了辛小丰等三人逃亡之后各自的生活经历和现状，最后交代了警长伊谷春如何发现线索将凶手抓捕归案的结果。从剧作情节的叙述方式来看，影片采用的是经典的"时空顺序式结构"，沿着警长伊谷春和辅警辛小丰二人之间"猫鼠游戏"的情节主线来展开叙述。辛小丰察觉到伊谷春对自己老家是西陇特别感兴趣，发现他不断拿水库灭门案对自己进行试探，于是小心翼翼地应对，甚至不惜冒充自己是同性恋来掩藏自己和另外两位同伙的真实身份，最终伊谷春还是查明了辛小丰三人的真实身份，将他们抓捕归案。影片在叙述中有较为明显的开端、发展、高潮和结局四个部分，但每个部分内部的情节事件并不一定会完全遵照严密的因果逻辑关系来进行结构，而是呈现出发散式的多情节并列叙述。也就是说，在基本遵循"时空顺序式结构"的基础上，《烈日灼心》还融入了并叙和插叙等多种叙事手法，摆脱了二元对立的简单结构模式，呈现出较为复杂的结构特征。在辛小丰与伊谷春之间的"猫鼠游戏"主线情节之外，至少还能从影片中梳理出以下几个重要的情节支线：

（1）辛小丰与伊谷春在执行任务的过程中多次互相拯救，出生入死，惺惺相惜而建立起深厚的兄弟情；

（2）杨自道与伊谷春的妹妹伊谷夏相遇相识，违心拒绝了伊谷夏对自己的表白，最终向其暴露自己是凶手的真实身份；

（3）辛小丰和杨自道想方设法筹钱给尾巴做手术，被捕前将其委托给伊谷夏抚养；

（4）辛小丰和杨自道的房东卓生发窃听二人谈话得知二人曾犯过大案。

这些情节支线在主线情节推进的同时，不时地穿插其中，形成"花开数朵，各表一枝"的叙事特征，最终这些情节支线又汇聚到情节主线之中起到补充和完善的作用。此外，在影片主体情节沿着时空顺序进行叙述的同时，还通过剧中人物的回忆等方式，插入需要补充的情节或细节，如辛小丰在渔排上，回忆自己故意和台湾设计师发生同性关系，让伊谷春看见的情景；伊谷春偷偷潜入辛小丰和杨自道的住处勘察时，回忆与二人初次相识的情景；辛小丰被捕落网，台湾设计师到警局找伊谷春，回忆叙述了辛小丰虽然不是同性恋却和自己约会的原因等。这些插叙的细节，对于情节主线起到很好的解释说明和补充信息的作用。

从人物设置的角度来看，《烈日灼心》的主要人物并没有采用"人物四合体模式"来进行设置，而是从犯罪电影的九种人物类型中选择了"调查者"、"犯罪者"、"爱恋者"和"家人"四种人物类型来设定相应的角色。"调查者"即警长伊谷春；"犯罪者"即辛小丰、杨自道和陈比觉三位卷入水库灭门案的凶手；"爱恋者"即伊谷夏，她作为警长的妹妹却爱上了凶手杨自道；"家人"则是辛小丰三人收养的小女孩"尾巴"，她即是七年前灭门惨案的受害者家人，也是辛小丰等三位犯罪者的家人；而伊谷夏除了作为"爱恋者"的角色功能外，同时也是调查者伊谷春的家人。影片的情节主线围绕着案发七年之后，伊谷春与辛小丰之间的"猫鼠游戏"来展开。为了避免单一的二元对立叙事模式，影片还引入一条情节副线，通过杨自道与辛小丰和伊谷夏的相互交集，来构建起杨自道与伊谷春的人物关系。由此，从人物关系模式来看，片中的辛小丰、杨自道和伊谷春三人构成了剧作中最为经典的人物三角关系模式，影片由两个犯罪者和一个调查者构成了"犯罪者1——犯罪者2——调查者"这一独特的人物三角关系。

在这三个主要人物中，辛小丰是全片最重要的角色，他是罪案发生的起源，是水库灭门惨案的导火索。他闯入别墅撞见刚出浴的裸体女孩，激发了心中的兽欲，对女孩实施强奸导致女孩心脏病突发身亡，也由此引发了女孩全家遭受灭门之灾。瞬间的欲念却将辛小丰带入了罪恶的深渊，也成为他一生的咒语。但罪孽缠身的辛小丰依然保留了一丝的善良和人性光辉，所以在逃离现场后他执拗地要回去带走床底下的婴儿，以免婴儿无辜死亡。逃亡之后他选择了一个对于罪犯来说最不可思议的工作，与罪恶为敌的"协警"，在执行任务时奋不顾身，以命相搏，这些常人看来的勇敢行为，实际上是辛小丰的一种赎罪行为，他试图通过救赎来抚平心底深深的罪恶感。他不断用自己的善行说服自己尝试过上正常人的生活，但内心深处的罪恶感却又不时将其拉回深渊，可以说辛小丰时刻处在人性的黑暗与光明之间痛苦地挣扎。为了赎罪，他收养了被自己强奸致死的女孩遗留的婴儿——尾巴，将其抚养长大，对尾巴的关心甚至超过了一个真正的爸爸，为了给尾巴治病也为了给尾巴一个美好的未来，他最终选择了扛下罪责接受死刑。在三个凶手中，辛小丰的内心背负着更为沉重的愧疚，一方面是对惨遭灭门的女孩一家的愧疚，另一方面则是对好友杨自道和陈比觉的愧疚。因为他的行为不仅毁了自己，也毁了两位好友的一生，所以三人之中他是最痛苦的，好友一个怨怼的眼神，一句责备的话语，都可能使不堪重负的辛小丰处于崩溃边缘。也正因如此，辛小丰主动选择了死亡，或许死亡才是他为自己选择的最好归宿。

影片将小说中的真凶，改为另有其人，令我们看到杨自道其实并非水库灭门案的凶手，而是卷入案件的受牵连者。杨自道背负的罪孽来自辛小丰和陈比觉的命运因他而改变，真凶联系他到别墅催债，他带上了自己的两位兄弟，小丰强奸女孩致其死亡，真凶却将女孩全家灭门，虽然他没有亲手杀人，但灭门惨案也可以说因他而起。因此杨自道不自觉中会有一种罪恶感，逃亡之后他同样选择了用善行和自虐来给自己赎罪。影片开场没多久，杨自道作为出租车司机在雨夜遭遇了抢劫，与巡逻的尹谷春等警察相遇时，杨自道却自觉为劫匪掩饰罪行，谎称是自己的老乡。这既是他对警察的忌讳，也是以自虐的行为来抵消自身的罪责。之后为了帮助陌生人抢回被劫走的财物，杨自道奋不顾身驾车追逐劫匪，追回财物被刺伤之后，自己悄悄独自离开现场回住处缝合伤口。杨自道希望通过自己的善行和自虐来减轻心中的罪恶感。他的勇敢无意中却吸引了同为陌生人打抱不平的伊谷夏，面对伊谷夏大胆的表白和赤裸裸的爱，杨自道内心的罪责使得他不敢去接受这份爱，哪怕是片刻的欢愉对他而言也是一种奢侈。他觉得自己不配承受这份爱情，他的生命始终在等待落网的那一刻，他不愿毁了自己心爱的姑娘，只能以冷漠的假面掩藏自己的真心。在伊谷夏的步步紧逼中，杨自道的情感终于决堤，他向伊谷夏露出了自己胸口的纹身，实际上是向她暴露了自己作为通缉犯的身份，也相当于把自己的命交给了伊谷夏，这是他唯一能对伊谷夏做出的表白。在落网前他去见伊谷夏，将尾巴托付给她，杨自道对伊谷夏的信任和情感已经暴露无遗。尽管杨自道并非真凶，但他和辛小丰一起串通好供词，揽下了所有罪责，同样为了给尾巴一个更好的未来。也正因如此，杨自道同样主动选择了死亡，死亡对他而言是一种解脱，也是他灵魂的释放。

　　伊谷春在片中是辛小丰和杨自道最大的对手，作为警长他办案经验丰富，有着敏锐的洞察力和惊人的判断力。在和辛小丰一起驾车巡逻的桥上，他只看了一眼旁边的出租车便断定车内有匪徒，逼停出租车后，他看到副驾驶的乘客伸手掏包便断定十分危险，快速举枪逼迫乘客下车，最终他和小丰抓住了两名带枪潜逃的罪犯。可以说片中的伊谷春是一个精明睿智、洞察力惊人、心思缜密、眼光毒辣的警官形象，这一人物设定使得辛小丰面临着强大的对手，也强化了片中"调查者"与"犯罪者"之间的二元对立，令影片剧作的戏剧冲突更为强烈。作为辛小丰的上司，他显然对工作起来不要命的辛小丰十分欣赏，他与辛小丰一起出生入死，他在小丰遇到危险时救过小丰的命，也在自己差点摔下二十层高楼时，被辛小丰使尽浑身解数救回一命。他和小丰之间逐渐由工作中的同事成为过命的兄弟。这也使得当他察觉辛小丰与水库灭门案有所关联时，面临着极大的内心挣扎和心理矛盾。但作为一个黑白分明、维护法律的警官，在面临着刚刚把自己从鬼门关拖出来的兄弟、同事是真凶的时候，尽管在法律和情感面前他略有迟疑，但他最终依然铁面无私地选择将辛小丰绳之以法。可以说，片中的伊谷春作为一名警长，在维护法律与顾及兄弟情分之间面临巨大的内心冲突，在情与法、罪与罚、感性和理性之间他经受着内心的折磨，但他所代表的就是法律与正义，如同片名的"烈日"，炙热地炙烤着一切罪恶之心。

三、《烈日灼心》的主题分析

"罪与罚"始终是犯罪电影恒定的主题，维护社会的公平正义，对罪恶及犯罪行为进行惩治，几乎是犯罪电影永恒不变的核心命题。正如导演本人坦言，"这个电影里每个人都面临罪与罚，更多是在讲一个关于'救赎'的故事——但其实想说的是救赎的不可救赎。在我个人的概念里，我觉得不是罪不可赦，是罪无法救赎——就是当你做完它在那儿，你用一辈子的全部的生命想去挽回一些东西，但这是很难做到的，就是它已经在那儿了，而且是不可逆转的。"[1]可见在"罪与罚"的表层主题之下来展开对"救赎"这一深层主题的多重思考，是曹保平导演在《烈日灼心》所要表达的一个核心主题。辛小丰、杨自道和陈比觉三人，因认为自己七年前犯下了滔天罪行，由此展开了一场艰难而无法解脱的自我救赎之路。三人为了逃避法律的惩罚而选择了异地逃亡，七年来他们失去了正常人的普通生活，不敢从家庭和社会中获取到一丝关怀和温暖，只能相互之间抱团残喘，在逃避和自责中惶惶度日，苟且而活。

辛小丰将惩治罪恶作为自己的救赎之路。他担任协警，拿着微薄的工资却屡屡身陷险境，不顾自身安危，只为打击犯罪，维护法律和正义。片中开场辛小丰逃亡后的第一次出场是在执行出警任务中与几名歹徒殊死搏斗，他死死勒住嫌疑犯的脖子直到警车前来相助，耗尽了浑身力气，满脸是血从地上爬起，踉跄地穿起警服。之后的每一次出警任务，辛小丰总是冲在最前面，最卖力最拼命的那个人。辛小丰的才干得到伊谷春的赏识，伊谷春劝他通过考公务员的途径来获取物质上

---

[1] 曹保平等：〈曹保平：我是一个克制的人，但我不复杂〉，《大众电影》，2015年第13期，页23。

的更多保障，他却不敢迈出这一步。因为对于辛小丰而言，他从未敢奢望拥有稳定、有保障的正常生活，他只是以这种生活方式来对自己当初犯下的罪行进行弥补，通过赎罪来换取良心上的片刻安宁，更是通过执行任务中的自虐式行为来达到对自己灵魂的安慰。所以辛小丰每次吸烟之后，直接用手指捻灭烟头，这一行为既强化着对自己肉体的创伤，也一遍遍地提醒着自己曾经犯下的罪行。

而杨自道则将行善积德作为自己的救赎之路。他在逃亡后当上了出租车司机，工作勤劳，拾金不昧，将乘客落在出租车上的东西按照日期记录下来，以便将来能够还给失主。他在雨夜中被一伙劫匪威胁，虽然警察上前来询问却不敢说出实情，自觉为歹徒掩饰罪行，谎称他们是自己的老乡，这既是对警察的忌讳，也是以自虐行为来抵消自身的罪责。他做起好事来也是不顾性命，奋不顾身，为了抢回陌生人的包被歹徒划伤胸口，他不敢去医院独自回到住处用白酒消毒，用针线为自己缝合胸口的伤口，这些情景血腥地有些让人胆战心惊，甚至让人分不清杨自道到底是在求生还是求死，或许在潜意识中他希望以这种自虐的行为来抹杀自己内心的罪恶。而三人中智商最高的陈比觉则装疯卖傻作为自己的自救之路，他深深地将自己隐藏起来，躲在渔排上照顾尾巴，冒充傻子长达七年之久。

除此之外，辛小丰当年执拗地要返回别墅将遗留现场的婴儿带走，明显能看出就是为了减少良心上的谴责。之后在逃亡中三人共同收养婴儿，将其抚养长大，取名尾巴，三人通过照顾死者遗留的孩子来获取心灵上的片刻自由，由此来进行赎罪。为了给尾巴治病，他们四处筹钱，费尽千辛万苦，同时还要承受周围人们的猜忌和非议。他们对于尾巴的脉脉温情超出了一般的同情和关爱，三人与尾巴建立起了亲密的父女关系，尾巴的健康成长成为支撑三人活下去的精神支柱，他们将所有的爱都倾注在尾巴身上，父爱在他们身上炽热地燃烧，这一切的行为都是三人对于自己罪孽的无言救赎。但是，逃亡生涯已经从根本上摧毁了他们的精神，即使无情地自虐，做再多的善事也无法弥补心灵上的空虚，无法改变曾经犯下的罪行。尽管他们本身做出了巨大的努力，但犯下的罪行却终究无法救赎，三人唯有选择以死来谢罪。从结尾的反转来看，三人的罪行并不足以判处死刑，但三人既是尾巴的救命恩人，也是导致尾巴失去至亲的仇人，辛小丰更是直接导致了尾巴母亲的死亡，因此辛小丰和杨自道最终选择承担一切罪责接受死刑，本不必死却以死来进行赎罪，而原本可以因装傻而逃脱罪责的陈比觉最终也无法独自苟活，选择了跳海自杀，这一切为的就是换取尾巴没有心理负担地健康成长，还给她一个安静轻松的未来。

在救赎的主题之外，导演还在《烈日灼心》中深入地对人性的善恶进行了辩证的思考。正如曹保平导演在接受访谈时所言，"就是电影里说的那样，本质意义上就是没有好人，没有坏人，就是看你放大的哪一面。我的理解是，人在好坏之间是会转换的，而且那个变化是瞬息万变的，就像电影里的三兄弟，后来面对那个小女孩是善意的，但在灭门中也有人性中的恶。人的复杂性是很难琢磨的，我觉得这个因果关系特别复杂。"[1]影片借警长伊谷春之口直接说，点名了"人是动物性和神性总和"这一主题。《烈日灼心》对人性的表达与大多数影视作品有所不同，它所展现的人物既非好与坏的绝对存在，也非善与恶的简单对立。影片将人性的善恶归结为神性与动物性的总和，人性中的闪亮光彩和丑陋阴暗是并存的。人性中善与恶的纠葛在片中主人公的身上体现得淋漓尽致。七年前，三人因一念之差卷入水库灭门惨案，身陷罪恶的泥沼，纵然有三人年少怯弱、事发突然的客观因素，但主观的恶念仍是惨案生成的根源，人的恶念在暴力和惊恐中被放大。三人逃离后，受善念驱使辛小丰执意坚持再度潜回案发现场，带走新生女婴，善恶存乎一念之间。影片通过对辛小丰和杨自道两位主人公的生活和心理状态的细致刻画，深入探索了人性的善恶纠葛。所谓善恶，是否真如法律判决一样黑白分明？曾经犯下的恶能否用当下的善行来进行弥补？而灭门案真凶的出现，令三个原本法律判定为恶人的三个罪犯无望悲恸的忏悔变成了一场荒诞的误会。显然，《烈日灼心》中的人物并非简单地明晰善恶是非，曹保平导演精心构思翻转叙事意在阐明人性善恶纠葛的叙事主题。影片探讨的核心思想是究竟人性的善与恶能

---

[1] 曹保平等：〈曹保平：我是一个克制的人，但我不复杂〉，《大众电影》，2015年第13期，页25。

否清晰地界定，而法律的界限究竟是否制裁了真正的恶人。辛小丰和杨自道最终被处以死刑，而他们俩谁都不是真正意义上的灭门惨案的凶手，他们用自己的生命还养女"尾巴"一个快乐的没有负担的未来，他们犯下的罪恶相对他们赎罪的七年和他们所给予他人和这个社会的善来说，或许只是一个污点，并不能阻挡人们看到他们人性中的"善"释放出的温暖和能量。

另外，由于辛小丰三人是善恶夹杂的人物，影片在主题方面还采用了法理与情理相互冲突的二元对立模式。亦即从法理上来说，辛小丰三人作为水库灭门案的导火索的确参与到案件之中，辛小丰导致了女孩的死亡，杨自道和陈比觉为了自保将真凶推入水库并认为其已经死亡，这些罪行都触犯了法律，必然要受到法律的制裁；但另一方面，从他们犯罪之后的行为来看，为了尾巴有一个轻松的未来，三人都主动放弃了生命，这种种善良之举使得观众忍不住对他们产生了同情，由此将影片的主题引入到法理与情理的冲突之中。

这种法律与人情、理智与情感的冲突在影片中主要是通过伊谷春对辛小丰等人的态度传达出来的。伊谷春作为参与办案的民警，对水库灭门惨案的罪犯天然保有非常痛恨的态度。他在送辛小丰去金元岛的途中向其讲述案件时，用了"手段残忍、惨不忍睹"等词汇，指出虽然这起案子目前因为线索少，破案人思路不一，但坚信相关罪犯总会遭到"天谴"。而随着他与辛小丰等人的接触与了解，一方面越来越多的线索将嫌犯指向辛小丰等人；另一方面在执行任务中共同出生入死又令他了解到辛小丰是一位嫉恶如仇的好协警。面对这样一个复杂的人物，伊谷春陷入了情与理的冲突与挣扎之中。作为警长，从理智上来说他明白自己必须把辛小丰等人逮捕归案；但作为曾经同生共死的兄弟，特别是拼死拯救自己性命的兄弟，他确实有些不忍心亲手将他逮捕并送上死亡之路。伊谷春陷入情与理的两难矛盾纠葛之中，恰恰是影片想要呈现给观众的思考。

在影片的末尾他到监狱看辛小丰时说"如此缜密的心思与勇气，真是可惜。"他对辛小丰满怀痛惜之情，在目睹辛小丰接受注射死刑时痛苦与挣扎的情形，他更是忍不住暗自流泪。同样伊谷夏也在理智与情感之间陷入两难的抉择。一方面，当她得知自己所爱之人阿道是水库灭门惨案的凶手后,她十分痛苦甚至想要帮其隐瞒真相避免被自己的哥哥发现;而另一方面,她也明白阿道终究会受到法律的制裁,当目睹阿道被捕以及被执行死刑时,也忍不住泪流满面。恰如片中伊谷春与辛小丰的一次谈话中所说,"法律是人类发明的最好的东西,在法律面前,善无上限,恶有底线,就是要限制你不可以做什么……法律更像人性的低保,是一种强制性的修养,它不像宗教要求你眼高手低,就踏踏实实地告诉你至少应该是什么样,又讲人情,又残酷无情。"导演借伊谷春之口,将法理与情理的冲突这一主题透彻地传达给了观众。

总之,影片《烈日灼心》在主题方面对人性善恶的思辨,对救赎之不可救赎的探讨,以及对法与情对立冲突的呈现,令其超越了华语电影中常规的商业犯罪片,具备了更为深邃的思想价值和艺术价值。

结　语

　　犯罪电影在全球电影市场份额中占据着极大的比重，一方面源于罪犯行为和犯罪案件能够带来刺激性的娱乐体验；另一方面则源于它能够满足观众的快感想象。正如罗伯特·瓦修在研究黑帮犯罪片的经典论文《作为悲剧英雄的黑帮分子》中所言："有人会说真正的城市里产生罪犯；而想象的城市里产生黑帮分子；他（黑帮分子）是那种我们想变成却又怕真的变成的人。"[①] 从某种意义上来说，犯罪电影是商业类型片市场为严肃文艺留下的一道后门，举凡电影史上出现的经典犯罪片往往都具有严肃的、古典的艺术价值，通过对犯罪行为的认知，来透视人性和社会。

　　相较于类型成熟，内容丰富的韩国、美国和欧洲等地区的国外犯罪电影而言，华语犯罪电影尚处于类型发展的起步阶段，其发展过程历经三个阶段：从犯罪题材的文艺电影，到兼具娱乐性和个人表达的作者风格电影，再到具备类型片特征的犯罪类型片。从初级形态的犯罪电影发展到相对成熟的犯罪类型片，可见在当下的创作环境中，华语犯罪电影正在积极寻找更大的生存和发展空间，也取得了一定的成果。尽管近些年来华语犯罪电影有了长足的进步，通过类型糅合的方式逐渐突破犯罪类型片的固有模式，在市场上获得了一定的认可。但是长远来看，这种突破虽然短时间内赢得了票房，但却并不利于建构具有本土特色的类型风格，最终只会沦为各式风格大杂烩式的拼贴，导致华语犯罪电影陷入恶性的循环发展。

　　基于此，本研究通过对类型化程度较高的犯罪电影进行详尽分析，力图总结出商业犯罪类型片的经典剧作模式，还通过对国内外犯罪电影剧作模式的详尽分析与呈现，力图发现二者之间的差异性，并寻找出华语犯罪电影剧作模式上的问题与不足之处，以便后续的创作者能够加以改进。而在华语犯罪电影的研究方面，

---

① 转引自聂楠：〈野兽之困与自我救赎——好莱坞电影中黑帮人物形象分析〉，《艺术研究》，2017 年第 3 期，页 20。

本研究只针对剧作模式特征进行了探讨，以往对其他国家犯罪电影的研究常常会涉及影像风格、艺术手法、文化意涵、和空间意象等多方面的探讨。未来拟将这些议题纳入研究的范畴，拓展华语犯罪电影的研究范畴。

另外，当前华语犯罪电影的市场票房和观众认可程度极不稳定，其核心原因在于具备可复制性，能够批量化创作并保持较高艺术水平的犯罪类型片还并不多见，这潜在地说明华语犯罪电影必须走类型规范化的道路，如何推进华语犯罪电影的类型化发展，也是一个值得探讨的重要议题。笔者在研究过程中还发现，近几年华语犯罪电影对周边国家，尤其是韩国的犯罪电影翻拍十分频繁，但只有极少数作品获得了观众的认可，大多数作品观众却并不认同。因此，对于华语犯罪电影的跨国翻拍现象，以及如何更好地进行本土化改造等议题，也有极大的探讨空间。

本研究仅局限在犯罪电影这一类型，当前华语电影的类型发展还存在着巨大的发展空间，除了香港有较为成熟的警匪片、武侠片、喜剧片等有限的类型片，其他地区华语类型片的发展都处于起步阶段，在爱情片、战争片、科幻片、恐怖片、青春片、体育片、传记片、歌舞片等各种类型方面都十分欠缺。因此在剧作模式的研究方面，还可以拓展出对欧美等地成熟电影类型的剧作模式研究，总结出这些成熟类型片的剧作规律，如美国科幻片的剧作模式研究、美国战争片的剧作模式研究、美国歌舞片的剧作模式研究等等。此外，还可以将当前华语电影刚刚起步尚不成熟的类型片剧作特征进行总结，通过与国外成熟的电影类型进行比较研究，以便于华语电影从创作源头上得以吸收和借鉴。如中美青春片剧作模式比较研究、中美爱情片剧作模式比较研究等等。而对华语电影的类型片剧作特征进行总结，如武侠片的剧作模式研究、华语警匪片剧作模式研究等等，亦可以成为未来潜在的研究议题。

参考影片

一、国外电影

路易士·迈尔斯通：《西线无战事》（All Quiet on the Western Front），Universal Picture，1930年。

茂文·勒鲁瓦：《小恺撒》/《小霸王》（Little Caesar），Continental Home Vídeo，1931年。

威廉·A·韦尔曼：《人民公敌》/《国民公敌》（The Public Enemy），Warner Bros，1931年。

霍华德·霍克斯：《疤脸大盗》/《疤面人》（Scarface），The Caddo Company，1932年。

弗兰克·卡普拉：《一夜风流》（It Happened One Night），Columbia Pictures，1934年。

约翰·福特：《关山飞渡》/《驿站马车》（Stagecoach），Walter Wanger Productions，1939年。

茂文·勒鲁瓦：《魂断蓝桥》/《滑铁卢桥》（Waterloo Bridge），Metro Goldwyn Mayer，1940年。

奥逊·威尔斯：《公民凯恩》/《大国民》（Citizen Kane），Radio Keith Orpheum，1941年。

霍华德·霍克斯：《红河》/《大战红河边》（Red River），Charles K. Feldman Group，1948年。

维托里奥·德·西卡：《偷自行车的人》/《单车失窃记》（Ladri di biciclette），Produzioni De Sica，1948年。

黑泽明：《罗生门》/《竹林中》（In the Woods），Daiei Motion Picture Co.

Ltd.1950 年。

弗雷德·齐纳曼：《正午》（High Noon），Stanley Kramer Productions，1952 年。

威廉·惠勒：《罗马假日》/《罗马假期》（Roman Holiday），Paramount Picture，1953 年。

威廉·惠勒：《宾虚》（Ben-Hur: A Tale of the Christ），Metro-Goldwyn-Mayer，1959 年。

弗朗索瓦·特吕弗：《四百下》/《四百击》（The 400 Blows），Zenith International Films Inc，1959 年。

让-吕克·戈达尔：《筋疲力尽》/《穷途末路》（A bout de souffle），Les Films Georges de Beauregard，1960 年。

杰拉尔·乌里：《虎口脱险》（La Grande vadrouille），Les Films Corona，1966 年。

乔治·罗伊·希尔：《骗中骗》/《刺激》（The Sting），Universal Picture，1973 年。

法兰西斯·福特·科波拉：《教父2》（The Godfather:Part2），Paramount Pictures, Inc., 1974 年。

马丁·斯科塞斯：《出租车司机》/《出租车司机》（Taxi Driver），Columbia Pictures，1976 年。

乔治·卢卡斯：《星球大战》/《星际大战》（Star Wars），Lucasfilm，1977 年。

雷德利·斯科特：《异形》/《异形杀手》（Alien），20th Century Fox，1979 年。

法兰西斯·福特·科波拉：《现代启示录》/《战争启示录》（Apocalypse Now），Zoetrope Studios，1979 年。

卡洛尔·赖兹：《法国中尉的女人》（The French Lieutenant's Woman），Argentina Video Home，1981 年。

朱塞佩·托纳多雷：《天堂电影院》/《新天堂乐园》（Cinema Paradiso），TF1 Films Productions，1988 年。

巴瑞·莱文森：《雨人》/《手足情未了》（Rain Man），The Guber-Peters Company，1988 年。

盖瑞·马歇尔：《风月俏佳人》/《漂亮女人》（Pretty Woman），Silver Screen Partners IV，1990年。

布鲁斯·贝尔斯福德：《为戴茜小姐开车》/《山水喜相逢》（Driving Miss Daisy），The Zanuck Company，1990年。

雷德利·斯科特：《末路狂花》/《塞尔玛与路易丝》（Thelma and Louise），Metro-Goldwyn-Mayer Inc.，1991年。

昆汀·塔伦蒂诺：《落水狗》/《水库狗》（Reservoir Dog），Dog Eat Dog Productions Inc.，1992年。

克林特·伊斯特伍德：《完美的世界》/《强盗保镖》（A Perfect World），Warner Bros. Entertainment, Inc.，1993年。

马丁·布莱斯特：《闻香识女人》/《女人香》（Scent of a Woman），City Light Film，1993年。

哈乐德·雷米斯：《土拨鼠之日》/《偷天情缘》（Groundhog Day），Columbia TriStar Film，1993年。

维克多·弗莱明：《乱世佳人》（Gone with the Wind），Metro-Goldwyn-Mayer，1993年。

昆汀·塔伦蒂诺：《低俗小说》/《黑色追缉令》（Pulp Fiction），Miramax Films，1994年。

罗伯特·泽米吉斯：《阿甘正传》/《福里斯特·冈普》（Forrest Gump），Paramount Pictures, Inc.，1994年。

米尔科·曼彻夫斯基：《暴雨将至》/《山雨欲来》，Ministry of Culture for the Republic of Macedonia，1994年。

肯尼士·布拉纳：《科学怪人》/《新弗兰肯斯坦》（Frankenstein），IndieProd Company Productions，1994年。

吕克·贝松：《这个杀手不太冷》/《终极追杀令》（The Professional），Columbia Pictures，1994年。

克林特·伊斯特伍德:《廊桥遗梦》(The Bridge of Madison County), Warner Bros. Entertainment, Inc.,1995 年。

詹姆斯·卡梅隆:《泰坦尼克号》/《铁达尼号》(Titanic), 20th Century Fox Film Corporation, 1997 年。

安德鲁·尼科尔:《千钧一发》/《变种异煞》(Gattaca), Jersey Films, 1997 年。

北野武:《菊次郎的夏天》/《菊次郎の夏》, 日本北野武工作室, 1999 年。

克里斯多夫·诺兰:《记忆碎片》/《记忆拼图》(Memento), I Remember Productions, 2000 年。

保罗·范霍文:《透明人》/《隐形人》(Hollow Man), Columbia Pictures, 2000 年。

斯蒂文·斯皮尔伯格:《猫鼠游戏》/《神鬼交锋》(Catch Me If You Can), DreamWorks Animation SKG,Inc., 2002 年。

奉俊昊:《杀人回忆》(Memories Of Murder), 韩国希杰娱乐株式会社, 2003 年。

朴赞郁:《老男孩》\《原罪犯》(Old Boy), 韩国秀东影业, 2003 年。

迈克尔·贝:《逃出克隆岛》/《神秘岛》(The Island), K/O Paper Products, 2005 年。

李安:《断背山》(Brokeback Mountain), Alberta Film Entertainment, 2005 年。

汤姆·提克威:《香水》/《香水谋杀案》(Perfume:The Story Of a Murderer), DreamWorks Animation SKG,Inc., 2006 年。

金吉德:《时间》/《欲望的谎容》(Time), Kim Ki-Duk Film, 2006 年。

罗熙赞:《率性而活》/《无正直生活》(Going by the Book), 韩国希杰娱乐株式会社, 2007 年。

罗宏镇:《追击者》(The Chaser), SHOWBOX Corporation, 2008 年。

F·加里·格雷:《守法公民》/《重案对决》(Law Abiding Citizen), Overture Films, 2009 年。

詹姆斯·卡梅隆:《阿凡达》/《化身》(Avatar), Light storm Entertainment, 2009 年。

罗宏镇:《黄海》/《黄海追缉》(The Yellow Sea), Popcorn Films, 2010 年。

李桢凡:《孤胆特工》/《大叔》(The Man from Nowhere),韩国希杰娱乐有限公司,2010年。

金亨俊:《不可饶恕》/《无法原谅》(No Mercy),Cinema Service,2010年。

马丁·斯科塞斯:《禁闭岛》/《监狱岛》(Shutter Island),Paramount Pictures, Inc., 2010年。

中岛哲也:《告白》/《自白》(Confessions),Toho International Company Inc., 2010年。

克里斯多夫·诺兰:《盗梦空间》/《全面启动》(Inception),Legendary Entertainment,2010年。

姜炯哲:《阳光姐妹淘》/《永远的七公主》(Sunny),CJ Entertainment,2011年。

安尚勋:《盲证》/《盲女追凶》(Beul-la-in-deu),望月人(韩国)电影公司,2011年。

吉图·乔瑟夫:《较量》(Drishyam),Aashirvad Cinemas,2013年。

金秉宇:《恐怖攻击直播》/《恐怖直播》(The Terror Live),Lotte Entertainment,2013年。

郑根燮:《蒙太奇》/《模范母亲》(Montage),韩国N.E.W电影公司,2013年。

道格·里曼:《明日边缘》/《明日边界》(Edge of Tomorrow),Dune Entertainment,2014年。

金成勋:《走到尽头》/《非常警探》(A Hard Day),Dasepo Club,2014年。

柳升完:《老手》/《辣手警探》(Beterang),Filmmaker R&K,2015年。

尼西卡特·卡马特:《误杀瞒天记》/《瞒天过海》(Drishyam),Panorama Studios,2015年。

李彦禧:《迷失:消失的女人》(Missing),Dice Film,2016年。

奥里奥尔·保罗:《看不见的客人》/《布局》(Contratiempo),Atresmedia Cine,2016年。

梅尔·吉布森:《血战钢锯岭》/《钢铁英雄》(Hacksaw Ridge),Icon

Productions，2016 年。

纳塔吾·彭皮里亚：《天才枪手》/《模范生》（Chalard games goeng），GDH559，2017 年。

克里斯多夫·兰敦：《忌日快乐》/《死亡无限》（Happy Death Day），Digital Riot Media，2017 年。

斯里兰姆·拉格万：《看不见的旋律》/《调音师》（Andhadhun），Viacom18 Motion Pictures，2018 年。

陶德·菲力浦斯：《小丑》（Joker），Warner Bros. Entertainment, Inc.，2019 年。

克里斯多夫·诺兰：《盗梦空间》/《全面启动》（Inception），Legendary Pictures，2020 年。

二、华语电影

谢晋：《天云山传奇》，上海电影制片厂，1981 年。

吴宇森：《英雄本色》，香港新艺城影业有限公司，1986 年。

吴宇森：《义胆群英》，香港万能影业有限公司，1989 年。

吴宇森：《喋血双雄》，寰亚传媒集团（中国香港），1989 年。

吴宇森：《喋血街头》，香港金公主电影制作有限公司，1990 年。

徐克：《黄飞鸿》，嘉禾电影(香港)有限公司，1991 年。

吴宇森：《纵横四海》，香港金公主电影制作有限公司，1991 年。

李安：《推手》，台湾中影公司（台湾），1991 年。

关锦鹏：《阮玲玉》，香港嘉禾电影有限公司，1992 年。

吴宇森：《辣手神探》，香港金公主电影制作有限公司，1992 年。

李安：《喜宴》，台湾中影公司（台湾），1993 年。

李安：《卧虎藏龙》，中国电影合作制片公司，2000 年。

张艺谋：《英雄》，北京新画面影业公司，2002 年。

参考影片

冯小刚：《天下无贼》，华谊兄弟太合影视投资有限公司，2004 年。

宁浩：《疯狂的石头》，香港映艺娱乐有限公司，2006 年。

李安：《色·戒》，美国焦点电影公司（Focus Features），2007 年。

杨庆：《夜·店》，北京橙天智鸿影视制作有限公司，2009 年。

非行：《守望者：罪恶迷途》，北京二十一世纪威克影业投资有限公司，2011 年。

蔡尚君：《人山人海》，中国电影股份有限公司，2012 年。

非行：《全民目击》，北京二十一世纪威克影业投资有限公司，2013 年。

宁浩：《无人区》，中国电影集团公司，2013 年。

薛晓路：《北京遇上西雅图》，北京数字印象文化传播有限公司，2013 年。

刁亦男：《白日焰火》，幸福蓝海影视文化集团股份有限公司，2014 年。

宁浩：《心花路放》，北京映月东方文化传播有限公司，2014 年。

丁晟：《解救吾先生》，北京功做事影视文化有限公司，2015 年。

曹保平：《烈日灼心》，博纳影业集团，2015 年。

忻钰坤：《心迷宫》，北京太合娱乐文化发展股份有限公司，2015 年。

杨子：《喊山》，北京海润影业有限公司，2015 年。

翁子光：《踏血寻梅》，香港美亚电影制作有限公司出品，2015 年。

安尚勋：《我是证人》，新线索（北京）影视投资有限公司，2015 年。

曾国祥：《七月与安生》，极客影业（上海）有限公司，2016 年。

刘杰：《捉迷藏》，新线索（北京）影视投资有限公司，2016 年。

李骏：《惊天大逆转》，中国电影股份公司，2016 年。

曹保平：《追凶者也》，和和影业有限公司，2016 年。

杨庆：《火锅英雄》，新丽传媒股份有限公司，2016 年。

许学文、欧文杰、黄伟杰：《树大招风》，寰亚电影制作有限公司，2016 年。

董越：《暴雪将至》，世纪百年影业，2017 年。

程伟豪：《目击者之追凶》，威秀电影公司，2017 年。

连奕琦：《破局》，宸铭影业（上海）有限公司，2017 年。

苏有朋：《嫌疑人X的献身》，北京光线影业有限公司，2017年。

文牧野：《我不是药神》，花满山（上海）影业有限公司，2018年。

饶晓志：《无名之辈》，英皇（北京）影视文化传媒有限公司，2018年。

忻钰坤：《暴裂无声》，并驰（上海）影业有限公司，2018年。

庄文强：《无双》，上海博纳文化传媒有限公司，2018年。

娄烨：《风中有朵雨做的云》，北京光线影业有限公司，2018年。

吕乐：《找到你》，华谊兄弟电影有限公司，2018年。

曾国祥：《少年的你》，我们制作有限公司，2019年。

柯汶利：《误杀》，福建恒业影业有限公司，2019年。

刁亦男：《南方车站的聚会》，和力辰光国际文化传媒股份有限公司，2019年。

五百：《大人物》，上海喜焰文化发展有限公司，2019年。

王昱：《你是凶手》，北京合瑞影业文化有限公司，2019年。

李霄峰：《风平浪静》，厦门猫影文化传媒有限公司，2020年。

于淼：《大赢家》，天津磨铁娱乐有限公司，2020年。

温仕培：《热带往事》，坏猴子（上海）文化传播有限公司，2021年。

参考文献

一、古籍

汉·赵岐注、宋·孙奭疏：〈孟子注疏〉，《十三经注疏》，北京：中华书局，1980 年。

二、专书

高尔基：《高尔基文学论文选》，北京：人民文学出版社，1959 年。

伊萨克·塞奎拉：《现代美国小说中的涉世主题》，迈索尔：迈索尔基塔出版社，1975 年。

苏珊·朗格、滕守尧译：《艺术问题》，北京：中国社会科学出版社，1982 年。

别林斯基、满涛译：《别林斯基选集（第 3 卷）》，上海：上海译文出版社，1982 年。

福斯特、苏炳文译：《小说面面观》，广州：花城出版社，1984 年。

马新国：《西方文论选讲》，辽宁：辽宁大学出版社，1987 年。

张寅德：《叙事学研究》，北京：中国社会科学出版社，1989 年。

约翰·霍华德·劳逊、邵牧君译：《戏剧与电影的剧作理论与技巧》，北京：中国电影出版社，1989 年。

大卫·波德威尔、史正、陈梅译：《电影艺术导论》，上海：上海文艺出版社，1991 年。

李·R·波布克、伍菡卿译：《电影的元素》，北京：中国电影出版社，1994 年。

申丹：《叙述学与小说文体学研究》，北京：北京大学出版社，1998 年。

李泽厚：《论语今读》，合肥：安徽文艺出版社，1998 年。

罗伯特·麦基、周铁东译：《故事——材质、结构、风格和银幕剧作的原理》，北京：

中国电影出版社，2001年。

《辞海》，上海：上海辞书出版社，2002年。

邵牧君：《西方电影史概论》，北京：中国电影出版社，2004年。

郝建：《影视类型学》，北京：北京大学出版社，2002年。

沈义贞：《影视批评学导论》，北京：中国电影出版社，2004年。

丙渝萍：《美国成长小说研究》，北京：中国社会科学出版社，2004年。

胡亚敏：《叙事学》，武汉：华中师范大学出版社，2004年。

华莱士·马丁：《当代叙事学》，伍晓明译，北京：北京大学出版社，2005年。

吴琼：《中国电影的类型研究》，北京：中国电影出版社，2005年。

皮埃尔·让、高虹译：《剧作技巧》，北京：中国电影出版社，2005年。

郑树森：《电影类型与类型电影》，南京：江苏教育出版社，2006年。

普罗普、贾放译：《故事形态学》，北京：中华书局，2006年。

苏牧：《荣誉：北京电影学院影片分析课教材》，北京：人民文学出版社，2007年。

黄新生：《侦探与间谍叙事——从小说到电影》，台北：五南图书出版公司，2008年。

谭君强：《叙事学导论：从经典叙事学到后经典叙事学》，北京：高等教育出版社，2008年。

游飞、蔡卫：《电影艺术观念》，北京：北京大学出版社，2009年。

陈林侠：《中国类型电影的知识结构及其跨文化比较》，广州：暨南大学出版社，2010年。

布莱克·斯奈德、王旭锋译：《救猫咪：电影编剧宝典》，杭州：浙江大学出版社，2011年。

沃格勒、王翀译：《作家之旅：源自神话的写作要义》，北京：电子工业出版社，2011年。

悉德·菲尔德、钟大丰、鲍玉珩译：《电影剧本写作基础》，北京：世界图书出版公司，2012年。

悉德·菲尔德、魏枫译：《电影编剧创作指南》，北京：世界图书出版公司，2012年。

周涌：《影视剧作艺术教程》，北京：中国传媒大学出版社，2012 年。

卡尔·容格、冯川译：《精神分析与灵魂治疗》，南京：译林出版社，2012 年。

申丹、王丽亚：《西方叙事学：经典与后经典》，北京：北京大学出版社，2013 年。

亚里斯多德、陈中梅译：《诗学》，北京：商务印书馆，2014 年。

威廉·尹迪克、井迎兆译：《编剧心理学——在剧本中建构冲突》，北京：北京联合出版社，2014 年。

曹保平：《导演的控制》，北京：中国青年出版社，2015 年。

大卫·波德威尔、曾伟桢译：《电影艺术：形势与风格》，北京：北京联合出版社，2015 年。

曹雪芹：《红楼梦》，西安：陕西人民教育出版社，2016 年。

陈吉德：《影视编剧艺术》，北京：高等教育出版社，2017 年。

杨远婴：《电影理论读本（修订版）》，北京：北京大学出版社，2017 年。

宋传：《故事的织体：电影编剧的作业系统》，北京：九州出版社，2018 年。

三、单篇论文

顾仲彝：〈论剧本的情节结构〉，《戏剧艺术》，1978 年第 2 期，页：76-90。

顾仲彝：〈论剧本的情节结构（续）〉，《戏剧艺术》，1978 年第 4 期，页：121。

山田洋次、陈笃忱：〈素材与剧本〉，《世界电影》，1982 年第 2 期，页 43。

孟森辉、陆寿钧：〈电影剧作中的人物关系〉，《电影新作》，1984 第 4 期，页 104-106。

李明泉：〈点血而具五官百骸之势——试论传记文学的艺术结构〉，《云南社会科学》，1985 年第 3 期，页 104-105。

张立新：〈惊险电影叙事结构分析〉，《当代电影》，1989 年第 2 期，页：34-43。

查·德里：〈论悬念惊险电影〉，《世界电影》，1992年第6期，页31。

廖申白：〈西方正义概念：擅变中的综合〉，《哲学研究》，2002年第11期，页61。

廖申白：〈论西方主流正义概念发展中的擅变与综合（下）〉，《伦理学研究》，2003年第1期，页69。

杨经建：〈复仇：西方文学的一种叙事模式与文化表述〉，《外国文学研究》，2004年第2期，页：120-125+179。

陈咏：〈试论36种剧情模式〉，《北京电影学院学报》，2005年第2期，页68。

韦华：〈人情关系模式：电影剧作之一种〉，《北京电影学院学报》，2005年第2期，页40-47。

姜隆：简评《疯狂的石头》给中国电影带来的影响，《辽宁行政学院学报》，2007年第1期，页173-175。

沙丹：〈消费荒诞：晚近中国黑色喜剧的模式与辨析〉，《电影艺术》，2009年06期，页67-71。

孙友祥、戴茂堂：〈论西方正义思想的内在张力〉，《伦理学研究》，2009年第4期，页90。

孟中、李瑾：〈剧作起点：故事的形态〉，《北京电影学院学报》，2010年5期，页48-54。

郑德聘：〈人类对美好人性的追寻——对电影《香水》主题的阐释〉，《电影评介》，2010年第16期，页45-46+52。

陈瑜：〈罪与罚：悬念电影的主题模式〉，《电影新作》，2011年第6期，页51-62。

胥婷婷：〈2009桎梏中的舞步——从"守望者：罪恶迷途"看内地犯罪片的出路〉，《电影评介》，2011年11期，页48-49。

姚睿：〈类型神话中的警匪元素——论新世纪内地警匪片的创作〉，《当代电影》，

2012 年 03 期，页 112-116。

赵卫防：〈"全民目击"：精致叙事传达思想能量〉，《当代电影》，2013 年第 11 期，页 49。

非行、许嘉：〈非行访谈：新导演形势大好〉，《大众电影》，2013 年第 18 期，页 35。

潘华：〈时空交错式剧作结构创作特征研究〉，《电影文学》，2013 年第 2 期，页 16-17。

柯子静：〈人性之光：电影"完美的世界"主题浅析〉，《大众文艺》，2013 年第 21 期，页 17-18。

梁君健、雷建军：〈社会正义？家庭伦理？——"全民目击"中的人物与主题〉，《电影艺术》，2013 年第 6 期，页 25-27。

孙淑鸿：〈韩国电影"大叔"：人性与情感的双重救赎〉，《电影文学》，2014 年第 11 期，页 109-110。

张娟：〈商业片外壳文艺片灵魂——"白日焰火"的艺术解析〉，《艺苑》，2014 年 05 期，页 44-47。

张开宏：〈对抗·皈依·救赎——电影"无人区"中的人性反思〉，《电影评介》，2014 年 19 期，页 19-20。

王婧雅：〈形式与策略：当代中国电影类型化发展研究〉，《当代电影》，2015 年 06 期，页 104-110。

蔡梦婷：〈从"烈日灼心"看当代国产犯罪电影的发展〉，《文教资料》，2015 年 34 期，页 153-154。

洪帆：〈故事、结构与情绪——从"心迷宫"谈国产小成本电影创作策略〉，《北京电影学院学报》，2015 年 05 期，页 21-25。

曹保平等：〈"烈日灼心"三人谈〉，《当代电影》，2015 年第 9 期，页 30。

须一瓜：〈从小说"太阳黑子"到电影"烈日灼心"〉，《文汇报》，2015 年第 12 版。

曹保平等：〈"烈日灼心"四人谈〉，《北京电影学院学报》，2015 年第 3 期，页 122。

张雨蒙、曹保平等：〈谋求主流商业片的风格化表达——"烈日灼心"导演曹保平访谈〉，《电影艺术》，2015 年第 6 期，页 83。

曹保平等：〈曹保平：我是一个克制的人，但我不复杂〉，《大众电影》，2015 年第 13 期，页 23。

付晓红：〈迷宫：中国近年犯罪片的叙事空间研究电影艺术〉，《当代电影》，2016 年 11 期刊，页 144-147。

周根红：〈影视类型化与小说的模式化生产〉，《文艺评论》，2016 年第 3 期，页：126-130。

齐伟、杨超：〈类型经验、空间隐喻与"去明星"的明星策略——新世纪以来韩国犯罪片研究〉，《当代电影》，2017 年第 6 期，页 57-60。

聂楠：〈野兽之困与自我救赎——好莱坞电影中黑帮人物形象分析〉，《艺术研究》，2017 年第 3 期，页 20。

薛蓓：〈掉入生命黑洞的污点——解读电影"心迷宫"〉，《电影评介》，2017 年第 1 期，页 57-59。

谭光辉：〈论小说人物分类法〉，《江西师范大学学报：哲学社会科学版》，2017 年第 5 期，页 85-91。

裴丽华：〈当代美国犯罪电影的多主题分析〉，《电影文学》，2018 年第 8 期，页 37-39。

白焱焱：〈论中国电影的救赎主题〉，《电影文学》，2018 年第 20 期，页 62-64。

陈宇：〈犯罪片的类型分析及其在中国大陆的发展〉，《当代电影》，2018 年第 2 期，页 49-54。

杨林玉：〈当代中国青春电影的成长主题变奏〉，《电影新作》，2019 年第 4 期，页 28-32。

李宜秋：〈浅析电影中的女性主义——以"末路狂花(1991)"为例〉，《中国民族博览》，

2019 年第 11 期，页 238-239。

李旷怡：〈浅谈电影"风中有朵雨做的云"主题内涵〉，《大舞台》，2019 年第 4 期，页 98-100。

史常力：〈复仇主题影片的文化基础及艺术表现的矛盾〉，《当代电影》，2019 年第 8 期，页 148-151。

文牧野、谢阳：〈自我美学体系的影像化建构——"我不是药神"导演文牧野访谈〉，《北京电影学院学报》，2019 年第 1 期，页 61-69。

曹健：〈现实主义题材的人性忖量——以电影"我不是药神"为例〉，《哈尔滨师范大学艺术学报》，2019 年第 3 期，页 84-85。

云飞扬：〈商业视阈下的犯罪题材电影的现状及类型化困境〉，《上海艺术评论》，2019 年第 3 期，页 39-41。

刘婷、刘行芳：〈电影"我不是药神"主角程勇形象塑造再探析〉，《西部广播电视》，2020 年第 12 期，页 98-99。

孙可佳：〈好莱坞叙事策略的本土化——以"我不是药神"为例〉，《中国电影市场》，2020 年第 7 期，页 23-31。

杨俊蕾：〈"误杀"：异境悬疑与跨域影像〉，《电影艺术》2020 年第 1 期，页 81-84。

张颐武：〈"误杀"的魅力〉，《中关村》，2020 年第 1 期，页 98。

张新木：〈布雷蒙的叙事逻辑理论〉，《西北工业大学学报（社会科学版）》，2020 第 1 期，页 76-82。

四、学位论文

杨德煜：《希腊神话传说中的复仇主题探究》，上海师范大学书，2004 年。

卢芳芳：《电影剧作模式研究》，中国传媒大学书，2010 年。

沈东：《论科幻电影的剧作模式》，中国电影艺术研究中心硕士论文，1992 年。

薛凌：《论电影叙事模式的演变》，西北大学硕士论文，2003 年。

黎文：《金庸武侠小说的复仇叙事研究》，云南大学硕士论文，2012 年。

向倩：《荣格"阿尼玛"和"阿尼姆斯"原型理论——基于性别批评视角的研究》，广西师范大学硕士论文，2012年。

蔡梦婷：《1999年以来的韩国犯罪电影类型研究》，南京师范大学硕士论文，2017年。

刘姣：《国产犯罪题材影片的叙事研究》，上海师范大学硕士论文，2020年。

参考网站

http://ent.sina.com.cn/2004-12-10/0856595022.html，《〈天下无贼〉票房狂收，冯小刚开始掘金》，（2014,12）

http://ex.cssn.cn/ysx/ysx_ysqs/202007/t20200710_5153735.shtml，胡智锋：《近年来中国现象级影视作品观察与思考》，（2020,7）

https://mp.weixin.qq.com/s/FoTLhdeGECuxp-_q5cNCnA，《〈我不是药神〉编剧钟伟访谈》，（2018,7）

https://baike.baidu.com/item/%E7%8A%AF%E7%BD%AA%E7%89%87/6648224?fr=aladdin，百度百科"犯罪片"词条。

https://baike.baidu.com/item/%E5%8E%9F%E5%BF%83%E5%AE%9A%E7%BD%AA，百度百科"原心定罪"词条。

后 记

　　本书稿由我的博士论文修订而成，在提笔写下后记之前，翻看微信朋友圈里记录下在台湾的学习生活，那些难忘而美好的回忆又重新浮现在眼前。细数起来，距离 2016 年迈入台湾铭传大学开启博士生求学之路已经过去六个年头。从未曾料到，自己最后的求学之路踏上的是心之向往的宝岛台湾；也未曾料到，自己最后的求学之路是一段历经六年之久的漫长征程；更未曾料到，自己最后的求学之路历经罕见的疫情以致两岸往来不便，六年的求学之路走得颇为艰辛。

　　当前国内电影理论研究兴盛，放眼望去硕果累累，理论研究成就颇丰。然大多数研究都只是从电影的外围着手，或研究产业，或讨论影响，或创造新概念和新名词。鲜少有研究者真正进入作品的内部，从电影创作的角度入手，对电影文本的内在创作特征进行梳理，总结电影本体的创作规律。本书的研究缘起于近些年来自身在电影教学和创作过程中无法解决的困惑：在数字影像获取越来越简便，影像技术门槛越来越低的当下，如何让掌握技术的电影创作者们，解决好用影像进行叙事，讲好一个符合规范的故事？我想从电影的源头出发，从剧作的角度入手，或许是其中的一个解决之道吧。由此，本研究从自己钟爱的犯罪电影入手，筛选了国内外四十部极具类型特征的犯罪电影，梳理并总结这些电影的剧作规律，总结其剧作模式特征。希冀由此为影像创作者们提供一个了解和掌握电影文本叙事规律的途径，同时也为当前国内电影研究拓展一个思路，对电影文本内部创作规律的研究同样有着十分重要的意义。

　　本书稿得以顺利完成，首先要感谢我的博士生导师，铭传大学应中系主任游秀云教授。游老师在教职与行政职务两头繁忙之中，依然能够给予我最认真悉心的指导，从博士论文的选题研究方向、论文结构框架的建构，论文写作期间的数次修改，直到最终的论文定稿，老师给了我多方面的指导与建议，也是在老师的支持与鼓励之下，我才有更大的动力将论文修订为书稿，并使之越来越完善。同时，要感谢老院长陈德昭教授,在台湾求学期间,陈老师除了在学业上给予我们极大的帮助,也在生活上给予我们大陆学生特殊的关怀和照顾,陈老师还不辞辛苦担任本人博士论文的口试委员,针对论文中的不足之处也提出了许多有针对性和建设性的意见。还要感谢博士论文的其他三位口试委员,陈光宪教授、周志煌教授和陈碧月教授,三位教授在口试中提供了很多的宝贵意见,得以让本人补足书稿的缺失与不足。此外,还要感谢应中系多位老师的关照与指导,谢谢蔡信发教授带领我们领略汉字之美和史书之奥;谢谢徐丽霞教授传道授业之余带领我们参观台北的名胜古迹;谢谢汪娟教授赏识并给予的耐心指导,让本人的课程小论文得以顺利发表在台湾的学术刊物。

在铭传大学求学期间,还得到了众多师长的关照与帮助。谢谢陆教处郑昭铃老师和其他几位老师帮忙处理往来两岸的繁琐手续和解决各类生活事宜;谢谢杨宗蘅处长不时送来的关怀和慰问;谢谢数媒系詹仕鉴主任不时督促我尽快完成学业,并在我苦闷学习之余带我享用台北的各类美食大餐;谢谢数媒系邓博澍老师、贺天颖老师、李宏耕老师、黄思彧老师和林丰洋老师等众多老师,求学期间有你们的陪伴多了很多乐趣和开心之事;还要特别感谢温柔美丽的谢宜君老师,在我无法亲自赴台时帮我处理离校手续等相关事宜。

此外,还要感谢为本书稿出版提供过帮助的各位师长和朋友。感谢硕士求学期间的导师沈义贞教授,沈老师引领我踏上电影学习和研究之路,并在百忙之中抽出宝贵时间为本书作序。感谢硕士求学期间的另一位导师陈吉德教授,陈老师务实的研究方法,严谨的治学态度对本人影响深远。感谢我目前供职单位厦门理工学院的各位领导和同仁,孟卫东院长、郭肖华院长、刘景福副院长,正因为他们提供了较为宽松的环境,本人才得以顺利赴台求学,完成本书稿的研究工作。感谢江苏凤凰美术出版社的唐凡编辑,其踏实认真的工作态度才让本书稿得以正式出版。

最后,要特别特别感谢我亲爱的家人们给予的无限支持,由于你们无怨的付出,我才能够安心跨越海峡,赴台湾圆满完成博士学业,并安心完成本书稿的撰写工作，在此愿将这份喜悦与荣耀与爱我的家人们共同分享。

  伤心阔别三千里，屈指思量四五年。屈指算来，书稿完成之日距离当初从台湾返回大陆已经好几个年头，尽管身处厦门与台湾隔海相望，但两岸间的往来却因疫情和其他因素不再如往昔般寻常。十分怀念当初自由往返于两岸之间的情景，期待血浓于水的情谊冲破任何艰难阻隔，期盼疫情早日消散，重回铭传大学拜会各位师长和好友，愿重逢之日早日到来！

丁鹏
2022 年 12 月 4 日于厦门

图书在版编目（CIP）数据

叙事的艺术：基于类型电影的剧作模式研究 / 丁鹏著. -- 南京：江苏凤凰美术出版社，2023.5（2023.8重印）
ISBN 978-7-5741-0890-5

Ⅰ.①叙… Ⅱ.①丁… Ⅲ.①电影剧本－创作方法－研究 Ⅳ.①I053.5

中国国家版本馆CIP数据核字（2023）第066375号

责任编辑　唐　凡
装帧设计　清　风
责任校对　孙剑博
责任监印　于　磊
责任设计编辑　韩　冰

书　　名　叙事的艺术：基于类型电影的剧作模式研究
著　　者　丁　鹏
出版发行　江苏凤凰美术出版社（南京市湖南路1号　邮编：210009）
制　　版　南京新华丰制版有限公司
印　　刷　盐城志坤印刷有限公司
开　　本　787mm×1092mm　1/16
印　　张　18.25
版　　次　2023年5月第1版　2023年8月第2次印刷
标准书号　ISBN 978-7-5741-0890-5
定　　价　98.00元

营销部电话　025-68155675　营销部地址　南京市湖南路1号
江苏凤凰美术出版社图书凡印装错误可向承印厂调换